UM TOQUE DE ESCURIDÃO

Também de Scarlett St. Clair

SÉRIE HADES & PERSÉFONE

Vol. 1: *Um toque de escuridão*
Vol. 2: *Um jogo do destino*
Vol. 3: *Um toque de ruína*

SCARLETT ST. CLAIR

UM TOQUE DE ESCURIDÃO

Tradução
RENATA BROOCK

Copyright © 2019, 2021 by Scarlett St. Clair
Publicado por Companhia das Letras em associação com Sourcebooks USA.

Grafia atualizada segundo o Acordo Ortográfico da Língua Portuguesa de 1990,
que entrou em vigor no Brasil em 2009.

TÍTULO ORIGINAL   A Touch of Darkness

CAPA   Regina Wamba/ReginaWamba.com

FOTO DE CAPA   Anna_blossom/Shutterstock, Bernatskaia Oksana/Shutterstock

ADAPTAÇÃO DE CAPA   BR75 | Danielle Fróes

PRODUÇÃO EDITORIAL   BR75 texto | design | produção

Dados Internacionais de Catalogação na Publicação (CIP)
(Câmara Brasileira do Livro, SP, Brasil)

Clair, Scarlett St.
    Um toque de escuridão / Scarlett St. Clair; tradução Renata
Broock. – 1ª ed. – São Paulo : Bloom Brasil, 2025. – (Hades &
Perséfone; 1)

    Título original: A Touch of Darkness.
    ISBN 978-65-83127-07-5

    1. Ficção norte-americana I. Título. II. Série.

24-240658   CDD-813

Índice para catálogo sistemático:
1. Ficção: Literatura norte-americana   813

Eliete Marques da Silva – Bibliotecária – CRB-8/9380

Todos os direitos desta edição reservados à
EDITORA SCHWARCZ S.A.
Rua Bandeira Paulista, 702, cj. 32
04532-002 – São Paulo – SP
Telefone: (11) 3707-3500
facebook.com/editorabloombrasil
instagram.com/editorabloombrasil
tiktok.com/@editorabloombrasil
threads.net/editorabloombrasil

Ashley Elizabeth Steele
&
Molly Kathleen McCool
Obrigada por me amarem.
Melhores amigas para sempre.

1

O NARCISO

Perséfone se sentou ao sol.

Ela tinha escolhido o seu lugar habitual na Coffee House: uma mesa ao ar livre, com vista para uma movimentada rua de pedestres, ladeada de árvores frondosas, canteiros repletos de ásteres roxos e alisso-doces rosados e brancos. Uma brisa leve trazia o aroma da primavera, e o ar adocicado era ameno.

O dia estava perfeito, e apesar de Perséfone ter vindo à cafeteria para estudar, estava difícil se concentrar, pois toda hora se via olhando para os narcisos de um vaso delgado em sua mesa. O buquê era ralo, apenas dois ou três ramos finos, e as pétalas estavam quebradiças, escurecidas e curvadas, como os dedos de um cadáver.

Os narcisos são o símbolo de Hades, o Deus dos Mortos. Normalmente não são usados para decorar mesas, mas caixões. A presença deles na Coffee House provavelmente significava que o proprietário estava de luto, pois era a única ocasião em que os mortais veneravam o Deus do Submundo.

Perséfone sempre se perguntou o que Hades achava disso, ou se ele se importava. Afinal, era mais do que apenas o Rei do Submundo. Sendo o mais abastado de todos os deuses, ganhara o título de "O Mais Rico" e havia investido seu dinheiro em algumas das mais populares casas noturnas da Nova Grécia — que não eram quaisquer casas. Eram antros de jogos de elite. Dizia-se que Hades gostava de uma boa aposta e, normalmente, não aceitava como garantia menos que uma alma humana.

Perséfone ouvia muito sobre essas casas na faculdade, e sua mãe, que com frequência expressava seu desagrado por Hades, também não tinha uma boa opinião quanto a seus negócios.

— *Ele assumiu o papel de manipulador de fantoches* — *Deméter se queixara.* — *Decidir destinos como se fosse uma das Moiras. Deveria se envergonhar.*

Perséfone nunca havia ido a nenhuma das casas noturnas de Hades, mas tinha que admitir: estava curiosa sobre as pessoas que as frequentavam e sobre o dono. O que levava alguém a apostar a própria alma? Desejo por dinheiro, amor, riqueza? E Hades, que só queria aumentar seu domínio em vez de ajudar as pessoas, apesar de já ter toda a riqueza do mundo? O que isso dizia sobre um deus?

Mas essas eram perguntas para outra hora.

Perséfone tinha que estudar.

Parou de olhar para os narcisos e se concentrou em seu notebook. Era uma quinta-feira, e ela havia saído da faculdade fazia uma hora. Tinha pedido seu latte de baunilha de sempre e ia terminar de escrever seu artigo acadêmico para depois se concentrar no seu estágio no *Jornal de Nova Atenas*, a principal fonte de notícias local. Começaria amanhã e, se tudo corresse bem, já teria um emprego quando se formasse, em seis meses.

Estava ansiosa para provar seu valor.

Seu estágio era no sexagésimo andar da Acrópole, ponto de referência em Nova Atenas por ser o edifício mais alto da cidade, com cento e um andares. Uma das primeiras coisas que Perséfone fez ao se mudar foi pegar o elevador para o Observatório, no último andar, de onde ela podia ver a cidade em sua totalidade, e a vista era bem como ela havia imaginado: bela, vasta, emocionante. Quatro anos depois, era difícil acreditar que passaria a ir lá quase todo dia para trabalhar.

O celular de Perséfone vibrou na mesa, chamando sua atenção. Era uma mensagem de sua melhor amiga, Lexa Sideris. Lexa foi a primeira amizade que Perséfone fez quando se mudou para Nova Atenas. A garota tinha se virado para Perséfone na aula se oferecendo para ser sua dupla no laboratório. Ficaram inseparáveis desde então. Perséfone foi atraída pela modernidade de Lexa, que tinha tatuagens, cabelo preto como a noite e um amor pela Deusa da Bruxaria, Hécate.

Onde você está?

Na Coffee House, Perséfone respondeu.

Por quê? Precisamos comemorar!

Perséfone sorriu. Desde que soube que a amiga tinha conseguido o estágio, Lexa vinha tentando convencê-la a sair para beber. Perséfone tinha conseguido adiar até então, mas as desculpas estavam acabando, e Lexa sabia.

Eu estou comemorando, Perséfone escreveu, *com um latte de baunilha.*

Não com café. Álcool. Shots. Você + eu. Hoje à noite.

Mas antes que Perséfone pudesse responder, uma garçonete apareceu segurando uma bandeja com o latte fumegante. Perséfone vinha à cafeteria com frequência, por isso sabia que a garota era nova, assim como os narcisos. Tinha duas tranças e seus olhos eram escuros, com cílios grossos.

— Latte de baunilha? — a moça perguntou, sorrindo.

— Sim — respondeu Perséfone.

A garçonete colocou a xícara na mesa e enfiou a bandeja debaixo do braço.

— Mais alguma coisa?

— Você acha que Lorde Hades tem senso de humor? — Perséfone perguntou, olhando nos olhos da moça.

A pergunta não era séria — Perséfone estava achando engraçadíssima —, mas a garçonete arregalou os olhos e respondeu:

— Não entendi.

Estava claramente desconfortável, provavelmente por ouvir o nome de Hades. A maioria evitava dizer seu nome, ou chamavam-no de Aidoneus para não atrair sua atenção, mas Perséfone não tinha medo. Talvez porque fosse uma deusa.

— Eu acho que ele deve ter senso de humor — Perséfone explicou. — O Narciso é um símbolo de renascimento e primavera — e seus dedos passaram sobre as pétalas murchas. A flor deveria ser o símbolo de Perséfone, não de Hades. — Por que ele a tomaria para si?

E encarou a garota, que corou e gaguejou:

— S-se precisar de mais alguma coisa, é só cha-chamar. — Cumprimentou com a cabeça e voltou ao trabalho.

Perséfone tirou uma foto do latte e mandou para Lexa antes de tomar um gole.

Colocou os fones de ouvido e consultou sua agenda. Perséfone gostava de organização, mas gostava mais ainda de se manter ocupada. Suas semanas eram sempre cheias: aulas às segundas, quartas e quintas, e três horas por dia no estágio. Quanto mais ocupada estivesse, mais desculpas teria para não ir para casa ver sua mãe em Olímpia.

Na semana seguinte, teria uma prova e um trabalho de história, mas não estava preocupada. Era uma de suas matérias favoritas. Estavam discutindo *A Grande Descida*, o nome dado ao dia em que os deuses vieram à Terra, e *A Grande Guerra*, a batalha terrível e sangrenta que se seguiu a isso.

Não demorou para que Perséfone se distraísse, absorta em sua pesquisa e escrita. Ela estava lendo o texto de um pesquisador que alegava que a escolha de Hades de ressuscitar os heróis de Zeus e Atena tinha sido o fator decisivo na batalha final, quando alguém com unhas bem-feitas fechou com força seu notebook. Ela levou um susto e encarou olhos surpreendentemente azuis num rosto oval emoldurado por um cabelo preto e volumoso.

— Adivinha.

Perséfone tirou os fones.

— Lexa, o que você está fazendo aqui?

— Estava indo pra casa e resolvi passar aqui e contar a boa notícia!

Ela deu pulinhos, o cabelo preto-azulado balançando junto.

— Que boa notícia?

— Consegui colocar a gente na lista da Nevernight! — Lexa mal conseguia conter a voz, e, com a menção à balada famosa, várias pessoas se viraram para ela.

— Shh! Você quer nos matar?

— Deixa de ser boba. — Lexa revirou os olhos, mas baixou a voz.

Era impossível entrar na Nevernight. Havia uma lista de espera de três meses, e Perséfone sabia o motivo. Hades era o dono.

A maioria dos estabelecimentos de propriedade dos deuses era insanamente popular. A linha de vinhos de Dionísio esgotava em segundos, e havia boatos de que os vinhos continham ambrosia. Também era extremamente comum mortais irem parar no Submundo após beber muito do néctar.

Os vestidos de alta-costura de Afrodite eram tão cobiçados que uma garota chegou a matar por um deles fazia alguns meses. Houve julgamento e tudo.

A Nevernight não era diferente.

— Como você conseguiu nos colocar na lista? — Perséfone perguntou.

— Um cara no meu estágio não vai poder ir. Ele estava na lista de espera há dois anos. Imagina a sorte? Você. Eu. A Nevernight. Hoje à noite!

— Não posso ir.

Lexa murchou.

— Ah, poxa, Perséfone! Consegui colocar a gente na lista da Nevernight! Não quero ir sozinha!

— Leva a Íris.

— Eu quero levar você. Nós deveríamos estar comemorando. Além do mais, isso faz parte da experiência universitária!

Perséfone tinha certeza de que Deméter discordaria. Tinha prometido várias coisas à mãe antes de vir para Nova Atenas fazer faculdade. Entre elas, ficar longe dos deuses.

Com certeza não tinha cumprido muitas das promessas. Já no primeiro semestre havia mudado de botânica para jornalismo. Não esqueceria nunca o sorriso tenso da mãe, ou o jeito com que disse *que bom* por entre os dentes quando descobrira a verdade. Perséfone ganhara a batalha, mas Deméter tinha declarado guerra. No dia seguinte, aonde ela ia, uma ninfa da deusa ia também.

Ainda assim, se formar em botânica não era tão importante quanto ficar longe dos deuses, porque os deuses não sabiam que Perséfone existia.

Bem, sabiam que Deméter tinha uma filha, mas que nunca tinha sido apresentada na corte em Olímpia. E, definitivamente, não sabiam que essa filha estava se passando por uma mortal. Perséfone não tinha ideia de como os deuses reagiriam quando a descobrissem, mas sabia como o mundo mortal reagiria e não seria nada bom. Teriam uma nova deusa para explorar e escrutinar. Ela não poderia mais existir — perderia a liberdade que tinha acabado de ganhar, e não estava interessada nisso.

Perséfone nem sempre concordava com a mãe, mas mesmo ela sabia que era melhor levar uma vida mortal normal. Não era como os outros deuses e deusas.

— Eu preciso muito estudar e escrever um artigo, Lexa. E começo meu estágio amanhã.

Ela estava decidida a causar uma boa impressão, e aparecer de ressaca ou virada no primeiro dia não era o jeito certo de fazer isso.

— Você já estudou! — Lexa apontou para o notebook e a pilha de anotações na mesa. Mas o que Perséfone estava realmente fazendo era estudar uma flor e pensar no Deus dos Mortos. — E nós duas sabemos que você já terminou de escrever o artigo, mas é muito perfeccionista.

Perséfone corou. E se fosse verdade? Estudar era a primeira e única coisa em que era boa.

— Por favor, Perséfone! A gente vai embora cedo pra você poder descansar.

— O que eu vou fazer na Nevernight, Lex?

— Dançar! Beber! Beijar! Talvez até apostar um pouco! Não sei, mas não é essa a graça?

Perséfone corou novamente e desviou o olhar. O narciso pareceu encará-la de volta, refletindo seus defeitos. Nunca tinha beijado um garoto. Nem sequer tinha contato com homens antes de vir para a universidade e continuava mantendo distância, mais por medo de sua mãe se materializar e destruí-los.

E não era exagero. Deméter sempre a prevenira contra homens.

— *Você pode ser duas coisas para os deuses* — tinha dito quando Perséfone era muito nova. — *Um jogo de poder ou um brinquedo.*

— *Você só pode estar errada, Mãe. Deuses amam. Há vários deuses casados.*

Deméter riu.

— *Deuses se casam pelo poder, minha flor.*

Conforme Perséfone ficava mais velha, foi percebendo que sua mãe tinha razão. Os deuses que eram casados não se amavam; na verdade, passavam a maior parte do tempo traindo e procurando vingança.

Aquilo significava que Perséfone provavelmente morreria virgem, porque Deméter tinha deixado claro que mortais também não eram uma opção.

— *Eles... envelhecem* — dissera, enojada.

Perséfone tinha decidido não discutir o fato de que envelhecer não teria importância se o amor fosse verdadeiro, pois já tinha percebido que sua mãe não acreditava no amor.

Bom, pelo menos não no amor romântico.

— Não tenho o que vestir — Perséfone tentou.

— Pode pegar qualquer roupa minha. Faço até sua maquiagem e cabelo. Por favor, Perséfone.

Ela franziu os lábios, ponderando.

Teria que fugir das ninfas que sua mãe havia plantado em seu apartamento e fortalecer sua ilusão, o que lhe traria problemas. Deméter ia querer saber por que Perséfone, de repente, precisou de mais magia. Pensou então que poderia colocar a culpa no estágio.

Sem ilusão, Perséfone perderia o anonimato, já que havia uma característica óbvia que identificava todos os deuses como Divinos: os chifres. Os de Perséfone eram brancos e subiam em espiral como os de um antílope africano e, embora sua ilusão habitual nunca tivesse falhado perto de mortais, ela não tinha tanta certeza de que funcionaria para um deus tão poderoso como Hades.

— Eu não queria *mesmo* encontrar o Hades — disse, por fim.

As palavras deixaram um gosto amargo em sua boca, pois era mentira. O mais correto seria dizer que estava curiosa sobre ele e seu mundo. Achava interessante que ele fosse tão ardiloso e que suas apostas com os mortais fossem completamente terríveis. O Deus dos Mortos representava tudo o que ela não era: sombrio e tentador.

Tentador porque era um mistério, e mistérios eram aventuras, o que Perséfone realmente desejava. Talvez fosse a jornalista nela, mas queria fazer algumas perguntas a ele.

— Hades não estará lá — Lexa disse. — Deuses nunca administram seus negócios pessoalmente.

Isso era verdade, provavelmente, mais ainda no caso de Hades. Era de conhecimento de todos que ele preferia a escuridão melancólica do Submundo às luzes.

Lexa olhou por longos instantes para Perséfone, e então se inclinou sobre a mesa.

— É por causa da sua mãe? — perguntou em voz baixa.

Perséfone encarou a amiga, surpresa. Nunca tinha falado da mãe. Achou que quanto menos falasse, menos perguntas teria que responder, e menos mentiras teria que contar.

— Como você sabe? — Foi a única coisa que Perséfone conseguiu falar.

Lexa deu de ombros.

— Você nunca fala sobre sua mãe, e ela veio ao apartamento algumas semanas atrás, enquanto você estava na aula.

— Quê? — Perséfone ficou de queixo caído. Acabara de saber daquela visita. — O que ela disse? Por que você não me contou?

Lexa ergueu as mãos.

— Primeiro, sua mãe é assustadora. Quer dizer, ela é maravilhosa, como você, mas... — Lexa parou e teve um arrepio. — É *fria*. Segundo, ela mandou eu não te falar.

— E você obedeceu?

— Obedeci, eu achei que ela ia te contar. Disse que queria fazer uma surpresa, mas, como você não estava em casa, ligaria depois.

Perséfone revirou os olhos. Deméter não ligou. Provavelmente porque tinha ido lá procurar algo.

— Ela entrou no apartamento?

— Ela pediu para ver o seu quarto.

— Merda. — Perséfone teria que checar os espelhos.

Era possível que a mãe tivesse deixado um encanto para espioná-la.

— De qualquer maneira, ela me pareceu... superprotetora.

Aquele tinha sido o eufemismo do ano. Deméter era tão superprotetora que Perséfone praticamente não tivera contato com o mundo exterior por dezoito anos de sua vida.

— É, ela é uma escrota.

Lexa ergueu as sobrancelhas, achando graça.

— Você que está dizendo. — Fez uma pausa e acrescentou vagamente: — Quer conversar sobre o assunto?

— Não. — Conversar não a faria se sentir melhor, mas uma ida à Nevernight possivelmente sim. Ela sorriu. — Mas vou com você hoje.

Ela provavelmente se arrependeria da decisão amanhã, especialmente se sua mãe descobrisse, mas agora estava se sentindo rebelde, e que melhor maneira de se rebelar do que ir à balada do deus que sua mãe menos gostava?

— Sério? — Lexa bateu palmas. — Meus deuses! Vamos nos divertir tanto, Perséfone! — Lexa ficou em pé com um pulo. — Temos que começar a nos arrumar!

— Mas são só três da tarde.

— É, bom... — Lexa mexeu no cabelo comprido e escuro. — Meu cabelo está nojento. Além do mais, demoro uma vida pra me arrumar e ainda tenho que fazer seu cabelo e maquiagem. Precisamos começar já!

Perséfone não se mexeu.

— Eu te alcanço em um minuto — disse. — Prometo.

Lexa sorriu.

— Obrigada, Perséfone. Vai ser ótimo, você vai ver.

Lexa deu um abraço na amiga e saiu praticamente dançando pela rua.

Perséfone sorriu olhando a cena. Naquele momento, a garçonete voltou e estendeu a mão para tirar a caneca de Perséfone, que segurou firme o pulso dela.

— Se você contar para a minha mãe qualquer coisa que não seja o que eu te disser, eu te mato.

Era a mesma garçonete de antes, com suas tranças fofas e olhos escuros, mas sob a ilusão da jovem universitária estavam as feições de uma ninfa: nariz pequeno, olhos vibrantes e traços angulares. Perséfone havia notado quando a garota entregou a bebida, mas não sentiu necessidade de chamar a atenção para isso naquele momento. Ela estava apenas fazendo o que Deméter havia mandado: espionando, mas, após a conversa com Lexa, Perséfone não quis arriscar.

A garota pigarreou e desviou o olhar.

— Se sua mãe descobrir que eu menti, ela me mata.

— Você tem mais medo de quem? — Perséfone tinha aprendido havia muito tempo que as palavras eram sua arma mais poderosa.

Ela apertou mais o pulso da garota antes de soltá-lo. A ninfa limpou a mesa rapidamente e saiu. Perséfone tinha que admitir que se sentiu mal por ameaçá-la, mas odiava ser seguida e odiava ser observada. As ninfas eram como as garras de Deméter, que pareciam estar alojadas na pele de Perséfone.

Seu olhar caiu sobre o narciso moribundo, e ela acariciou as pétalas murchas. Ao toque de Deméter, teriam crescido cheias de vida, mas, com seu toque, enrolaram e se esfacelaram.

Perséfone podia ser filha de Deméter e Deusa da Primavera, mas não conseguia cultivar nenhuma planta.

2

NEVERNIGHT

A Nevernight era uma pirâmide de obsidiana esguia e sem janelas, mais alta do que os edifícios brilhantes ao seu redor e, a distância, era uma ruptura na estrutura da cidade. A torre podia ser vista de qualquer lugar em Nova Atenas. Deméter tinha dito que Hades quis construir a torre tão alta assim para lembrar os mortais de suas vidas finitas.

Quanto mais tempo passava à sombra da casa noturna de Hades, mais ansiosa Perséfone ficava. Lexa tinha ido falar com algumas conhecidas da faculdade mais adiante na fila, deixando-a sozinha para guardar lugar. Ela estava como um peixe fora d'água, cercada por estranhos, se preparando para entrar no território de outro deus e usando um vestido ousado. Cruzava e descruzava os braços, incapaz de decidir se queria esconder o decote ou aceitá-lo. Pegara emprestado o vestido rosa cintilante de Lexa, que era muito menos curvilínea. Seu cabelo caía em cachos soltos em volta do rosto, e Lexa tinha usado nela o mínimo de maquiagem, para mostrar sua beleza natural.

Se sua mãe a visse agora, a mandaria de volta para a estufa, ou para a prisão de vidro, como Perséfone chamava o lugar.

Esse pensamento embrulhou seu estômago. Olhou à sua volta se perguntando se as espiãs de Deméter estavam por perto. Será que sua ameaça à garçonete na Coffee House tinha sido suficiente para manter a garota de bico fechado sobre seus planos com Lexa? Desde que tinha dito à sua melhor amiga que viria nesta noite, sua imaginação estava fervilhando pensando em todos os jeitos como Deméter poderia puni-la se fosse pega. Apesar de maternal, sua mãe era severa nas punições. Na verdade, Deméter tinha um canteiro inteiro na estufa dedicado a isso — cada flor que crescia ali havia sido uma ninfa, um rei, uma criatura que incorrera em sua ira.

Era essa ira que deixava Perséfone paranoica e que a fez checar todos os espelhos quando voltou para casa mais cedo.

— Meus deuses! — Lexa estava um arraso de vermelho, atraindo todos os olhares ao lado de Perséfone. — Não é maravilhosa?

Perséfone segurou o riso. Ela não se impressionava tanto com a grandeza dos deuses; se eles tinham riqueza, imortalidade e poder para exibir, o mínimo que podiam fazer era ajudar a humanidade. Mas, em vez disso, passavam seu tempo jogando mortal contra mortal, destruindo e reformando o mundo para se divertir.

Perséfone olhou para a torre novamente e franziu a testa.

— Não sou muito fã de preto.

— Sua opinião vai mudar quando você vir Hades.

Perséfone olhou para a colega de quarto.

— Você me falou que ele não estaria aqui!

Lexa colocou as mãos nos ombros de Perséfone e a olhou nos olhos.

— Perséfone, não me interprete mal, você é gostosa e tal, mas... qual a chance de chamar a atenção de Hades? Este lugar está lotado.

Lexa tinha razão, mas e se sua ilusão falhasse? Seus chifres chamariam a atenção de Hades. Ele jamais perderia a chance de confrontar outro deus no seu território, especialmente se fosse um desconhecido.

Ela sentiu um buraco no estômago, mexeu no cabelo e alisou o vestido. Não percebeu que Lexa a estava observando até que a amiga disse:

— Você poderia simplesmente ser honesta e admitir que gostaria, sim, de conhecê-lo.

Perséfone deu uma risadinha trêmula.

— Eu não quero conhecer Hades.

Ela não entendia bem por que era tão difícil dizer que estava interessada, mas não conseguia admitir isso.

Lexa a olhou cética, mas antes que pudesse dizer qualquer coisa, gritos vieram do começo da fila. Perséfone olhou em volta para ver se descobria o que estava acontecendo.

Um homem tinha tentado dar um soco em um ogro grande a postos na entrada da boate — uma das criaturas notoriamente cruéis e brutais que Hades contratava para proteger sua fortaleza. Claro que tinha sido uma ideia terrível; sem nem piscar, o ogro fechou a mão no punho do homem. Mais dois surgiram das sombras, grandes e vestidos de preto.

— Não! Espere! Por favor! Eu só quero... eu só preciso dela de volta! — o homem lamentou quando as criaturas o agarraram e o arrastaram para longe.

Demorou muito até que Perséfone não pudesse mais ouvir sua voz.

Ao lado dela, Lexa suspirou.

— Sempre tem um desses.

Perséfone lançou para ela um olhar incrédulo.

Lexa deu de ombros.

— O quê? Sempre tem uma história na *Divinos de Delfos* sobre algum mortal tentando invadir o Submundo para resgatar seus entes queridos.

Divinos de Delfos era a revista de fofoca favorita de Lexa. Havia poucas coisas que competiam com sua obsessão pelos deuses — talvez a moda.

— Mas isso é impossível — Perséfone argumentou.

Todos sabiam que Hades era famoso por guardar bem as fronteiras de seu reino — nenhuma alma entrava ou saía sem seu conhecimento.

Perséfone tinha a sensação de que o mesmo acontecia com seus estabelecimentos. E esse pensamento lhe causava arrepios.

— Não impede as pessoas de tentar — disse Lexa.

Quando elas ficaram ao alcance da visão do ogro, Perséfone se sentiu exposta. Foi só encarar os olhos redondos da criatura que quase desistiu. Em vez disso, cruzou os braços e tentou evitar olhar para aquele rosto desfigurado por muito tempo. Estava coberto de pústulas, e seu prognatismo revelava dentes muito afiados. Ainda que a criatura não pudesse ver através da ilusão de Perséfone — pois a magia de Deméter superava a dos ogros —, ela sabia que sua mãe tinha muitos espiões em Nova Atenas. Cuidado nunca era demais.

Lexa deu seu nome, e o ogro falou em um microfone preso na lapela do paletó. Depois de um momento, abriu a porta da Nevernight.

Perséfone ficou surpresa ao entrar em um pequeno ambiente escuro e silencioso, e os dois ogros de antes haviam retornado para lá.

As criaturas olharam Lexa e Perséfone de cima a baixo e pediram:

— Bolsas?

Elas abriram suas clutches para que eles pudessem procurar objetos proibidos, incluindo celulares e câmeras. A única regra na Nevernight era não tirar fotos. Na verdade, Hades tinha essa regra para qualquer evento de que participasse.

— *Como Hades vai saber se algum mortal curioso tirou uma foto?* — *Perséfone tinha perguntado a Lexa quando soube.*

— *Não faço ideia* — *Lexa admitiu.* — *Só sei que ele fica sabendo, e as consequências não valem a pena.*

— *Quais são as consequências?*

— *Ter seu celular quebrado, não poder mais entrar na Nevernight e virar notícia em uma revista de fofocas.* — *Perséfone fez uma careta.*

Hades era realmente cuidadoso, e ela achou que fazia sentido; o deus era notoriamente reservado. Nunca nem tinha aparecido com uma amante. Perséfone duvidava que Hades tivesse feito voto de castidade como Ártemis e Atena, apenas tinha conseguido ficar longe dos olhos do público.

Ela meio que admirava isso nele.

Assim que foram liberadas da revista, os ogros abriram as próximas portas. Lexa puxou Perséfone pela mão. Uma rajada de ar frio a atingiu, trazendo o cheiro de bebidas alcoólicas, suor e algo semelhante a laranjas amargas.

Narcisos. Perséfone reconheceu o cheiro.

A Deusa da Primavera se viu em um mezanino com vista para o primeiro piso da casa noturna. Havia pessoas por toda parte — jogando cartas nas mesas e lado a lado no bar bebendo, com suas silhuetas iluminadas por uma luz de fundo vermelha. Várias cabines estofadas estavam dispostas em ambientes aconchegantes e lotadas de pessoas, mas foi o centro da casa que chamou a atenção de Perséfone: uma pista de dança rebaixada, cheia de gente como uma bacia cheia de água. As pessoas dançavam coladas, em um ritmo hipnotizante, sob um feixe de luz vermelha. Acima, o teto tinha uma fileira de lustres de ferro e cristal.

— Vem! — Lexa levou Perséfone pela escada.

Perséfone segurava com força a mão de Lexa, com medo de perdê-la enquanto avançavam pela multidão.

Demorou um pouco para descobrir em que direção sua amiga estava indo, mas logo chegaram ao bar, se espremendo em um espaço que cabia apenas uma pessoa.

— Dois manhattans — Lexa pediu.

Assim que pegou sua carteira, um braço surgiu entre elas e jogou algumas notas no balcão. Uma voz veio em seguida:

— Bebidas por minha conta.

Lexa e Perséfone se viraram e viram um homem parado. A linha da sua mandíbula era afiada como um diamante; seu cabelo espesso e encaracolado era tão escuro quanto seus olhos, e a pele era de um lindo e reluzente marrom. Um dos homens mais bonitos que Perséfone já tinha visto.

— Obrigada — Lexa sussurrou.

— Sem problemas — disse ele, exibindo um sorriso de belos dentes brancos, uma visão bem-vinda depois das presas horríveis do ogro. — Primeira vez na Nevernight?

Lexa respondeu rapidamente:

— Sim. E você?

— Ah, estou sempre aqui — disse ele.

Perséfone transmitiu seu pensamento em um olhar para Lexa, que deixou escapar:

— Como?

O homem deu uma risada calorosa.

— Sou sortudo, acho. — Falou, estendendo a mão. — Adônis.

Ele cumprimentou Lexa e depois Perséfone enquanto elas se apresentavam.

— Vocês gostariam de ficar na minha mesa?

— Claro — elas disseram em uníssono, dando risadinhas.

Com suas bebidas em mãos, Perséfone e Lexa seguiram Adônis até uma das cabines que tinham visto do mezanino. Cada uma tinha dois sofás de veludo em forma de meia-lua e uma mesa no centro. Já havia várias pessoas na dele — seis caras e cinco garotas —, mas todas se ajeitaram para abrir espaço.

— Pessoal, essas são Lexa e Perséfone. — Adônis apontou para o grupo, dizendo o nome de cada um, mas Perséfone só pegou aqueles que estavam mais perto dela.

Aro e Xerxes eram gêmeos, ambos magros, com o mesmo cabelo ruivo, rostos sardentos e lindos olhos azuis. Sibila era linda e loura, seu vestido branco e básico revelava longas pernas; ela estava sentada entre os gêmeos e se inclinou sobre Aro para falar com Perséfone e Lexa.

— De onde vocês são?

— Jônia — disse Lexa.

— Olímpia — disse Perséfone.

Os olhos da garota se arregalaram.

— Você morou em Olímpia? Aposto que é lindo lá!

Perséfone tinha vivido muito, muito longe da cidade propriamente dita, na estufa de vidro de sua mãe, e não tinha visto muito de Olímpia. Era um dos destinos turísticos mais populares da Nova Grécia, onde os deuses realizavam o Conselho e mantinham extensas propriedades. Quando os Divinos estavam ausentes, muitas das mansões e seus jardins eram abertos para visitação.

— É lindo, sim — Perséfone concordou. — Mas Nova Atenas também é linda. E eu... não tinha muita liberdade em Olímpia.

Sibila deu um sorriso simpático.

— Seus pais?

Perséfone assentiu.

— Somos de Nova Delfos, viemos aqui para estudar, há quatro anos — disse Aro, gesticulando para Sibila e seu irmão.

— Também gostamos da liberdade que temos aqui — brincou Xerxes.

— O que vocês estudam? — Perséfone perguntou.

— Arquitetura — disseram os meninos em uníssono. — Faculdade de Héstia.

— Estou na Faculdade dos Divinos — disse Sibila.

— Sibila é um oráculo. — Aro apontou com o polegar.

A garota corou e desviou o olhar.

— Você vai servir a um deus! — Lexa ficou de queixo caído.

Os oráculos eram posições cobiçadas entre os mortais, e para se tornar um era preciso nascer com certos dons proféticos. Eles eram os mensageiros dos deuses. Nos tempos antigos, isso significava servir em templos; agora eram relações-públicas, davam declarações e organizavam coletivas de imprensa, especialmente quando um deus tinha algo profético para comunicar.

— Apolo já está de olho nela — disse Xerxes.

Sibila revirou os olhos.

— Não é tão maravilhoso quanto parece. Minha família não ficou feliz.

Sibila não precisaria explicar para Perséfone entender. Seus pais eram o que os Fiéis e tementes aos deuses chamavam de Ímpios.

Os Ímpios eram um grupo de mortais que tinha rejeitado os deuses quando estes vieram para a Terra. Como já se sentiam abandonados por eles, não estavam dispostos a obedecer. Houve uma revolta, e dois lados se formaram. Até mesmo os deuses que apoiavam os Ímpios usavam mortais como fantoches, arrastando-os pelos campos de batalha, e, por um ano, destruição, caos e luta reinaram. Depois que a batalha terminou, os deuses prometeram uma nova vida, algo melhor do que os Campos Elísios (aparentemente, Hades não gostou muito), mas os deuses cumpriram — juntaram continentes e chamaram a massa de terra de Nova Grécia, dividindo-a em territórios com cidades grandes e brilhantes.

— Meus pais ficariam eufóricos — disse Lexa.

Perséfone encontrou o olhar de Sibila.

— Lamento que eles não estejam animados por você.

Ela deu de ombros.

— Estou melhor aqui.

Perséfone teve a sensação de que ela e Sibila tinham muito em comum quando se tratava de pais.

Vários shots depois, a conversa se transformou em histórias hilárias da amizade do trio, e Perséfone se distraiu com o ambiente. Notou pequenos detalhes, como fios de minúsculas luzes no alto, que pareciam estrelas no escuro, narcisos em vasos solitários nas mesas de todas as cabines e o parapeito de ferro do mezanino do segundo andar, onde uma figura solitária espreitava.

E foi onde seu olhar ficou, encontrando outro par de olhos sombrios.

Tinha pensado mais cedo que Adônis era o homem mais bonito que já tinha visto?

Estava errada.

O mais bonito estava olhando para ela agora.

Não enxergou a cor dos olhos dele, mas eles acenderam um fogo sob sua pele, e era como se ele soubesse; seus lábios carnudos se curvaram em um sorriso rude, chamando a atenção para sua mandíbula forte coberta por uma barba curta e escura. Ele era grande, quase dois metros, e estava todo de preto, desde o cabelo até o terno.

Ela ficou com a garganta seca e, de repente, se sentiu desconfortável. Se mexeu, cruzando as pernas, e se arrependeu na hora, pois o olhar do homem foi parar nelas, onde ficou por um momento antes de deslizar de volta por seu corpo, se detendo em suas curvas. Ela sentiu um calor na barriga, se lembrando da sensação de vazio, de como precisava desesperadamente ser preenchida.

Quem era esse homem, e como ela podia estar sentindo isso por um estranho? Precisava quebrar essa conexão que havia criado uma energia sufocante entre eles.

Para isso, bastou ver mãos delicadas deslizando em volta da cintura dele. Ela não esperou para ver o rosto da mulher, se virando para Lexa e pigarreando.

O grupo estava falando sobre o Pentatlo — uma competição anual de atletismo com cinco eventos esportivos diferentes: salto em distância, lançamento de dardo, lançamento de disco, luta livre e uma série de corridas curtas. Era muito popular nas cidades altamente competitivas da Nova Grécia, e, embora Perséfone não fosse muito fã de esportes, amava o espírito do Pentatlo e gostava de torcer por Nova Atenas no torneio. Ela tentou acompanhar a conversa, mas seu corpo estava eletrizado, e sua mente pensava em outras coisas — por exemplo, em qual seria a sensação de ser tomada pelo homem do mezanino. Ele poderia preencher seu vazio, alimentar seu fogo, acabar com seu sofrimento.

Poderia, se não estivesse obviamente comprometido — ou no mínimo envolvido com outra mulher.

Ela hesitou em olhar por cima do ombro para ver se ele permanecia no mezanino até que sua curiosidade venceu, mas, quando olhou, o lugar estava vazio. Franziu a testa, desapontada, e esticou o pescoço, procurando-o na multidão.

— Procurando Hades? — Adônis brincou, e Perséfone olhou rapidamente para ele.

— Não, não.

— Ouvi dizer que ele estaria aqui hoje à noite — interrompeu Lexa. Adônis riu.

— Sim, ele normalmente fica lá em cima.

— O que tem lá em cima? — Perséfone perguntou.

— Um lounge. É mais silencioso, mais íntimo. Acho que ele prefere a paz quando está negociando seus termos.

— Termos? — Perséfone repetiu.

— Sim, os termos de seus contratos. Os mortais vêm aqui para jogar por dinheiro, amor ou o que for. O foda é que, se o mortal perder, Hades escolhe o que está em jogo. E geralmente pede que eles façam algo impossível.

— Como assim?

— Aparentemente, ele pode ver os vícios dos mortais, ou algo do tipo. Então, vai pedir ao alcoólatra que permaneça sóbrio e ao viciado em sexo que seja casto. Se cumprirem os termos, eles vivem. Se falharem, Hades fica com suas almas. É como se quisesse que eles perdessem.

Perséfone se sentiu nauseada. Não sabia como funcionavam os jogos de Hades; tinha ouvido por alto que ele pedia a alma dos mortais, mas isso soou muito, muito pior. Era... manipulação.

Como Hades conhecia as fraquezas desses mortais? Consultava as Moiras? Ou ele mesmo possuía esse poder?

— Alguém tem permissão para subir lá? — Perséfone perguntou.

— Se tiver a senha — disse Adônis.

— E como conseguir a senha? — Lexa perguntou.

Adônis deu de ombros.

— Sei lá. Eu não venho aqui para barganhar com o Deus dos Mortos.

Embora Perséfone não desejasse entrar em uma barganha com Hades, ficou pensando em como as pessoas conseguiam a senha. Como Hades aceitava uma aposta? Os mortais contavam seu caso ao deus, e ele então os julgava dignos ou não?

Lexa se levantou e pegou a mão da amiga.

— Perséfone, banheiro. — Puxou-a pelo salão lotado até o banheiro.

Enquanto esperavam no final da longa fila, Lexa grudou em Perséfone com um enorme sorriso estampado no rosto.

— Você já tinha visto homem mais atraente? — Ela despejou.

Perséfone estreitou os olhos.

— Adônis?

— Claro que é o Adônis! Quem mais?

A vontade era comentar que, enquanto Lexa cobiçava Adônis, tinha perdido a chance de ver o homem que realmente merecia o título. Mas optou por dizer:

— Você está caidinha por ele.

— Estou amando.

Perséfone revirou os olhos.

— Não pode estar amando, acabou de conhecer o cara!

— Ok, talvez não seja amor ainda. Mas se ele quisesse ser o pai dos meus filhos, eu aceitaria.

— Você é ridícula.

— Sou sincera. — Deu um sorriso, então ficou séria e disse: — Está tudo bem ser vulnerável, sabe?

— O que você quer dizer? — A pergunta de Perséfone foi mais agressiva do que ela pretendia.

Lexa deu de ombros.

— Deixa pra lá.

Perséfone queria pedir a ela que explicasse melhor, mas uma cabine se abriu e Lexa entrou. Perséfone esperou, ordenando seus pensamentos, tentando descobrir o que Lexa quis dizer, quando outra cabine vagou.

Depois que Perséfone saiu do banheiro, procurou Lexa, achando que ela estaria esperando, mas não a viu no meio da multidão. Olhou para o mezanino onde Hades supostamente fechava seus negócios; será que sua amiga tinha subido?

Então encontrou olhos verdes: uma mulher estava encostada na coluna no final da escada. Perséfone a reconheceu, mas não conseguiu identificar de onde. Seu cabelo era como seda dourada e tão radiante quanto o sol de Hélio, sua pele tinha cor de nata, e ela vestia uma versão moderna de peplo da cor dos seus olhos.

— Procurando alguém? — ela perguntou.

— Minha amiga. Ela está de vermelho.

— Ela subiu. — A mulher inclinou o queixo em direção aos degraus e Perséfone seguiu seu olhar. — Você já esteve lá?

— Não, nunca estive.

— Posso te dar a senha.

— Como conseguiu a senha?

A mulher deu de ombros.

— Ouvi por aí. — Ela fez uma pausa. — E então?

Perséfone não podia negar que estava curiosa. Essa era a emoção que estava procurando; a aventura pela qual ansiava.

— Pode falar.

A mulher riu, seus olhos brilhando de uma forma que deixou Perséfone desconfiada.

— *Pathos.*

Tragédia. Perséfone achou isso terrivelmente ameaçador.

— Obrigada — disse, e subiu os degraus em espiral até o segundo andar.

Não encontrou nada além de uma porta dupla escura, adornada com ouro e uma górgona de guarda.

O rosto da criatura era marcado por cicatrizes que apareciam mesmo com a venda branca cobrindo seus olhos. Como outras de sua espécie, ela tivera cobras no lugar do cabelo. Agora, uma capa branca com capuz cobria sua cabeça e escondia seu corpo.

Quando Perséfone se aproximou, notou que as paredes eram espelhadas e viu seu reflexo, percebendo o rubor na face e o brilho nos olhos. Sua ilusão havia enfraquecido enquanto estava na Nevernight. Esperava que, se alguém notasse, ela pudesse culpar a excitação e o álcool. Não sabia por que estava tão nervosa; talvez fosse porque não sabia o que esperar além daquelas portas.

A górgona levantou a cabeça, mas não disse nada. Por um momento, ficou silêncio. Então a criatura inspirou, e Perséfone ficou imóvel.

— Divina — a górgona ronronou.

— Perdão? — Perséfone perguntou.

— Deusa.

— Você está enganada.

A górgona deu uma risada.

— Posso não ter olhos, mas conheço o cheiro de um deus. Que esperança tens de entrar?

— Você é ousada para uma criatura que sabe que está falando com uma deusa.

A górgona sorriu.

— Só és uma deusa quando te serve?

— *Pathos!* — Perséfone falou, ríspida.

O sorriso da górgona permaneceu, mas ela abriu a porta e não fez mais perguntas.

— Divirta-se, milady.

Perséfone olhou feio para o monstro e entrou em uma sala menor e enfumaçada. Ao contrário do andar principal da boate, esse espaço era íntimo e silencioso. No teto, havia um único lustre grande que fornecia luz suficiente apenas para iluminar mesas e rostos, não muito mais. Havia vários grupos de pessoas jogando cartas, e nenhum deles pareceu notá-la.

Quando a porta se fechou, ela começou a explorar, procurando por Lexa, mas se viu distraída pelas pessoas e pelos jogos. Observou mãos graciosas distribuindo cartas e ouviu jogadores conversando nas mesas. Então chegou a uma mesa oval de onde os jogadores estavam saindo. Não sabia o que a tinha atraído, mas decidiu se sentar.

O crupiê assentiu.

— Madame.

— Você joga? — Uma voz veio de trás.

Ela sentiu o som grave vibrar em seu peito.

Ao se virar, se perdeu num olhar. O homem do mezanino estava parado à sua sombra. O calor no sangue chegou a um nível insuportável, enrubescendo-a. Ela cruzou as pernas com força e cerrou os punhos para não se sentir tão inquieta sob o olhar dele.

Vendo de perto, pôde preencher algumas lacunas sobre a aparência dele. O homem era lindo de um jeito sombrio — de um jeito que prometia partir corações. Seus olhos eram da cor de obsidiana e emoldurados por cílios grossos, e o cabelo estava preso em um coque baixo. Estava certa ao deduzir que ele era alto: precisou inclinar a cabeça para trás para encontrar seu olhar.

Quando o peito começou a doer, ela percebeu que estava prendendo a respiração desde que o homem se aproximara. Inspirou lentamente e assim pôde sentir o cheiro dele — fumaça, especiarias e um ar de inverno. Isso preencheu todos os vazios dentro dela.

Enquanto Perséfone o encarava, ele tomou um gole de seu copo, passando a língua nos lábios depois. Ele era o pecado encarnado. Ela podia sentir na forma como seu corpo reagia ao dele — mas não queria deixar transparecer. Então sorriu e disse:

— Estou disposta a jogar se você estiver disposto a ensinar.

Abrindo um sorrisinho, ele ergueu a sobrancelha escura. Tomou outro gole e se aproximou da mesa, se sentando ao lado dela.

— Muita coragem sua se sentar em uma mesa sem saber o jogo.

Ela encontrou o olhar do homem.

— De que outra forma eu aprenderia?

— Hum. — Ele considerou, e Perséfone decidiu que tinha amado sua voz. — Esperta.

O homem a olhou como se estivesse tentando reconhecê-la, e ela estremeceu.

— Eu nunca te vi aqui.

— Bem, eu nunca estive aqui antes — disse e fez uma pausa. — Você deve vir com frequência.

Ele sorriu.

— Eu venho.

— Por quê? — ela perguntou. Perséfone ficou surpresa por ter dito isso em voz alta, e o homem também. Ele ergueu as sobrancelhas. Ela tentou disfarçar. — Quer dizer, não precisa responder.

— Eu vou responder. Se você responder uma pergunta minha.

Ela o encarou por um momento, então acenou com a cabeça.

— Tudo bem.

— Venho porque é... *divertido* — disse, mas ele não parecia saber o que *divertido* significava. — Agora você: por que está aqui esta noite?

— Minha amiga Lexa estava na lista.

— Não. Essa é a resposta para uma pergunta diferente. Por que você está aqui esta noite?

Ela considerou a pergunta e disse:

— Vir hoje me pareceu um ato de rebeldia.

— E agora você já não tem tanta certeza?

— Ah, tenho certeza de que fui rebelde. — Perséfone arrastou o dedo ao longo da mesa. — Só não tenho certeza de como me sentirei amanhã.

— Contra quem você está se rebelando?

Ela sorriu.

— Você disse uma pergunta.

Ele sorriu também, fazendo o coração dela bater mais forte.

— Disse.

Encarando aqueles olhos infinitos, ela sentiu que ele podia enxergá-la — não a ilusão, ou mesmo sua pele e ossos, mas seu âmago, e isso a fez estremecer.

— Está com frio? — ele perguntou.

— Por quê?

— Você está tremendo desde que se sentou aí.

Ela sentiu o rosto ruborizar.

— Quem era aquela mulher com você antes?

A confusão nublou o rosto dele e depois se dissipou.

— Ah, Minta. Está sempre com as mãos onde não deve.

Perséfone empalideceu. Parecia ser uma amante, e nesse caso ela não estava interessada.

— Eu... acho que devo ir.

Ele a impediu tocando sua mão. Seu toque era elétrico e a aqueceu de dentro para fora. Ela se afastou rapidamente.

— Não — disse ele, e soou quase como uma ordem.

Perséfone o olhou feio.

— Perdão?

— Eu quis dizer que ainda não te ensinei a jogar. — Sua voz ficou mais grave e hipnótica. — Permita-me.

Foi um erro encará-lo, porque ficou impossível dizer não. Ela engoliu em seco e tentou relaxar.

— Então me ensina.

Ele a olhou intensamente antes de se voltar para as cartas, que embaralhou, explicando:

— Isto é pôquer.

Ela notou que ele tinha mãos elegantes e dedos longos. Será que tocava piano?

— Nós vamos jogar pôquer fechado, começando com uma aposta.

Perséfone olhou para baixo — não tinha trazido sua bolsa, mas o homem foi rápido em dizer:

— Uma resposta, então. Se eu ganhar, você vai responder a qualquer pergunta que eu fizer e, se você ganhar, eu responderei a qualquer pergunta sua.

Perséfone fez uma careta. Ela sabia o que ele iria perguntar, mas responder às perguntas era muito melhor do que perder todo o seu dinheiro e sua alma, então disse:

— Combinado.

Aqueles lábios sensuais se curvaram em um sorriso, aprofundando linhas em seu rosto que só o deixaram mais atraente. Quem era aquele homem? Ela quis perguntar o nome dele, mas não estava interessada em fazer amigos na Nevernight.

Enquanto distribuía cinco cartas para cada um, o homem explicou que, no pôquer, havia dez rankings diferentes, sendo a mais baixa a high card e a mais alta o royal flush. O objetivo era tirar uma mão mais alta do que o oponente. Ele explicou outras coisas, como pedir mesa, desistir e blefar.

— Blefar? — Perséfone repetiu.

— Às vezes, o pôquer é apenas um jogo de blefes... Especialmente quando se está perdendo.

Perséfone olhou para sua mão e tentou se lembrar do que ele tinha dito sobre as diferentes classificações. Baixou as cartas, viradas para cima, e o homem fez o mesmo.

— Você tem um par de rainhas — disse ele. — E eu tenho uma full house.

— Então você venceu — ela disse.

— Sim — respondeu ele e reivindicou seu prêmio imediatamente. — Contra quem você está se rebelando?

Ela sorriu, irônica.

— Minha mãe.

Ele ergueu a sobrancelha.

— Por quê?

— Você terá que ganhar outra mão para eu responder.

Ele distribuiu e venceu novamente. Desta vez, não fez a pergunta, apenas olhou para ela com expectativa.

Ela suspirou.

— Porque... ela me irritou.

Ele a encarou, esperando, e ela sorriu.

— Você não disse que a resposta precisava ser detalhada.

Ele sorriu, imitando-a.

— Anotado para o futuro, garanto.

— Futuro?

— Bem, espero que esta não seja a última vez que jogamos pôquer.

Ela sentiu um frio na barriga. O certo seria dizer a ele que esta era a primeira e última vez que viria para a Nevernight. Só que não conseguia dizer essas palavras.

Ele deu as cartas e venceu. Perséfone estava ficando cansada de perder e responder às perguntas desse homem. Por que estava tão interessado nela, afinal? Onde estava aquela mulher de antes?

— Por que você está com raiva de sua mãe?

Ela considerou a pergunta por um momento.

— Ela quer que eu seja algo que não sou. — Perséfone dirigiu o olhar para as cartas. — Não entendo por que as pessoas fazem isso.

Ele inclinou a cabeça.

— Você não está gostando do nosso jogo?

— Estou. Mas... não entendo por que as pessoas jogam contra Hades. Por que iriam querer vender a alma para ele?

— As pessoas não aceitam jogar porque querem vender a alma. Elas jogam porque acham que podem ganhar.

— E ganham?

— Às vezes.

— E você acha que isso o irrita? — A pergunta deveria permanecer um pensamento em sua cabeça, mas as palavras escaparam de seus lábios.

Ele sorriu, e ela pôde sentir o sarcasmo no fundo do seu estômago.

— Meu bem, eu ganho de qualquer maneira.

Seus olhos se arregalaram e seu coração palpitou. Ela se levantou rapidamente, e o nome dele soou como uma maldição.

— *Hades.*

Esse nome em sua boca pareceu ter um efeito sobre ele, mas ela não identificou se foi bom ou ruim — os olhos dele ficaram vidrados, e as linhas de seu sorriso se transformaram em uma máscara dura e ilegível.

— Tenho que ir.

Ela deu meia-volta e saiu da pequena sala.

Desta vez, não deixou que ele impedisse; desceu correndo os degraus sinuosos e mergulhou na massa de corpos no térreo. O tempo todo, estava altamente ciente do ponto em seu pulso onde os dedos de Hades tinham tocado. Seria exagero dizer que sentia como se fosse uma queimadura?

Demorou um pouco, mas quando encontrou a saída Perséfone empurrou as portas com força. Do lado de fora, respirou fundo algumas vezes antes de chamar um táxi. Dentro do carro, mandou uma mensagem rápida para Lexa avisando que estava indo embora, tinha se sentido mal, mas não era justo fazer Lexa sair cedo só porque ela não podia ficar naquela torre nem mais um minuto.

A força do que ela fez a atingiu.

Ela tinha permitido que Hades, o Deus do Submundo, a instruísse, a tocasse, jogasse com ela e a questionasse.

E ele tinha vencido.

Mas essa não foi a pior parte. Não, a pior parte foi que havia um lado dela — um lado que ela nunca soube que existia até esta noite — que queria correr de volta para dentro, encontrá-lo e exigir uma lição sobre a anatomia do corpo dele.

3

JORNAL DE NOVA ATENAS

Amanheceu rápido.

Perséfone se olhou no espelho para ter certeza de que sua ilusão ainda estava lá. A magia estava fraca, porque era emprestada, mas foi suficiente para esconder seus chifres e tornar seus olhos verde-garrafa mais opacos.

Estendeu a mão para aplicar um pouco mais de ilusão nos olhos. Era o mais difícil de acertar, precisava de muita magia para embotar sua luz brilhante e atípica. Ao fazer isso, ela parou, notando algo em seu pulso.

Algo escuro.

Olhou mais de perto. Uma série de pontos pretos marcava sua pele, alguns menores, outros maiores. Parecia que uma tatuagem discreta e elegante havia aparecido em seu braço.

Isso está errado.

Perséfone abriu a torneira e esfregou até a pele ficar vermelha, mas a tinta não borrou nem sumiu. Na verdade, pareceu ficar mais forte. Então, ela se lembrou da noite anterior na Nevernight, quando Hades segurou seu pulso para impedi-la de sair. A pele dele transmitiu o calor para a dela, mas esse calor foi se transformando em queimadura quando Perséfone saiu da boate e continuou se intensificando quando ela se deitou para dormir.

Acendera a luz várias vezes para examinar o pulso, mas não tinha encontrado nada.

Até agora de manhã.

Ergueu seu olhar para o espelho e sua ilusão falhou por causa da raiva. Por que tinha obedecido ao pedido dele para ficar? Por que tinha agido como se não fosse nada de mais convidar o Deus dos Mortos para lhe ensinar a jogar cartas?

Ela sabia o motivo. Estava distraída por sua beleza. Por que ninguém tinha avisado a ela que Hades era um filho da mãe encantador? Que seu sorriso era de tirar o fôlego, e seu olhar, de parar o coração?

O que era essa coisa em seu pulso e o que significava?

De uma coisa ela tinha certeza: Hades ia contar a ela.

Hoje.

Antes que pudesse retornar para a torre de obsidiana, no entanto, teria que ir para o estágio. Olhou para uma pequena caixa ornamentada que sua mãe havia lhe dado. Ficava no canto da penteadeira e, atualmente, guardava joias, mas, quando Perséfone tinha doze anos, a caixinha continha cinco sementes de ouro. Deméter as havia criado com sua magia e dito que floresceriam rosas da cor do ouro líquido para ela, a Deusa da Primavera.

Perséfone as plantou e cuidou das mudas com todo o cuidado, mas, em vez de ficarem vivazes e douradas como esperava, cresceram murchas e pretas.

Nunca esqueceria a expressão da mãe quando a pegou olhando para as rosas murchas — chocada, decepcionada e sem acreditar que as flores de sua filha brotavam do chão como algo saído diretamente do Submundo.

Com um toque, então, Deméter fizera as flores brilharem com vida.

Perséfone nunca mais se aproximou delas e evitava aquela parte da estufa.

Ao olhar para a caixa, a marca em sua pele queimou tanto quanto sua vergonha. Ela não podia deixar sua mãe descobrir.

Procurou na caixa até encontrar um bracelete largo o suficiente para cobrir a marca. Teria que servir até que Hades a removesse. Perséfone voltou para o quarto, mas parou quando sua mãe se materializou na frente dela. Levou um susto, e seu coração pareceu que ia pular do peito.

— Pelos deuses, mãe! Você poderia pelo menos usar a porta, como uma mãe normal? E *bater*?

Em um dia comum, não teria sido grosseira, mas hoje estava apreensiva. Deméter não podia saber sobre a Nevernight. Perséfone fez um rápido inventário de tudo o que tinha usado na noite anterior: o vestido estava no quarto de Lexa, os sapatos em seu armário e tinha enfiado as joias na bolsa pendurada na maçaneta da porta.

A Deusa da Colheita era linda e não tinha se preocupado em usar ilusão para esconder seus chifres elegantes de sete pontas. Seu cabelo era louro como o de Perséfone, mas liso e comprido. Tinha a pele iluminada, e as maçãs do rosto salientes eram naturalmente rosadas, como seus lábios. Deméter ergueu o queixo pontudo, avaliando Perséfone com olhos críticos — olhos que mudavam de castanhos para verdes e dourados.

— Bobagem — disse, pegando o queixo de Perséfone e aplicando mais magia.

Perséfone sabia o que sua mãe estava fazendo sem precisar se olhar no espelho — cobrindo suas sardas, iluminando as maçãs do rosto e alisando os cabelos ondulados. Deméter gostava quando Perséfone se parecia com ela, e Perséfone preferia se parecer o mínimo possível com sua mãe.

— Você pode estar brincando de mortal, mas ainda pode parecer Divina.

Perséfone revirou os olhos. Sua aparência era apenas outra maneira de decepcionar a mãe.

— Agora sim! — Deméter exclamou finalmente, soltando o queixo de Perséfone. — Linda.

Perséfone olhou no espelho. Estava certa: Deméter tinha disfarçado tudo que a filha gostava em si mesma. Ainda assim, Perséfone se obrigou a dizer:

— Obrigada, mãe.

— Por nada, minha flor. — Deméter deu um tapinha em sua bochecha. — Então, me conte sobre esse... trabalho.

A palavra soou como uma maldição saindo dos lábios de Deméter. Perséfone cerrou os dentes. Foi surpreendida pela intensidade com que a raiva surgiu, parecendo rasgá-la.

— É um estágio, mãe. Se eu for bem, terei um emprego quando me formar.

Deméter franziu a testa.

— Meu bem, você sabe que não precisa trabalhar.

— Você que está dizendo — ela murmurou.

— O que foi?

Perséfone se virou para a mãe e disse mais alto:

— Eu quero trabalhar, sou boa nisso.

— Você é boa em tantas coisas, Cora.

— Não me chama assim! — Perséfone retrucou, e os olhos de sua mãe brilharam.

Ela tinha visto aquele olhar antes quando Deméter espancou uma de suas ninfas por perder Perséfone de vista.

Perséfone não deveria ter ficado com raiva, mas não conseguiu evitar. Odiava aquele nome. Era seu apelido de infância, e significava "donzela". A palavra era como uma prisão, mas sobretudo lembrava a ela que se saísse muito da linha as grades de sua prisão iriam se solidificar. Ela era a filha sem magia de uma Deusa do Olimpo. Não só isso: ela pegava emprestada a magia da mãe, e por causa dessa ligação era ainda mais importante obedecê-la. Sem a ilusão de Deméter, Perséfone não poderia viver no mundo mortal em anonimato.

— Desculpe, mãe — ela conseguiu dizer, mas não olhou para a deusa quando falou.

Não porque estivesse envergonhada, mas porque o pedido de desculpas não era sincero.

— Ah, minha flor. Não a culpo. — Deméter colocou as mãos nos ombros da filha. — É este mundo mortal. Está criando uma divisão entre nós.

— Mãe, não seja boba. — Perséfone suspirou, colocando as mãos no rosto de Deméter, e desta vez foi sincera em cada palavra: — Você é tudo pra mim.

Deméter sorriu, segurando os pulsos de sua filha. A marca de Hades queimou. A deusa se inclinou um pouco, como se fosse beijar o rosto de Perséfone. Em vez disso, disse:

— Lembre-se disso.

Então ela se foi.

Perséfone soltou a respiração e seu corpo murchou. Mesmo quando não tinha nada a esconder, lidar com sua mãe era exaustivo. Estava constantemente apreensiva, se preparando para a próxima coisa que a deusa consideraria inaceitável. Com o tempo, Perséfone achava que havia se acostumado com as palavras indesejáveis dela, mas às vezes a machucavam.

Se distraiu escolhendo uma roupa para o dia, um lindo vestido rosa-claro com mangas godê, sandálias de plataforma e bolsa brancas. Na saída, parou para se olhar no espelho, diminuindo a ilusão no cabelo e no rosto, trazendo de volta os cachos e as sardas. Sorriu, se reconhecendo mais uma vez.

Saiu do apartamento se sentindo mais feliz ao ver o sol da manhã. Perséfone não tinha carro e não tinha a capacidade de se teleportar como outros deuses, então se locomovia por Nova Atenas a pé ou de ônibus. Hoje, como o clima estava ameno, decidiu caminhar.

Perséfone amava a cidade, porque era muito diferente de onde tinha crescido. Ali, havia arranha-céus espelhados que brilhavam sob os raios quentes de Hélio, museus cheios de histórias que Perséfone só conhecera quando se mudou para lá, edifícios que pareciam arte, esculturas e fontes em quase todos os quarteirões. Mesmo com toda a pedra, vidro e metal, havia hectares de parques com jardins exuberantes e árvores por onde Perséfone passava muitas noites caminhando. O ar fresco a lembrava de que estava livre.

Respirou fundo, tentando aliviar a ansiedade. Em vez disso, a sensação desceu para o estômago e formou um nó, agravado pela tatuagem em seu pulso. Tinha que se livrar dela antes que Deméter a visse e que seus poucos anos de liberdade se transformassem em uma vida inteira em uma caixa de vidro.

Normalmente esse medo fazia com que Perséfone fosse cautelosa. Exceto na noite passada, quando se sentira rebelde e, apesar dessa estranha marca em sua pele, descobrira que a Nevernight e seu rei eram tudo o que ela sempre desejara.

Gostaria que não fosse assim — gostaria de ter achado Hades repulsivo. Desejou não ter passado a noite pensando em como aqueles olhos escuros percorreram seu corpo, como teve que inclinar a cabeça para trás para encará-lo, como aquelas mãos graciosas embaralharam as cartas.

Como seria o toque daqueles dedos longos em sua pele? Como seria sentir aqueles braços fortes pegando seu corpo e a carregando para longe?

Passara a desejar coisas que nunca desejou. Logo, sua ansiedade foi substituída por um fogo tão estranho e intenso que ela pensou que iria se incinerar.

Deuses. Por que estava pensando naquelas coisas?

Uma coisa era achar o Deus dos Mortos atraente, e outra... desejá-lo. Algo entre eles seria impossível. Sua mãe odiava Hades, e proibiria um relacionamento entre ele e sua filha, Perséfone sabia disso sem precisar perguntar. Também sabia que a magia da mãe era mais necessária do que apagar o fogo que rugia dentro de si.

Chegou à Acrópole, sua deslumbrante superfície espelhada quase ofuscante, e subiu o curto lance de escadas até as portas de ouro e vidro. O primeiro andar tinha uma fileira de catracas e seguranças — para as empresas localizadas no arranha-céu; entre elas, a companhia de publicidade de Zeus, Oak & Eagle Creative. Os admiradores de Zeus eram conhecidos por esperar em multidões fora da Acrópole apenas para ver o Deus do Trovão. Uma vez, uma multidão tentou invadir o prédio para vê-lo, o que era meio irônico, considerando que Zeus raramente estava na Acrópole e passava a maior parte do tempo em Olímpia.

O negócio de Zeus não era o único que precisava de segurança, no entanto. O *Jornal de Nova Atenas* tinha veiculado algumas histórias complicadas — histórias que enfureciam deuses e mortais. Perséfone não estava ciente de qualquer retaliação, mas, passando pela segurança, soube que esses guardas mortais não seriam capazes de impedir um deus furioso de invadir o sexagésimo andar buscando vingança.

Depois de passar pela segurança, encontrou os elevadores e subiu até seu andar. As portas se abriam para uma ampla recepção com um letreiro dizendo *Jornal de Nova Atenas*. Abaixo, havia uma mesa curva de vidro, e uma bela mulher com longos cachos escuros a cumprimentou com um sorriso. Seu nome era Valerie; Perséfone se lembrou dela do dia da entrevista.

— Perséfone — disse, contornando a mesa. — Bom ver você novamente. Vamos lá, Demetri está esperando.

Valerie levou Perséfone para a redação, além da divisória de vidro. Lá, várias mesas de metal e vidro estavam dispostas perfeitamente alinhadas. O salão estava em alvoroço — telefones tocando, papéis sendo manuseados, escritores e editores martelando seus próximos artigos nos teclados. Havia um forte cheiro de café, como se o lugar funcionasse à base de cafeína e tinta. O coração de Perséfone bateu forte com a emoção de estar ali.

— Vi que você estuda na Universidade de Nova Atenas — disse Valerie. — Quando se forma?

— Em seis meses.

Perséfone sonhou com o momento em que atravessaria aquele grande palco para receber seu diploma. Seria o auge da sua estadia entre os mortais.

— Você deve estar tão ansiosa!

— Estou. — Perséfone olhou para Valerie. — E você? Quando se forma?

— Daqui a dois anos.

— E desde quando está aqui?

— Quase um ano — ela disse, sorrindo.

— Você planeja ficar quando se formar?

— No prédio, sim, mas alguns andares acima, na Oak & Eagle Creative. — Ela sorriu.

Ah, a empresa de marketing de Zeus a estava sondando.

Valerie bateu na porta aberta de um escritório no fundo do salão.

— Demetri, Perséfone chegou.

— Obrigado, Valerie — disse ele.

A garota se virou para Perséfone, sorriu e saiu, dando espaço para ela entrar no escritório e ter o primeiro vislumbre de seu novo chefe, Demetri Aetos. Apesar de estar mais velho, claramente tinha sido um destruidor de corações em seu auge. Seu cabelo era curto nas laterais, mais longo em cima e salpicado de grisalho. Ele usava óculos de armação preta, o que lhe dava um ar intelectual. Tinha o que Perséfone consideraria traços delicados — lábios finos e nariz pequeno. Era alto e magro, usava camisa azul, calça cáqui e gravata-borboleta de bolinhas.

— Perséfone — disse ele, contornando a mesa e estendendo a mão. — Bom ver você novamente. Estamos felizes por tê-la conosco.

— Estou feliz por estar aqui, Sr. Aetos.

— Me chame de Demetri.

— Ok, Demetri. — Ela não conseguiu evitar um sorriso.

— Sente-se, por favor! — Ele mostrou uma cadeira, e ela se sentou. Demetri encostou-se à mesa, as mãos nos bolsos. — Me fale sobre você.

No começo, logo quando Perséfone tinha se mudado para Nova Atenas, ela odiava essa pergunta, porque tudo sobre o que conseguia falar eram seus medos: espaços fechados, se sentir presa, escadas rolantes. Com o tempo, porém, tivera bastante experiências e ficou mais fácil se definir pelo que gostava.

— Bem, sou da Universidade de Nova Atenas. Estou cursando jornalismo e me formo em maio... — ela começou, e Demetri acenou com a mão.

— Não o que está em seu currículo.

Ele encontrou seu olhar, e ela percebeu que tinha olhos azuis.

Ele sorriu.

— Quero saber de você, seus hobbies, interesses...

— Ah. — Ela corou e pensou um pouco. — Eu gosto de cozinhar. Me ajuda a relaxar.

— É mesmo? Conta mais. O que você gosta de cozinhar?

— Qualquer coisa, na verdade. Eu estou tentando aprender a fazer biscoitos decorados.

Ele ergueu as sobrancelhas e continuou sorrindo.

— Biscoitos decorados, hein? Não sabia que isso existia!

— Vou te mostrar.

Encontrou algumas fotos em seu celular. Claro que só tinha fotografado seus melhores biscoitos.

Demetri pegou o celular e olhou as fotos.

— Ah, legal. São ótimos, Perséfone.

Ele olhou nos olhos dela e devolveu o celular.

— Obrigada. — Perséfone odiou o sorriso brega que as palavras de Demetri trouxeram ao seu rosto, mas com exceção de Lexa ninguém nunca tinha elogiado seus biscoitos.

— Então você gosta de fazer biscoitos. O que mais?

— Gosto de escrever — ela disse. — Histórias.

— Histórias? Ficção?

— Sim.

— Romance? — Ele chutou.

Era o que a maioria das pessoas presumia, e o rubor na face de Perséfone não estava ajudando.

— Na verdade não. Gosto de mistério.

Demetri ergueu as sobrancelhas novamente, quase encontrando a linha do cabelo.

— Eu não esperava — ele disse. — Gostei. O que você espera ganhar com este estágio?

— Aventura. — Ela não conseguiu evitar. A palavra escapou, mas Demetri pareceu gostar.

— Aventura. — Ele se afastou da mesa. — Se é aventura o que você deseja, no *Jornal de Nova Atenas* você terá, Perséfone. Essa vaga de estágio pode ser o que você quiser, é sua para criar e gerenciar. Se quiser ser repórter, pode ser repórter. Se quiser ser editora, pode ser editora. Se quiser pegar café, pode pegar café.

Perséfone só tinha interesse em pegar café para si mesma e não se incomodou em dizer isso a ele. Não achava que era possível ficar mais empolgada do que já estava, mas, conforme Demetri falava, surgia uma incrível sensação de que esse estágio poderia mudar sua vida

— Tenho certeza de que você sabe que nós aparecemos muito na mídia. — Ele sorriu, sarcástico. — Irônico, considerando que somos uma fonte de notícias.

O *Jornal de Nova Atenas* era conhecido pelo número de ações movidas contra eles. Sempre havia reclamações de difamação, calúnia e invasão de privacidade. Acredite ou não, essas não tinham sido as piores acusações levantadas contra a empresa.

— Eu não pude acreditar quando Apolo acusou vocês de serem membros da Tríade — disse Perséfone.

Tríade era um grupo de mortais Ímpios que se organizaram ativamente contra os deuses, apoiando a justiça, o livre-arbítrio e a liberdade. Zeus os havia declarado como uma organização terrorista e ameaçado de morte a todos que fossem pegos com sua propaganda.

— Ah, sim — Demetri ergueu as sobrancelhas e esfregou a nuca. — Completamente absurdo, é claro, mas muita gente acreditou na época.

Provavelmente, a pior consequência disso foi que os Fiéis se organizaram em cultos e iniciaram uma caça a infiéis, por conta própria, matando vários que eram abertamente Ímpios, sem se importa se eram associados à Tríade ou não. Foi uma época horrível, e Zeus tinha levado mais tempo do que o necessário para se manifestar contra as seitas. O próprio *Jornal de Nova Atenas* havia dito isso.

— Nós buscamos a verdade, Perséfone. Há poder na verdade. Você quer poder?

Ele nem sabia o que estava perguntando.

— Sim — ela disse. — Eu quero poder.

Desta vez, quando sorriu, ele mostrou os dentes.

— Então se sairá bem aqui.

Demetri mostrou a mesa de Perséfone, que ficava bem perto da porta da sala dele. Ela se acomodou, verificou as gavetas, checando quais suprimentos precisaria pedir ou comprar, e guardou a bolsa. Havia um notebook novo na mesa de vidro. Era frio ao toque, e, quando o abriu, ela viu o rosto de um homem refletido na tela escura. Se virou na cadeira e encontrou dois olhos arregalados e surpresos.

— Adônis.

— Perséfone. — Estava tão bonito quanto na noite anterior, só que mais profissional com sua camisa lilás e uma xícara de café na mão. — Não fazia ideia de que você era a nova estagiária.

— Não fazia ideia de que você trabalhava aqui — disse ela.

— Sou um repórter sênior, cubro principalmente entretenimento — disse ele, bastante presunçoso. — Sentimos sua falta depois que você foi embora ontem à noite.

— Ah, sim, desculpa. Eu queria me preparar para o meu primeiro dia.

— Não vou culpar você por isso. Bom, bem-vinda.

— Adônis — Demetri chamou do batente da porta de seu escritório. — Se importa de levar Perséfone para um tour pelo andar?

— Nem um pouco. — Ele sorriu para ela. — Pronta?

Perséfone acompanhou Adônis, ansiosa por testemunhar o ambiente dinâmico do seu novo local de trabalho. Ficou feliz em ver um rosto familiar, ainda que ela o tivesse conhecido na noite anterior. Isso a deixou mais confortável.

— Essa é a redação. É onde todos seguem pistas e investigam — disse ele.

As pessoas erguiam os olhos de suas mesas e acenavam ou sorriam para ela quando eles passavam. Adônis apontou para uma parede com salas envidraçadas.

— Salas de entrevistas e de conferências. Sala de descanso. Lounge. — Ele apontou para uma sala enorme com vários lugares para sentar e luz baixa. Era um ambiente acolhedor, e havia várias pessoas se acomodando. — Você provavelmente vai gostar de escrever aqui.

Adônis mostrou a ela o armário de suprimentos, e ela o vasculhou em busca de canetas, post-its e cadernos. Enquanto ajudava a carregar o material de volta para a mesa, ele perguntou:

— Então, em que tipo de jornalismo você está interessada?

— Estou inclinada ao jornalismo investigativo — disse ela.

— Ah, uma detetive, hein?

— Eu gosto de pesquisa.

— Algum assunto em particular? — ele perguntou.

Hades.

O nome do deus surgiu em sua cabeça sem aviso, e ela sabia que era por causa da marca em seu pulso. Ela estava ansiosa para chegar à Nevernight e descobrir o que significava.

— Não, eu só... gosto de resolver mistérios — ela respondeu.

— Bem, então, talvez você possa nos ajudar a descobrir quem está roubando almoços da geladeira na copa.

Perséfone riu. Tinha a sensação de que ia gostar dali.

4

O CONTRATO

Menos de uma hora após deixar a Acrópole, Perséfone já estava do lado de fora da Nevernight, batendo na porta preta lustrosa. Tinha vindo de ônibus, e a viagem quase a deixou louca, mal conseguia ficar parada. Sua mente fervilhava com todo tipo de medo e ansiedade, pensando no que a marca poderia significar. Seria algum tipo de... *reivindicação*? Algo que ligasse sua alma ao Submundo? Ou um dos contratos horríveis de Hades?

Estava prestes a descobrir, se alguém simplesmente atendesse a maldita porta!

— Olá! — chamou. — Tem alguém aí?

Continuou a bater até seus braços doerem. Quando pensou em desistir, a porta se abriu e o ogro que estava de guarda na noite anterior olhou para ela. À luz do dia, ele tinha uma aparência ainda mais horrível. Sua pele grossa era flácida ao redor do pescoço, e ele a fitou com olhos pequenos e semicerrados.

— O que você quer? — Suas palavras foram um grunhido, e não passava despercebido o fato de que ele poderia esmagar seu crânio apenas com a mão.

— Preciso falar com Hades.

O ogro olhou para ela e fechou a porta com força.

Isso realmente a irritou.

Ela bateu novamente.

— Desgraçado! Me deixa entrar!

Sempre soube da existência de ogros e aprendeu alguns de seus pontos fracos lendo livros da Biblioteca de Ártemis, na escola. Um deles: detestavam ser ofendidos.

O ogro abriu a porta de novo e rosnou para ela, baforando o hálito podre na sua cara. Ele provavelmente pensou que ia assustá-la, e sem dúvida tinha funcionado com outros no passado, mas não com Perséfone. A marca em seu pulso a guiava. Sua liberdade estava em jogo.

— Exijo que me deixe entrar! — Fechou as mãos com força e considerou o espaço da porta.

Conseguiria passar pela enorme criatura? Se ela fosse rápida o suficiente, o tamanho dele provavelmente o desequilibraria.

— Quem é você, mortal, para exigir uma audiência com o Deus dos Mortos? — A criatura perguntou.

— Seu lorde colocou uma marca em mim, e eu vou ter uma conversa com ele.

A criatura riu, olhos redondos brilhando.

— *Você* vai ter uma conversa com ele?

— Sim, vou. Me deixa entrar!

Ela estava ficando mais irritada a cada segundo.

— Não estamos abertos — respondeu a criatura. — Você terá que voltar mais tarde.

— Não vou voltar mais tarde. Você vai me deixar entrar agora, seu ogro grande e horroroso!

Perséfone percebeu seu erro assim que as palavras saíram de sua boca. A feição da criatura mudou. Ele a agarrou pelo pescoço e a ergueu do chão.

— Quem é você? Uma pequena ninfa trapaceira?

Perséfone agarrou a pele de aço do ogro, mas ele apenas apertou mais os dedos carnudos no pescoço dela, que não conseguia respirar, os olhos lacrimejando, e a única coisa que pôde fazer foi derrubar sua ilusão.

Quando seus chifres se tornaram visíveis, a criatura a soltou como se ela queimasse. Perséfone cambaleou e respirou fundo. Colocou a mão na garganta dolorida, mas conseguiu ficar de pé em sua verdadeira forma e encarar o ogro. Ele baixou os olhos, incapaz de encarar a deusa de olhos brilhantes e misteriosos.

— Eu sou Perséfone, Deusa da Primavera, e se você quiser manter sua vida fugaz, vai me obedecer.

Sua voz falhou. Ainda estava abalada por ter sido tocada pelo ogro. As palavras que havia falado eram de sua mãe, usadas para ameaçar uma sereia que se recusou a ajudá-la a procurar a filha, quando esta se perdeu. Na ocasião, Perséfone estava a apenas alguns metros de distância, se escondendo atrás de um arbusto, ouvindo e memorizando o discurso grosseiro da mãe, sabendo que, sem poderes, palavras seriam sua única arma.

A porta se abriu atrás do ogro, que deu um passo para o lado, ficando de joelhos quando Hades apareceu.

Perséfone não conseguia respirar. Tinha passado o dia todo lembrando de como ele era, lembrando de seus traços elegantes e sombrios, e ainda assim a memória não era nada comparada à sua presença.

Estava certa de que ele estava usando o terno da noite anterior, mas a gravata estava frouxa no pescoço, e os primeiros botões da camisa estavam abertos, expondo seu peito. Era como se ele tivesse sido interrompido enquanto se despia. Então ela lembrou da mulher que passou os braços em volta da cintura dele: Minta. Talvez tivessem sido interrompidos. Perséfone sentiu grande satisfação com esse pensamento, embora soubesse que não deveria se importar.

— Lady Perséfone. — Sua voz era pesada e sedutora, e ela estremeceu.

Se forçou a olhar nos olhos dele — eles eram iguais, afinal, e ela queria que ele soubesse disso, porque estava prestes a fazer exigências. Viu que ele a estava estudando, a cabeça inclinada para o lado. Estar sob o olhar dele em sua verdadeira forma parecia estranhamente íntimo, e ela queria invocar sua ilusão novamente. Tinha cometido um erro: estava tão zangada e tão desesperada que se expôs.

— Lorde Hades — ela conseguiu dizer com um breve aceno de cabeça.

Estava orgulhosa de sua voz não falhar, embora estivesse desmoronando internamente.

— Milorde. — O ogro baixou a cabeça. — Eu não sabia que ela era uma deusa. Aceito punição por meus atos.

— Punição? — Perséfone repetiu, se sentindo cada vez mais exposta, à luz do dia e do lado de fora.

Hades demorou um minuto para desviar o olhar de Perséfone para o ogro.

— Eu coloquei minhas mãos em uma deusa — o monstro disse.

— E uma mulher, em primeiro lugar — acrescentou Hades, insatisfeito. — Cuidarei de você mais tarde. Agora, Lady Perséfone. — Deu um passo para o lado e a deixou entrar na Nevernight.

Ela ficou parada no escuro enquanto a porta se fechava. O ar estava pesado, carregado com uma intensidade que reverberava no fundo de seu estômago, e tinha o cheiro dele.

Ela queria inalar e encher os pulmões com esse ar. Em vez disso, prendeu a respiração.

Então ele falou no seu ouvido, seus lábios roçando sua pele levemente:

— Você é cheia de surpresas, meu bem.

Ela respirou fundo e se virou para encará-lo, mas, quando o fez, Hades não estava mais por perto. Ele havia aberto a porta e estava esperando que ela entrasse na boate.

— Depois de você, Deusa — disse ele.

A palavra não foi usada com ironia, mas cheia de curiosidade.

Ela passou pelo deus e saiu para o mezanino com vista para o andar inferior vazio. O lugar era imaculado, o chão, polido, as mesas, lustrosas. Era impossível dizer que aquilo estava lotado na noite passada.

Ao se virar, viu Hades esperando. Ele então desceu, e ela o seguiu.

Foi em direção à escada em espiral e ao segundo andar. Ela hesitou.

— Aonde estamos indo? — perguntou.

Ele fez uma pausa e se virou para ela:

— Para o meu escritório. Imagino que seu assunto comigo exija privacidade.

Ela abriu e fechou a boca, olhando o salão vazio.

— Aqui parece que temos privacidade suficiente.

— Não temos — disse ele, e subiu sem dizer outra palavra.

Ela seguiu.

Quando chegaram ao topo, ele virou, se afastando da sala em que estiveram na noite anterior, em direção a uma parede preta elaboradamente adornada com ouro. Ela não conseguia acreditar que não tinha notado. Duas portas grandes eram decoradas com ramos e flores se enrodilhando no bidente de Hades em relevo dourado. O restante da parede tinha um padrão floral dourado.

Ela não deveria estar tão surpresa que o Deus dos Mortos tivesse escolhido uma decoração com flores — o narciso era seu símbolo, afinal.

Hades atraiu seus olhos ao abrir uma das portas douradas. Ela não estava nem um pouco ansiosa para ficar em um espaço fechado com ele. Não confiava nos próprios pensamentos, ou no próprio corpo.

Desta vez, ele cobrou:

— Vai hesitar a cada passo, Lady Perséfone?

Ela olhou feio.

— Estava apenas admirando sua decoração, Lorde Hades. Não reparei ontem à noite.

— As portas dos meus aposentos costumam ficar ocultas durante o horário de funcionamento da casa — respondeu ele, indicando a porta aberta. — Podemos?

Novamente, ela tomou coragem e se aproximou. Ele não deixou muito espaço para ela passar, e ela esbarrou nele ao entrar na sala.

Estavam agora no escritório de Hades. A primeira coisa que ela notou foram as janelas que davam para o salão da casa noturna. Não havia nenhuma com vista para o exterior, mas o espaço era bem iluminado e estranhamente aconchegante, mesmo com o piso de mármore preto. Talvez tivesse algo a ver com a lareira na parede oposta. Um sofá e duas poltronas formavam uma adorável sala de estar, e um tapete de pele completava o ambiente acolhedor. Na outra extremidade, elevada como um trono, estava uma grande placa de obsidiana que fazia as vezes de mesa de trabalho de Hades. Até onde ela pôde ver, não havia nada em cima — papéis ou fotos. Ela se perguntou se a mesa era mesmo usada, ou se estava ali apenas para impressionar.

Logo à frente de Perséfone, havia uma mesinha com um vaso de flores vermelho-sangue. Perséfone revirou os olhos para o arranjo floral.

Hades fechou a porta, e ela enrijeceu. Um perigo. Deveria tê-lo confrontado no andar de baixo, onde havia mais espaço, onde seria capaz de pensar e respirar sem sentir seu cheiro. Ouviu seus passos se aproximando e ficou tensa.

Hades parou na frente dela. Os olhos percorreram seu rosto, se detendo em seus lábios por uma fração de segundo, antes de descer para seu pescoço.

Quando ele estendeu a mão para tocá-la, Perséfone segurou seu braço. Não era medo dele, mas da própria reação ao toque dele.

Seus olhos se encontraram.

— Você está ferida? — ele perguntou.

— Não — ela disse, e ele acenou com a cabeça, cuidadosamente desvencilhando seu braço.

Ele cruzou a sala, para se afastar, Perséfone presumiu.

Então ela lembrou que estava em sua verdadeira forma e começou a recriar sua ilusão.

— É um pouco tarde para ser modesta, não acha? — Hades disse, perfurando-a com aqueles belos olhos escuros.

Ele tirou a gravata, e Perséfone ficou olhando a peça deslizar de seu pescoço antes de voltar a encará-lo. Ele não estava com um risinho irônico, como ela esperava. Parecia... primal. Como um animal faminto que finalmente encurralou sua presa.

Ela engoliu em seco.

— Interrompi alguma coisa? — Não tinha certeza se queria uma resposta.

Hades deu um sorriso torto.

— Eu estava quase indo dormir quando ouvi você exigindo entrar no meu estabelecimento.

— Dormir? — Já passava do meio-dia.

— Imagine minha surpresa quando encontrei a deusa de ontem à noite na minha porta.

— A górgona te contou?

Ela deu um passo à frente, franzindo o rosto. Hades abriu um sorrisinho, se divertindo.

— Não, Euríale não me contou. Eu reconheci a magia de Deméter em você, mas você não é Deméter. — Então ele inclinou a cabeça novamente. — Quando você saiu, consultei alguns textos. Não lembrava que Deméter tinha uma filha. Presumi que você fosse Perséfone. A questão é: por que não está usando sua própria magia?

— Foi por isso que você fez isto aqui? — ela exigiu saber, removendo o bracelete que cobria a marca em sua pele.

Hades deu um sorrisinho irônico.

Sim, um sorrisinho irônico.

Perséfone queria atacá-lo. Cerrou as mãos, se segurando para não atravessar a sala e pular em cima dele.

— Não — Hades respondeu. — Isso é o que acontece quando se perde para mim.

— Você estava me ensinando a jogar!

— Semântica. — Ele deu de ombros. — As regras da Nevernight são muito claras, Deusa.

— Elas são tudo, menos claras, e você é um babaca!

O olhar de Hades ficou sombrio. Aparentemente, ele também não gostava de ofensas, como o ogro. Se afastou da mesa, caminhando em direção a Perséfone, que deu um passo para trás.

— Olha como fala comigo, Perséfone — disse ele, e pegou seu pulso. Ele correu o dedo pela marca, fazendo-a estremecer. — Quando me convidou para sua mesa, você fez um acordo comigo. Se tivesse ganhado, poderia ter deixado a Nevernight sem exigências e quando quisesse. Mas você não ganhou e, agora, temos um contrato.

Ela engoliu em seco, considerando cada coisa horrível que tinha ouvido sobre os contratos de Hades e suas cláusulas impossíveis. Quais seriam as trevas que ele encontraria em seu âmago?

— E o que isso significa? — Sua voz ainda era ácida.

— Significa que devo escolher os termos.

— Não quero ter um contrato com você — disse ela, entre dentes. — Tire isso daqui!

— Não posso.

— Você colocou, pode tirar.

Os lábios dele esboçaram um sorriso.

— Está achando graça?

— Ah, meu bem, você não faz ideia.

O som do *meu bem* deslizou pela pele dela, que estremeceu novamente. Ele pareceu notar, porque sorriu um pouco mais.

— Sou uma deusa — ela tentou novamente. — Somos iguais.

— Você acha que nosso sangue muda o fato de que você voluntariamente firmou um contrato comigo? São regras, Perséfone. A marca sumirá quando o contrato for cumprido. — Ele falou como se isso melhorasse as coisas.

— E quais são os seus termos? — Só porque ela estava perguntando, não significava que concordaria.

Hades cerrou os dentes. Ele parecia estar se contendo — talvez não estivesse acostumado a receber ordens. Quando ele ergueu a cabeça e olhou para ela, ela sabia que estava em apuros.

— Crie vida no Submundo — disse ele por fim.

— O quê? — Ela não estava preparada para isso, embora provavelmente devesse estar. Não era sua maior fraqueza sua falta de poder? Irônico, considerando sua Divindade.

— Crie vida no Submundo — repetiu ele. — Você tem seis meses. E, se falhar ou recusar, se tornará residente permanente de meu reino.

— Você quer que eu cultive um jardim em seu reino?

43

Ele deu de ombros de novo.

— Acho que essa é uma das formas de criar vida.

— Se você me sequestrar e me levar para o Submundo, enfrentará a ira da minha mãe.

— Ah, tenho certeza disso. Assim como você enfrentará essa ira quando Deméter descobrir o que fez de forma tão imprudente.

Perséfone corou. Ele estava certo. A diferença entre eles era que Hades não parecia nem um pouco perturbado pela ameaça. Por que deveria estar? Ele era um dos Três — os deuses mais poderosos que existiam. Uma ameaça de Deméter era uma gota num oceano.

Ela se endireitou, erguendo o queixo e encontrando o olhar dele.

— Certo. — A pressão de Hades em seu pulso era como uma algema, então ela puxou a mão. — Quando eu começo?

Os olhos de Hades brilharam.

— Venha amanhã. Eu vou te mostrar o caminho para o Submundo.

— Tem que ser depois da aula — ela disse.

— Aula?

— Eu estudo na Universidade de Nova Atenas.

Hades olhou para ela com curiosidade e assentiu.

— Depois da... *aula*, então.

Eles se encararam por um longo momento. Ainda que ela o odiasse, era difícil não apreciar a visão.

— E o seu segurança?

— O que tem ele?

— Eu prefiro que ele não se lembre de mim nesta forma — ela ergueu a mão para os chifres e, em seguida, invocou sua ilusão.

Estar em sua forma mortal a deixava um pouco mais relaxada.

Hades observou a transformação como se estivesse estudando uma escultura antiga.

— Vou apagar a memória dele... depois de puni-lo por ter maltratado você.

Perséfone estremeceu.

— Ele não sabia que eu era uma deusa.

— Mas sabia que você é uma mulher e se deixou levar pela raiva. Então será punido — Hades disse, pragmático, e ela soube que não havia o que discutir.

— O que isso vai me custar? — ela perguntou, porque sabia com quem estava lidando e tinha acabado de pedir um favor ao Deus dos Mortos.

Outro esboço de sorriso.

— Esperta, meu bem. Já está sabendo como funciona. A punição? Nada. A memória? Um favor.

— Não me chame de meu bem — ela retrucou. — Que tipo de favor?

— O que eu quiser. Para ser usado no futuro.

Ela considerou por um momento. O que Hades poderia querer dela? O que ela poderia ter para oferecer a ele? Talvez tenha sido esse pensamento que a fez concordar, ou o medo de que sua mãe descobrisse que havia mostrado sua verdadeira forma. De qualquer maneira, disse:

— Combinado.

Hades sorriu.

— Vou pedir ao meu motorista para levá-la em casa.

— Não precisa.

— Precisa, sim.

Ela mordeu os lábios.

— Tudo bem — resmungou.

Não queria mesmo pegar o ônibus de novo, mas a ideia de Hades saber onde ela morava era inquietante.

Então o deus agarrou-a pelos ombros, se inclinou para a frente e pressionou os lábios em sua testa. O movimento foi tão repentino que ela perdeu o equilíbrio e enfiou os dedos na camisa dele para se firmar, arranhando o peito dele. Seu corpo era duro e quente, e seus lábios, macios. Quando ele se afastou, ela não conseguiu se controlar o suficiente para ficar com raiva.

— Por que fez isso? — ela perguntou num sussurro.

Hades deu aquele sorriso irritante, como se soubesse que ela não conseguia pensar direito, e roçou o dedo em seu rosto corado.

— Estou te dando um benefício. Da próxima vez, a porta se abrirá para você. Prefiro que não irrite Duncan. Se ele te machucar de novo, terei que matá-lo e é difícil encontrar um bom ogro.

Disso Perséfone não duvidava.

— Lorde Hades, Tânatos está procurando por você... Ah!

Uma mulher entrou no escritório por uma porta escondida atrás da mesa. Era linda, de cabelo repartido ao meio, vermelho como uma chama, olhos astutos, sobrancelhas arqueadas e lábios carnudos, exuberantes e vermelhos. Todas as suas feições eram pontiagudas e angulares. Ela era uma ninfa, e, quando olhou para Perséfone, havia ódio em seus olhos.

Foi então que Perséfone percebeu que ainda estava colada em Hades, as mãos enfiadas em sua camisa. Quando ela tentou se afastar, ele a segurou.

— Não sabia que você tinha companhia — acrescentou a ninfa com firmeza.

Hades não olhou para a mulher, seus olhos permaneceram em Perséfone.

— Um minuto, Minta.

O primeiro pensamento de Perséfone foi *então esta é Minta*. Minta era linda de um jeito que Perséfone não era — um jeito que prometia sedução e pecado —, e ela odiou o ciúme que sentiu.

O segundo pensamento foi: por que ele precisava de um minuto? O que mais poderia ter a dizer?

Perséfone não viu Minta sair porque não conseguia parar de olhar para Hades.

— Você não respondeu à minha pergunta — disse ele. — Por que está usando a magia da sua mãe?

Foi a vez dela de sorrir.

— Lorde Hades — disse, roçando um dedo em seu peito. Não sabia por que tinha feito isso, mas estava se sentindo corajosa. — A única maneira de obter respostas minhas é se eu decidir entrar em outra aposta com você, o que, no momento, é improvável.

Então, ela endireitou as lapelas do paletó dele, seus olhos caindo para a prímula vermelha no bolso.

— Acho que vai se arrepender disso, Hades — sussurrou.

Perséfone tocou a flor, os olhos dele seguiram o movimento. Quando seus dedos roçaram as pétalas, a flor murchou.

5

INTRUSÃO

O motorista de Hades era um ciclope.

Ela tentou não parecer tão surpresa quando viu a criatura parada na frente de um Lexus preto do lado de fora da Nevernight. Ele não era como os ciclopes descritos na história. Esses eram criaturas bestiais — grandes como uma montanha, com camadas de músculos duros como pedra e com presas. Esse homem era mais alto do que Hades, tinha pernas longas, ombros largos e um porte magro. Tinha o olhar baixo mas gentil, e sorriu quando viu Perséfone.

Hades insistiu em acompanhá-la até a saída. Ela não estava ansiosa para ser vista em público com o deus, mas, pelo visto, Hades nem tinha pensado nisso. Ele parecia preocupado em tirá-la dali o mais rápido possível para que pudesse descansar um pouco... ou o que quer que estivesse prestes a fazer antes de ela interromper.

— Lady Perséfone, este é Antoni — disse Hades. — Ele vai garantir que você volte para casa em segurança.

Perséfone ergueu a sobrancelha para o Deus do Submundo.

— Estou em perigo, milorde?

— Só uma precaução. Não gostaria que sua mãe derrubasse minha porta antes de ter um motivo real para isso.

Ela tem um motivo agora, Perséfone pensou com raiva, e a marca em seu pulso latejou, enviando uma onda de sensações pelo seu corpo. Quis lançar um olhar fulminante que transmitisse sua raiva, mas sentiu dificuldade em pensar. O Deus dos Mortos tinha olhos como o universo — vibrantes, vivos, vastos. Perséfone se perdia neles e em tudo o que prometiam.

Ficou grata quando Antoni a distraiu daqueles pensamentos perigosos. Não teria nada a ganhar achando Hades interessante. Já não tinha entendido isso?

— Milady — disse Antoni, abrindo a porta traseira do carro.

— Milorde.

Perséfone assentiu para Hades enquanto se sentava no assento de couro preto.

Antoni fechou a porta com cuidado e se acomodou no banco do motorista. Logo eles estavam na estrada, e ela precisou dar tudo de si para não olhar para trás. Se perguntou quanto tempo Hades tinha ficado lá antes de retornar para sua torre — se ele estava rindo de sua ousadia e de seu fracasso.

Olhou para o bracelete chamativo que cobria a marca preta. Sob essa luz, o ouro parecia acinzentado e barato. Ela o tirou e examinou a tatuagem. Só podia agradecer que a marca fosse relativamente pequena e estivesse num lugar fácil de esconder.

Crie vida no Submundo.

Havia vida no Submundo? Perséfone nada sabia sobre o reino de Hades e, em todos os seus estudos, nunca tinha encontrado descrições da terra dos mortos — apenas detalhes de sua geografia, que ainda assim pareciam contraditórios. Ela supôs que descobriria amanhã, embora a ideia de retornar à Nevernight para fazer a descida ao Submundo a enchesse de ansiedade.

Resmungou. Justo quando tudo parecia estar dando certo.

— Vai voltar para visitar Lorde Hades? — Antoni perguntou, olhando pelo espelho retrovisor.

O ciclope tinha uma voz agradável, calorosa e apimentada.

— Temo que sim — disse Perséfone distraidamente.

— Espero que você o ache agradável. Nosso lorde está muito sozinho.

Perséfone achou essas palavras estranhas, especialmente à luz da ciumenta Minta.

— Ele não parece tão sozinho para mim.

— É assim com os Divinos, mas temo que ele confie em poucas pessoas. Se quer saber minha opinião, ele precisa de uma esposa.

Perséfone corou.

— Estou certa de que Lorde Hades não está interessado em se aquietar.

— Você ficaria surpresa no que o Deus dos Mortos está interessado — respondeu Antoni.

Perséfone não queria saber dos interesses de Hades. Parecia que já conhecia vários, e nenhum era bom.

Observou o ciclope do banco de trás.

— Há quanto tempo você trabalha para Hades?

— Os Três libertaram minha espécie do Tártaro depois que fomos colocados lá por Cronos. E retribuímos o favor servindo Zeus, Poseidon e Hades de vez em quando.

— Como motoristas? — Ela não queria soar tão enojada, mas parecia uma tarefa servil.

Antoni riu.

— Sim, mas também somos grandes construtores e ferreiros. Já criamos presentes para os Três e queremos continuar.

— Mas isso foi há muito tempo. Certamente vocês já retribuíram o favor deles, não? — Perséfone perguntou.

— Quando o Deus dos Mortos lhe devolve a vida, é um favor que nunca será retribuído.

Perséfone franziu a testa.

— Não entendo.

— Você nunca foi ao Tártaro, então não espero que entenda. — Ele fez uma pausa e acrescentou: — Não me entenda mal. Sirvo Hades por escolha e fico feliz que seja a ele, entre todos os deuses. Hades não é como os outros Divinos.

Perséfone realmente queria saber o que isso significava, porque, pelo que sabia, Hades era o pior dos Divinos.

Antoni parou na frente do prédio de Perséfone e saiu para abrir a porta.

— Ah, não precisa, pode deixar que eu mesma abro.

Ele sorriu.

— É um prazer, Lady Perséfone.

Ela ia pedir que ele não a chamasse assim, mas percebeu que ele estava usando seu título, como se soubesse que ela era uma deusa, apesar da ilusão.

— Como você...?

— Lorde Hades chamou você de Lady Perséfone — explicou. — Então também chamarei.

— Por favor... não é necessário.

Seu sorriso aumentou.

— Eu acho que você deveria se acostumar com isso, Lady Perséfone, especialmente se for nos visitar com frequência, como espero que o faça.

Ele fechou a porta e baixou a cabeça. Perséfone seguiu para o prédio, atordoada, se virando para Antoni no caminho. Tinha sido um dia longo e bizarro, cortesia do Deus dos Mortos.

Mas não pôde nem sentir alívio, porque Lexa estava na cozinha, e não esperou um segundo para começar a interrogar.

— Ei, de quem é aquele Lexus que te deixou na frente desse nosso prédio meia-boca? — ela perguntou.

Perséfone queria mentir dizendo que era de alguém do estágio, mas sabia que Lexa não acreditaria nisso. Ela deveria estar em casa duas horas antes, e sua melhor amiga tinha acabado de vê-la chegar com um motorista particular.

— Bom... você nunca vai acreditar, mas... do Hades.

Embora pudesse admitir essa parte, não estava pronta para contar a Lexa sobre o contrato ou a marca em seu pulso.

Lexa deixou cair a caneca que estava segurando. Perséfone se encolheu quando a louça bateu no chão e se espatifou.

— Você está de brincadeira?

Perséfone balançou a cabeça e foi pegar uma vassoura; Lexa a seguiu.

— Tipo... O Hades? Hades Deus dos Mortos? Hades Proprietário da Nevernight?

— Sim, Lexa. Quem mais?

— Como? — ela gaguejou. — Por quê?

Perséfone começou a varrer os pedaços de porcelana.

— Foi por causa do trabalho. — Não era bem uma mentira.

Ela poderia chamar de pesquisa.

— E você conheceu Hades? Você o viu em carne e osso?

Perséfone estremeceu com essa fala, relembrando a aparência desarrumada de Hades.

— Sim. — Ela se afastou de Lexa e pegou a pá de lixo, tentando esconder o rubor furioso que apareceu em sua face.

— Como ele é? Detalhes! Desembucha!

Perséfone entregou a Lexa a pá de lixo enquanto varria os cacos.

— Eu... não sei por onde começar.

Lexa sorriu.

— Comece pelos olhos.

Perséfone suspirou. Parecia íntimo descrever Hades, e parte dela queria guardá-lo só para si, embora estivesse bem ciente de que estava apenas descrevendo uma versão atenuada do deus — ela ainda não o tinha visto em sua verdadeira forma.

Um estranho frio na barriga se seguiu a esse pensamento, e ela percebeu que estava ansiosa para conhecer o deus em sua Divindade. Seus chifres seriam tão pretos quanto seus olhos e cabelos? Eles se enrolariam em cada lado de sua cabeça como chifres de carneiro, ou apontariam para cima, tornando-o ainda mais alto?

— Ele é muito bonito — disse ela, embora o adjetivo não estivesse à altura. Não era apenas beleza, ele tinha presença. — Ele é... poderoso.

— Alguém está apaixonadinha. — O sorriso presunçoso no rosto de Lexa lembrou a Perséfone que ela estava focando muito na aparência e não nas atitudes.

— O quê? Não. Não. Olha, Hades é bonito. Não sou cega, mas não aceito o que ele faz.

— Como assim?

— As barganhas, Lex! — Perséfone lembrou Lexa do que elas souberam por Adônis na Nevernight. — Ele é um predador de mortais desesperados.

Lexa deu de ombros.

— Bem, você poderia perguntar isso a Hades.

— Não somos amigos, Lexa. — Nunca seriam amigos.

Então Lexa começou a dar pulinhos.

— Ah! E se você escrevesse sobre ele? Poderia investigar suas barganhas com os mortais! Que escândalo!

Seria um escândalo — não apenas por causa do conteúdo, mas porque significaria escrever um artigo sobre um deus, algo que poucos fariam, por medo de retaliação.

Mas Perséfone não tinha medo de retaliação; não se importava que Hades fosse um deus.

— Parece que você tem mais um motivo para visitar Hades — Lexa disse, e Perséfone abriu um sorriso.

Hades tinha oferecido livre acesso. Quando ele pressionou os lábios em sua testa, disse que seria para o benefício dela e não teria que pedir para entrar na Nevernight de novo.

O Deus do Submundo definitivamente se arrependeria de ter conhecido a Deusa da Primavera — e ela ansiava por esse dia. Ela era Divina também. Embora não tivesse poder, escrevia bem, e talvez isso a tornasse a pessoa perfeita para fazer uma exposição de Hades. Afinal, se alguma coisa acontecesse com ela, ele sentiria a ira de Deméter.

A caminho da aula, Perséfone parou para comprar vários braceletes. Já que ela teria que usar a marca de Hades até que cumprisse o contrato, queria combinar os acessórios com suas roupas. Hoje usava uma pulseira de pérolas, para compor o look clássico de saia cor-de-rosa e camisa branca.

Seus saltos estalaram na calçada de concreto quando ela dobrou a esquina e a universidade apareceu. Cada passo significava que estava uma hora, um minuto, um segundo mais perto de seu retorno a Nevernight.

Hoje, Hades a levaria para o Submundo. Tinha ficado acordada durante a noite, considerando como deveria cumprir o contrato. Quando perguntou se ele queria que ela plantasse um jardim, ele deu de ombros — *deu de ombros* — e disse que plantar um jardim era uma das formas de criar vida.

O que isso queria dizer? De que outras maneiras ela poderia criar vida? Não tinha sido por isso que escolheu esse desafio? Porque ela não tinha como cumprir a tarefa?

Perséfone duvidava que fosse porque Lorde Hades quisesse belos jardins em seu reino desolado. Ele estava interessado em punição, afinal, e pelo que ela ouviu e testemunhou, o deus não pretendia que o Submundo fosse um lugar de paz e lindas flores.

Apesar de estar brava consigo mesma e com Hades, suas emoções eram conflitantes. Estava intrigada e ansiosa para descer ao reino dele.

Mas principalmente com medo.

E se falhasse?

Não. Fechou os olhos para tentar evitar o pensamento. Não podia falhar. Não falharia. Veria o Submundo esta noite e traçaria um plano. Só porque não conseguia arrancar uma flor do chão com magia não significava

51

que não poderia usar outros métodos. Métodos mundanos. Só precisaria ter cuidado. Usar luvas — era isso ou mataria cada planta que tocasse —, e, enquanto esperava o jardim brotar, procuraria outras maneiras de cumprir o contrato.

Ou de quebrá-lo.

Não sabia muito sobre Hades, exceto as crenças de sua mãe e dos mortais sobre ele. Era um deus reservado, não gostava de intromissões nem da mídia.

Realmente não ia gostar do que Perséfone tinha planejado para hoje, e de repente ocorreu a ela: e se irritasse Hades o suficiente para que ele a liberasse deste contrato?

Perséfone entrou no campus, um conjunto de seis colunas coroadas com uma pedra pontiaguda, e foi para o pátio. A Biblioteca de Ártemis se erguia à sua frente, um edifício em estilo panteão que Perséfone tivera o prazer de explorar em seu primeiro ano. O campus era fácil de navegar, disposto como uma estrela de sete pontas — uma delas, a biblioteca.

Perséfone sempre cortava o centro da estrela, que era o Jardim dos Deuses, com terra e canteiros com as flores favoritas dos olimpianos e estátuas de mármore. Embora Perséfone tivesse trilhado esse caminho muitas vezes para a aula, hoje parecia diferente. O jardim parecia opressor, e as flores, suas inimigas, com todos os cheiros se misturando — o aroma denso da madressilva se mesclava ao cheiro doce da rosa, golpeando seus sentidos.

Será que Hades esperava que ela cultivasse algo tão grandioso? Ele realmente a condenaria à vida no Submundo se ela falhasse em atender seu pedido em seis meses?

Perséfone sabia a resposta. Hades era um deus rigoroso; acreditava em regras e limites, e os tinha estabelecido ontem, mesmo temendo a ameaça da ira da mãe de Perséfone.

Ela passou pela fonte de Poseidon, com sua estátua imponente de Ares, plenamente nu, com seu elmo na cabeça e um escudo na mão. Não era a única estátua de um deus nu no jardim, e normalmente ela pensava pouco nisso, mas hoje seu olhar foi atraído para os grandes chifres de Ares. Perséfone sentiu os seus próprios chifres pesados sob a ilusão. Tinha ouvido um boato, quando se mudou para Nova Atenas, de que chifres eram a fonte do poder dos Divinos.

Desejou que isso fosse verdade. Agora, não se tratava de poder. Se tratava de liberdade.

— As Moiras escolheram um caminho diferente para você, minha flor — Deméter dissera quando a magia de Perséfone não se manifestou.

— Que caminho? — Perséfone perguntara. — Não há caminho, apenas as paredes de sua prisão de vidro! Você me mantém escondida por que tem vergonha?

— Eu a mantenho segura, porque você não tem poder, minha flor. É diferente.

Perséfone ainda não tinha certeza de que tipo de caminho as Moiras haviam escolhido para ela, mas sabia que poderia se sentir segura sem precisar estar presa e achava que, em algum momento, Deméter tinha começado a concordar com isso, pois deixara Perséfone sair de casa — ainda que com uma longa coleira.

Ficou tensa quando sentiu o cheiro da magia de sua mãe — amarga e floral. Deméter estava por perto.

— Mãe — disse Perséfone, quando Deméter apareceu ao lado dela.

Usava uma ilusão humana, algo que não costumava fazer. Não que Deméter não gostasse de mortais — era incrivelmente protetora com seus seguidores —, apenas conhecia seu status como uma deusa. A máscara mortal de Deméter não era muito diferente de sua aparência Divina. Ela mantinha o mesmo cabelo liso, os mesmos olhos verdes brilhantes, a mesma pele luminosa, mas seus chifres estavam ocultos. Tinha escolhido um vestido esmeralda justo e saltos dourados. Para os espectadores, passaria por uma distinta mulher de negócios.

— O que está fazendo aqui? — Perséfone perguntou.

— Onde você esteve ontem? — A voz de Deméter foi rude.

— Parece que você já sabe a resposta, então por que não me diz?

— Sem sarcasmo, meu bem. Isso é muito sério. Por que você esteve na Nevernight?

Perséfone tentou evitar que seu coração disparasse. Teria sido vista por uma ninfa?

— Como você sabe que eu estive na Nevernight?

— Não importa como eu sei. Eu te fiz uma pergunta.

— Fui trabalhar, mãe. Devo voltar hoje também.

— Não mesmo — disse Deméter. — Preciso lembrá-la de que uma das condições do seu tempo aqui é ficar longe dos deuses? Especialmente Hades.

Ela disse o nome dele como um palavrão, e Perséfone se encolheu.

— Mãe, eu tenho que ir. É meu trabalho.

— Então você vai pedir demissão.

— Não.

Os olhos de Deméter se arregalaram e seu queixo caiu. Perséfone tinha certeza de que em todos os seus vinte e dois anos nunca tinha dito não à mãe.

— O que você disse?

— Gosto da minha vida, mãe. Eu trabalhei muito para chegar onde estou.

— Perséfone, você não precisa viver esta vida mortal. Está mudando você.

— Ótimo. Esse é meu objetivo. Eu quero ser eu mesma, seja o que isso quer dizer, e você vai ter que aceitar.

O rosto de Deméter estava frio como uma pedra, e Perséfone sabia o que ela estava pensando — *eu não tenho que aceitar nada além do que eu quero.*

— Sempre ouço seus avisos sobre os deuses, especialmente Hades — acrescentou Perséfone. — Do que você tem medo? Que eu permita que ele me seduza? Precisa confiar mais em mim.

Deméter empalideceu e sibilou:

— Isso é sério, Perséfone.

— Também estou falando sério, mãe. — Perséfone olhou para seu relógio. — Tenho que ir. Vou me atrasar para a aula.

Perséfone desviou de sua mãe e saiu do jardim. Podia sentir o olhar de Deméter queimando suas costas enquanto caminhava.

Ia se arrepender de se defender, disso tinha certeza. A pergunta era: que punição a Deusa da Colheita escolheria?

A aula passou como um borrão, entre anotações furiosas e explanações monótonas. Normalmente Perséfone prestava atenção, mas hoje estava com a cabeça cheia. A conversa com a mãe a corroía por dentro.

Embora estivesse orgulhosa de se defender, sabia que Deméter poderia levá-la com um estalar de dedos de volta para a estufa de vidro. Também estava pensando em sua conversa com Lexa e em como poderia começar a pesquisa para seu artigo. Ela sabia que uma entrevista seria essencial, mas não ansiava estar em um espaço fechado com Hades de novo tão cedo.

Perséfone ainda não estava se sentindo bem na hora do almoço, e Lexa percebeu.

— O que aconteceu?

Ela pensou em como dizer à amiga que sua mãe a estava espionando. Finalmente, soltou:

— Descobri que minha mãe está me seguindo. Ela... meio que ficou sabendo sobre a Nevernight.

Lexa revirou os olhos.

— Ela não percebeu que você já é adulta?

— Acho que minha mãe nunca me viu como adulta. — E Perséfone achava que nunca veria, a julgar pelo apelido "Cora".

— Não se sinta mal por se divertir, Perséfone. Ela não pode fazer isso. E muito menos impedir você de fazer o que quiser.

Mas não era simples assim. Para ficar no mundo mortal, teria que obedecer à mãe, e era isso que Perséfone queria, mesmo acabando um pouco com a diversão.

Depois do almoço, Lexa foi com Perséfone para a Acrópole. Disse que queria ver onde ela trabalhava, mas Perséfone suspeitou que a amiga queria mesmo era ver Adônis — e conseguiu, porque ele as interceptou logo depois da recepção.

— Ei. — Ele sorriu. — Lexa, certo? Bom ver você de novo.

Deuses. Ela não podia julgar Lexa nem um pouco por cair no feitiço de Adônis. O homem era charmoso, e lindo.

Lexa deu um sorriso largo.

— Não pude acreditar quando Perséfone me disse que trabalhava com você. Que coincidência.

Ele olhou para Perséfone.

— Foi definitivamente uma surpresa agradável. Mundo pequeno, hein?

— Adônis, pode vir aqui um momento? — Demetri chamou de sua porta, e todos olharam.

— É pra já! — Adônis se voltou para Lexa. — Bom te ver. Vamos sair todos juntos qualquer dia.

— Cuidado, nós vamos cobrar — ela avisou.

— Espero que cobrem.

Adônis correu para a sala de Demetri, e Lexa olhou para Perséfone.

— E aí, ele é tão bonito quanto Hades?

Perséfone não queria zombar, mas não havia comparação. Também não era a sua intenção oferecer um retumbante "não".

Mas foi o que fez.

Lexa ergueu a sobrancelha e sorriu, então se inclinou e deu um beijo no rosto de Perséfone.

— Te vejo à noite. Ah, e não esquece de combinar algo com Adônis. Ele está certo, precisamos sair.

Depois que Lexa foi embora, Perséfone colocou as coisas na mesa e foi pegar um café. Estava cansada depois do almoço e precisava de muita energia para o que estava prestes a fazer.

Quando ela voltou para a mesa, Adônis estava saindo do escritório de Demetri.

— Então, que tal este fim de semana?

— Este fim de semana...? — ela repetiu

— Achei que poderíamos assistir às Eliminatórias — disse ele. — Lexa, você, eu... vou convidar Aro, Xerxes e Sibila também.

As Eliminatórias eram uma série de competições para ver quem representaria o território no próximo Pentatlo. Perséfone nunca tinha ido, mas acompanhara a cobertura jornalística no passado.

— Ah... Bem, na verdade, antes de fecharmos isso, gostaria de saber se poderia me ajudar numa coisa.

Adônis se animou.

— Claro, o que é?

— Alguém aqui já escreveu sobre o Deus dos Mortos?

Adônis riu e depois se conteve.

— Ah, você está falando sério?

— Muito.

— Tipo, é meio difícil.

— Por quê?

— Porque Hades não obriga esses humanos a apostar com ele. Eles apostam porque querem e depois enfrentam as consequências.

— Isso não significa que as consequências sejam corretas, ou mesmo justas — argumentou Perséfone.

— Não, mas ninguém quer acabar no Tártaro, Perséfone.

Isso parecia contradizer o que Demetri tinha falado em seu primeiro dia: que o *Jornal de Nova Atenas* sempre buscava a verdade. Dizer que ela estava desapontada era um eufemismo, e Adônis deve ter notado.

— Olha... se você está falando sério sobre isso, posso te mandar o que tenho sobre ele.

— Você faria isso? — ela perguntou.

— Claro. — Ele sorriu. — Com uma condição: me deixar ler o artigo.

Ela não teria problemas em enviar seu artigo a Adônis, e o feedback seria bem-vindo.

— Fechado.

Adônis cumpriu o prometido. Assim que ele voltou para sua mesa, ela recebeu um e-mail com notas e gravações de voz detalhando acordos que o deus havia feito com vários mortais. Nem todos que escreveram ou telefonaram foram vítimas de Hades; alguns eram familiares de vítimas cujas vidas foram interrompidas devido a uma barganha perdida.

No total, ela contou setenta e sete casos diferentes. Enquanto lia e ouvia, percebeu algo em comum nas entrevistas: todos os mortais que foram até Hades em busca de ajuda estavam desesperados — por dinheiro, saúde ou amor. Hades concordara em conceder tudo o que os mortais pedissem desde que ganhassem dele em um jogo de sua escolha. Mas, se perdessem, estariam à sua mercê. E Hades parecia sentir prazer em oferecer um desafio impossível.

Uma hora depois, Adônis apareceu para ver como ela estava indo.

— Achou alguma coisa útil?

— Eu quero entrevistar Hades — ela disse. — Hoje, se possível.

Ela estava impaciente — quanto mais cedo publicasse o artigo, melhor.

Adônis empalideceu.

— Você quer... o quê?

— Eu gostaria de dar a Hades a chance de mostrar seu lado da história — ela explicou. Tudo que Adônis tinha sobre ele era da perspectiva de um mortal, e ela estava curiosa para saber como o deus via as barganhas, os mortais e seus vícios. — Sabe, antes de escrever meu artigo.

Adônis piscou algumas vezes e finalmente encontrou palavras.

— Não é assim que funciona, Perséfone. Você não pode simplesmente aparecer no estabelecimento de um deus e exigir uma audiência. Há... há regras.

Ela ergueu a sobrancelha e cruzou os braços.

— Regras?

— Sim, regras. Temos que enviar uma solicitação ao seu gerente de relações públicas.

— Um pedido que será negado, suponho?

Adônis desviou o olhar, mudando de posição, como se as perguntas de Perséfone o deixassem desconfortável.

— Olha, se formos lá, pelo menos podemos dizer que tentamos e ele nos negou a audiência. Não posso escrever este artigo sem tentar e não quero esperar.

Ainda mais podendo entrar na Nevernight à vontade, ela pensou. Hades se arrependeria de tê-la beijado quando visse como ela planejava usar seu favor.

Após um momento, Adônis suspirou.

— Ok. Vou avisar Demetri que estamos indo lá.

Ele começou a se virar, e Perséfone o parou.

— Você não... disse a Demetri nada sobre isso, não é?

— Não que você planeja escrever este artigo.

— Podemos manter em segredo? Por enquanto?

Adônis sorriu.

— Claro! O que você quiser, Perséfone.

Adônis estacionou em frente à Nevernight, seu Lexus vermelho brilhou contra o fundo preto da torre de obsidiana de Hades. Ainda que Perséfone estivesse determinada a seguir com esta entrevista, teve um momento de dúvida. Estaria sendo muito ousada ao presumir que podia usar o favor de Hades dessa forma?

Adônis chegou ao lado dela.

— Parece diferente à luz do dia, não é?

— Sim — ela disse, distraída.

A torre parecia diferente — mais grosseira. Um corte bruto em uma cidade cintilante.

Adônis tentou abrir a porta, mas estava trancada, então ele bateu e logo recuou, sem dar tempo para alguém responder.

— Parece que não tem ninguém em casa.

Ele definitivamente não queria estar ali, e Perséfone se perguntou por que o cara hesitava em confrontar o deus se estava em sua boate quase toda noite?

Ela então tentou abrir — e conseguiu.

— *Yes!* — sibilou.

Adônis olhou para ela perplexo.

— Como você... Estava trancada!

Ela deu de ombros.

— Talvez você não tenha usado força suficiente. Vem!

Enquanto entrava na Nevernight, ainda ouviu Adônis dizer:

— Eu juro que estava trancada.

Perséfone desceu e entrou na sala, agora familiar. Seus saltos estalaram no piso preto brilhante, e ela olhou para a escuridão do teto alto, sabendo que este andar podia ser visto do escritório de Hades.

— Olá! Alguém em casa? — Adônis chamou.

Perséfone estremeceu e resistiu ao impulso de dizer a Adônis que calasse a boca. Queria aparecer no escritório de Hades e pegá-lo desprevenido, embora não tivesse tanta certeza de que era uma boa ideia. Se lembrou do dia anterior, quando ele atendeu a porta desgrenhado.

Pelo menos, se ela o surpreendesse, poderia descobrir o que estava acontecendo entre ele e Minta.

Como se convocada por seus pensamentos, a ninfa ruiva emergiu da escuridão da sala, de vestido preto justo e salto alto. Era tão linda quanto Perséfone se lembrava. A Deusa da Primavera tinha conhecido e feito amizade com muitas ninfas, mas nenhuma delas parecia tão severa quanto Minta; ela se perguntou se isso era o resultado de servir ao Deus do Submundo.

— Posso ajudar? — Minta tinha uma voz rouca e sedutora, mas não escondia a aspereza de seu tom.

— Olá! — Adônis passou por Perséfone de repente, mostrando confiança e estendendo a mão. Perséfone ficou surpresa e um pouco frustrada quando Minta pegou a mão dele e deu um sorriso. — Adônis.

— Minta.

— Você trabalha aqui? — ele perguntou.

— Eu sou a assistente de Lorde Hades.

Perséfone virou o rosto e revirou os olhos. Assistente parecia uma palavra inapropriada.

— É mesmo? — Adônis parecia genuinamente surpreso. — Mas você é tão bonita.

Realmente não era culpa de Adônis. As ninfas tinham esse efeito nas pessoas, mas Perséfone tinha uma missão e estava cada vez mais impaciente.

Adônis segurou a mão de Minta por mais tempo do que o necessário, até que Perséfone pigarreou, e ele a largou.

— Hm... e esta é Perséfone. — Apontou para ela. Minta não disse nada, nem mesmo acenou com a cabeça. — Somos do *Jornal de Nova Atenas*.

— Então você é repórter?

Os olhos de Adônis brilharam, provavelmente ele tinha interpretado como interesse em sua profissão, mas Perséfone sabia que não era isso.

— Na verdade, estamos aqui para falar com Hades — disse ela. — Poderia me informar se ele está?

Os olhos de Minta queimaram Perséfone.

— Você tem horário marcado com Lorde Hades?

— Não.

— Então, infelizmente, não pode falar com ele.

— Ah, que pena — disse Adônis. — Voltaremos quando tivermos um horário agendado. Perséfone?

Ela ignorou Adônis, olhando para Minta.

— Informe ao seu lorde que Perséfone está aqui e gostaria de falar com ele. — Era uma ordem, mas Minta sorriu, imperturbável, olhando para Adônis.

— Sua colega deve ser nova e, portanto, ainda não sabe como funciona. Sabe, Lorde Hades não dá entrevistas.

— Claro. — Adônis pegou o pulso de Perséfone. — Vamos embora, Perséfone. Eu te disse, tem um protocolo que precisamos seguir.

Perséfone olhou para os dedos de Adônis em seu pulso e encontrou seu olhar. Ela não tinha certeza de como olhou para ele, mas seus olhos arderam e a raiva esquentou seu sangue.

— Me. Larga.

Ele arregalou os olhos e a soltou. Ela se voltou para Minta.

— Eu sei como funciona — disse Perséfone. — Mas exijo falar com Hades.

— *Exige?* — Minta cruzou os braços, ergueu as sobrancelhas e sorriu maliciosamente. — Tudo bem. Direi a ele que exige vê-lo, mas só porque terei grande satisfação em ouvi-lo rejeitá-la.

Ela deu meia-volta e desapareceu na escuridão. Perséfone se perguntou por um momento se a ninfa realmente contaria a Hades ou se enviaria um ogro para expulsá-los.

— Como Hades sabe o seu nome? — Adônis perguntou.

Ela não olhou para ele ao responder:

— Eu o conheci na mesma noite em que te conheci.

Ela podia sentir as perguntas no ar entre eles. Só esperava que ele não as fizesse em voz alta.

Minta voltou parecendo irritada, e isso encheu Perséfone de alegria, especialmente depois da petulância da ninfa.

Ela ergueu o queixo e disse com firmeza:

— Sigam-me.

Perséfone pensou em dizer a Minta que não precisavam de um guia, mas Adônis já estava desconfiado. Ela não queria revelar que estivera ali no dia anterior, ou sobre seu contrato com o Deus dos Mortos.

Perséfone olhou para Adônis antes de seguir Minta pelo mesmo conjunto de escadas tortuosas que tinha subido com Hades um dia antes e para as portas douradas e pretas ornamentadas do escritório. Adônis deu um assobio baixo.

Hoje, Perséfone se concentrou no ouro, e não nas flores. Fazia sentido, afinal, ele era o deus dos metais preciosos.

Minta não bateu antes de entrar rebolando. Talvez esperasse prender a atenção de Hades, mas foi Perséfone que sentiu o olhar dele quando entrou na sala. De perto das janelas, ele a rastreou como um predador, e ela se perguntou quanto tempo havia que ele os estava observando lá embaixo.

A julgar pela tensão dele, supôs que já estivesse naquela posição fazia algum tempo.

Ao contrário de ontem, quando ela exigira entrar na Nevernight, Hades estava impecável. Ele era um abismo elegante de escuridão, e ela poderia cogitar ficar apavorada se não estivesse tão zangada.

Minta fez uma pausa e acenou com a cabeça.

— Perséfone, milorde.

Sua voz tinha assumido aquele tom sensual novamente. Perséfone imaginou que fosse uma ferramenta para dobrar os homens à sua vontade. Talvez tenha esquecido que Hades era um deus. Ela se virou para Perséfone, de pé atrás do deus.

— E... seu *amigo*, Adônis.

Foi com a menção a Adônis que os olhos de Hades finalmente deixaram Perséfone, e ela se sentiu liberta de um feitiço. O olhar de Hades deslizou para seu colega e escureceu antes de ele acenar para Minta.

— Está dispensada, Minta. Obrigado.

Depois que ela saiu, Hades foi até uma garrafa de cristal e encheu seu copo com um líquido âmbar. Não perguntou se queriam alguma bebida, ou se queriam sentar.

Isso não era um bom sinal. Ele pretendia que a reunião fosse muito curta.

— A que devo esta... intrusão? — ele perguntou.

Os olhos de Perséfone se estreitaram com a palavra. Ela queria perguntar o mesmo — porque foi isso que ele fez, se intrometeu em sua vida.

— Lorde Hades — disse ela, tirando da bolsa o bloco de notas onde tinha escrito o nome de todas as vítimas que ligaram para o jornal com uma reclamação. — Adônis e eu somos do *Jornal de Nova Atenas*. Estamos investigando várias reclamações sobre o senhor e gostaríamos de saber se poderia comentá-las.

Ele levou o copo aos lábios e tomou um gole, mas não disse nada. Ao lado dela, Adônis deu uma risada nervosa.

— Perséfone está investigando. Estou apenas... dando apoio moral.

Ela olhou feio para ele. *Covarde.*

— Isso é uma lista das ofensas a mim? — Os olhos de Hades estavam escuros e sem emoção.

Ela se perguntou se era assim que ele recebia almas em seu mundo.

Ignorou a pergunta e leu alguns dos nomes da lista. Depois de um momento, ergueu os olhos.

— Você se lembra dessas pessoas?

Ele tomou um gole lânguido de sua bebida.

— Lembro de cada alma.

— E de cada barganha?

Seus olhos se estreitaram, e ele a estudou por um momento.

— O ponto, Perséfone. Vá direto ao ponto. Não se incomodou com isso no passado, por que agora?

Perséfone sentiu o olhar de Adônis e se virou para Hades com o rosto vermelho de raiva. Ele tinha feito parecer que se conheciam há mais de dois dias.

— Você concorda em oferecer aos mortais tudo o que eles desejam se jogarem com você e ganharem.

— Nem todos os mortais e nem todos os desejos — disse ele.

— Ah, perdão, você é seletivo nas vidas que destrói.

Seu rosto endureceu.

— Eu não destruo vidas.

— Só divulga os termos do seu contrato depois de ganhar! Isso é manipulação.

— Os termos são claros: sou eu quem determina os detalhes. Não é manipulação, como você diz. É uma aposta.

— Você desafia o vício deles. Revela seus segredos mais sombrios...

— Eu desafio o que está destruindo a vida deles. É escolha deles conquistar ou sucumbir.

Ele falou em um tom tão prático, como se já tivesse tido essa conversa milhares de vezes.

— E como conhece o vício deles?

Era a resposta que ela estava esperando, e, com a pergunta, um sorriso malicioso cruzou o rosto de Hades. Isso o transformou e insinuou o deus por trás da ilusão.

— Eu vejo a alma dos mortais — disse ele. — O que os sobrecarrega, o que os corrompe, o que os destrói e os desafia.

Mas o que vê quando olha para mim?

Perséfone odiava pensar que ele conhecia seus segredos e ela não sabia nada sobre ele.

E então ela explodiu.

— Você é o pior tipo de deus!

Hades recuou, mas se recuperou rapidamente, os olhos brilhando de raiva.

— Perséfone — Adônis avisou, mas o tom barítono quente de Hades rapidamente o abafou.

— Estou ajudando esses mortais. — Ele deu um passo deliberado em sua direção.

— Como? Oferecendo uma barganha impossível? Se abstenha do vício ou perca a vida? Isso é completamente absurdo, Hades.

— Já tive sucesso — argumentou.

— Ah, é? E qual foi esse sucesso? Suponho que não importa, já que você ganha de qualquer maneira, certo? Todas as almas vêm para você em algum momento.

O olhar dela ficou pétreo e Hades se aproximou, mas Adônis se colocou entre eles. Os olhos de Hades se acenderam e ele moveu o punho, fazendo Adônis amolecer e cair no chão.

— O que você fez? — Perséfone foi para cima de Adônis, mas Hades agarrou seus pulsos, mantendo-a de pé e puxando-a para si.

Ela prendeu a respiração, não querendo estar tão perto, onde pudesse sentir seu calor e seu cheiro.

Enquanto ele falava, sua respiração acariciou os lábios dela.

— Presumo que você não queira que ele ouça o que tenho a dizer. Não se preocupe, não vou pedir um favor para apagar a memória dele.

— Ah, que gentil de sua parte — ela zombou.

Ele se inclinou sobre ela, segurando seus pulsos, a única coisa que a impedia de cair de costas.

— Que liberdades você tomou com meu favor, Lady Perséfone. — Sua voz era baixa, muito baixa para esse tipo de conversa.

Era a voz de um amante — quente e apaixonada.

— Você nunca especificou como eu deveria usar seu favor.

Os olhos dele se estreitaram.

— Não especifiquei, mas esperava que você soubesse que não deveria arrastar *este* mortal para o meu reino.

Foi a vez de ela estreitar os olhos.

— Você o conhece?

Hades ignorou a pergunta.

— Você planeja escrever uma história sobre mim? Me diga, Lady Perséfone, vai detalhar suas experiências comigo? Como você imprudentemente me convidou para sua mesa, me implorou para lhe ensinar cartas...

— Eu não implorei!

— Você poderia contar como enrubesce da cabeça aos pés na minha presença e como eu te faço perder o fôlego.

— Cala a boca!

Ele veio se aproximando enquanto falava.

— Você vai falar do favor que te fiz, ou está muito envergonhada?

— Para!

Ela se afastou, e ele a soltou, mas não havia terminado.

— Pode me culpar pelas escolhas que fez, mas isso não muda nada. Você é minha por seis meses. E isso significa que, se escrever sobre mim, haverá consequências.

Ela se esforçou para não estremecer com suas palavras possessivas. Ele falava com calma, e isso a revoltava, porque ela tinha a nítida impressão de que ele estava tudo menos calmo por dentro.

— É verdade o que dizem sobre você — disse ela, com o peito subindo e descendo. — Você não dá ouvidos a nenhuma oração. Não concede nenhuma misericórdia.

O rosto de Hades permaneceu inescrutável.

— Ninguém ora ao Deus dos Mortos, milady, e quando o faz é tarde demais.

Hades acenou com a mão e Adônis acordou, inalando bruscamente. Ele se sentou rápido e olhou em volta. Quando seus olhos pousaram em Hades, ele se levantou com dificuldade.

— De-desculpe — disse, e olhou para o chão, evitando o olhar de Hades.

— Não responderei mais nenhuma das suas perguntas — disse Hades. — Minta vai mostrar a saída.

Hades se virou, e Minta apareceu instantaneamente com seus cabelos e olhos em chamas, fixos em Perséfone, que teve o pensamento fugaz de que Minta e Hades formariam um par bastante intimidante, e não gostou disso.

— Perséfone — a voz de Hades exigiu sua atenção quando ela e Adônis se viraram para sair. Ela parou na porta e olhou para trás. — Vou adicionar o seu nome à minha lista de convidados esta noite.

Ele ainda a esperava esta noite? Ela sentiu a pulsação do coração no estômago. Que tipo de punição ele acrescentaria à sentença por sua indiscrição? Ela tinha um contrato e já devia a ele um favor.

Encarou-o por um momento, e toda a sua escuridão pareceu desmoronar, exceto por seus olhos, que queimavam como fogo na noite.

Ela saiu do escritório, ignorando a expressão chocada de Adônis.

Assim que eles estavam fora da Nevernight, Adônis murmurou:

— Bem, isso foi interessante.

Perséfone mal o ouviu, atordoada com o que havia acontecido no escritório, horrorizada com o mau uso que o deus fazia de seu poder e da noção distorcida de que estava ajudando as pessoas.

— Você disse que só tinha encontrado Hades uma vez antes? — Adônis perguntou quando entraram no carro.

— Hã?

— Hades, você já o tinha encontrado uma vez?

Ela o encarou por um momento. Hades disse que apagaria as memórias de Adônis, mas pelo visto não tinha funcionado.

— Sim — ela admitiu hesitante. -— Por quê?

Ele deu de ombros.

— Parecia haver muita tensão entre vocês dois, como... se tivessem uma história juntos.

Como foi que algumas horas de história entre eles pareceram uma eternidade? Por que ela havia convidado Hades para a mesa? Sabia que se arrependeria dessa decisão pelo resto de sua vida. Esse tipo de acordo tinha garras e não havia como sair disso sem cicatrizes. Havia muita coisa em jogo, muita coisa proibida. A liberdade de Perséfone estava envolvida nisso — e a ameaça vinha de todos os lados.

— Perséfone? — Adônis perguntou.

Ela respirou fundo.

— Não. Não temos história.

6

O ESTIGE

O que você vestiria para um tour pelo Submundo?

Era a pergunta que estava na cabeça de Perséfone desde que saiu do escritório de Hades mais cedo naquele dia. Deveria ter feito mais perguntas. Iriam a pé? Como era o clima lá embaixo? Ficou tentada a usar calças de ioga apenas para ver a reação dele, mas então lembrou que estava indo para a Nevernight primeiro e lá sim tinha um dress code.

No fim, escolheu um vestido curto prateado com decote profundo e salto cintilante. Desceu do ônibus na frente da casa noturna e foi até a porta, ignorando os olhares invejosos de quem estava na fila incrivelmente longa. O segurança de hoje não era Duncan, mas era um ogro. Perséfone se perguntou como Hades tinha punido o monstro. Teve que admitir que foi surpreendida pelo Deus dos Mortos naquele momento; ele não a defendeu porque ela era uma deusa, ele a defendeu porque ela era uma mulher.

E apesar de suas muitas falhas, ela tinha que respeitar isso.

— Meu nome é...

— Não precisa se apresentar, milady — o ogro disse.

Perséfone enrubesceu e torceu para que ninguém na fila tivesse ouvido. O ogro abriu a porta, baixando a cabeça. Como essa criatura sabia quem era ela? Era por causa do favor que Hades tinha concedido a ela? Seria visível de alguma forma?

Ela encontrou o olhar do ogro.

— Qual é o seu nome?

A criatura ficou surpresa.

— Mekonnen, milady.

— Mekonnen. — Ela sorriu. — Me chame de Perséfone, por favor.

Os olhos do ogro se arregalaram.

— Milady, eu não posso. Lorde Hades, ele...

— Deixa que eu resolvo com ele. — Ela colocou a mão no braço do ogro. — Me chame de Perséfone.

Mekonnen deu um sorriso torto e, em seguida, estendeu a mão de forma dramática, fazendo uma reverência.

— Perséfone.

Ela riu e balançou a cabeça. Falaria com ele mais tarde sobre a reverência, mas, por enquanto, se ele nunca mais a chamasse de "milady", já seria uma vitória.

Entrou na boate e foi até o salão principal, mas, assim que chegou ao final da escada, um sátiro se aproximou. Era bonito, vestia camisa social preta, tinha um cabelo escuro desgrenhado, cavanhaque e chifres escuros e curvados.

— Lady Perséfone.

— Apenas Perséfone — ela disse. — Por favor.

— Perdão, Lady Perséfone, eu falo como Lorde Hades manda.

Teria essa conversa com todos?

— Lorde Hades não decide como devo ser tratada. — Ela sorriu. — Perséfone.

O sátiro também sorriu.

— Já gostei de você. Me chamo Elias. Lorde Hades deseja que eu me desculpe em seu nome. Ele está ocupado no momento e me pediu que a levasse ao seu escritório. Promete que não vai demorar.

Ela se perguntou o que devia ser. Talvez ele estivesse selando outro contrato terrível com um mortal... ou talvez estivesse com Minta.

— Vou esperar no bar.

— Infelizmente não posso permitir isso.

— Outra ordem? — ela perguntou.

Elias deu um sorriso, se desculpando.

— Receio que esta deva ser obedecida, Perséfone.

Isso a irritou, mas não era culpa de Elias. Ela sorriu para o sátiro.

— Só porque é você, então. Vá na frente.

Ela seguiu o sátiro pela multidão cada vez maior ao longo do caminho já conhecido para o escritório de Hades. Ficou surpresa quando ele entrou com ela, indo até o bar onde Hades tinha se servido no início do dia.

— Quer beber alguma coisa? Um vinho, talvez?

— Sim, por favor. Um cabernet, se tiver. — Se ia passar a noite com Hades e no Submundo, queria uma bebida em sua mão.

— Um cabernet saindo!

O sátiro era tão alegre que ela achou difícil acreditar que ele trabalhava para Hades. Mas, pensando bem, Antoni parecia reverenciar o deus. Ela se perguntou se Elias fazia o mesmo.

Observou enquanto ele selecionava uma garrafa de vinho e começava a abri-la. Depois de um momento, perguntou:

— Por que serve a Hades?

— Eu não sirvo ao Lorde Hades. Eu trabalho para ele. Há uma diferença.

Faz sentido.

— Por que você trabalha para ele, então?

— Lorde Hades é muito generoso — explicou o sátiro. — Não acredite em tudo que ouve sobre ele. A maior parte não é verdade.

Isso despertou o interesse dela.

— Me diga algo que não seja verdade.

O sátiro riu enquanto servia o vinho, depois deslizou o copo sobre a mesa.

— Obrigado.

— Por nada, é um prazer. — Ele baixou um pouco a cabeça, colocando a mão no peito. Ela ficou surpresa com sua seriedade. — Dizem que Hades protege demais seu reino, e é verdade, mas ele não faz isso para exibir poder. Ele cuida de seu povo, protege-o e leva para o lado pessoal se alguém for ferido em seu reino. Se você pertencer a ele, ele destruirá o mundo para salvá-la.

Ela estremeceu.

— Mas eu não pertenço a ele.

Elias sorriu.

— Sim, pertence, ou eu não estaria servindo vinho a você no escritório dele. — Ele fez uma reverência. — Se precisar de alguma coisa, apenas chame meu nome.

Dito isso, Elias saiu. Estava silêncio no escritório de Hades, nem a lareira crepitava. Perséfone se perguntou se isso seria uma forma de punição no Tártaro. Definitivamente a teria deixado louca.

Depois de um momento, ela foi até as janelas que davam para o andar principal da casa. Teve a estranha sensação de que era assim que os olimpianos se sentiam quando viviam nas nuvens e olhavam para a Terra.

Estudou os mortais lá embaixo. À primeira vista, viu grupos de amigos e casais com suas preocupações atenuadas pela bebida. Para eles, esta seria uma noite de diversão e euforia — não muito diferente da que ela teve em sua primeira visita. Para outros, porém, a visita à Nevernight significava esperança.

Analisou um por um. Eles se entregavam com o olhar ansioso para a escada em espiral que levava ao segundo andar, onde Hades fazia seus negócios. Ela notou os ombros caídos dos estressados, o suor brilhante nas sobrancelhas dos aflitos, a postura rígida dos desesperados.

A visão a deixou triste, mas eles seriam avisados em breve para não serem vítimas dos jogos de Hades. Ela garantiria isso.

Se afastou da janela e se aproximou da mesa de Hades; o enorme pedaço de obsidiana parecia ter sido arrancado da terra e polido. Perséfone se perguntou se tinha vindo do Submundo.

Passou os dedos ao longo da superfície lisa. Ao contrário de sua mesa, que já estava coberta de notas adesivas e personalizada com fotos, a dele estava vazia. Franziu o cenho. Isso a decepcionou; ela esperava depreender alguma informação útil, mas nem gavetas tinha.

Suspirou e se virou, lembrando que Minta tinha saído de uma passagem atrás dali. Olhando para a parede agora, não havia indicação de que existia uma porta. Se aproximou, se inclinando para a frente para inspecionar a parede: ininterrupta.

A porta provavelmente responderia à magia de Hades, o que significava que deveria responder a seu favor. Perséfone passou a mão na superfície lisa, até que a parede afundou. Ela arquejou e recuou rapidamente, o coração batendo forte. Inspecionou o dorso e a palma da mão, mas não encontrou feridas.

A curiosidade a dominou então, e ela olhou por cima do ombro antes de tentar novamente, empurrando com mais força a parede, que cedeu como um líquido. Quando passou para o outro lado, se viu em um corredor com uma fileira de lustres de cristal. Pisava na escuridão e, quando deu um passo à frente, se desequilibrou e caiu com tudo na beira de alguma coisa.

O impacto tirou seu fôlego. Em pânico, respirou fundo até que sua respiração voltasse ao normal. Foi então que percebeu que estava em um degrau, a luz no alto iluminava parcamente o contorno de uma escada.

Tentou se levantar, apesar de uma dor aguda no tórax. Tirou os sapatos de salto e os abandonou, descendo por uma escada íngreme. Apertou a lateral da barriga e segurou a parede, com medo de que, se caísse de novo, quebrasse as costelas.

No momento em que Perséfone chegou ao térreo, sentia dor no tronco e nas pernas. À frente, viu uma luz ofuscante mas nebulosa, saindo por uma abertura semelhante a uma caverna. Cambaleou em direção à luz e entrou em um campo de grama alta e verde, cheio de flores brancas. À distância, um palácio de obsidiana se projetava contra o céu, lindo e sinistro, com nuvens que pareciam carregadas de raios e trovões. Quando olhou para trás, descobriu que havia descido uma grande montanha escura.

Então, este é o Submundo, ela pensou. Parecia tão normal, tão bonito. Como um outro mundo abaixo do mundo. O céu ali era vasto e claro, mas ela não conseguia ver um sol, e o ar não estava quente nem frio, embora a brisa que movia a grama e seu cabelo a fizesse tremer um pouco. A brisa também carregava uma mistura de aromas — florais doces, especiarias e cinzas. Era o mesmo cheiro que Hades exalava. Queria inalar com força, mas mesmo uma respiração superficial provocava dor depois de sua queda.

Se afastou do pé da montanha, mantendo os braços cruzados, hesitante em tocar nas delicadas flores brancas, por medo de que murchassem. Quanto mais andava, mais furiosa ficava com Hades.

Ao seu redor havia uma vegetação exuberante. Parte dela queria que o Submundo estivesse cheio de cinzas, fumaça e fogo, mas ela encontrou... vida.

Por que Hades a tinha encarregado de tal tarefa se ele já era excelente em criar vida?

Continuou andando, sem nenhum destino além do palácio. Era a única coisa que podia ver além do enorme campo. Estava surpresa por ninguém ter vindo atrás dela ainda; tinha ouvido falar que Hades tinha um cachorro de três cabeças que guardava a entrada para o Submundo. Imaginou que o favor de Hades a tinha ajudado a passar para este lugar desconhecido.

Apesar disso, ela meio que desejava que alguém aparecesse, porque, quanto mais andava e quanto mais respirava, mais suas costelas doíam.

Ela logo viu que o seu caminho estava bloqueado por um rio. Era uma massa de água inquietante, escura e turbulenta, e tão larga que mal dava para ver a mata do outro lado.

Este deve ser o Estige, ela pensou. O Estige marcava os limites do Submundo e era conhecido por ser guardado por Caronte, um daemon, também chamado de espírito-guia. Caronte conduzia almas para o Submundo em sua balsa, mas Perséfone não viu nenhum daemon e nenhuma balsa. Havia apenas flores — uma abundância de narcisos espalhados pelas margens do rio.

Como cruzaria esse rio? Olhou para a montanha — tinha ido longe demais para voltar agora. Era uma boa nadadora, mas a dor em suas costelas poderia atrapalhá-la. Apesar de largo, o rio parecia bastante despretensioso — apenas água escura e profunda.

Perséfone se aproximou da margem. Estava molhada, escorregadia e íngreme. As flores crescendo ao longo da encosta criavam um mar branco, fazendo um estranho contraste com a água, que parecia óleo. Testou com o pé antes de entrar completamente no rio. A água estava fria e dificultava sua respiração, o que piorou a dor.

Assim que estabeleceu um ritmo decente, algo apertou seu tornozelo e a puxou. Antes que ela pudesse gritar, foi arrastada para debaixo d'água.

Chutou e se agitou, mas quanto mais ela lutava, mais forte era o aperto daquilo que a segurava, e mais rápido a coisa se movia para as profundezas do rio. Tentou se contorcer para ver o que a havia agarrado, mas um espasmo de dor a fez gritar, e acabou engolindo água.

Então algo apertou seu pulso, sacudindo-a bruscamente, e a coisa que puxava seus pés parou. Quando olhou para o que segurava seu pulso, ela tentou gritar, mas inalou mais água.

Era um cadáver. Dois olhos vazios a encaravam, com pedaços de pele ainda agarrados a um rosto esquelético.

Ficou presa entre os dois enquanto a puxavam para cima e para baixo, esticando seu corpo a ponto de doer. Logo se juntaram a eles mais dois, que seguraram os membros livres dela. Com os pulmões queimando e o peito doendo, ela sentiu uma pressão crescendo atrás dos olhos.

Vou morrer no Submundo.

Então um dos mortos se soltou para atacar os outros, e os demais foram atrás logo em seguida. Perséfone aproveitou a chance e nadou o mais rápido que pôde. Estava fraca e cansada, mas podia ver o estranho céu de Hades iluminando a superfície do rio, e a promessa de liberdade e ar para respirar a motivaram.

Perséfone emergiu na superfície assim que um dos mortos a alcançou. Algo afiado mordeu seu ombro e a puxou para baixo novamente. Desta vez, ela foi salva por alguém na margem do rio que conseguiu agarrá-la pelo pulso e arrastá-la para fora da água. A mordida do cadáver latejou, como uma vingança. Um grito atravessou-a e, de repente, ela não conseguia respirar.

Sentiu o chão sólido embaixo de si, e uma voz musical ordenou que respirasse.

Ela não conseguia — era uma combinação de dor e exaustão. Então sentiu a pressão de uma boca contra a dela, sentiu o ar entrar em seus pulmões. Virou para o lado e vomitou, expelindo toda a água na grama. Quando terminou, caiu de costas, exausta.

O rosto de um homem apareceu sobre o dela. Os cachos dourados e a pele bronzeada a fizeram lembrar do sol, mas foi dos olhos que ela mais gostou. Eram dourados e cheios de curiosidade.

— Você é um deus — disse, surpresa.

Ele sorriu, mostrando covinhas no rosto.

— Sou.

— Você não é Hades.

— Não. — Ele parecia estar se divertindo. — Eu sou Hermes.

— Ah — disse ela e deitou a cabeça para trás.

— Ah?

— Sim, ah.

Ele sorriu.

— Então, já ouviu falar de mim?

Ela revirou os olhos.

— O Deus da Trapaça e dos Ladrões.

— Com licença, você se esqueceu de escambo, comércio, mercadores, estradas, esportes, viajantes, atletas, heráldica...

— Como eu poderia esquecer heráldica? — ela perguntou distraidamente, e então estremeceu, olhando para o céu escuro.

— Está com frio? — ele perguntou.

— Bem, acabei de ser puxada de um rio.

Hermes tirou sua capa e a cobriu. O tecido colou em sua pele, e foi então que ela se lembrou que estava usando aquele vestido prateado curto.

Ela corou.

— Obrigada.

— É um prazer — ele disse, ainda olhando para ela. — Devo adivinhar quem você é?

— Ah, sim, divirta-se — ela disse.

Hermes ficou sério por um momento e bateu nos lábios carnudos com o dedo.

— Hmm. Eu acho que você é a Deusa da Frustração Sexual.

Perséfone soltou uma gargalhada.

— Eu acho que essa é a Afrodite.

— Eu disse frustração sexual? Quis dizer a Frustração Sexual de Hades.

Assim que as palavras saíram de sua boca, uma explosão de poder bruto o jogou para trás. Seu corpo fez o chão tremer quando pousou, jogando terra e pedras para cima.

Perséfone se sentou, apesar da dor, e, ao virar, viu Hades fazendo sombra sobre ela, em seu elegante terno preto. Seus olhos brilhavam sombrios e suas narinas estavam dilatadas.

— Por que você fez isso? — ela intimou.

— Você testa minha paciência, Deusa, e meu favor — respondeu ele.

— Então você é uma deusa! — Hermes disse, triunfante, saindo dos escombros, ileso.

Ela olhou feio para Hades.

— Ele manterá seu segredo, ou será enviado ao Tártaro.

Hermes limpou sujeira e pedras de seus braços e peito.

— Sabe, Hades, nem tudo tem que ser uma ameaça. Você podia tentar perguntar de vez em quando, assim como poderia ter me pedido para ficar longe de sua deusa aqui, em vez de me lançar até quase o outro lado do Submundo.

— Eu não sou a deusa dele! E você... — Perséfone olhou para Hades. Hermes, entretido, ergueu as sobrancelhas, enquanto ela tentava ficar de pé, porque até agora estava olhando para os dois do chão. — Você poderia ser mais legal com ele. Ele me salvou do seu rio!

Assim que ficou de pé, ela se arrependeu de se mover. Se sentiu tonta e com náuseas.

— Você não teria que ser salva do *meu* rio se tivesse esperado por mim!

— Certo, porque você estava ocupado no momento. — Ela revirou os olhos. — Gostaria de saber o que isso significa.

— Devo pegar um dicionário?

Hermes riu, e Hades se voltou para ele:

— Por que você ainda está aqui?

Perséfone se desequilibrou, e Hades se moveu rapidamente, pegando-a antes que ela atingisse o chão. O impacto a fez sentir as costelas, e ela gemeu.

— O que aconteceu? — ele perguntou.

— Eu caí na escada. Acho que... — Ela respirou fundo e estremeceu. — Acho que machuquei minhas costelas.

Quando ela encontrou seu olhar, ficou surpresa ao ver que ele parecia preocupado. Lembrou das palavras de Elias: *ele leva para o lado pessoal se alguém for ferido em seu reino.*

— Está tudo bem — sussurrou. — Estou bem.

Então Hermes disse:

— Ela também tem um corte bem feio no ombro.

E a preocupação que ela viu em Hades acabou com sua raiva. Ele cerrou a mandíbula e ergueu Perséfone nos braços, com cuidado para não mexer demais.

— Aonde estamos indo?

— Para o meu palácio — disse ele, e se teleportou, deixando Hermes sozinho na margem do rio.

7

UM TOQUE DE FAVOR

— Você está bem? — Hades perguntou.

Perséfone tinha fechado os olhos quando eles se teleportaram, porque isso geralmente a deixava tonta. Agora ela olhou para cima, encontrando o olhar de Hades e acenou com a cabeça.

Hades a acomodou na beira de uma cama coberta com lençóis de seda preta. Ao olhar em volta, ela descobriu que ele a havia levado para um quarto parecido com a Nevernight, com suas paredes e piso de obsidiana brilhante. Apesar de todo o preto, o quarto era até confortável. Talvez fosse por causa da lareira crepitante em frente à cama e do tapete de pele a seus pés, ou talvez fossem as portas duplas de uma sacada com vista para uma floresta de um verde-escuro.

Hades se ajoelhou diante dela, que se sentiu um pouco em pânico, as mãos tremendo.

— O que você está fazendo?

Ele não disse nada enquanto puxava a capa de Hermes de seu corpo. Ela foi pega desprevenida, ou não teria deixado; em vez disso, ficou imóvel, exposta sob o olhar de Hades. Ele se sentou sobre os calcanhares enquanto seus olhos percorriam seu corpo, se demorando mais no ombro lacerado, e perpassando todos os lugares em que o vestido prateado se agarrava à pele. Ela colocou o braço sobre o peito, tentando manter algum pudor, quando Hades ficou de joelhos, apoiando os braços em cada lado dela. Desse ângulo, o rosto dele ficava na altura do dela. Perséfone sentiu nos lábios seu hálito de uísque quando ele falou:

— Qual lado?

Manteve o olhar por um momento antes de alcançar a mão dele e colocá-la em seu próprio tórax. Ficou surpresa com sua ousadia, mas foi recompensada com o toque quente e curador. Ela gemeu e se inclinou, procurando apoio nele. Se alguém entrasse no quarto neste momento, poderia pensar que Hades estava ouvindo o coração de Perséfone, pela posição — entre suas pernas, a cabeça voltada para o lado.

Ela respirou fundo algumas vezes até não sentir mais a dor nas costelas. Depois de um momento, ele se virou para ela, mas não se afastou.

— Melhor? — A voz dele era baixa, um sussurro rouco que se arrastou pela pele de Perséfone.

Ela conteve um arrepio.

— Sim.

— Agora o ombro — ele disse, se levantando.

Ela começou a virar a cabeça para ver o ferimento, mas Hades a deteve com a mão no rosto.

— Não. É melhor não olhar.

Ele se afastou e entrou em um cômodo adjacente, e ela ouviu o som de água corrente. Enquanto esperava que ele voltasse, deitou de lado, ansiosa para fechar os olhos cansados.

— Acorda, meu bem. — A voz de Hades era como seu toque: quente, atraente.

Ele se ajoelhou diante dela novamente, um borrão no início, e então entrando em foco.

— Desculpe — ela sussurrou.

— Não se desculpe — ele disse e começou a limpar o sangue de seu ombro.

— Eu posso fazer isso — disse ela e começou a se levantar, mas Hades a segurou e encontrou seu olhar.

— Permita-me — Havia algo cru e primitivo em seus olhos, e ela sabia que não poderia discutir, então assentiu.

Ao toque gentil, ela fechou os olhos. E, para mostrar que não estava dormindo, perguntou:

— Por que há pessoas mortas em seu rio?

— São as almas que não foram enterradas com moedas — disse ele.

Ela abriu um olho.

— Você *ainda* faz isso?

Ele sorriu, sarcástico. Ela percebeu que gostava quando ele sorria.

— Não. Esses mortos são antigos.

— E o que eles fazem? Além de afogar os vivos?

— Mais nada — respondeu com naturalidade, e Perséfone empalideceu.

Então percebeu que esse era o propósito deles. *Nenhuma alma entra, nenhuma alma sai.* Qualquer um que encontrasse o caminho para o Submundo sem o conhecimento de Hades teria que cruzar o Estige e era improvável que sobrevivesse.

Perséfone ficou em silêncio depois disso. Hades terminou de limpar sua ferida e, mais uma vez, ela sentiu seu calor curativo irradiar. O ombro levou muito mais tempo do que as costelas, e ela se perguntou quão grave tinha sido o ferimento.

Assim que terminou, ele colocou os dedos sob o queixo dela.

— Troque-se — disse ele.

— Eu... não tenho nada para vestir.

— Eu tenho aqui. — Ele a ajudou a se levantar, direcionou-a para trás de um biombo e lhe entregou um robe curto de cetim preto.

Ela olhou para o pedaço de tecido e depois para ele.

— Suponho que isso não seja seu.

— O Submundo está preparado para todos os tipos de convidados.

— Obrigada — disse secamente. — Mas acho que não quero usar algo que uma de suas amantes também usou.

Desejou que ele tivesse dito que não havia amantes, mas ele franziu a testa e disse:

— É isso ou nada, Perséfone.

— Você não faria isso.

— O quê? Despir você? Alegremente e com muito mais entusiasmo do que você imagina, milady.

Ela passou um momento olhando para ele e então seus ombros cederam. Estava exausta, frustrada e nada interessada em desafiar o deus. Pegou o robe.

— Tudo bem.

Ele deu privacidade para ela se trocar. Ao sair do biombo vestida com o robe, imediatamente Perséfone se viu sob o olhar de Hades. Ele a encarou por um longo momento antes de pigarrear, pegar o vestido molhado e pendurá-lo sobre o biombo.

— E agora? — ela perguntou.

— Agora descanse — ele disse e a ergueu nos braços.

Ela quis protestar — ele a curou, e apesar do cansaço ela podia andar —, mas estar em seus braços a deixava quente e acanhada, então permaneceu quieta, incapaz de falar. Hades segurou seu olhar enquanto a deitava e a cobria.

Os olhos dela estavam pesados de sono.

— Obrigada — sussurrou, e então notou a expressão severa dele. Franzindo a testa, ela disse: — Você está irritado.

Estendeu a mão para alisar as sobrancelhas franzidas, traçando o dedo ao longo do rosto dele, sobre a face e no canto dos lábios. Ele não relaxou sob seu toque, e ela tirou a mão rapidamente, fechando os olhos, não querendo testemunhar sua frustração.

— Perséfone — ela disse

— O quê? — ele perguntou.

— Eu quero ser chamada de Perséfone. Não de "lady".

— Descanse — ela o ouviu dizer. — Estarei aqui quando acordar.

Ela não lutou contra o sono que veio.

Os olhos de Perséfone pareciam cheios de areia quando ela os abriu. Por um momento, pensou que estava em casa, em sua cama, mas rapidamente lembrou que tinha quase se afogado em um rio no Submundo. Hades a tinha trazido para seu palácio, e agora ela estava deitada na cama dele.

Se sentou rapidamente, fechando os olhos por causa da tontura. Quando passou, abriu-os e encontrou Hades sentado em uma cadeira, observando-a. Em uma das mãos, ele segurava um copo de uísque, aparentemente sua bebida preferida. Havia tirado o paletó e estava com uma camisa preta com as mangas arregaçadas e os botões meio abertos. Ela não conseguia ler sua expressão, mas sentiu que ele estava chateado.

Hades tomou um gole, e a lareira crepitou no silêncio que se estendeu entre eles. Nesse silêncio, ela estava hiperconsciente de como seu corpo reagia a ele. Hades nem mesmo estava fazendo nada, mas, naquele quarto fechado, ela podia sentir seu cheiro, e isso acendeu uma chama em seu ventre.

Ela se pegou desejando que ele falasse: *diga algo para que eu possa ficar com raiva de você de novo.* Quando ele não obedeceu, ela perguntou:

— Quanto tempo fiquei aqui?

— Horas.

Seus olhos se arregalaram.

— Que horas são?

Ele deu de ombros.

— Tarde.

— Eu tenho que ir — disse ela, mas não se moveu.

— Você veio até aqui. Permita-me oferecer uma visita pelo meu mundo.

Quando Hades se levantou, sua presença parecia encher a sala. Ele virou o resto do uísque, foi até a cama, puxou as cobertas para longe. Enquanto ela dormia, o robe tinha se afrouxado, expondo uma faixa de pele branca entre os seios. Ela segurou o decote, corando.

Hades fingiu não notar e estendeu a mão. Perséfone esperava que ele fosse se afastar quando ela se levantasse, mas ele permaneceu perto, segurando seus dedos. Quando ela finalmente olhou para cima, ele a estava observando.

— Você está bem? — Sua voz era grave, e reverberou no corpo dela.

— Estou melhor.

Ele passou o dedo pelo rosto dela, deixando um rastro de calor.

— Acredite, estou arrasado por você ter sido ferida em meu reino.

Ela engoliu em seco e conseguiu dizer:

— Estou bem.

Seus olhos gentis endureceram.

— Não vai acontecer de novo. Venha.

Ele a conduziu até a sacada, onde a vista era de tirar o fôlego. As cores do Submundo eram suaves mas lindas. O céu cinza fornecia um pano de fundo para as montanhas escuras que se fundiam com a floresta. À direita, as árvores eram mais espaçadas, e ela podia ver a água escura do Estige serpeando para além da grama alta.

— Gostou? — ele perguntou.

— É lindo — ela respondeu, e achou que ele ficou satisfeito. — Você criou tudo isso?

Ele assentiu.

— O Submundo evolui da mesma forma que o mundo acima.

Os dedos dela ainda estavam entrelaçados com os dele, que a puxou, tirando-a da sacada e guiando-a por uma escadaria que desembocava em um dos jardins mais bonitos que ela já tinha visto. As glicínias lilases criavam uma cobertura sobre um caminho de pedra escura, e cachos de flores roxas e vermelhas cresciam descontroladamente em ambos os lados da trilha.

O jardim a deixou maravilhada e irritada. Ela se virou para Hades e desvencilhou a mão.

— Maldito!

— O palavreado, Perséfone.

— Não ouse. Isso... isso é maravilhoso!

A visão tinha feito seu coração ansiar, pois era algo que desejava ser capaz de criar. Olhou por mais tempo, encontrando novas flores — rosas de um azul-escuro, peônias cor-de-rosa, salgueiros e árvores com folhas roxo-escuras.

— É — ele concordou.

— Por que você me pediria para criar vida aqui? — Tentou evitar que sua voz soasse tão desanimada, mas não conseguiu, parada no centro da materialização de seu sonho.

Ele a encarou por um momento e então, com um movimento da mão, as rosas, peônias e salgueiros sumiram. Em seu lugar não havia nada além de uma terra desolada. Ela olhou boquiaberta para Hades nas ruínas de seu reino.

— É uma ilusão — disse ele. — Se é um jardim que você deseja criar, realmente será a única vida aqui.

Ela olhou meio maravilhada, meio enojada com a terra. Então, toda essa beleza era a magia de Hades? E ele a mantinha sem esforço? Era realmente um deus poderoso.

Ele invocou a ilusão de volta, e eles continuaram pelo jardim. Enquanto ela seguia Hades, os aromas a abordavam — rosas doces, buxo almiscarado, gerânios picantes e muito mais. O cheiro de folhagem densa lembrou Perséfone do tempo que passara na estufa, onde as flores de sua mãe floresciam tão facilmente, e a promessa que tinha feito de nunca mais voltar. Percebeu que trocaria uma prisão por outra se não cumprisse os termos do contrato.

Finalmente, chegaram a um muro baixo de pedra onde um pedaço de terra permanecia estéril e o solo a seus pés era cinza.

— Você pode trabalhar aqui — disse ele.

— Ainda não entendo — disse Perséfone, e Hades olhou para ela. — Ilusão ou não, você tem toda essa beleza. Por que exigir isso de mim?

— Se não deseja cumprir os termos do nosso contrato, só precisa dizer, Lady Perséfone. Posso preparar uma suíte para você em menos de uma hora.

— Não nos damos bem o suficiente para morarmos juntos ainda, Hades. — Ele ergueu as sobrancelhas, e ela levantou o queixo. — Com que frequência terei permissão para vir aqui e trabalhar?

— Quantas vezes quiser. Sei que está ansiosa para completar sua tarefa.

Ela desviou o olhar e se abaixou para pegar um punhado de areia. Era fina e caía por entre seus dedos como água. Pensou em como iria plantar o jardim. Sua mãe podia criar sementes e germiná-las do nada, mas Perséfone não podia tocar em uma planta sem que esta murchasse. Talvez pudesse convencer Deméter a lhe dar algumas de suas próprias mudas. A magia divina teria uma chance melhor nesta terra do que qualquer coisa que um mortal pudesse oferecer.

Pensou em seu plano e, quando se levantou, encontrou Hades olhando para ela novamente. Ela estava se acostumando com seu olhar, mas ainda se sentia exposta. O fato de só estar vestindo um robe preto também não ajudava.

— E... como vou chegar no Submundo? Você não vai querer que eu pegue o caminho de mais cedo, né?

— Hum. — Ele inclinou a cabeça para o lado, pensativo.

Ela o conhecia havia apenas três dias, mas já o vira fazer isso antes, quando estava se divertindo; era um gesto que ele fazia quando já sabia como ia agir.

Mesmo sabendo disso, ficou surpresa quando ele a pegou pelos ombros e a puxou contra si. Encaixando os braços no peito dele, ela perdeu o controle da realidade ao ser beijada. Suas pernas cederam, e Hades deslizou os braços ao redor dela, segurando-a com mais força. Sua boca estava quente e intensa. Ele a beijou com tudo — lábios, dentes e língua —, e ela retribuiu com a mesma paixão. Embora soubesse que não deveria encorajá-lo, seu corpo tinha vontade própria.

Quando as mãos dela subiram por seu peito e ao redor de seu pescoço, Hades soltou um gemido tão profundo que ao mesmo tempo a empolgou e assustou. Então eles se moveram, e ela sentiu a parede de pedra nas costas. Quando Hades a ergueu do chão, ela passou as pernas em volta da cintura dele, que era muito mais alto, e essa posição lhe permitiu traçar a linha do queixo dela com os lábios, beliscar sua orelha e beijar seu pescoço. A sensação a fez ofegar e se arquear contra ele, passando os dedos pelos seus cabelos, afrouxando o elástico que prendia os fios escuros. Quando ele enfiou a mão dentro da saia do robe, roçando sua pele macia e sensível, ela clamou, agarrando seus cabelos com mais força.

Foi então que Hades se afastou. Seus olhos brilhavam com uma necessidade que ela sentia profundamente em seu âmago, e eles tentaram recuperar o fôlego. Por um longo momento, permaneceram imóveis. As mãos dele ainda estavam dentro do robe dela, segurando suas coxas. Perséfone não iria impedi-lo se continuasse. Os dedos dele estavam perigosamente perto de seu sexo, e ela sabia que ele podia sentir seu calor. Ainda assim, se ela cedesse a essa necessidade, não sabia como se sentiria depois e, por algum motivo, não queria se arrepender de Hades.

Talvez ele tenha percebido isso também, porque a colocou no chão. Seu cabelo escuro caía em ondas bem além de seus ombros, criando uma moldura no rosto.

— Depois que entrar na Nevernight, você só precisa estalar os dedos e será trazida aqui.

A cor sumiu de seu rosto, e ela parou de respirar por um momento. *Claro*, pensou. *Ele estava concedendo um favor.* Após o beijo, Perséfone se sentiu envergonhada. Por que tinha permitido isso? Por que tinha permitido que as coisas ficassem tão intensas? Sabia que não devia confiar no Deus do Submundo — nem mesmo em sua paixão.

Tentou afastá-lo, mas ele não se mexeu.

— Não pode oferecer um favor de outra forma? — ela retrucou.

Ele pareceu se divertir.

— Você não pareceu desaprovar.

Ela corou e tocou os lábios formigantes. Os olhos de Hades brilharam e, por um momento, Perséfone pensou que ele ia recomeçar de onde pararam.

E não podia deixar isso acontecer.

— Preciso ir — disse

Hades acenou com a cabeça uma vez, em seguida passou o braço em volta da sua cintura.

— O que você está fazendo? — ela intimou.

Hades estalou os dedos. O mundo mudou e eles estavam no quarto dela. Perséfone agarrou os braços de Hades, tonta. Ainda estava escuro lá fora, mas o relógio ao lado da cama marcava cinco da manhã. Daqui a uma hora teria que se levantar e se arrumar para o trabalho.

— Perséfone. — A voz de Hades ressoou baixo, e ela encontrou seu olhar. — Nunca mais traga um mortal ao meu reino, especialmente Adônis. Fique longe dele.

Ela estreitou os olhos.

— De onde você o conhece?

— Isso não é relevante.

Tentou se afastar dele, que a manteve imóvel, pressionada contra seu corpo.

— Eu trabalho com ele, Hades — ela disse. — Além disso, você não pode me dar ordens.

— Não estou lhe dando ordens. Estou pedindo.

— Então significa que tenho escolha.

Parecia impossível, mas Hades a apertou mais. Seu rosto estava a centímetros do dela, que mal conseguia encará-lo, o olhar atraído para sua boca — a memória do beijo que eles compartilharam no jardim era um fantasma em seus lábios. Fechou os olhos.

— Você tem escolha — disse ele. — Mas, se o escolher, eu vou buscá-la, e posso não te deixar mais sair do Submundo.

Ela abriu os olhos.

— Você não faria isso — disse, entre dentes.

Hades riu, se inclinando para que, quando falasse, sua respiração acariciasse os lábios dela.

— Ah, meu bem. Você não sabe do que sou capaz.

Então se foi.

8

UM JARDIM NO SUBMUNDO

Lexa estava sentada em frente a Perséfone do lado de fora do Yellow Daffodil. Tinham ido do apartamento até o bistrô para tomar café da manhã antes de seguirem cada uma seu caminho — Perséfone, para a Biblioteca de Ártemis, e Lexa, para o Estádio Talaria, onde encontraria Adônis e seus amigos para um dia de Eliminatórias.

Fique longe dele. A voz de Hades ecoou na cabeça dela como se a boca dele estivesse em sua orelha, e ela estremeceu. Apesar do aviso, ela teria ido com Lexa — mas tinha um deus para pesquisar, um jardim para plantar e uma aposta para ganhar. Ainda assim, se perguntou por que Hades não gostava de Adônis. Será que o Rei do Submundo sabia que seu aviso só a deixaria mais curiosa?

— Seus lábios estão machucados — observou Lexa.

Perséfone cobriu a boca com os dedos. Tinha tentado esconder a mancha com base e batom.

— Quem você beijou?

— Por que acha que eu beijei alguém? — Perséfone perguntou.

— Não sei se você beijou alguém. Talvez *alguém* tenha te beijado.

Perséfone corou — alguém a tinha beijado, mas não pelos motivos que Lexa pensava. *Ele estava apenas concedendo um favor*, Perséfone se lembrou. *Ele faria qualquer coisa para garantir que não fosse perturbado novamente.* Isso incluía oferecer a ela um atalho para seu reino.

Ela não se permitiria romantizar o Deus dos Mortos.

Hades é o inimigo. Ele é seu *inimigo. Ele trapaceou, te atraindo para um contrato, e te desafiou a usar poderes que você não tem. Ele vai te prender se não conseguir criar vida no Submundo.*

— Só estou supondo, já que você saiu de casa às dez da noite e só voltou às cinco da manhã.

— Co-como você sabe?

Lexa sorriu, mas Perséfone percebeu que sua amiga estava um pouco magoada com sua dissimulação.

— Acho que nós duas temos segredos. Estava conversando com Adônis, quando ouvi você entrar.

O que ela tinha ouvido foi Perséfone entrando na cozinha na ponta dos pés para pegar água depois que Hades os teleportou para seu quarto, mas

Perséfone não a corrigiu. Em vez disso, se concentrou na parte da resposta de Lexa que era novidade para ela.

— Ah. Você e Adônis estão conversando?

Foi a vez de Lexa corar, e Perséfone ficou feliz por poder redirecionar a conversa, mesmo sem saber o que achava de sua melhor amiga saindo com seu colega de trabalho. Além disso, ainda não tinha descoberto por que Hades não gostava dele. Foi simplesmente porque ela o levou para a Nevernight? Ou haveria algo mais?

— Não é nada de mais — disse Lexa.

Perséfone sabia que ela estava apenas tentando manter suas expectativas baixas. Já fazia muito tempo que Lexa não se interessava por alguém. Ela havia se apaixonado perdidamente por seu primeiro namorado da faculdade, um lutador chamado Alec, um homem incrivelmente bonito e encantador... pelo menos no começo. O que Lexa a princípio tinha achado que era proteção logo se tornou controle. As coisas foram piorando, até que uma noite ele gritou com ela por ter saído com Perséfone e a acusou de traição. Nesse ponto, Lexa decidiu que as coisas tinham que acabar.

Foi só depois de terminar tudo que Lexa soube que Alec não tinha sido fiel. A coisa toda partiu seu coração, e houve um tempo em que Perséfone não tinha certeza se Lexa se recuperaria.

— Estávamos fazendo planos para hoje e simplesmente continuamos conversando — continuou Lexa. — Ele é tão interessante.

— Ele é interessante? — Perséfone riu. — Você é interessante. Fashionista. Bruxa. Tatuada. O que mais um cara pode querer?

Lexa revirou os olhos e prontamente ignorou o elogio.

— Você sabia que ele é adotado? É por isso que se tornou jornalista. Quer encontrar seus pais biológicos.

Perséfone balançou a cabeça. Não sabia nada sobre Adônis, exceto que ele trabalhava no *Jornal de Nova Atenas* e ia sempre à Nevernight, o que era irônico, considerando que Hades não parecia gostar dele.

— Não consigo imaginar — disse Lexa distraidamente. — Existir no mundo sem saber quem você é.

Lexa não sabia como suas palavras soavam dolorosas para Perséfone. A barganha forçada por Hades a tinha feito lembrar o quanto ela estava deslocada.

Assim que Lexa partiu para as Eliminatórias, Perséfone pegou um café para viagem e se dirigiu à Biblioteca de Ártemis e ao refúgio de suas belas salas de leitura com o nome das Nove Musas Gregas. Perséfone gostava de todas elas, mas sempre se sentira atraída pela Sala Melpômene, onde agora entrava. Ela não sabia se a decoração da sala tinha relação com o nome da Musa da Tragédia, mas havia uma estátua da deusa no centro da sala oval. No seu interior, a luz fluía através de um teto de vidro, se derramando sobre várias mesas compridas e áreas de estudo.

Tinha vindo em busca de um livro e, enquanto olhava, passava os dedos pelas capas de couro e letras douradas. Finalmente, encontrou o que procurava: *Os Divinos: Poderes e Símbolos.*

Levou o volume para uma das mesas e passou as páginas até encontrar o nome em destaque no topo de uma delas.

Hades, Deus do Submundo.

Ver o nome dele já fez seu coração disparar. O verbete incluía um desenho do deus de perfil, que Perséfone traçou com a ponta dos dedos. Ninguém o reconheceria pessoalmente nesta foto, porque estava muito escura, mas ela podia ver características familiares: o arco de seu nariz, o formato de sua mandíbula, as mechas de cabelo longo caindo até os ombros.

Voltou o olhar para o texto no resto da página, que detalhava como Hades tinha se tornado o Deus do Submundo. Após a derrota dos Titãs, ele e seus dois irmãos mais novos tiraram a sorte. Hades recebeu o Submundo; Poseidon, o Mar; e Zeus, os Céus, cada um com igual acesso sobre a Terra.

Frequentemente ela esquecia que os três deuses tinham poderes iguais sobre a Terra, sobretudo porque Hades e Poseidon não costumavam se aventurar fora de seus próprios reinos. A descida de Zeus ao mundo mortal tinha sido um lembrete, e Hades e Poseidon não ficariam parados caso seu irmão assumisse o controle de um reino ao qual todos eles deveriam ter acesso. Ainda assim, Perséfone não havia considerado o que isso significava para os poderes de Hades. Será que compartilhava algumas das habilidades de sua mãe, como provocar tempestades e fome?

Continuou lendo até chegar à lista dos poderes de Hades; arregalou os olhos ao ler e não sabia se sentia mais medo ou admiração.

Hades tem muitos poderes, mas suas habilidades principais e mais poderosas são as de necromancia, incluindo reencarnação, ressurreição, transmigração, sensação de morte e remoção de alma. Por ser proprietário do reino subterrâneo, ele também pode manipular a terra e seus elementos, e tem a habilidade de extrair metais preciosos e joias do solo.

O Mais Rico, de fato.

Poderes adicionais incluem encanto — a habilidade de influenciar mortais e deuses menores de acordo com sua vontade —, bem como invisibilidade.

Invisibilidade?

Aquilo deixou Perséfone nervosa. Teria que arrancar do deus a promessa de que ele nunca usaria esse poder com ela.

Virou a página e encontrou informações sobre os símbolos de Hades e o Submundo.

Os narcisos são sagrados para o Senhor dos Mortos. A flor, geralmente nas cores branco, amarelo ou laranja, tem uma coroa curta em forma de taça, e cresce em abundância no Submundo. É um símbolo de renascimento. Diz-se que Hades escolheu a flor para dar esperança às almas do que está por vir quando elas reencarnarem.

Perséfone se recostou na cadeira. Este deus não parecia aquele que ela conheceu alguns dias antes. Este oferecia esperança aos mortais na forma de riquezas. Aquele fazia da dor um jogo. O deus descrito nesta passagem parecia compassivo e gentil. Ela se perguntou o que havia acontecido desde que Hades tinha escolhido seu símbolo.

Tive sucesso, ele dissera. Mas o que aquilo significava?

Perséfone concluiu que tinha mais perguntas para Hades.

Quando terminou de ler a passagem sobre o Submundo, fez uma lista das flores mencionadas no texto — asfódelo, acônito, prímula, narciso — e então encontrou um livro sobre variedades de plantas, que usou para fazer anotações cuidadosas, se certificando de incluir como cuidar de cada flor e árvore.

Fez uma careta quando as instruções pediram luz solar direta. A luz suave do céu de Hades seria suficiente? Se fosse sua mãe, a luz não importaria. Deméter poderia fazer uma rosa crescer em uma tempestade de neve. Se Perséfone fosse sua mãe, um jardim já estaria crescendo no Submundo.

Assim que terminou, levou sua lista a uma floricultura e pediu sementes. Quando o vendedor — um senhor idoso com cabelos rebeldes e uma longa barba branca — chegou ao narciso, ele olhou para ela e disse:

— Não vendemos o símbolo *dele* aqui.

— Por que não? — ela perguntou, mais curiosa do que qualquer coisa.

— Minha cara, poucos invocam o nome do Rei dos Mortos e, quando o fazem, viram a cabeça.

— Parece que o senhor não deseja ser feliz no Submundo — disse ela.

O vendedor empalideceu, e Perséfone saiu com algumas flores extras, um par de luvas, um regador e uma pá pequena. Esperava que as luvas impedissem seu toque de matar as sementes antes de colocá-las no solo.

Depois que saiu da loja, foi direto para a Nevernight, pelo terceiro dia seguido. Era bem cedo, por isso ninguém estava esperando do lado de fora para entrar na boate. Quando ela se aproximou, as portas se abriram, e, assim que entrou, respirou fundo e estalou os dedos como Hades havia mostrado. O mundo mudou ao seu redor, e ela se percebeu no Submundo, no mesmo lugar onde Hades a tinha beijado.

Sua cabeça girou por alguns instantes. Nunca se teleportava sozinha, sempre usava magia emprestada. Desta vez foi a de Hades que se agarrou à sua pele; estranha, mas não desagradável, persistente em sua língua, suave e rica, como seu beijo. Corou com a memória e rapidamente voltou sua atenção para a terra árida a seus pés.

Decidiu que começaria perto da parede e plantaria o acônito primeiro, a flor mais alta, que floresceria roxa. Em seguida, plantaria o asfódelo, que floresceria branco. As prímulas foram as últimas e cresceriam em cachos vermelhos.

Assim que ela planejou tudo, ajoelhou-se e começou a cavar. Colocou a primeira semente no solo e cobriu-a com a terra fina.

Uma já foi.

Ainda faltam várias.

Perséfone trabalhou até seus braços e joelhos doerem. O suor brotava de sua testa, e ela enxugava-o com as costas da mão. Quando terminou, sentou-se nos calcanhares e examinou seu trabalho. Não conseguia descrever como se sentia ao olhar para o canteiro acinzentado, mas algo escuro e inquieto se intrometeu em seus pensamentos.

E se não conseguisse? E se não cumprisse os termos deste contrato? Realmente ficaria presa aqui no Submundo para sempre? Será que sua mãe, uma deusa poderosa, lutaria pela liberdade de Perséfone quando descobrisse o que a filha tinha feito?

Tentou deixar esses pensamentos de lado. *Isso vai funcionar.* Podia não ser capaz de cultivar um jardim com magia, mas nada a impedia de tentar da maneira mundana... exceto seu toque fatal. Teria que esperar algumas semanas para descobrir se as luvas estavam funcionando.

Pegou o regador e olhou em volta, procurando um lugar para enchê-lo.

Avaliou o muro do jardim. Se subisse, a altura seria suficiente para localizar uma fonte ou um rio.

Deu um passo com cuidado, para não perturbar as sementes recém-plantadas, e conseguiu escalar. Como tudo o mais que Hades possuía, o muro era de obsidiana e quase parecia uma erupção vulcânica. Ela navegou as arestas com cuidado, caindo apenas uma vez, e conseguiu se segurar, no entanto cortou a palma da mão. Bufou com a pontada de dor, fechando os dedos com sangue pegajoso e, finalmente, chegou ao topo do muro.

Ah.

Perséfone tinha visto o Submundo no dia anterior, mas, ainda assim, o lugar conseguiu surpreendê-la. Para além do muro, havia um campo de grama alta e verde que se estendia pelo que pareciam quilômetros antes de terminar em uma floresta de ciprestes. Atravessando o campo, havia um rio largo e rápido. Desta distância, Perséfone não conseguia distinguir a cor da água, mas sabia que não era preta como a do Estige. Havia vários rios no Submundo, mas ela não estava familiarizada com sua geografia para adivinhar qual deles poderia estar nesse campo.

E no fundo importava — água é água.

Perséfone desceu do muro e começou a cruzar o campo, com o regador na mão. A grama alta raspava em seus braços e pernas nus. Misturadas à grama, havia estranhas flores laranja que ela nunca tinha visto antes. De vez em quando, uma brisa agitava o ar. Cheirava a fogo e, embora não fosse desagradável, era um lembrete de que, mesmo que ela estivesse rodeada de beleza, ainda estava no Submundo.

Enquanto Perséfone caminhava pelo gramado, encontrou uma bola vermelha brilhante. *Estranho*, pensou. Era uma bola maior do que o normal, quase do tamanho de sua cabeça, e quando se abaixou para pegá-la ouviu um rosnado baixo. Assim que ela olhou para cima, um par de olhos negros olhou de volta, no meio da grama alta.

Perséfone gritou e cambaleou para trás. Um — não, três dobermanns pretos de aparência poderosa estavam diante dela, com pelos lustrosos e orelhas cortadas, se contorcendo. Então percebeu que seus olhares estavam focados na bola vermelha que ela segurava. Os grunhidos se transformavam em ganidos, conforme ela passava mais tempo com a bola na mão.

— Ah. — Ela olhou para a bola. — Vocês querem brincar?

Os três cães se sentaram eretos, as línguas penduradas para fora. Perséfone jogou e os três correram; ela riu ao vê-los cair um sobre o outro para reivindicar a bola. Não demorou muito para que eles voltassem, o do meio com a bola na boca. O cachorro deixou-a cair a seus pés, e os três se sentaram obedientemente, esperando que ela jogasse de novo. Ela se perguntou quem os havia treinado.

Jogou a bola novamente e continuou andando até chegar ao rio. Ao contrário do Estige, a água ali era clara e corria sobre rochas que pareciam pedras da lua. Era lindo, mas, assim que ela se moveu para pegar água, uma mão segurou seu ombro e a puxou de volta.

— Não!

Perséfone caiu para trás e olhou para cima, para o rosto de uma deusa.

— Não pegue água do Lete — acrescentou ela.

Apesar do comando, sua voz era afetuosa. A deusa tinha longos cabelos pretos, metade deles puxados para trás, e o resto caído sobre os ombros, passando da cintura. Usava roupas antigas: um peplo carmesim e uma capa preta. Chifres curtos e pretos se projetavam de suas têmporas, e ela usava uma coroa de ouro. Tinha feições bonitas mas severas: sobrancelhas arqueadas acentuavam seus olhos amendoados em um rosto quadrado.

Atrás dela, os três dobermanns estavam sentados, abanando o rabo.

— Você é uma deusa — disse Perséfone, levantando, e a mulher sorriu.

— Hécate — ela fez uma reverência com a cabeça.

Perséfone sabia muito sobre Hécate por causa de Lexa. Ela era a Deusa da Feitiçaria e da Magia. Também era uma das poucas deusas que Deméter realmente admirava. Talvez isso tivesse algo a ver com o fato de que ela não era olimpiana. De qualquer maneira, Hécate era conhecida como protetora das mulheres e dos oprimidos — uma provedora à sua maneira, embora preferisse a solidariedade.

— Sou.

— Perséfone — ela disse, sorrindo. — Estava querendo mesmo conhecê-la.

— Estava?

— Ah, sim — a risada de Hécate parecia fazê-la brilhar. — Desde que você caiu no Estige e deixou Lorde Hades alvoroçado.

Perséfone corou.

— Lamento ter assustado você, mas, tenho certeza de que já aprendeu, os rios do Submundo são perigosos, até mesmo para uma deusa — explicou Hécate. — O Lete rouba suas memórias. Hades deveria ter te contado isso. Vou repreendê-lo mais tarde.

Perséfone riu ao pensar em Hécate repreendendo Hades.

— Posso assistir?

— Ah, eu só pensaria em repreendê-lo na sua frente, meu bem.

Elas sorriram uma para a outra, e Perséfone disse:

— Hm, mas por acaso você sabe onde posso encontrar um pouco de água? Acabei de plantar um jardim.

— Venha — Hécate disse, e quando se virou pegou a bola vermelha e a jogou. Os três cães dispararam pela grama. — Vejo que você conheceu os cães de Hades.

— Esses cães são dele?

— São sim. Ele ama animais. Tem três cães, Cérbero, Tifão e Ortros, e quatro cavalos, Orfeneu, Éton, Nicteu e Alástor.

Hécate levou Perséfone a uma fonte enterrada nas profundezas dos jardins de Hades. Enquanto enchia o regador, ela perguntou:

— Você mora aqui?

— Moro em muitos lugares — Hécate respondeu. — Mas este é o meu favorito.

—Jura?

— Sim. — Hécate sorriu e olhou para a paisagem. — Eu gosto daqui. As almas e os perdidos são meus amores, e Hades foi gentil o suficiente para me dar um chalé.

— É muito mais bonito do que eu esperava — admitiu Perséfone.

— Sim, é a impressão de todos os que vêm aqui. — Hécate sorriu. — Vamos regar seu jardim?

Hécate e Perséfone voltaram ao jardim e regaram as sementes. Hécate apontou para vários dos marcadores que Perséfone havia usado para lembrar o que e onde havia plantado.

— Diga-me, o que são essas plantas?

— Aquela é anêmona. — Perséfone corou. — Hades usava uma em seu terno na noite em que o conheci.

Perséfone reuniu suas ferramentas e Hécate mostrou a ela onde guardá-las: em uma pequena alcova perto do palácio.

Depois, Hécate levou Perséfone para um tour pelas terras. Ao passarem pela casa de obsidiana de Hades, Perséfone notou algumas coisas novas que não tinha visto antes: um pátio de pedra anexo ao palácio e estábulos.

Elas continuaram seguindo um caminho de ardósia no meio da grama alta e admirando a paisagem.

— Asfódelos! Eu amo essa flor! — Perséfone exclamou, reconhecendo as flores misturadas na grama com seus longos caules e flores brancas. Quanto mais caminhavam, mais abundantes se tornavam.

— Sim, estamos perto do Campo de Asfódelos. — Hécate estendeu a mão para impedir que Perséfone se movesse muito para frente. Quando olhou para baixo, estava na beira de um desfiladeiro íngreme; os asfódelos cresciam até a borda, tornando o abismo quase impossível de ver quando se aproximaram.

Perséfone não tinha certeza do que esperava de Asfódelo, mas achava que sempre tinha pensado na morte como uma espécie de existência sem objetivo — um tempo em que as almas ocupavam o espaço, mas não tinham propósito. No fundo deste cânion, entretanto, havia vida.

Um campo verde se estendia por quilômetros, flanqueado por colinas ao longe. Várias pequenas casas estavam espalhadas sobre o campo verde-esmeralda, todas ligeiramente diferentes — algumas feitas de madeira e outras de tijolos de obsidiana. Fumaça subia de algumas chaminés, flores desabrochavam em algumas floreiras, e janelas eram iluminadas por luz quente. Um caminho largo cortava o centro do campo, repleto de almas e barracas coloridas.

— Estão... comemorando alguma coisa? — Perséfone perguntou.

Hécate sorriu.

— É dia de mercado. Gostaria de explorar?

— Muito — disse Perséfone.

Hécate pegou a mão da jovem deusa e se teleportou, pousando no chão, dentro do vale. Quando Perséfone olhou para cima, pôde ver o palácio de Hades se erguendo em direção ao céu silencioso. Percebeu que era semelhante à forma como a Nevernight se erguia sobre os mortais no mundo acima. Era lindo e sinistro, e Perséfone se perguntou quais sentimentos a visão da torre de seu rei inspirava nessas pessoas.

O caminho que elas seguiram através de Asfódelo estava ladeado por luminárias. Almas vagavam por ali, parecendo tão sólidas quanto humanos vivos. Agora que Perséfone estava no nível do solo, viu que algumas tendas coloridas estavam cheias de uma variedade de mercadorias; maçãs, laranjas, figos e romãs. Outras tinham lenços lindamente bordados e cobertores de tecido.

— Você parece confusa — Hécate comentou.

— Eu só... De onde vem tudo isso? — Perséfone perguntou.

— É tudo feito pelas almas.

— Por quê? — Perséfone perguntou. — Mortos precisam dessas coisas?

— Acho que você não entendeu o que significa estar morto — Hécate disse. — Almas ainda têm sensações e percepção. Agrada-lhes viver uma existência familiar.

— Lady Hécate! — Alguém cumprimentou.

Assim que uma das almas avistou a deusa, outras também o fizeram e se aproximaram, curvando-se e pegando em suas mãos. Hécate sorriu e tocou cada um, apresentando Perséfone como a Deusa da Primavera.

Com isso, as almas pareceram confusas.

— Não conhecemos a Deusa da Primavera.

Claro que não — ninguém conhecia.

Até agora.

— Ela é filha da Deusa da Colheita — explicou Hécate. — Vai passar um tempo conosco aqui no Submundo.

Perséfone corou. Sentiu-se compelida a oferecer uma explicação, mas o que deveria dizer? *Entrei em um jogo com seu lorde e ele me obrigou a cumprir um contrato?* Decidiu que ficar em silêncio era melhor.

Ela e Hécate caminharam por um longo tempo, explorando o mercado. As almas ofereciam tudo a elas — seda fina e joias, pães frescos e chocolate. Então uma menina de olhos brilhantes, parecendo tão viva quanto possível, correu até Perséfone com uma pequena flor branca e a ofereceu com sua mão pálida. Foi uma visão estranha e deixou o coração de Perséfone pesado.

Seu olhar se voltou para a flor, e ela hesitou, sabendo que, se tocasse na pétala, esta murcharia. Em vez disso, se curvou e permitiu que a garota enfiasse a flor em seu cabelo. Depois, várias outras almas de todas as idades se aproximaram para oferecer flores.

Quando ela e Hécate deixaram Asfódelo, uma coroa de flores decorava a cabeça de Perséfone, e seu rosto doía de tanto sorrir.

— A coroa combina com você — Hécate disse.

— São apenas flores — respondeu Perséfone.

— Aceitá-las das almas significa muito.

Continuaram em direção ao palácio, e quando chegaram ao topo de uma colina, Perséfone parou, avistando Hades na clareira. Ele estava sem camisa, bronzeado e esculpido, o suor brilhando sobre suas costas e bíceps definidos. Seu braço estava esticado para trás enquanto se preparava para lançar a bola vermelha que seus três cães tinham trazido antes.

Por um momento, ela sentiu pânico, como se estivesse se intrometendo ou vendo algo que não deveria ver — este momento de relaxamento, em que ele estava envolvido em algo tão... *mortal*. Isso acendeu algo em sua barriga, uma vibração que subiu para seu peito.

Hades jogou a bola, e sua força e seu poder ficaram evidentes por quão longe ela foi. Os cães correram atrás, e Hades riu, grave e alto; o som era quente como sua pele e ecoou no peito de Perséfone.

Então o deus se virou, e seus olhos encontraram os de Perséfone imediatamente, como se tivessem sido atraídos. Ela arregalou os olhos e desfrutou da visão, indo de seus ombros largos até o V profundo de seu abdômen. Ele era lindo: uma obra de arte cuidadosamente esculpida. Quando conseguiu olhar para o rosto dele novamente, encontrou-o sorrindo e na mesma hora desviou os olhos.

Hécate marchou em frente, como se não se perturbasse pelo físico de Hades.

— Você sabe que eles nunca se comportam comigo depois que você os mima.

Hades riu.

— Eles ficam preguiçosos sob seus cuidados, Hécate. — Seus olhos deslizaram para Perséfone. — Vejo que você conheceu a Deusa da Primavera.

— Sim. Sorte dela, aliás. Como ousa não avisar sobre o Lete?

Os olhos de Hades se arregalaram, e Perséfone tentou não sorrir com o tom de Hécate.

— Parece que lhe devo desculpas, Lady Perséfone.

Perséfone queria dizer que ele devia muito mais a ela, mas não conseguiu fazer sua boca funcionar. A maneira como Hades olhava para ela tirou seu fôlego. Ela engoliu em seco e ficou aliviada quando uma trombeta soou ao longe.

Hécate e Hades se viraram na direção do som.

— Estou sendo convocada — disse Hécate.

— Convocada? — Perséfone repetiu.

Hécate sorriu.

— Os juízes precisam do meu conselho.

Perséfone não entendeu, e Hécate não explicou.

— Meu amor, me avise da próxima vez que vier ao Submundo — ela disse ao se despedir. — Voltaremos a Asfódelo.

— Eu adoraria — disse Perséfone.

Hécate desapareceu, deixando-a sozinha com Hades.

— Por que os juízes precisariam do conselho de Hécate? — Perséfone perguntou.

Hades inclinou a cabeça para o lado, como se estivesse tentando decidir se deveria dizer a verdade.

— Hécate é a Senhora do Tártaro. E particularmente boa em decidir punições para os Ímpios.

Perséfone estremeceu.

— Onde fica o Tártaro?

— Eu diria, se achasse que você fosse usar o conhecimento para evitá-lo.

— Você acha que eu quero visitar sua câmara de tortura?

Ele nivelou seu olhar escuro sobre ela.

— Acho que você é curiosa — disse ele. — E ansiosa para provar que sou como o mundo supõe, uma divindade a ser temida.

— Você está com medo de que eu escreva sobre o que vejo.

Ele deu uma risadinha.

— Medo não é a palavra certa, meu bem.

Ela revirou os olhos.

— Claro, você não teme nada.

Hades respondeu estendendo a mão para pegar uma flor de seu cabelo.

— Você gostou de Asfódelo?

— Sim. — Ela não conseguiu evitar um sorriso. Todo mundo tinha sido tão gentil. — Suas almas... elas parecem tão felizes.

— Você está surpresa?

— Bem, você não é exatamente conhecido por sua bondade — disse Perséfone, e imediatamente se arrependeu da dureza de suas palavras.

Hades cerrou os dentes.

— Não sou conhecido por minha bondade com os mortais. Há uma diferença.

— É por isso que brinca com a vida deles?

Ele estreitou os olhos, e ela podia sentir a tensão aumentar entre eles, como as águas inquietas do Estige.

— Parece que me lembro de ter dito que não responderia mais às suas perguntas.

O queixo de Perséfone caiu.

— Você não pode estar falando sério.

— Sério como a morte — disse ele.

— Mas... como vou te conhecer?

Aquele sorriso idiota voltou ao rosto dele.

— Você quer me conhecer?

Ela desviou o olhar, carrancuda.

— Estou sendo forçada a passar um tempo aqui, certo? Não posso querer conhecer melhor meu carcereiro?

— Tão dramática — disse ele, mas ficou quieto por um momento, pensando.

— Ah, não — disse Perséfone.

Hades ergueu a sobrancelha.

— O que foi?

— Conheço esse olhar.

Ele perguntou, curioso:

— Que olhar?

— Você fica com esse... *olhar*. Quando sabe o que quer. — Se sentiu ridícula ao dizer isso em voz alta.

Seus olhos escureceram e sua voz baixou.

— Fico? — Ele fez uma pausa. — Você consegue adivinhar o que eu quero?

— Não leio mentes!

— Que pena — ele disse. — Se você quer fazer perguntas, então proponho um jogo.

— Não. Eu não vou cair nessa de novo.

— Sem contrato — disse ele. — Nem favores, apenas perguntas e respostas, como você quer.

Ela ergueu o queixo e estreitou os olhos.

— Tudo bem, mas eu escolho o jogo.

Hades claramente não esperava isso, e a surpresa apareceu em seu rosto. Então ele deu um sorriso largo.

— Muito bem, Deusa.

9

PEDRA, PAPEL, TESOURA

— Este jogo parece horrível — Hades reclamou, parado no meio de seu escritório, uma bela sala com janelas do chão ao teto e uma grande lareira de obsidiana. Ele colocou uma camisa quando voltaram ao palácio, e Perséfone só ficou feliz, porque sua nudez seria uma distração durante o jogo.

— Você só está bravo porque nunca jogou.

— Parece bastante simples: a pedra vence a tesoura, a tesoura vence o papel e o papel vence a pedra. Como exatamente o papel vence a pedra?

— O papel cobre a pedra — disse Perséfone. Hades franziu a testa em seu raciocínio, e a deusa encolheu os ombros. — Por que um ás é um curinga no pôquer?

— Porque a regra é assim.

— Bom, a regra é que o papel cobre a pedra — disse ela. — Pronto?

Eles levantaram as mãos, e Perséfone não conseguiu não rir. Testemunhar o Deus dos Mortos jogando pedra, papel e tesoura deveria estar na lista de desejos de todos os mortais.

— Pedra, papel, tesoura, vai! — Eles disseram em uníssono.

— *Yes!* — Perséfone deu um gritinho. — Pedra vence tesoura!

Ela "quebrou" a tesoura de Hades com o punho — o deus piscou.

— Maldição. Achei que você escolheria papel.

— Por quê?

— Porque você acabou de elogiar o papel.

— Só porque você perguntou por que o papel cobre a pedra. Isso não é pôquer, Hades, não se trata de enganar o oponente.

Ele encontrou o olhar dela, os olhos queimando.

— Não?

Ela desviou o olhar, respirando fundo antes de perguntar:

— Você disse que teve sucesso antes com seus contratos. Me conta sobre eles.

Hades andou até o bar do outro lado da sala, colocou uma bebida em um copo — uísque — e se sentou em seu sofá de couro preto.

— O que tem para contar? Ofereci o mesmo contrato a muitos mortais ao longo dos anos. Em troca de dinheiro, fama, amor, eles deveriam abandonar um vício. Alguns mortais são mais fortes do que outros e conseguem mudar seus hábitos.

— Vencer uma doença não é uma questão de força, Hades.

— Ninguém disse nada sobre doenças.

— O vício é uma doença. Não pode ser curado. Deve ser administrado.

— É administrado — ele argumentou.

— Como? Com mais contratos?

— Essa é outra pergunta.

Ela ergueu as mãos, e eles jogaram outra rodada. Quando ela colocou pedra, e ele, tesoura, ela não comemorou, mas perguntou:

— Como, Hades?

— Não peço a eles que desistam de tudo de uma vez. É um processo lento.

Eles jogaram novamente, e, desta vez, Hades venceu.

— O que você faria?

— Como é?

— O que você mudaria? Para ajudá-los?

Seu queixo caiu um pouco com a pergunta dele.

— Primeiro, eu não permitiria que um mortal apostasse sua alma. Em segundo lugar, se você vai fazer uma barganha, desafie-os a ir para a reabilitação se forem viciados, e faça ainda melhor: pague por isso. Se eu tivesse todo o dinheiro que você tem, gastaria ajudando as pessoas.

Ele a estudou por um momento.

— E se eles tivessem uma recaída?

— E daí? — ela perguntou. — A vida é difícil lá fora, Hades, e às vezes vivê-la é penitência suficiente. Os mortais precisam de esperança, não de ameaças e punição.

O silêncio se estendeu entre eles, e então Hades ergueu as mãos — outra rodada. Desta vez, quando Hades venceu, pegou seu pulso e puxou-a para si. Ele abriu a mão dela, seus dedos roçando o curativo que Hécate tinha ajudado a fazer.

— O que aconteceu?

Ela deu uma risada suave.

— Não é nada comparado com costelas machucadas.

O rosto de Hades enrijeceu, e ele ficou quieto. Depois de um momento, deu um beijo em sua palma, e ela sentiu o calor curativo de seus lábios selar sua pele. Aconteceu tão rápido que ela não teve tempo de se afastar.

— Por que isso te incomoda tanto? — Ela não tinha certeza do motivo de estar sussurrando.

Talvez fosse porque tudo isso parecia tão íntimo — a maneira como eles estavam sentados, um de frente para o outro no sofá, se inclinando, tão perto que poderia beijá-lo.

Em vez de responder, ele colocou a mão em seu rosto, e Perséfone engoliu em seco. Se a beijasse agora, ela não seria responsável pelo que acontecesse a seguir.

Em seguida, a porta do escritório de Hades se abriu e Minta entrou na sala. Ela usava um vestido azul-elétrico que abraçava suas curvas de uma forma que deixava pouco para a imaginação, e Perséfone ficou surpresa com o choque de ciúme que ricocheteou por ela. Se ela fosse a senhora do Submundo, Minta sempre usaria gola rolê e bateria antes de entrar em qualquer sala.

A ninfa de cabelo flamejante parou quando viu Perséfone sentada ao lado de Hades, sua raiva ficou óbvia. Um sorriso curvou os lábios de Perséfone com o pensamento de que Minta pudesse estar com ciúme também.

O deus retirou a mão do rosto dela e perguntou com uma voz irritada:

— Sim, Minta?

— Milorde, Caronte solicita sua presença na sala do trono.

— Ele disse o motivo?

— Ele pegou um intruso.

Perséfone olhou para Hades.

— Um intruso? Como? Ele não teria se afogado no Estige?

— Se Caronte pegou um intruso, é provável que ele tenha tentado entrar furtivamente em sua balsa. — Hades se levantou e estendeu a mão. — Você vem comigo.

Perséfone pegou a mão — um movimento que Minta observou com fogo nos olhos antes de dar meia-volta e deixar o escritório na frente deles. Eles a seguiram pelo corredor até a sala do trono de Hades, que tinha pé-direito alto e lembrava uma caverna. Janelas redondas de vidro deixavam entrar uma luz suave. Bandeiras pretas com imagens de narcisos dourados flanqueavam os dois lados da sala até a elevação onde ficava o trono. Como Hades, o trono era esculpido e parecia composto de milhares de pedaços quebrados e afiados de obsidiana.

Um homem de pele marrom-clara estava ali perto do trono, envolto em branco e coroado com ouro. Duas longas tranças caíam por seus ombros, presas também com ouro. Seus olhos escuros se dirigiram primeiro para Hades, depois para Perséfone.

Ela tentou soltar a mão de Hades, mas o deus apenas a segurou com mais força, guiando-a além do barqueiro e subindo os degraus de seu trono. Hades acenou com a mão, e um trono menor se materializou ao lado dele. Perséfone hesitou.

— Você é uma deusa. Vai se sentar em um trono. — Ele a guiou para se sentar e só então soltou sua mão. Quando Hades assumiu seu lugar em seu trono, Perséfone pensou por um momento que ele poderia abandonar a ilusão, mas não o fez. — Caronte, a que devo a interrupção?

— Você é Caronte? — Perséfone perguntou ao homem de branco.

Ele não se parecia em nada com os desenhos de seu livro sobre Antiguidade Grega, que sempre o retratavam como um homem velho, um esqueleto ou uma figura vestida de preto. Esta versão quase lembrava um deus, lindo e encantador.

Caronte sorriu, e Hades cerrou a mandíbula.

— Sim, sou, milady.

— Por favor, me chame de Perséfone.

— Milady está bom — disse Hades bruscamente. — Estou ficando impaciente, Caronte.

O barqueiro baixou a cabeça. Perséfone teve a sensação de que Caronte estava se divertindo com o mau humor de Hades.

— Milorde, um homem chamado Orfeu foi pego entrando sorrateiramente em minha balsa. Ele deseja uma audiência.

— Faça-o entrar. Estou ansioso para voltar à minha conversa com Lady Perséfone.

Caronte estalou os dedos e um homem apareceu diante deles de joelhos, as mãos amarradas nas costas. Perséfone arquejou, surpresa com a maneira como ele estava amarrado. O cabelo encaracolado do homem estava grudado na testa, ainda pingando água do Estige. Parecia derrotado.

— Ele é perigoso? — Perséfone perguntou.

Caronte olhou para Hades, e Perséfone também.

— Você pode ver sua alma. Ele é perigoso? — perguntou novamente.

Percebeu pela forma como as veias do pescoço de Hades se acentuaram que ele estava cerrando os dentes. Finalmente, ele disse:

— Não.

— Então liberte-o dessas amarras.

Os olhos de Hades se fixaram nos dela. Finalmente, ele se virou para o homem e acenou. Quando as amarras desapareceram, ele caiu para a frente, batendo no chão. Enquanto ficava de pé, olhou para Perséfone.

— Obrigado, milady.

— Por que você veio para o Submundo? — Hades perguntou.

Perséfone ficou impressionada; o mortal manteve o olhar de Hades e não mostrou nenhum sinal de medo.

— Eu vim pela minha esposa. — Hades não respondeu, e o homem continuou: — Desejo propor um contrato, minha alma em troca da dela.

— Eu não negocio almas, mortal — o deus respondeu.

— Milorde, por favor.

Hades ergueu a mão, e o homem se voltou para Perséfone, implorando.

— Não olhe para ela em busca de ajuda, mortal. Ela não pode ajudá-lo.

Perséfone interpretou isso como um desafio.

— Me fale de sua esposa. — Ela ignorou o olhar de Hades queimando e se virou para Orfeu. — Qual era o nome dela?

— Eurídice. Ela morreu um dia depois de nos casarmos.

— Sinto muito. Como ela morreu?

— Foi dormir e não acordou. — Sua voz falhou.

— Você a perdeu tão de repente. — O peito de Perséfone doeu e sua garganta parecia apertada. Ela sentiu empatia pelo homem fragilizado diante deles.

— As Moiras cortaram o fio da vida dela — disse Hades. — Não posso devolvê-la aos vivos e não negocio para devolver almas.

Perséfone fechou os punhos. Queria discutir com o deus naquele momento — na frente de Minta, Caronte e o mortal. Não era isso que ele tinha feito durante a Grande Guerra? Barganhado com deuses para trazer de volta seus heróis?

— Lorde Hades, por favor... — Orfeu suspirou. — Eu a amo.

Algo duro e frio se instalou no estômago de Perséfone quando Hades riu — um riso áspero.

— Você pode tê-la amado, mortal, mas não veio aqui por ela. Veio por si mesmo. — Hades se reclinou em seu trono. — Não vou atender ao seu pedido. Caronte.

O nome do daemon era um comando, e, com um movimento do punho de Hades, ele e Orfeu haviam partido.

Perséfone fervia de raiva, se recusando a olhar para Hades. Ficou surpresa quando Hades quebrou o silêncio.

— Você quer me dizer para abrir uma exceção.

— Você quer me dizer por que não é possível — ela rebateu.

Seus lábios se contraíram.

— Eu não posso abrir exceções, Perséfone. Você sabe quantas vezes sou solicitado a devolver almas do Submundo?

Ela imaginava que muitas vezes, mas mesmo assim.

— Você mal quis escutá-lo. Eles ficaram casados por apenas um dia, Hades.

— Trágico — disse ele.

Ela olhou para ele.

— Você é tão desalmado assim?

— Eles não são os primeiros a ter uma triste história de amor, Perséfone, nem serão os últimos, eu imagino.

— Você trouxe mortais de volta por menos — disse ela.

Hades olhou para ela.

— O amor é uma razão egoísta para trazer os mortos de volta.

— E a guerra, não é?

Os olhos de Hades se turvaram.

— Você fala sobre o que não sabe, Deusa.

— Me diz como você escolhe lados, Hades.

— Eu não escolho.

— Assim como não ofereceu outra opção a Orfeu. Teria sido abrir mão de seu controle oferecer a ele pelo menos um vislumbre de sua esposa, segura e feliz no Submundo?

— Como ousa falar com Lorde Hades... — Minta começou, mas gaguejou quando Perséfone olhou para ela.

A deusa desejou ter o poder de transformar Minta em uma planta.

— Basta. — Hades se levantou num rompante, e Perséfone o seguiu. — Terminamos aqui.

— Devo acompanhar Perséfone até a saída? — Minta perguntou.

— Você pode chamá-la de Lady Perséfone — Hades disse. — E não. *Nós* não terminamos.

Minta não aceitou bem sua dispensa, mas foi embora, saltos batendo no mármore. Perséfone a observou sair até que sentiu os dedos de Hades sob seu queixo. Ele ergueu os olhos dela.

— Parece que você tem muitas opiniões sobre como gerencio meu reino.

— Você não demonstrou compaixão — disse ela. Ele a encarou por um momento, mas não disse nada, e ela se perguntou o que estaria pensando. — Pior, você zombou do amor do homem por sua esposa.

— Eu questionei seu amor, não zombei dele.

— Quem é você para questionar o amor?

— Um deus, Perséfone.

Ela olhou feio para ele.

— Todo esse poder, e você não cria nada com ele, apenas sofrimento. — Ele se encolheu, e ela continuou: — Como pode ser tão apaixonado e não acreditar no amor?

Hades deu uma risada seca.

— Porque a paixão não precisa de amor, meu bem.

Perséfone sabia tão bem quanto ele que era a luxúria que alimentava a paixão que compartilhavam e, ainda assim, ficou surpresa e irritada com a resposta. Por quê? Ele não a tinha tratado com compaixão, e ela era uma deusa. Talvez esperasse vê-lo tão comovido quanto ela com o apelo de Orfeu. Talvez esperasse ver um deus diferente naquele momento — alguém que provasse que todas as suas suposições estavam erradas.

No entanto, tinham sido apenas confirmadas.

— Você é um deus cruel — disse ela, e estalou os dedos, deixando Hades sozinho na sala do trono.

10

TENSÃO

Perséfone chegou à Acrópole na manhã de segunda-feira. Queria começar seu artigo, e, durante sua visita ao Submundo, Hades tinha dado a ela mais do que o suficiente para trabalhar. Ainda estava zangada com ele, pela forma como tratou Orfeu, ainda podia ouvir a risada amarga da expressão de amor do pobre homem por sua falecida esposa, e isso a fez estremecer.

Pelo menos ele havia mostrado sua verdadeira natureza — logo quando ela começava a achar que ele podia ter alguma consciência.

As Moiras devem estar do meu lado, ela pensou.

Quando saiu do elevador, encontrou Adônis de pé na recepção com Valerie, se inclinando sobre a mesa e conversando. Eles imediatamente pararam de falar quando ela chegou, e Perséfone sentiu como se estivesse se intrometendo em um momento privado.

— Perséfone, você madrugou. — Adônis pigarreou e se endireitou.

— Quero começar cedo, tenho um monte de trabalho — disse, e passou por eles, indo direto para sua mesa.

Adônis a seguiu.

— Como foi na Nevernight?

Ela paralisou por um momento.

— Como assim?

— Hades a convidou para a Nevernight antes de sairmos de lá. Como foi?

Ah, claro. Você está muito paranoica, Perséfone.

— Foi tudo bem. — Ela guardou a bolsa e abriu o notebook.

— Achei que ele poderia ter te convencido a não escrever.

Perséfone sentou e franziu o cenho. Não havia considerado que a intenção de Hades, ao convidá-la para um passeio pelo Submundo, poderia ser uma tática para impedi-la de escrever sobre ele.

— A essa altura, nada me convence a não escrever sobre ele. Nem o próprio Hades.

Especialmente Hades. Cada vez que ele abria a boca, ela encontrava outra razão para não gostar dele, mesmo que aquela boca a excitasse.

Adônis sorriu, alheio aos pensamentos pérfidos dela.

— Você será uma grande jornalista, Perséfone. — Ele deu um passo para trás e apontou para ela. — Não esquece de me mandar o artigo. Claro, quando tiver acabado.

— Certo — ela disse.

Quando estava sozinha, tentou organizar os pensamentos sobre o Deus dos Mortos. Até agora, sentia que tinha visto dois lados dele. Um deus manipulador e poderoso que estava exilado do mundo havia tanto tempo que parecia não entender as pessoas. Esse mesmo deus a amarrou a um contrato com as mesmas mãos que usou para curá-la. Tinha sido cuidadoso e gentil até o momento de beijá-la e, então, mal conseguiu controlar sua paixão.

Era como se estivesse faminto por ela.

Mas isso não podia ser verdade. Hades era um deus e tinha vivido por séculos, o que significava séculos de experiência, enquanto ela só estava obcecada por ele porque não tinha experiência nenhuma.

Baixou a cabeça entre as mãos, frustrada consigo mesma. Precisava reacender a raiva que sentira quando Hades tão arrogantemente admitiu ter abusado de seu poder sob o pretexto de estar ajudando os mortais.

Ela olhou para as anotações que havia feito após a entrevista. Tinha escrito tão rápido que estavam quase ilegíveis, mas, depois de ler cuidadosamente, foi capaz de juntar as peças.

Se Hades realmente desejasse oferecer ajuda, ele deveria desafiar o viciado a se reabilitar. E por que não dar um passo além e pagar por isso?

Se sentou um pouco mais ereta e digitou, sentindo o calor da raiva em seu sangue novamente. Foi como se tivesse jogado álcool em uma chama, e logo seus dedos voaram pelas teclas, digitando furiosamente.

Eu vejo a alma. O que a sobrecarrega, o que a corrompe, o que a destrói e a desafia.

Essas palavras a tinham machucado da pior maneira. O que significava ser o Deus do Submundo? Ver apenas a luta, a dor e os vícios dos outros?

Parecia muito infeliz.

Ele deve ser infeliz, ela concluiu. Cansado de ser o Deus dos Mortos, ele foi se meter no destino de mortais vivos para se divertir. O que ele tinha a perder?

Nada.

Parou de digitar e se recostou na cadeira, respirando fundo.

Nunca havia sentido tantas emoções com uma única pessoa antes. Estava zangada e curiosa, entre a surpresa e a repulsa pelas coisas que ele criara e pelo que dizia. E em guerra com todas essas emoções estava a extrema atração que sentia na presença dele.

Como podia desejá-lo? Ele representava o oposto de tudo o que ela havia sonhado em toda a sua vida. Era seu carcereiro, quando tudo que ela queria era liberdade.

Mas ele havia libertado algo dentro dela. Algo muito reprimido e nunca explorado.

Paixão, luxúria e desejo — provavelmente todas as coisas que Hades procurava em uma alma oprimida.

Ela flexionou os dedos sobre o teclado e imaginou como seria beijá-lo com toda essa raiva em suas veias.

Pare!, ela comandou, mordendo o lábio com força. *Isto é ridículo. Hades é o inimigo. Ele é seu inimigo.*

Ele a tinha beijado apenas para conceder um favor, para que ela não o atrapalhasse. Provavelmente, sua experiência de quase morte no Submundo o tinha afastado de assuntos mais importantes.

Como Minta.

Revirou os olhos e encarou a tela novamente, lendo a última linha que tinha digitado.

Se este é o deus que nos é apresentado em nossa vida, que deus encontraremos ao morrer? Que esperanças podemos ter de uma vida feliz após a morte?

Essas palavras doeram, e ela sabia que provavelmente estava sendo um pouco injusta. Depois de visitar parte do Submundo, ficou claro que Hades se preocupava com seu reino e com aqueles que o ocupavam. Por que mais se daria ao trabalho de manter uma ilusão tão grande?

Porque provavelmente o beneficiaria, ela se lembrou. *É óbvio que ele gosta de coisas bonitas, Perséfone. Por que não cultivaria um reino bonito?*

O telefone de sua mesa tocou de repente, assustando-a tanto que ela deu um pulo na cadeira e se atrapalhou para atender.

— Perséfone falando. — Seu coração ainda estava acelerado, e ela respirou fundo para se acalmar.

— Perséfone, é a Valerie. Acho que sua mãe está aqui.

Seu coração pareceu despencar. O que Deméter estava fazendo ali?

Mordeu o lábio por um momento — Deméter teria descoberto sua visita ao Submundo no fim de semana? Ela se lembrou de suas palavras no Jardim dos Deuses — *Preciso lembrá-la que uma das condições do seu tempo aqui é que você fique longe dos deuses? Especialmente Hades.* Ainda não tinha descoberto como sua mãe sabia que ela estivera na Nevernight, mas presumiu que a Deusa da Colheita provavelmente tinha um espião na casa noturna de Hades.

— Já chego aí. — Perséfone conseguiu manter sua voz calma.

Foi fácil ver Deméter. Ela parecia o mais próximo possível de sua forma Divina, mantendo seu brilho bronzeado e os olhos iluminados. Usava um vestido de verão rosa-claro e saltos brancos que se destacavam contra a parede cinzenta.

— Minha flor! — Deméter se aproximou dela com os braços abertos, puxando Perséfone para um abraço.

— Mãe. — Perséfone se afastou. — O que você está fazendo aqui?

Deméter inclinou a cabeça para o lado.

— É segunda-feira.

Demorou um pouco para Perséfone lembrar o que isso significava.

Ah, *não*.

A cor sumiu de seu rosto.

Como ela podia ter esquecido? Todas as segundas-feiras, ela e sua mãe almoçavam, mas com tudo o que tinha acontecido nos últimos dias, ela tinha esquecido completamente.

— Tem um café adorável descendo a rua — Deméter continuou, mas Perséfone sentiu a tensão em sua voz. A deusa sabia que Perséfone havia esquecido e não estava contente com isso. — Acho que poderíamos experimentá-lo hoje. O que acha?

Perséfone pensou que não queria ficar sozinha com sua mãe. Sem mencionar que tinha acabado de ganhar o ímpeto necessário para escrever o artigo sobre Hades; se parasse agora, poderia não terminar.

— Mãe... me desculpa. — As palavras saíram ásperas de sua boca, como vidro quebrado. Era mentira, é claro, ela não se arrependia do que estava prestes a dizer. — Estou muito ocupada hoje. Podemos remarcar?

Deméter piscou.

— Remarcar?

Disse a palavra como se nunca a tivesse ouvido antes. Deméter odiava quando as coisas não aconteciam do seu jeito, e Perséfone nunca havia pedido a ela para reorganizar sua programação. Sempre se lembrava do almoço, assim como sempre se lembrava das regras — duas coisas que havia ignorado na semana passada.

Sabia que Deméter estava fazendo uma lista de ofensas que Perséfone havia cometido contra ela, e era apenas uma questão de tempo até que fizesse a filha pagar.

— Sinto muito, mãe — disse Perséfone novamente.

Deméter finalmente encontrou seu olhar. A Deusa da Colheita trincou os dentes e disse em um tom perfeitamente neutro:

— Outra hora, então.

Deméter deu meia-volta e, sem se despedir, saiu furiosa do escritório.

Perséfone soltou a respiração que estava prendendo. Estava pronta para brigar com a mãe, e agora que a adrenalina tinha acabado se sentia exausta.

— Uau, sua mãe é linda. — O comentário de Valerie atraiu o olhar de Perséfone. A garota tinha uma expressão sonhadora. — É uma pena que você não pôde ir almoçar com ela.

— Sim — respondeu Perséfone.

Ela voltou para sua mesa lentamente, sob o peso de uma nuvem de culpa — até que notou Adônis em pé atrás de sua cadeira, olhando para a tela de seu notebook.

— Adônis! — Fechou o notebook com força quando alcançou a mesa. — O que você está fazendo?

— Ah, oi, Perséfone. — Ele sorriu. — Apenas lendo seu artigo.

— Não está pronto. — Ela tentou manter a calma, mas era difícil quando tinham acabado de invadir sua privacidade.

— Está ficando bom. Você realmente tem jeito.

— Obrigada, mas eu agradeceria muito se você não mexesse no meu computador, Adônis.

Ele quase riu.

— Não vou roubar seu trabalho se é isso que te preocupa.

— Eu disse que enviaria o artigo quando terminasse!

Ele ergueu as mãos e se afastou da mesa.

— Ei, calma.

— Não pede para eu me acalmar — disse ela, entre dentes.

Odiava quando as pessoas falavam isso para ela; o comentário condescendente apenas a deixava mais furiosa.

— Não quis dizer nada com isso.

— Não me importo nem um pouco com o que você quis dizer — ela retrucou.

Adônis finalmente ficou em silêncio. Ela supôs que ele tinha percebido que não seria capaz de sair dessa com seu charme.

— Está tudo bem aqui? — Demetri apareceu na porta de seu escritório, e Perséfone olhou para Adônis.

— Sim, tudo bem — Adônis disse.

— Perséfone? — Demetri olhou para ela com expectativa.

Ela deveria ter dito que não, que na verdade não estava tudo bem, que ela estava tentando se equilibrar em um contrato impossível com o Deus do Submundo, e escondendo o fato de sua mãe, que, se descobrisse, garantiria que ela nunca mais visse os reluzentes arranha-céus de Nova Atenas. Além disso, este mortal parecia pensar que era perfeitamente aceitável ler seus pensamentos íntimos — afinal, é disso que se trata o rascunho de um artigo. E talvez fosse por isso que ela estava com tanta raiva; porque as palavras que escreveu eram cruas, furiosas e apaixonadas. Deixavam-na vulnerável, e se ela abrisse a boca para contradizer Adônis, não sabe o que acabaria soltando.

Respirou fundo antes de pronunciar as palavras:

— Sim, está tudo bem.

Quando ela viu a expressão presunçosa de Adônis, teve a sensação de que se arrependeria de ter mentido.

Poucos dias depois, Perséfone se atrasou para a Nevernight. A reunião do grupo de estudo havia passado do horário, e, embora estivesse cansada, sabia que precisava dar uma olhada em seu jardim. A terra no Submundo retinha a umidade como o deserto, o que significava que ela precisava regar todos os dias se quisesse que as plantas tivessem uma chance de sobreviver no inferno.

Desceu do ônibus e foi escrutinada pela fila esperando para entrar no clube de Hades, todos olhando como se ela tivesse criado garras e asas. Perséfone estava se sentindo um peixe fora d'água, de calça de ioga, regata e um coque bagunçado que fizera no início da aula. Nem tinha se dado ao trabalho de se olhar no espelho hoje, mas não queria perder tempo correndo para casa para se trocar apenas para regar um jardim. De qualquer maneira, a ideia de se apertar em um vestido e sapatos de salto alto, a essa hora do dia, a fez estremecer. Hades e esses frequentadores da casa teriam que lidar com isso.

Você não está aqui para impressionar ninguém, ela se lembrou. *Apenas entre lá e vá para o Submundo o mais rápido possível.* Ajustou as alças de sua mochila pesada, estremecendo com a dor nos ombros, e marchou em direção à porta.

Mekonnen emergiu da escuridão. Ele estava carrancudo até reconhecê-la, mas, quando chegou à porta, um sorriso amarelo e charmoso se espalhou por seu rosto.

— Milady, digo, Perséfone.

— Boa noite, Mekonnen. — Ela sorriu para o ogro e entrou.

Perséfone parou no saguão escuro. Preferiu não entrar desta vez e decidiu se teleportar já dali. Estalou os dedos e esperou sentir a mudança familiar no ar ao seu redor.

Mas nada aconteceu.

Tentou de novo.

Nada ainda.

Teria que ir para o escritório de Hades e entrar de lá no Submundo.

Manteve a cabeça baixa enquanto passava pela casa noturna lotada. Sabia que as pessoas a estavam olhando e podia sentir seu rosto ficando vermelho com o julgamento delas.

Uma mão apertou seu ombro. Ela se virou, esperando encontrar um ogro ou outro funcionário de Hades parando-a por causa de sua roupa. Tinha uma resposta na ponta da língua, mas, quando se virou, viu um par de olhos dourados bem familiar.

— Hermes — disse, aliviada.

Mesmo com a ilusão, ele estava ridiculamente bonito em sua camisa branca e calça cinza, com uma bebida na mão. Seu cabelo dourado estava perfeitamente penteado — raspado nas laterais, longos cachos em cima, refletindo a luz.

— Sefy! — ele exclamou. — Que roupa é essa?

Olhou para si mesma, embora não precisasse. Sabia perfeitamente que roupa era aquela.

— Acabei de chegar da aula.

— Look faculdade. — Ele ergueu as sobrancelhas douradas. — Gata.

Ela revirou os olhos e se afastou dele, em direção aos degraus. O Deus da Trapaça a seguiu.

— O que está fazendo aqui? — Perséfone perguntou.

— Bem, eu sou o Mensageiro dos Deuses.

— Não, o que está fazendo aqui? Na pista da Nevernight?

— Os deuses também apostam, Sefy.

— Não me chame de Sefy. E por que os deuses jogariam com Hades?

— Pela emoção — Hermes sorriu maliciosamente.

Perséfone subiu as escadas com Hermes a reboque.

— Aonde estamos indo, Sefy?

Achou engraçado que ele tivesse se incluído na declaração.

— *Eu* estou indo para o escritório de Hades.

— Ele não está lá — disse Hermes.

Ocorreu a Perséfone que talvez ele não soubesse sobre ela e a barganha de Hades.

Ela olhou para o deus e, embora não tivesse vindo para ver Hades, perguntou:

— Então, onde ele está?

Hermes sorriu

— Está revisando propostas para contratos do outro lado.

Perséfone cerrou os dentes. *Claro que sim*.

— Não estou aqui para ver Hades — disse, e correu para o escritório dele.

Uma vez lá dentro, ela largou a mochila no sofá e massageou os ombros, tentando aliviar a dor.

Levantou o olhar e viu Hermes no bar, pegando várias garrafas e lendo os rótulos. O que quer que ele tivesse nas mãos agora devia ser interessante, pois ele abriu e colocou um pouco em um copo.

— Tudo bem você ir se servindo assim? — ela perguntou.

O deus deu de ombros.

— Hades tem uma dívida comigo, certo? Eu salvei sua vida.

Perséfone desviou o olhar.

— *Eu* tenho uma dívida com você. Não Hades.

— Cuidado, Deusa. Uma barganha com um deus já é suficiente, você não acha?

Ela se assustou.

— Você sabe?

Hermes sorriu.

— Sefy, eu não nasci ontem.

— Você deve achar que sou incrivelmente estúpida.

— Não. Acho que você foi atraída pelos encantos de Hades.

— Então, você concorda que Hades me enganou?

— Não — ele disse. — Estou dizendo que você se sente atraída por ele.

Perséfone revirou os olhos e se afastou. Cruzou o escritório de Hades e tentou a porta invisível atrás da mesa, mas suas mãos não afundaram na superfície como da última vez.

Seu caminho para o Submundo tinha sido barrado. Teria Hades revogado o favor porque ela havia trazido Adônis para a Nevernight? Ou estava com raiva por causa de como o tinha deixado na sala do trono alguns dias antes? Não tinha concedido um favor para que ela não precisasse incomodá-lo?

As portas do escritório de Hades fizeram barulho de repente, e Hermes agarrou Perséfone e a arrastou em direção ao espelho sobre a lareira. Ela resistiu, mas Hermes pressionou os lábios perto de sua orelha e murmurou:

— Confia em mim, você vai querer ver isso.

Ele estalou os dedos, e Perséfone sentiu a pele apertar seus ossos. Foi uma sensação muito estranha, que não passou nem mesmo quando estavam dentro do espelho. Era como estar atrás de uma cachoeira e olhar para o mundo nebuloso.

Começou a perguntar se eles podiam ser vistos, mas Hermes colocou o dedo nos lábios:

— Shh!

Hades apareceu do outro lado do espelho, e Perséfone prendeu a respiração — não importava quantas vezes ela o visse, achava que nunca se acostumaria com sua beleza. Hoje ele parecia tenso e severo. Ela se perguntou o que teria acontecido.

Logo teve sua resposta; Minta entrou logo atrás dele, e Perséfone sentiu uma onda quente de ciúme ao vê-la.

Estavam discutindo.

— Você está perdendo seu tempo! — Minta disse.

— Eu tenho tempo de sobra — retrucou Hades, claramente não querendo ouvir o sermão da ninfa.

O rosto da ninfa endureceu.

— Isto é uma casa de jogos. Os mortais negociam por seus desejos, não fazem pedidos ao Deus do Submundo.

— Esta casa é o que eu digo que é.

Ela olhou para ele.

— Você acha que isso vai convencer a deusa a pensar melhor de você?

A deusa? Minta estava se referindo a ela?

Os olhos de Hades se turvaram com o comentário.

— Eu não me importo com o que pensam de mim, e isso inclui você, Minta. — A decepção apareceu no rosto dela, e Hades continuou: — Vou ouvir o pedido.

A ninfa não disse nada e deu meia-volta, saindo da sala. Após um momento, uma mulher entrou no escritório de Hades. Usava um trench coat bege, um suéter largo, jeans e um rabo de cavalo. Apesar de bastante jovem, ela parecia exausta, e Perséfone não precisava dos poderes de Hades para saber que o fardo que ela carregava neste momento de sua vida era pesado.

Quando a mulher viu o deus, paralisou.

— Você não tem nada a temer — disse Hades em seu tom de barítono, afetuoso e tranquilizador, e a mortal foi capaz de se mover novamente.

Ela deu uma risada discreta e nervosa, e sua voz saiu rouca.

— Disse a mim mesma que não hesitaria, que não iria deixar o medo me vencer.

Hades inclinou a cabeça para o lado. Perséfone conhecia aquele olhar: ele estava curioso.

— Mas você vem tendo medo por um longo tempo.

A mulher assentiu, e lágrimas escorreram. Secou o rosto ferozmente, as mãos tremendo, e novamente riu, nervosa.

— Eu disse a mim mesma que não choraria também.

— Por quê?

Perséfone ficou feliz por Hades ter perguntado, porque ela estava tão curiosa quanto ele. Quando a mulher encontrou o olhar do deus, estava séria, seu rosto ainda brilhando com lágrimas.

— Os Divinos não se comovem com a dor.

Perséfone se encolheu; Hades não.

— Suponho que não posso culpá-lo — continuou a mulher. — Eu sou uma em um milhão, suplicando por uma graça para mim mesma.

Mais uma vez, Hades inclinou a cabeça.

— Mas você não está suplicando para si mesma, está?

A boca da mulher tremeu, e ela respondeu em um sussurro:

— Não.

— Me diga — ele persuadiu.

Foi como um feitiço, e a mulher obedeceu.

— Minha filha. — As palavras saíram com um soluço. — Ela está muito doente. Pineoblastoma. É um câncer agressivo. Quero vender minha vida pela dela.

— Não! — Perséfone disse em voz alta, e Hermes rapidamente a silenciou, mas tudo que ela conseguia pensar era: *Ele não pode aceitar! Ele não vai aceitar!*

Hades estudou a mulher por um longo momento.

— Meus contratos não servem para almas como a sua.

Perséfone começou a avançar. Ela sairia do espelho e lutaria por aquela mulher, mas Hermes segurou seu ombro com força. *Espere.*

Perséfone prendeu a respiração.

— Por favor — a mulher sussurrou. — Eu te dou qualquer coisa, o que você quiser.

Hades se atreveu a rir.

— Você não poderia me dar o que eu quero.

A mulher olhou fixamente, e o coração de Perséfone se contraiu ao olhar em seus olhos. Parecia derrotada. A mulher abaixou a cabeça, e seus ombros tremeram enquanto ela soluçava com o rosto afundado nas mãos.

— Você era minha última esperança. Minha última esperança.

Hades se aproximou dela, colocou os dedos sob seu queixo e ergueu sua cabeça. Depois de enxugar as lágrimas dela, ele disse:

— Não vou fazer um contrato com você, porque não desejo tirar nada de você. Isso não significa que não vou ajudá-la.

A mulher ficou boquiaberta. Os olhos de Perséfone se arregalaram, e Hermes riu baixinho.

— Sua filha terá meu favor. Ela ficará bem e será tão corajosa quanto a mãe, eu aposto.

— Ah, obrigada! Obrigada! — A mulher jogou os braços em volta de Hades, e o deus enrijeceu, claramente sem saber o que fazer.

Finalmente, ele cedeu e a abraçou. Depois de um momento, ele a puxou e disse:

— Vá. Cuide de sua filha.

A mulher deu alguns passos para trás.

— Você é o deus mais generoso.

Hades ofereceu uma risada sombria.

— Vou alterar minha declaração anterior. Em troca do meu favor, você não dirá a ninguém que eu a ajudei.

A mulher ficou surpresa.

— Mas...

Hades levantou a mão: ele não ouviria nenhum argumento.

Finalmente, a mulher acenou com a cabeça.

— Obrigada. — Se virou e saiu praticamente correndo do escritório. — Obrigada!

Hades observou a porta por um momento e a trancou com um estalar de dedos. Antes que Perséfone soubesse o que estava acontecendo, ela e Hermes caíram do espelho.

Perséfone não estava preparada e caiu no chão com um baque forte. Hermes caiu de pé.

— Rude — disse o Deus da Trapaça.

— Eu poderia dizer o mesmo — O Deus dos Mortos respondeu, seus olhos se dirigindo para Perséfone quando ela se levantou. — Ouviu tudo o que queria?

— Eu queria ir para o Submundo, mas alguém revogou meu favor.

Foi como se ela nem tivesse falado. O olhar de Hades se voltou para Hermes.

— Eu tenho um trabalho para você, mensageiro.

Hades estalou os dedos, e, sem aviso, Perséfone foi jogada em seu jardim desolado, de costas. Um grunhido de frustração irrompeu de sua boca, e quando ela se levantou, limpando a sujeira de suas roupas, gritou para o céu.

— Idiota!

11

UM TOQUE DE DESEJO

Perséfone regou seu jardim amaldiçoando Hades enquanto trabalhava. Esperava que ele pudesse ouvir cada palavra. Esperava que isso o magoasse profundamente. Esperava que ele sentisse isso toda vez que se movesse.

Ele a tinha ignorado.

Jogou-a no Submundo como se ela não fosse nada.

Ela tinha perguntas. Tinha exigências. Queria saber por que ele ajudou a mulher, por que ele exigiu seu silêncio. Qual foi a diferença entre o pedido desta mulher e o desejo de Orfeu de trazer Eurídice de volta dos mortos?

Assim que terminou de regar seu jardim, Perséfone tentou se teleportar de volta para o escritório de Hades, mas, quando o estalar dos dedos não funcionou, ela percebeu que estava presa. Então tentou amaldiçoar o nome de Hades, e, vendo que não funcionou, chutou o muro do jardim.

Por que ele a tinha mandado para cá? Teria planos de encontrá-la depois que terminasse a conversa com Hermes? Restauraria seu favor, ou ela teria que procurá-lo toda vez que quisesse entrar no Submundo?

Isso seria irritante.

Devia tê-lo deixado muito zangado.

Decidiu que exploraria seu palácio na ausência dele. Tinha visto apenas alguns cômodos: escritório, quarto e sala do trono. Ela estava curiosa sobre o resto e tinha todo o direito de explorar. Se Hades ficasse bravo, ela poderia argumentar que, a julgar pelo estado de seu jardim, daqui a seis meses seria sua casa, de qualquer maneira.

Enquanto investigava, notou a atenção de Hades nos detalhes. Havia acabamentos dourados e várias texturas — tapetes de pele e cadeiras de veludo. Era um palácio luxuoso, e ela admirou a beleza dele, assim como admirava a beleza de Hades. Tentou discutir consigo mesma — era de sua natureza admirar a beleza. Não significava nada pensar que o Deus dos Mortos e seu palácio eram extraordinários. Afinal, ele era um deus.

Sua exploração do palácio terminou quando ela encontrou a biblioteca.

Era magnífica. Nunca tinha visto nada parecido — prateleiras e prateleiras de livros com lindas lombadas grossas e relevos dourados. A sala em si era bem mobiliada. Uma grande lareira ocupava a parede oposta, flanqueada por prateleiras escuras. Estas não tinham livros, mas vasos de argila antigos decorados com imagens de Hades e do Submundo. Perséfone podia se imaginar se acomodando em uma das cadeiras aconchegantes, enroscando os dedos dos pés no tapete macio e lendo por horas. Esse seria um de seus lugares favoritos, Perséfone decidiu, se morasse aqui.

Mas não deveria pensar em viver no Submundo. Talvez, depois que tudo isso acabasse, Hades estendesse seu favor ao uso de sua biblioteca.

Se perguntou preguiçosamente se haveria um beijo para isso.

Vagou pelas estantes, passando os dedos pelas lombadas. Pegou alguns livros de história e procurou por uma superfície onde pudesse examiná--los. Encontrou o que parecia ser uma mesa redonda, mas, ao colocar os livros nela, descobriu que na verdade era uma bacia cheia de água escura, semelhante à do Estige.

Colocou os livros no chão para ver melhor a bacia. Enquanto olhava fixamente, um mapa apareceu diante dela; pôde ver o rio Estige e o Lete, o palácio e os jardins de Hades. Embora o mapa parecesse estar na água escura, cores gloriosas tão vibrantes quanto os jardins de Hades logo espalharam-se pela paisagem. Achava engraçado que o Deus dos Mortos, que só andava de preto, gostasse tanto das cores.

— Hmm. — Perséfone tinha certeza de que este mapa não incluía partes vitais do Submundo, como o Elísio e o Tártaro. — Estranho. — Enfiou a mão na bacia.

— A curiosidade é uma qualidade perigosa, milady.

Arquejou e deu de cara com Hades atrás dela, emoldurado por um conjunto de prateleiras. O coração bateu forte no peito.

— Estou mais do que ciente — retrucou. A marca em seu pulso a tinha ensinado. — E não me chame de *milady.* — Hades simplesmente a observou, sem dizer nada, então Perséfone acrescentou: — Este mapa do seu mundo não está completo.

Hades olhou para a água.

— O que você vê?

— Seu palácio, Asfódelo, o rio Estige e o Lete... e só. — Todos os lugares em que ela já estivera antes. — Onde estão os Campos Elísios? O Tártaro?

Hades deu um sorriso discreto.

— O mapa os revelará quando você conquistar o direito de saber.

— O que você quer dizer com conquistar?

— Apenas aqueles em quem mais confio podem ver este mapa na sua totalidade.

Ela se endireitou.

— Quem pode ver o mapa completo? — Ele apenas sorriu sarcástico, então ela perguntou: — Minta pode?

Seus olhos se estreitaram.

— Isso te incomodaria, Lady Perséfone?

— Não — ela mentiu.

Seus olhos endureceram e seus lábios se estreitaram; ele se virou e desapareceu entre as estantes. Ela pegou rapidamente os livros que tinha selecionado antes e o seguiu.

— Por que você revogou meu favor? — intimou.

— Para te ensinar uma lição — respondeu ele.

— Não trazer mortais para o seu reino?

— Não ir embora quando estiver com raiva de mim — disse ele.

— Como assim? — ela parou e colocou os livros em uma prateleira próxima. Não esperava essa resposta.

Hades também parou e a encarou. Estavam parados no espaço estreito entre as estantes, o cheiro de poeira flutuava no ar ao redor deles.

— Você me parece alguém que tem muitas emoções e nunca foi ensinada a lidar com todas elas, mas posso lhe garantir que fugir não é a solução.

— Eu não tinha mais nada a dizer a você.

— Não se trata de ter o que dizer — disse ele. — Prefiro ajudá-la a entender minhas motivações do que ter você me espionando.

— Não era minha intenção espionar — disse ela. — Hermes...

— Eu sei que foi Hermes quem te puxou para dentro do espelho — disse ele. — Não quero que você saia e fique com raiva de mim.

Ela deveria ter achado seu comentário cativante, mas não conseguiu evitar parecer enojada quando perguntou:

— Por quê?

Realmente não era nojo; era confusão. Hades era um deus, por que ele se importava com o que ela pensava dele?

— Porque — ele disse, e então pensou por um momento — é importante para mim. Prefiro explorar sua raiva. Prefiro ouvir seu conselho. Desejo entender sua perspectiva.

Ela começou a abrir a boca e perguntar por que novamente, quando ele acrescentou:

— Porque você viveu entre mortais. Você os entende melhor do que eu. Porque você é compassiva.

Ela engoliu em seco.

— Por que você ajudou a mãe esta noite?

— Porque eu quis.

— E Orfeu?

Hades suspirou, esfregando os olhos com o indicador e o polegar.

— Não é tão simples. Sim, tenho a capacidade de ressuscitar os mortos, mas não funciona com todos, especialmente quando as Moiras estão envolvidas. A vida de Eurídice foi interrompida pelas Moiras por um motivo. Eu não posso tocá-la.

— Mas e a garota?

— Ela não estava morta, apenas no limbo. Posso negociar com as Moiras por vidas no limbo.

— O que você quer dizer com *negociar com as Moiras*?

— É uma coisa frágil — disse ele. — Se eu pedir às Moiras para poupar uma alma, não posso decidir pela vida de outra.

— Mas... você é o Deus do Submundo!

— E as Moiras são Divinas também. Devo respeitar a existência delas como elas respeitam a minha.

— Isso não parece justo.

Hades ergueu a sobrancelha.

— Não parece justo? Ou não soa justo para os mortais?

Era exatamente isso.

— Então os mortais têm que sofrer pelo bem do seu jogo?

Hades cerrou os dentes.

— Não é um jogo, Perséfone. Muito menos *meu*.

Sua voz severa a fez parar, e ela olhou para ele.

— Você ofereceu uma explicação para parte do seu comportamento. Mas e as outras apostas?

Os olhos de Hades escureceram, e ele deu um passo em direção a ela no espaço já restrito.

— Você está perguntando por si mesma ou pelos mortais que alega defender?

— *Alego*? — Ela mostraria a ele. Os argumentos contra seus truques não eram apenas exibicionismo.

— Você só se interessou pelos meus empreendimentos depois que firmou um contrato comigo.

— Empreendimentos? É disso que você chama me enganar deliberadamente?

Ele ergueu as sobrancelhas.

— Então *é* sobre você.

— O que você faz é injusto, não apenas para mim, mas para todos os mortais.

— Eu não quero falar sobre mortais. Eu quero falar sobre *você*. — Hades foi em sua direção, e ela deu um passo para trás, a estante pressionando suas costas. — Por que você me convidou para sua mesa?

Perséfone desviou o olhar.

— Você disse que me ensinaria.

— Ensinaria o quê, Deusa? — Ele a encarou por um momento, olhos sedutores e sombrios. Então sua cabeça caiu na curva de seu pescoço e seus lábios roçaram levemente sua pele. — O que você realmente desejava aprender?

— Jogar cartas — sussurrou ela, mas mal conseguia respirar, e sabia que estava mentindo.

Queria entendê-lo: saber como era a sensação de tocar a pele dele, sentir seu cheiro, seu poder.

Ele sussurrou contra sua pele.

— O que mais?

Perséfone se atreveu a virar a cabeça então, e ele roçou os lábios nos dela.

Ela perdeu o fôlego. Não sabia responder — não queria responder. Ele manteve a boca perto da dela, mas não a beijou, apenas esperou.

— Diga.

Sua voz era hipnótica e seu calor mantinha Perséfone sob um feitiço perverso. Ele era a aventura pela qual ela ansiava. Era a tentação à que queria ceder. Era o pecado que queria cometer.

Ela fechou os olhos e abriu os lábios. Pensou que ele poderia tomá-la, mas, quando ele não o fez, ela respirou fundo, seu peito subindo contra o dele, e disse:

— Apenas jogar cartas.

Ele recuou, e Perséfone abriu os olhos. Ela pensou ter visto sua surpresa pouco antes desta sumir em uma máscara ilegível.

— Você deve estar querendo voltar para casa — disse ele e começou a andar para além das estantes. Se ela não estivesse falando com o Deus dos Mortos, teria pensado que ele estava envergonhado. — Pode pegar esses livros emprestados, se desejar.

Ela os juntou em seus braços e rapidamente o seguiu.

— Como? Você retirou meu favor.

Ele se virou para ela, seu olhar sem emoção.

— Acredite em mim, Lady Perséfone. Se eu a excluísse de meu favor, você saberia.

— Então, sou Lady Perséfone de novo?

— Você sempre foi Lady Perséfone, quer opte por assumir seu sangue ou não.

— O que há para assumir? — ela perguntou. — Sou uma deusa desconhecida, na melhor das hipóteses, e uma deusa menor.

Ela odiava o vestígio de decepção no olhar dele.

— Se é isso que você pensa de si mesma, nunca conhecerá o poder.

Ela abriu a boca, surpresa, e notou como ele estreitou os olhos antes de mover a mão — estava prestes a mandá-la embora sem avisar, novamente.

— Não — ela comandou, e Hades parou. — Você pediu que eu não fosse embora quando estivesse com raiva, e eu estou pedindo para não me mandar embora quando *você* estiver com raiva.

Ele abaixou a mão.

— Não estou com raiva.

— Então por que você me jogou no Submundo mais cedo? — ela perguntou. — Por que me mandou embora?

— Eu precisava falar com Hermes — disse ele.

— E não poderia dizer isso?

Ele hesitou.

— Não peça de mim coisas que você mesmo não pode dar, Hades.

Ele a encarou. Ela não tinha certeza do que esperava dele. Suas exigências o deixariam com raiva? Ele argumentaria que isso era diferente? Que era um deus poderoso e poderia fazer o que quisesse?

Em vez disso, ele acenou com a cabeça.

— Concederei essa cortesia.

Ela respirou aliviada.

— Obrigada.

Ele estendeu a mão.

— Venha, podemos voltar para a Nevernight juntos. Tenho... negócios inacabados lá.

Ela aceitou a oferta, e eles se teleportaram de volta para seu escritório, aparecendo bem na frente do espelho em que ela e Hermes haviam se escondido.

Perséfone inclinou a cabeça para trás para que ela pudesse encontrar seus olhos.

— Como você sabia que estávamos aqui? Hermes disse que não podíamos ser vistos.

— Sabia que você estava aqui porque pude senti-la.

Suas palavras a fizeram estremecer, e ela se afastou de seu calor, pegou a mochila no sofá e a colocou nas costas. No caminho para a porta, ela parou.

— Você disse que o mapa só é visível para aqueles em quem você confia. O que é necessário para ganhar a confiança do Deus dos Mortos?

Ele respondeu apenas:

— Tempo.

12

O DEUS DO JOGO

— *Perséfone!*

Alguém a estava chamando. Ela rolou na cama e cobriu a cabeça com o cobertor para abafar o som. Na noite passada, tinha voltado do Submundo tensa demais para dormir e ficou acordada trabalhando em seu artigo.

Estava achando difícil decidir que rumo dar ao texto após ver Hades ajudar aquela mãe. No final, decidiu que tinha que se concentrar nas barganhas que Hades fazia com os mortais — aquelas em que ele optava por oferecer termos impossíveis. Enquanto escrevia, descobriu que ainda estava frustrada, embora não soubesse se era por causa de seu contrato com Hades ou pelo encontro na biblioteca — e pela maneira como ele perguntou o que ela queria e se recusou a beijá-la.

Se arrepiou com a lembrança, embora não estivesse perto dele.

Salvou seu artigo às quatro da manhã e decidiu descansar algumas horas antes de relê-lo. Mas, quando começou a adormecer, Lexa irrompeu pela porta de seu quarto.

— Perséfone! Acorda!

Ela gemeu:

— Vai embora!

— Ah, não, você precisa ver isso. Adivinha o que está nas notícias de hoje!

De repente, Perséfone estava bem acordada. Afastou as cobertas e se sentou, sua imaginação já tomando as rédeas: alguém tinha tirado uma foto dela em sua forma de deusa fora da Nevernight? Alguém a tinha visto dentro do clube com Hades? Lexa quase enfiou o tablet no rosto de Perséfone, e seus olhos viram algo muito pior.

— Está em todas as redes sociais — explicou Lexa.

— Não, não, não — Perséfone agarrou o tablet com as duas mãos. O título da página estava em destaque e era familiar:

Hades, Deus do Jogo, de Perséfone Rosi

Ela leu a primeira linha em voz alta.

— A Nevernight, uma casa de apostas de elite que pertence a Hades, o Deus dos Mortos, pode ser vista de qualquer lugar em Nova Atenas.

O pináculo elegante imita habilmente a natureza imponente do próprio deus e é um lembrete aos mortais de que a vida é curta, e ainda mais curta se você concordar em jogar com o Senhor do Submundo.

Esse era o seu rascunho. Seu verdadeiro artigo permanecia seguro em seu computador.

— Como isso foi publicado? — ela rosnou.

Lexa estava confusa.

— Como assim? Você não entregou o artigo?

— Não. — Perséfone passou os olhos pelo texto, seu estômago dando um nó.

Percebeu alguns acréscimos, como, por exemplo, uma descrição de Hades que ela nunca teria escrito. Os olhos dele foram descritos como abismos incolores, seu rosto insensível, seus modos frios e grosseiros.

Grosseiros?

Nem sonharia em descrever Hades dessa maneira. Seus olhos eram escuros mas expressivos, e cada vez que encontrava seu olhar ela sentia como se pudesse ver os fios das vidas dele ali. Na verdade, seu rosto podia ser insensível às vezes, mas, quando ele a olhava, ela via algo diferente — a linha de sua mandíbula se suavizava, diversão iluminava seu rosto. Ele tinha uma curiosidade ardente, e seus modos eram tudo, menos frios e rudes — ele era entusiasmado, charmoso e refinado.

Apenas uma pessoa tinha ido com ela e visto Hades em carne e osso, e essa pessoa era Adônis. Ele também tinha invadido seu espaço de trabalho e lido seu artigo sem permissão.

Então ele estava fazendo mais do que apenas ler. A ansiedade de Perséfone agora era tão forte quanto sua fúria. Jogou o tablet para o lado e pulou da cama, pensamentos de raiva e vingança passando por sua cabeça. Pensamentos que soavam mais como de sua mãe do que dela própria.

Ele será punido, ela pensou. *Porque eu serei punida.*

Respirou fundo algumas vezes para acalmar a raiva e teve que fazer um esforço para esticar seus dedos. Se ela não tomasse cuidado, sua ilusão ia enfraquecer. A ilusão parecia reagir a suas emoções — talvez porque a magia fosse emprestada.

Na realidade, Perséfone não queria que Adônis fosse punido, pelo menos não por Hades. O Deus dos Mortos tinha deixado sua antipatia por este mortal bem clara, e levá-lo para a Nevernight tinha sido um erro por várias razões — isso estava claro agora. Talvez essa fosse parte da razão pela qual Hades queria que ela ficasse longe dele.

Uma terceira emoção surgiu dentro de Perséfone — medo — e ela a reprimiu. Não permitiria que Hades levasse o melhor dela. Além disso, planejava escrever sobre o deus, apesar de sua ameaça.

— Aonde você vai? — Lexa perguntou.

— Trabalhar. — Perséfone desapareceu em seu closet, trocando sua camisola por um vestido verde simples. Era uma de suas roupas favoritas, e para ela sobreviver a este dia, precisaria de todas as armas de seu arsenal para se sentir o mais poderosa possível. Talvez pudesse retirar o artigo da publicação antes que Hades o visse.

— Mas... você não trabalha hoje — Lexa disse de onde estava sentada na cama de Perséfone.

— Tenho que ver se consigo tomar as rédeas disso. — Perséfone reapareceu, pulando em um pé para afivelar a sandália.

— As rédeas do quê?

— Do artigo. Hades não pode vê-lo.

Lexa riu e, em seguida, cobriu a boca rapidamente, falando entre os dedos.

— Perséfone, odeio ser eu a te revelar isso, mas Hades já viu o artigo. Ele tem funcionários para ficar de olho nesse tipo de coisa. — Perséfone encontrou o olhar de Lexa, e sua amiga estremeceu. — Uau.

— O quê? — A histeria apareceu na voz de Perséfone.

— Seus olhos, eles estão... estranhos.

Evitando o olhar de Lexa enquanto suas emoções ricocheteavam por todo o corpo, Perséfone pegou sua bolsa.

— Não se preocupe com isso. Volto mais tarde.

Ela saiu de seu quarto e bateu a porta do apartamento enquanto Lexa chamava seu nome.

O ônibus demoraria quinze minutos para passar, então ela decidiu ir a pé. Tirou o pó compacto da bolsa e aplicou mais magia enquanto caminhava.

Não admira que Lexa tenha ficado assustada. Seus olhos haviam perdido toda a ilusão e brilhavam em verde-garrafa. Seu cabelo estava mais brilhante, seu rosto, mais anguloso. Ela parecia mais Divina do que jamais tinha parecido em público.

Ao chegar à Acrópole, sua aparência mortal tinha sido restaurada. Quando ela saiu do elevador, Valerie levantou-se de trás de sua mesa.

— Perséfone — ela disse, nervosa. — Não achei que você viesse hoje.

— Oi, Valerie. — Ela tentou manter a voz alegre e agir como se nada tivesse acontecido, como se Adônis não tivesse roubado seu artigo, e Lexa não a tivesse acordado para enfiar o dito artigo raivoso na sua cara. — Só vim resolver algumas coisas.

— Ah, bem, você tem várias mensagens. Eu, hum, as transferi para o seu correio de voz.

— Obrigada.

Mas Perséfone não estava interessada em suas mensagens de voz; estava aqui por causa de Adônis. Largou a bolsa em sua mesa e caminhou pela redação até a dele. Adônis estava sentado com os fones de ouvido, concentrado no computador. No início, ela pensou que ele estava trabalhando — *provavelmente editando algo que tinha roubado*, ela pensou com raiva — mas, quando chegou atrás dele, descobriu que ele estava assistindo a um programa de televisão: *A Vida Privada dos Titãs*.

Ela revirou os olhos. Era uma novela popular sobre como os olimpianos tinham derrotado os Titãs. Embora só tivesse assistido a algumas partes, passou a imaginar a maioria dos deuses como eles eram representados no programa. Agora ela sabia que Hades estava descrito todo errado — uma criatura pálida e leve, com um rosto vazio. Se ele pretendia se vingar de alguma coisa, deveria ser de como o retrataram naquele programa.

Ela bateu no ombro de Adônis, e ele saltou, tirando um fone de ouvido.

— Perséfone! Parab...

— Você roubou meu artigo. — Ela o interrompeu.

— Roubar é um termo forte. — Ele se afastou da mesa. — Eu dei a você todo o crédito.

— Você acha que isso importa? — Ela fervia de raiva. — É o *meu* artigo, Adônis. Você não só o roubou, mas também acrescentou coisas a ele. Por quê? Eu disse que enviaria a você assim que terminasse!

Com toda a honestidade, não tinha certeza do que esperava que ele dissesse, mas não foi a resposta que ele deu.

— Achei que você mudaria de ideia.

Ela o encarou por um momento.

— Eu disse que queria escrever sobre Hades.

— Não é isso. Achei que ele poderia ter te convencido de que seus contratos com mortais eram justificáveis.

— Deixa eu ver se entendi. Você decidiu que eu não conseguiria pensar por mim mesma, então roubou meu trabalho, alterou-o e publicou-o?

— Não é isso. Hades é um deus, Perséfone.

Eu sou uma deusa, ela queria ter gritado. Em vez disso, grunhiu:

— Tem razão. Hades é um deus, e por isso mesmo você não queria escrever sobre ele. Você tem medo dele, Adônis. Não de mim.

Ele se encolheu.

— Eu não queria...

— O que você queria não importa — ela retrucou.

— Perséfone? — Demetri chamou, e ela e Adônis olharam na direção do escritório de seu supervisor. — Pode vir aqui um momento?

Ela deu uma encarada final em Adônis antes de ir até lá.

— Pois não, Demetri? — disse da porta.

Ele estava sentado à sua mesa, com uma nova edição do jornal nas mãos.

— Sente-se.

Ela o fez — na beirada da cadeira, porque não tinha certeza do que Demetri havia pensado de seu suposto artigo. Será que suas próximas palavras seriam "Você está demitida"? Uma coisa era dizer que queria a verdade, outra era realmente publicá-la.

Considerou o que faria quando perdesse o estágio. Agora faltava menos de seis meses até a formatura. Era improvável que outro jornal contratasse a garota que ousou chamar o Deus do Submundo de "o pior deus". Ela sabia que muitas pessoas compartilhavam o medo de Adônis pelo Tártaro.

Assim que Demetri começou a falar, Perséfone disse:

— Eu posso explicar.

— O que há para explicar? — Ele perguntou. — Está claro pelo seu artigo o que você estava tentando fazer aqui.

— Eu estava com raiva.

— Você queria expor uma injustiça — disse ele.

— Sim, mas tem mais. Ainda não é a história toda — disse ela.

Ela realmente só tinha mostrado Hades por um lado — e era o lado mais obscuro, sem luz alguma.

— Espero que não — disse Demetri.

— O quê? — Perséfone se empertigou.

— Estou pedindo que você escreva mais.

A Deusa da Primavera ficou em silêncio, e Demetri continuo:

— Eu quero mais. Quando você pode publicar outro artigo?

— Sobre Hades?

— Sim, sim. Você apenas arranhou a superfície desse deus.

— Mas eu pensei... você não está... com medo dele?

Demetri largou o jornal e olhou nos olhos dela.

— Perséfone, eu te disse desde o começo. Buscamos a verdade aqui no *Jornal de Nova Atenas*, e ninguém sabe a verdade sobre o Rei do Submundo. Você pode ajudar o mundo a entendê-lo.

Demetri fazia tudo parecer tão inocente, mas Perséfone sabia que ela só traria ódio para Hades com o artigo publicado hoje.

— Aqueles que temem Hades também estão curiosos. Eles vão querer mais, e você vai entregar a eles.

Perséfone se endireitou ao receber essa ordem tão direta. Demetri se levantou e caminhou até a parede envidraçada, com as mãos às costas.

— Que tal um artigo quinzenal?

— É muito, Demetri. Ainda estou na faculdade — ela o lembrou.

— Mensal, então. O que você acha de cinco, seis artigos?

— Eu tenho escolha? — ela murmurou, mas Demetri ouviu.

Demetri sorriu.

— Não se subestime, Perséfone. Pense só: se isso fizer tanto sucesso quanto acho que fará, haverá uma fila de pessoas esperando para contratá--la quando você se formar.

Exceto que isso não importaria, uma vez que ela seria uma prisioneira — não apenas do Submundo, mas também do Tártaro. Perguntou-se como Hades escolheria torturá-la.

Ele provavelmente vai se recusar a beijar você, ela pensou e revirou os olhos.

— Seu próximo artigo deve ser entregue no dia primeiro — disse ele. — Vamos variar os assuntos. Não fale apenas sobre suas barganhas, o que mais ele faz? Quais são seus hobbies? Como é realmente o Submundo?

Perséfone se sentiu desconfortável com as perguntas de Demetri e se perguntou se eram curiosidades dele ou do público.

Com isso, ele a dispensou. Perséfone saiu do escritório de Demetri e sentou-se em sua mesa. Sua cabeça estava confusa, e ela não conseguia se concentrar.

Um artigo mensal sobre o Deus dos Mortos? No que você se meteu, Perséfone? Ela gemeu. Hades nunca iria concordar com isso.

Mas ele não precisava.

Talvez isso desse a ela uma chance de barganhar com ele. Será que poderia aproveitar a ameaça de mais artigos para convencê-lo a cancelar o contrato?

E sua promessa de punição? Seria verdadeira?

Perséfone foi direto para a aula depois de deixar a Acrópole e parecia que todos tinham um exemplar do *Jornal de Nova Atenas* hoje. Aquela manchete parecia encará-la no ônibus, em sua caminhada pelo campus e até na sala de aula.

Alguém deu um tapinha em seu ombro, ela se virou e viu duas meninas juntas na fileira de trás. Não tinha certeza de seus nomes, mas elas se sentavam atrás de Perséfone desde o início do semestre e nunca tinham falado com ela até hoje. A garota da direita segurava uma cópia do jornal.

— Você é Perséfone, certo? — uma delas perguntou. — Tudo o que você escreveu é verdade?

Essa pergunta a fez estremecer. Seu instinto foi dizer não, porque não havia escrito a história, não em sua totalidade, mas não podia. Ela decidiu:

— A história ainda está evoluindo.

O que ela não previu foi a emoção nos olhos das meninas.

— Então vai ter mais?

Perséfone pigarreou.

— Sim... sim.

A garota da esquerda se inclinou mais sobre a mesa.

— Então, você conheceu Hades?

— Essa é uma pergunta estúpida — a outra garota repreendeu. — O que ela quer saber mesmo é: como é o Hades? Você tem fotos?

Uma sensação estranha irrompeu no estômago de Perséfone — um nó metálico que a fez sentir ciúme e vontade de proteger Hades. Irônico, já que havia prometido escrever mais sobre ele. Ainda assim, agora que havia se deparado com essas perguntas, não tinha certeza se queria compartilhar seu conhecimento íntimo do deus. Não queria falar sobre como o pegou brincando de jogar a bola para seus cães em um bosque no Submundo, ou como ele a divertiu jogando pedra, papel e tesoura.

Esses eram... aspectos humanos do deus, e de repente ela se sentiu possessiva com eles. Eram dela.

Deu um sorriso sem graça:

— Acho que terão que esperar para ver.

Demetri estava certo: o mundo estava tão curioso sobre o deus quanto tinha medo dele.

As meninas de sua classe não foram as únicas pessoas que a pararam para perguntar sobre seu artigo. Em seu caminho pelo campus, vários outros estranhos a abordaram. Parecia que estavam testando seu nome e, quando descobriam que era mesmo Perséfone, corriam para fazer as mesmas perguntas — *Você realmente conheceu Hades? Como ele é? Você tem uma foto?*

Deu desculpas para fugir rapidamente. Se havia uma coisa que ela não esperava, era isto: a atenção que receberia. Não conseguia decidir se gostava ou não.

Estava passando pelo Jardim dos Deuses quando seu celular tocou. Grata pela desculpa para ignorar mais estranhos, ela atendeu.

— Olá!

— Adônis me contou as boas notícias! Uma série sobre Hades! Parabéns! Quando você o entrevistará de novo? Posso ir junto? — Lexa riu.

— Obrigada, Lex. — Perséfone conseguiu responder. Depois de roubar seu artigo, não a surpreendeu que Adônis também tivesse aproveitado a oportunidade para mandar mensagem para sua amiga contando sobre sua nova tarefa no trabalho antes mesmo que ela própria tivesse a chance de contar.

— Devíamos celebrar! La Rose este fim de semana? — Lexa perguntou.

Perséfone suspirou. La Rose era uma boate sofisticada, propriedade de Afrodite. Nunca tinha ido lá, mas tinha visto fotos. Tudo era rosa e creme e, como na Nevernight de Hades, havia uma lista de espera impossível.

— Como vamos entrar na La Rose?

— Eu tenho meus métodos — Lexa respondeu maliciosamente. Perséfone queria saber se esses métodos incluíam Adônis e estava prestes a perguntar isso quando captou um flash com o canto do olho. O que quer que Lexa estivesse dizendo se perdeu, quando sua atenção se voltou para sua mãe, aparecendo por entre a folhagem do jardim, alguns metros à sua frente.

— Ei, Lex. Já te ligo de volta. — Perséfone desligou e cumprimentou Deméter com um seco: — Mãe. O que você está fazendo aqui?

— Tive que vir garantir que você está segura, depois daquele artigo ridículo que você escreveu. O que estava pensando?

Perséfone sentiu um choque profundo, como uma corrente elétrica passando por seu peito.

— Eu achei... eu achei que você ficaria orgulhosa. Você odeia Hades.

— Orgulhosa? Você achou que eu ficaria orgulhosa? — ela zombou. — Você escreveu um artigo crítico sobre um deus, mas não qualquer deus, Hades! Você deliberadamente quebrou minha regra; não uma, mas várias vezes. — A surpresa de Perséfone deve ter aparecido em seu rosto, porque sua mãe acrescentou: — Ah, sim. Eu sei que você foi na Nevernight em várias ocasiões.

Perséfone olhou para Deméter.

— Como?

Deméter olhou para o celular na mão de Perséfone.

— Eu rastreei você.

— Pelo meu celular? — Sabia que sua mãe era bem capaz de violar sua privacidade para mantê-la sob controle; tinha provado isso ao colocar suas ninfas para espioná-la. Mesmo assim, Deméter não havia comprado seu celular, nem pagava a conta. Ela não tinha o direito de usá-lo como GPS. — Você está falando sério?

— Eu precisei. Você não estava falando comigo.

— Desde quando? — ela intimou. — Eu vi você segunda-feira!

— E você cancelou nosso almoço. — A deusa fungou. — Quase não passamos mais tempo juntas.

— E você acha que me perseguir vai me encorajar a passar mais tempo com você? — Perséfone perguntou.

Deméter riu.

— Ah, minha flor, eu não estou te perseguindo. Eu sou sua mãe.

Perséfone olhou feio.

— Não tenho tempo para isso.

Ela tentou contornar sua mãe e sair, mas descobriu que não conseguia se mover: seus pés pareciam soldados ao solo. A histeria começou em seu estômago e subiu para sua garganta. Perséfone encontrou o olhar escuro de sua mãe, e, pela primeira vez em anos, viu Deméter como a deusa vingativa que era — aquela que açoitava ninfas e matava reis.

— Eu não liberei você — disse sua mãe. — Lembre-se, Perséfone, você só está aqui pela graça da minha magia.

Perséfone queria gritar para sua mãe: *continue me lembrando de que sou impotente*. Mas sabia que desafiá-la não seria a jogada certa. Era o que Deméter queria para que pudesse determinar sua punição; então, em vez disso, ela inspirou, trêmula, e sussurrou:

— Sinto muito, mãe.

Por um momento, tenso, Perséfone esperou para ver se Deméter iria soltá-la ou sequestrá-la. Então sentiu o aperto de sua mãe afrouxar em torno de suas pernas trêmulas.

— Se você for na Nevernight novamente, se vir Hades novamente, vou tirá-la do mundo mortal.

Perséfone não tinha certeza de onde reuniu coragem, mas conseguiu olhar a mãe nos olhos e dizer:

— Não pense por um segundo que eu vou te perdoar se você me mandar de volta para aquela prisão.

Deméter deu uma risada aguda.

— Minha flor, eu não preciso de perdão.

Então desapareceu.

Perséfone sabia que Deméter falava sério em seu aviso. O problema era que não havia maneira de evitar voltar à Nevernight; ela tinha um contrato a cumprir e artigos a escrever.

O celular de Perséfone vibrou em sua mão, e ela olhou para baixo para conferir a mensagem de Lexa: *Vamos na La Rose?*

Respondeu: *Parece ótimo.*

Precisaria de muito álcool para esquecer esse dia.

13

LA ROSE

Perséfone e Lexa pegaram um táxi para La Rose. Não era o meio de transporte preferido de Perséfone. Ela achava que parecia um jogo de azar. Nunca sabia o que ia ser: um táxi fedorento, um motorista falante ou um esquisito.

Esta noite tinha sido um esquisito. Ele olhava demoradamente para elas pelo retrovisor e, em um momento, distraiu-se tanto que teve que fazer uma barbeiragem para desviar do carro que vinha na direção contrária.

Perséfone olhou para Lexa, que tinha insistido que elas não podiam chegar à La Rose de ônibus.

Melhor de ônibus do que morta, ela pensou agora.

— Cinco artigos sobre o Deus dos Mortos. — Lexa disse, sonhadora. — Sobre o que você acha que vai ser o próximo?

Honestamente, ela não sabia e agora não queria pensar em Hades, mas Lexa não deixaria passar.

Antes que Perséfone pudesse dar uma resposta, Lexa arfou — o som que ela sempre fazia quando tinha uma ideia, ou algo terrível estava acontecendo. Perséfone tinha certeza de que nesse caso eram as duas coisas.

— Você deveria escrever sobre a vida amorosa dele.

— O quê? — Perséfone falou rápido. — Não. Absolutamente não. Lexa fez beicinho.

— Por que não?

— Hã, o que te faz pensar que Hades compartilharia essa informação comigo?

— Perséfone, você é jornalista. Investigue!

— Não estou realmente interessada nas amantes passadas de Hades. — Perséfone olhou pela janela.

— Amantes passadas? Isso faz parecer que ele tem uma amante atual... como se você fosse a amante atual.

— Ah, não — disse Perséfone. — Tenho certeza de que o Senhor do Submundo está dormindo com sua assistente.

— Então, escreva sobre isso! — Lexa encorajou.

— Eu prefiro não, Lexa. Trabalho para o *Jornal de Nova Atenas*, não para a *Divinos de Delfos*. Estou interessada na verdade. — Além disso, preferia não saber se isso era verdade. Só pensar nisso já a deixava doente.

— Você tem certeza de que Hades está transando com sua assistente, apenas confirme e será a verdade!

Ela suspirou, frustrada.

— Não quero escrever sobre coisas triviais. Quero escrever sobre algo que mude o mundo.

— E atacar as travessuras divinas de Hades mudará o mundo?

— Pode ser — Perséfone argumentou, e Lexa balançou a cabeça. — O quê?

Sua amiga suspirou.

— É só que... tudo o que você fez ao publicar esse artigo foi confirmar os pensamentos e medos de todos sobre o Deus dos Mortos. Estou supondo que existem outras verdades sobre Hades que não estavam naquele artigo.

— Onde você quer chegar?

— Se você quer que sua escrita mude o mundo, escreva sobre o lado de Hades que te faz corar.

O rosto de Perséfone aqueceu.

— Você é uma romântica, Lexa.

— Lá vai você de novo — disse ela. — Por que não pode simplesmente admitir que acha Hades atraente?

— Eu admiti.

— E que se sente atraída por ele?

A boca de Perséfone se fechou, e ela cruzou os braços sobre o peito, olhando para o outro lado, pela janela do carro.

— Não quero falar sobre isso.

— Do que você tem medo, Perséfone?

Perséfone fechou os olhos após essa pergunta. Lexa não entenderia. Não importava se ela gostava de Hades ou não, se o achava atraente ou não, se o queria ou não. Ele não era para ela. Era proibido. Talvez o contrato fosse uma bênção — era uma maneira de pensar em Hades como uma coisa temporária em sua vida.

— Perséfone?

— Eu disse que não quero falar sobre isso, Lexa. — disse ela com firmeza, odiando a direção que essa conversa tinha tomado.

Elas não conversaram mais, mesmo depois de chegarem à La Rose. Quando Perséfone saiu do táxi, o cheiro de chuva atingiu seu nariz e, quando ela olhou para cima, um raio iluminou o céu. Ela estremeceu, desejando ter escolhido uma roupa diferente. Seu vestido azul-petróleo cintilante e escorregadio alcançava apenas o meio da coxa, abraçando a curva de seus seios e quadris, e o profundo decote em V deixava pouco para a imaginação e dava pouca proteção contra os elementos da natureza.

Tinha escolhido o vestido para irritar Hades. Tinha sido uma boba. Queria parecer poderosa, tentadora, um pecado — tudo isso para ele.

Queria se pendurar na frente dele como uma isca e recuar no último momento, quando ele estivesse perto o bastante para sentir seu gosto.

Queria que ele a desejasse.

Tudo isso era inútil, claro. La Rose era o território de outro deus. Era improvável que Hades a visse esta noite. Este vestido tinha sido uma ideia estúpida.

La Rose era um belo edifício que lembrava vários cristais projetando-se da terra. Era feito de vidro espelhado, para que à noite refletisse a luz da cidade. Como na Nevernight, havia uma fila enorme para entrar.

Um súbito calafrio de inquietação se espalhou por Perséfone, e ela olhou ao redor, sem saber de onde estava vindo — até que seus olhos pousaram em Adônis.

Ele estava sorrindo de orelha a orelha, caminhando em direção a ela e Lexa, vestido com uma camisa preta e jeans. Ele parecia confortável, confiante e presunçoso. Ela estava prestes a perguntar o que ele estava fazendo ali quando Lexa o chamou.

— Adônis.

Ela o abraçou assim que ele as alcançou, e ele retribuiu o abraço.

— Ei, baby.

— Baby? — Perséfone repetiu, monótona. — Lexa, o que ele está fazendo aqui?

Sua melhor amiga se afastou de Adônis.

— Adônis queria comemorar com você, então ele me procurou. Achamos que seria divertido fazer uma surpresa!

— Ah, estou surpresa. — Perséfone olhou para Adônis.

— Vamos, eu tenho um camarote. — Adônis pegou a mão de Lexa e a pendurou em seu braço, no entanto, quando ele ofereceu fazer o mesmo com Perséfone, ela recusou.

O sorriso de Adônis vacilou por um momento, mas ele se recuperou rapidamente, sorrindo para Lexa como se não houvesse nada errado.

Perséfone pensou em ir embora, mas tinha vindo com Lexa e realmente não se sentia confortável em deixá-la sozinha com Adônis. Em algum momento esta noite, teria que contar à sua melhor amiga sobre o que sua paixonite tinha feito.

Adônis as conduziu além da fila e para dentro da balada; a música vibrou através do corpo de Perséfone quando eles entraram sob a névoa rosada das luzes de laser. O andar térreo tinha pista de dança e mesas com cortinas de cristais. Os camarotes dominavam os andares superiores da casa, com vista para um palco e a pista de dança.

Adônis as levou até um camarote no segundo andar, passando por uma cortina de cristal que criava uma lareira contra o mundo exterior. O interior era luxuoso, com sofás rosa macios de cada lado de uma lareira, que oferecia calor e uma ambientação que Perséfone achou irritante.

— Este é meu camarote pessoal — Adônis disse.

— Sensacional. — Lexa foi direto para a sacada com vista para a pista de dança.

— Você gostou? — Adônis perguntou, detendo-se perto da entrada.

— Claro! Só se fosse louca para não gostar!

— E você, Perséfone? — Adônis olhou para ela com expectativa. Por que ele estava querendo elogios dela?

— Você deve ter muita sorte — disse ela secamente. — Está na lista VIP de duas casas noturnas pertencentes a deuses.

Os olhos de Adônis perderam o brilho, mas ele não perdeu o ritmo.

— Você já devia saber que eu tenho sorte, Perséfone. Eu coloquei sua carreira em movimento.

Ele sorriu sarcástico e cruzou a sala para ficar ao lado de Lexa, que parecia alheia à conversa deles por causa da música alta. Ela se recostou nele, que colocou a mão em suas costas.

Perséfone os encarou por um momento, o conflito rasgando seu peito, dividida entre a raiva de Adônis e o amor por sua amiga. Lexa estava claramente apaixonada pelo homem. Será que Adônis fazia o coração de Lexa parecer que ia sair do peito? Seu corpo ficava elétrico quando ele a tocava? Seus pensamentos se dispersavam quando ele entrava no recinto?

Uma garçonete veio anotar o pedido, interrompendo os pensamentos de Perséfone. Era mortal, sem aura de magia, e usava um vestido justo e furta-cor, cuja superfície cintilante lembrava o interior de uma concha.

Assim que pegou os pedidos de Lexa e Adônis, a garçonete se virou para Perséfone.

— Um cabernet, por favor — Perséfone disse, olhando para sua amiga. — Aliás, dois.

Logo depois que ela voltou com as bebidas, Sibila, Aro e Xerxes chegaram — Sibila com uma saia curta de couro preto e um top de renda, e os gêmeos combinando em seus jeans escuros, camisas pretas e jaquetas de couro. Eles se sentaram em frente a Perséfone e fizeram seus pedidos para a garçonete. Depois que ela saiu, Sibila olhou ao redor da suíte.

— Ora, ora, Adônis. Parece que o favor tem suas vantagens.

O ar na sala ficou pesado, como se houvesse algum tipo de história por trás do comentário de Sibila. Perséfone procurou o olhar de Lexa, mas ela não estava olhando para ela — ou para ninguém; tinha voltado sua atenção para a pista de dança.

Era isso que Perséfone temia; se Adônis tinha o favor de um deus, isso significava que qualquer mortal com que ele se relacionasse estaria possivelmente em perigo. Lexa sabia disso e não se meteria com a ira de um deus, certo?

— Não acredite em tudo que você ouve, Sibila. — disse Adônis.

— Você espera que a gente acredite que você consegue todos esses passes livres por trabalhar para o *Jornal de Nova Atenas*? — perguntou Xerxes.

Adônis suspirou, revirando os olhos.

— Perséfone — disse Aro. — Você trabalha para o jornal e consegue lista VIP para casas noturnas badaladas?

— Não — ela hesitou.

— Perséfone aqui foi convidada para a Nevernight pelo próprio Hades.

Ela olhou para Adônis; sabia o que ele estava fazendo, tentando tirar a atenção de si mesmo. Felizmente, ninguém mordeu a isca.

— Continue negando. Eu reconheço um mortal encantado quando vejo um — disse Sibila.

— E todos nós sabemos que você está transando com o Apolo, mas não dizemos nada — disse Adônis.

— Uau, desnecessário, cara — disse Aro, mas Sibila levantou a mão para silenciar a defesa de seu amigo.

— Pelo menos sou honesta sobre meu favor — disse ela.

Quanto mais essa troca durava, mais Perséfone sabia que tinha que tirar sua amiga do camarote. Lexa precisaria de espaço e algum tempo para superar a decepção de ter tido esperanças em relação a Adônis.

Se levantou e atravessou a sala.

— Lexa, vamos dançar. — Pegou sua mão e a puxou para fora do camarote. Uma vez que elas estavam lá embaixo, virou-se para Lexa.

— Estou bem, Perséfone, — Lexa disse rapidamente.

— Sinto muito, Lex.

Ela ficou quieta por um momento, mordiscando o lábio.

— Você acha que Sibila está certa?

A garota era um oráculo, o que significava que provavelmente estava mais em sintonia com a verdade do que qualquer pessoa no grupo, mas, ainda assim, tudo que Perséfone conseguiu dizer foi:

— Talvez?

— Quem você acha que é?

Poderia ser qualquer um, mas havia algumas deusas e deuses que eram notórios por ter amantes mortais: Afrodite, Hera e Apolo, só para citar alguns.

— Não pense nisso. Viemos aqui para nos divertir, lembra?

Uma garçonete se aproximou delas e entregou-lhes duas bebidas.

— Não, nós não pedimos — Perséfone começou a dizer, mas a garçonete a interrompeu.

— Por conta da casa — ela sorriu.

Perséfone e Lexa pegaram um copo cada uma. O líquido dentro era rosa e doce, e elas beberam rápido — Lexa para afogar sua tristeza, e Perséfone para ter coragem para dançar. Assim que terminaram, agarrou a mão de Lexa e arrastou-a para a multidão.

Dançaram juntas e com estranhos. O ritmo da música, o flash das luzes e o álcool em seus corpos as deixaram felizes e desconectadas dos acontecimentos do dia. Havia apenas o aqui e agora.

A multidão se movia ao redor delas, balançando-as para frente e para trás. Perséfone ofegava, sua boca estava seca e o suor escorria de sua testa. Sentia-se quente e tonta. Parou na pista de dança, a multidão pulsando ao seu redor, mas o mundo ainda girava, fazendo seu estômago revirar.

Foi então que percebeu que havia se separado de Lexa. Via rostos borrados ao seu redor enquanto abria caminho pela multidão, ficando mais tonta a cada sacudida em seu corpo. Pensou ter avistado o vestido azul-elétrico de sua amiga e seguido seu brilho, mas, quando chegou perto da pista de dança, Lexa não estava lá.

Talvez ela tenha voltado para o camarote.

Perséfone começou a subir os degraus. Cada movimento fazia sua cabeça parecer cheia de água. A certa altura, a tontura era demais, e ela parou para fechar os olhos.

— Perséfone?

Ela abriu os olhos e viu Sibila de pé na frente dela.

— Você está bem?

— Você viu Lexa? — ela perguntou. Sua língua estava grossa e inchada.

— Não. Você...

— Tenho que encontrar Lexa. — Afastou-se de Sibila, voltando para a pista. Neste momento já sabia que algo estava errado com ela. Precisava encontrar sua amiga e ir para casa.

— Ei, ei, espere — Sibila parou na frente dela. — Perséfone, quanto você bebeu?

— Um copo — disse ela.

A garota balançou a cabeça, as sobrancelhas franzidas.

— Impossível você ter bebido só um copo.

Perséfone passou por ela. Não discutiria sobre a quantidade de álcool que tinha tomado. Talvez Lexa estivesse no banheiro.

Tentou se manter perto da parede enquanto procurava, mas se viu puxada para o mar de corpos em movimento. Justamente quando ela sentiu que a multidão iria engoli-la completamente, alguém agarrou seu pulso e a puxou. Ela estendeu as mãos, que pousaram em um peito duro. Olhou para o rosto de Adônis.

— Uau, aonde você está indo, baby?

— Me larga, Adônis. — Ela tentou se afastar, mas ele a segurou com força.

— Shh, está tudo bem. Sou seu amigo.

— Se você fosse meu amigo...

— Você vai ter que superar esse pequeno artigo, baby.

— Não me chame de baby e não me dê ordens.

— Alguém já disse que você é um porre? — ele perguntou e então seu domínio sobre ela aumentou, aproximando seus quadris à força.

Ela achou que ia vomitar

— Eu só quero conversar. — disse ele.

— Não.

As feições de Adônis mudaram naquele momento. Seu sorriso brincalhão diminuiu e seus olhos brilhantes ficaram sombrios.

— Tudo bem. Não precisamos conversar.

Ele deslizou a mão pela cabeça de Perséfone, agarrando seu cabelo e encostando a boca na dela. Perséfone crispou os lábios e se contorceu contra ele, que a segurou com mais firmeza, tentando enfiar a língua. Lágrimas brotaram dos olhos dela.

Mãos ásperas seguraram os braços de Adônis, e um par de ogros o arrastou para longe de Perséfone. Ela estava passando a mão na boca para tirar a sensação dos lábios dele, quando viu o Deus dos Mortos vindo em sua direção.

— Hades — ela suspirou.

Foi até ele e se jogou em seus braços. Hades a segurou com uma das mãos em suas costas e a outra enrolada em seus cabelos. Ele a abraçou por um momento antes de afastá-la. Pegou no queixo dela e levantou seu rosto para que seus olhos se encontrassem.

— Você está bem? — ele perguntou.

Ela balançou a cabeça, engolindo em seco. Tantas coisas erradas tinham acontecido neste dia e nesta noite.

— Vamos.

Ele a puxou para si, passando um braço protetor em torno de seu ombro, e a conduziu pela pista. A multidão se abriu facilmente para ele, e ela estava vagamente ciente de que a presença de Hades na boate havia causado um tipo de caos silencioso. A música ainda retumbava ao fundo, mas ninguém mais estava dançando. Todos tinham parado para assistir enquanto ele a tirava dali.

— Hades — ela quis avisá-lo, mas ele parecia saber o que ela estava pensando e respondeu antes que ela pudesse formar as palavras.

— Eles não vão se lembrar disso.

Isso a contentou o suficiente para segui-lo em direção à saída, até que ela lembrou que precisava encontrar sua melhor amiga.

— Lexa! — Perséfone se virou rápido demais e sua visão turvou. Quando ela balançou, Hades a segurou, tomando-a em seus braços.

— Vou garantir que ela chegue em casa em segurança — disse ele.

Em qualquer outro momento, ela teria protestado ou discutido, mas o mundo ainda estava girando, mesmo com os olhos fechados.

— Perséfone? — A voz de Hades estava grave, e sua respiração roçou os lábios dela.

— Hum? — ela perguntou, suas sobrancelhas erguidas, e fechou os olhos com força.

— O que há de errado?

— Tontura — ela sussurrou.

Ele não voltou a falar. Ela percebeu quando eles saíram, porque o ar frio tocava cada centímetro de sua pele exposta, e a chuva tamborilava no toldo sobre a entrada de La Rose. Ela estremeceu, aconchegando-se no calor de Hades, e inalou seu cheiro agora familiar de cinzas e especiarias.

— Você é cheiroso. — Ela agarrou seu paletó, como se quisesse entrar ali. O corpo de Hades era como uma rocha, que tivera séculos para ser esculpida.

Hades riu, e ela abriu os olhos e o encontrou olhando para ela. Antes que ela pudesse perguntar do que ele estava rindo, ele se mexeu, segurando-a com força enquanto se acomodava no banco de trás de uma limusine preta. Ela viu Antoni de relance quando ele fechou a porta do carro.

A cabine era aconchegante e privada, e Hades a deslizou de seu colo para o assento de couro ao lado. Ela observou seus dedos ágeis ajustarem os controles de forma que as saídas de ar estivessem apontadas para ela e o aquecedor estivesse no máximo.

Quando já estavam na estrada, ela perguntou:

— O que você está fazendo aqui?

— Você não obedece as ordens.

Ela riu.

— Eu não recebo ordens de você, Hades.

Ele ergueu a sobrancelha.

— Acredite, meu bem. Estou ciente.

— Não sou sua, muito menos seu bem.

— Já conversamos sobre isso, não? Você é minha. Acho que sabe disso tão bem quanto eu.

Ela cruzou os braços sobre o peito.

— Já pensou que talvez você que seja meu?

Ele crispou os lábios e olhou para o pulso dela.

— É a *minha* marca na *sua* pele.

Talvez o álcool a tenha deixado corajosa. Ela mudou de posição, abrindo as pernas e sentando no colo dele. O vestido subiu, e Perséfone pôde sentir Hades entre suas coxas, duro e excitado. Ela sorriu e ele a encarou. Desta vez foi como fogo queimando a pele.

— Devo colocar uma marca em você? — ela perguntou.

— Cuidado, Deusa. — Suas palavras foram um grunhido.

Ela revirou os olhos.

— Outra ordem.

— Um aviso — Hades disse com os dentes cerrados, e então agarrou suas pernas nuas, e ela respirou fundo ao sentir pele com pele. — Mas nós dois sabemos que você não escuta mesmo quando é para o seu bem.

— Você acha que sabe o que é bom para mim? — ela perguntou, perigosamente perto de seus lábios. — Acha que sabe do que eu preciso?

Ele moveu a mão, empurrando o vestido mais para cima, e ela arquejou quando os dedos dele se aproximaram de seu sexo. Hades riu.

— Eu não acho, Deusa, eu sei. Eu poderia fazer você me venerar.

Perséfone mordeu o lábio, e o olhar dele parou ali. Então ela o beijou.

Ele se deixou levar, e ela o provou profundamente, tomando o que era seu. Agarrou o cabelo e puxou a cabeça dele para trás para beijá-lo com mais intensidade. Nesta posição, se sentiu poderosa.

Quando ela finalmente se afastou, foi para mordiscar sua orelha.

— Você que vai me venerar — disse ela, e rebolou no colo dele, cravando as unhas na pele, sem parar de mexer o quadril e agora roçando também o rosto no dele, enquanto sussurrava: — Sem que eu precise te obrigar a nada.

Quando não era possível agarrá-la com mais força, ele a ergueu sem esforço e a acomodou deitada em seus braços. Arrumou o vestido dela e a cobriu com seu paletó.

— Não faça promessas que não pode cumprir, Deusa.

Ela piscou, confusa com a mudança repentina. Tinha sido rejeitada.

— Você só está com medo — disse Perséfone.

Hades não falou nada, mas, quando ela olhou, ele estava olhando para a janela, com a mandíbula travada, os punhos cerrados, e ela teve a sensação de que poderia estar certa.

Não demorou muito para que adormecesse em seus braços.

14

UM TOQUE DE CIÚME

Quando Perséfone acordou, estava ciente de duas coisas: um, estava na cama de um estranho; e dois, estava nua. Se sentou rápido, segurando lençóis de seda preta contra o peito. Estava no quarto de Hades — ela reconheceu do dia em que tinha caído no Estige e foi curada por ele — e o encontrou sentado diante da lareira acesa. Foi provavelmente o mais parecido com um deus que ela já o tinha visto. Estava perfeitamente intocado — nem um fio de cabelo fora do lugar, nem um amassado em seu paletó, nem um botão desabotoado. Ele segurava o uísque, e descansava os dedos contra os lábios. O halo do fogo atrás dele também estava adequado, furioso como seus olhos.

Foi como ela soube que, embora parecesse estar relaxando, ele estava tenso.

Ele manteve o olhar no dela, sem falar, e tomou um gole da bebida.

— Por que estou nua? — Perséfone perguntou.

— Porque você insistiu — ele respondeu em uma voz sem o desejo malcontido que exibira na limusine.

Ela não tinha muitas memórias da noite passada, mas sabia que nunca esqueceria a pressão dos dedos de Hades em suas coxas, ou a deliciosa fricção que enviou ondas de desejo por seu corpo.

— Você estava muito determinada a me seduzir.

Perséfone corou ferozmente e desviou o olhar.

— Nós...?

Hades riu, sombrio, e Perséfone cerrou os dentes com tanta força que sua mandíbula doeu. Por que ele estava rindo?

— Não, Lady Perséfone. Acredite em mim, quando transarmos, você vai se lembrar.

Quando?

— Sua arrogância é alarmante.

Os olhos dele brilharam.

— Isso é um desafio?

— Apenas diga o que aconteceu, Hades! — ela intimou.

— Você foi drogada em La Rose. Tem sorte de ser imortal. Seu corpo eliminou rapidamente a toxina.

Não rápido o suficiente para evitar constrangimento, aparentemente.

Lembrou de uma garçonete se aproximando assim que ela e Lexa entraram na pista de dança, trazendo bebidas e dizendo que eram por conta da casa. Logo depois que ela tomou e começou a dançar, a música soou distante, as luzes ficaram muito fortes, e cada movimento fazia sua cabeça girar.

Também lembrou de mãos em seu corpo e lábios frios se aproximando dos dela.

— Adônis — respondeu Perséfone. Hades trincou os dentes ao ouvir o nome do mortal. — O que você fez com ele?

Hades olhou para seu uísque, girando o copo antes de virar o último gole. Assim que terminou, deixou o copo de lado, sem olhar para ela.

— Ele está vivo, mas só porque estava no território da deusa dele.

— Você sabia! — Perséfone se levantou da cama, os lençóis de seda de Hades farfalhando ao seu redor. O olhar penetrante dele viajou de seu rosto para baixo, traçando cada linha de seu corpo. Ela se sentiu sem nem mesmo o lençol cobrindo seu corpo. — É por isso que você me avisou para ficar longe dele?

— Eu garanto a você, há mais razões para ficar longe daquele mortal do que o favor que Afrodite concedeu a ele.

— Como o quê? Você não pode esperar que eu entenda se não me explicar nada. — Ela deu um passo em direção a ele, embora alguma parte dela soubesse que era perigoso.

O que quer que Hades tenha pensado durante a noite, claramente ainda estava em sua mente.

— Espero que você confie em mim — disse ele, levantando. A admissão direta a chocou. — E se não confiar em mim, confie em meu poder.

Ela não havia considerado seus poderes — a capacidade de ver a alma em sua natureza, crua e oprimida. O que ele viu quando olhou para Adônis?

Um ladrão, ela pensou. *Um manipulador.*

Hades se afastou, servindo mais uma dose no pequeno bar.

— Achei que você estivesse com ciúme!

Hades estava prestes a tomar um gole, mas fez uma pausa para rir. Ela ficou com raiva e magoada com sua reação.

— Não finja que não tem ciúme, Hades. Adônis me beijou ontem à noite.

Hades colocou o copo no bar com força.

— Continue me lembrando, Deusa, e eu o reduzirei a cinzas.

— Então, você está com ciúme!

— Ciúme? — ele foi em sua direção. — Aquele... verme... tocou em você depois que você disse a ele para não fazer isso. Mandei almas para o Tártaro por menos.

Perséfone lembrou da raiva que ele sentiu de Duncan, o ogro que tinha colocado as mãos nela, e percebeu que era por isso que ele estava no limite. Ele provavelmente queria encontrar Adônis e incinerá-lo.

— Desculpe. — Não sabia o que dizer, mas a angústia dele parecia tão grande que ela pensou que poderia amenizá-la com um pedido de desculpas.

Só piorou as coisas.

— Não ouse se desculpar. — Ele segurou seu rosto. — Não por ele. Nunca por ele. — Ele a estudou e sussurrou: — Por que está tão desesperada para me odiar?

Franzindo a testa, ela segurou as mãos dele.

— Eu não te odeio — disse, baixinho, e Hades enrijeceu o corpo, se afastando dela.

A violência com que ele se mexeu a surpreendeu, e a raiva e a tensão voltaram.

— Não? Devo lembrá-la? *Hades, Senhor do Submundo, O Mais Rico e, sem dúvida, o deus mais odiado entre os mortais, exibe um claro desprezo pela vida mortal.*

Ele citou seu artigo de cor, e Perséfone se encolheu. Quantas vezes ele tinha lido? Como deve ter fervido de raiva.

A mandíbula de Hades se contraiu.

— É isso que pensa de mim?

Ela abriu a boca e fechou-a antes de decidir explicar:

— Eu estava com raiva...

— Ah, isso é mais do que óbvio. — A voz de Hades estava ácida.

— Eu não sabia que eles iam publicar!

— Uma carta contundente ilustrando todos os meus defeitos? Você não achou que a mídia ia publicar?

Ela olhou feio para ele.

— Eu te avisei.

Foi a coisa errada a dizer.

— Você me avisou? — Ele fixou seu olhar nela, sombrio e zangado. — Você me avisou sobre o quê, Deusa?

— Eu avisei que você ia se arrepender de nosso contrato.

— E eu a avisei para não escrever sobre mim. — Ele se aproximou, e ela não recuou, erguendo o rosto para sustentar seu olhar.

— Talvez, em meu próximo artigo, eu escreva sobre como você é mandão — disse ela.

— Próximo artigo?

— Você não sabia? Fui contratada para escrever uma série sobre você.

— Não — ele disse.

— Você não pode dizer não. Não está no controle.

— E você acha que está?

— Vou escrever os artigos, Hades, e a única maneira de me parar é me deixar sair deste maldito contrato!

Hades ficou rígido, então sibilou:

— Você pensa em barganhar comigo, Deusa? — O calor que vinha dele era quase insuportável. Ele avançou, embora quase não houvesse espaço, já estando tão perto dela. Ela estendeu a mão, segurando o lençol contra o corpo com a outra. — Você se esqueceu de uma coisa importante, Lady Perséfone. Para negociar, precisa ter algo que eu queira.

— Você me perguntou se eu acreditava no que escrevia! — ela argumentou. — Você se importa!

— Chama-se blefe, meu bem.

— Desgraçado — ela sibilou.

Hades agarrou o corpo de Perséfone contra o seu, enquanto puxava o cabelo dela para trás, expondo seu pescoço. Foi selvagem e possessivo. Ela perdeu o fôlego, e o espaço entre suas coxas umedeceu. Ela o desejava.

— Deixe-me ser claro: você apostou e perdeu. Não há saída de nosso contrato, a menos que cumpra seus termos. Caso contrário, você permanece aqui. Comigo.

— Se me tornar sua prisioneira, vou passar o resto da minha vida odiando você.

— Você já me odeia.

Ela estremeceu novamente. Não gostava que ele pensasse isso e continuasse dizendo.

— Você realmente acredita nisso?

Ele não respondeu, apenas deu uma risada zombeteira e, em seguida, deu um beijo quente em sua boca antes de se afastar violentamente.

— Vou apagar a memória dele de sua pele.

Ficou surpresa com sua ferocidade, mas emocionada. Hades rasgou o lençol de seda, deixando-a nua diante dele, e quando a tirou do chão, ela ergueu as pernas em volta de sua cintura sem pensar duas vezes. Ele agarrou sua bunda com força, e sua boca se chocou contra a dela. A fricção das roupas dele contra sua pele nua a levou ao limite, e o calor líquido se acumulou em seu âmago. Perséfone passou as mãos pelo cabelo de Hades, roçando seu couro cabeludo enquanto soltava os longos fios, segurando-os com força. Puxou a cabeça dele para trás e o beijou forte e profundamente. Um som gutural escapou da boca de Hades, e ele se moveu, apoiando-a na cabeceira da cama, esfregando-se com força. Seus dentes roçaram sua pele, mordendo e sugando de uma forma que a impedia de respirar, tirando suspiros do fundo de sua garganta.

Juntos, estavam irracionais, e quando ela se viu esparramada na cama sabia que daria a Hades qualquer coisa. Ele nem teria que pedir.

Mas o Deus dos Mortos estava sobre ela, respirando com dificuldade. Seu cabelo caía sobre os ombros; seus olhos estavam sombrios, raivosos, excitados — e em vez de acabar com a distância que havia criado entre eles, apenas sorriu, sarcástico.

Foi perturbador, e Perséfone sabia que não ia gostar do que viria a seguir.

— Bem, você provavelmente gostaria de dar pra mim, mas definitivamente não gosta de mim.

Então ele se foi.

Perséfone encontrou seu vestido cuidadosamente dobrado em uma das duas cadeiras em frente à lareira de Hades, com uma capa preta ao lado. Enquanto colocava o vestido e a capa, pensava em como Hades a tinha olhado quando ela acordou. Quanto tempo estivera sentado olhando-a dormir? Quanto tempo ficara cozinhando sua raiva? Quem era esse deus que tinha aparecido do nada, para resgatá-la de um assédio, afirmado que não sentia ciúme, e ainda dobrara suas roupas? Que a tinha acusado de odiá-lo, mas a beijou como se nunca tivesse saboreado algo tão doce?

Seu corpo enrubesceu quando pensou em como ele a tinha erguido e levado para a cama. Ela não conseguia lembrar o que estava pensando, mas sabia que não estava dizendo a ele para parar — e, ainda assim, ele foi embora.

Esse calor inebriante se transformou em raiva.

Ele riu e foi embora.

Porque isso é um jogo para ele, ela se lembrou. Não podia deixar sua atração estranha e elétrica por ele dominar essa realidade. Tinha um contrato a cumprir.

Perséfone deixou o quarto de Hades pela sacada para checar seu jardim. Apesar de seu ressentimento com a estufa de sua mãe, ela ainda amava flores, e o Deus do Submundo tinha conseguido criar um dos jardins mais bonitos que ela já tinha visto. Ela ficou maravilhada com as cores e os cheiros: a fragrância doce das glicínias, o perfume inebriante e sensual das gardênias e rosas, o aroma calmante da lavanda.

E era tudo magia.

Hades tivera muitas vidas para aprender seus poderes, para criar ilusões que enganavam os sentidos. Perséfone não conhecia a sensação do poder em seu sangue. Seria algo quente como a necessidade que Hades tinha acendido dentro dela? Pareceria o que ela sentiu noite passada quando corajosamente montou nele e sussurrou desafios em seu ouvido enquanto provava de sua pele?

Aquilo tinha sido poder.

Por um momento, ela o controlou.

Tinha visto a luxúria nublar seu olhar, ouvido seu grunhido de paixão, sentido sua excitação dura. Mas não foi poderosa o suficiente para mantê-lo sob seu feitiço.

Estava começando a pensar que nunca seria poderosa o suficiente.

Razão pela qual uma vida mortal se adequava tão bem a ela — e, por isso, não podia deixar Hades vencer.

Exceto que não tinha certeza de como conseguiria ganhar, já que seu jardim ainda parecia um terreno baldio após um incêndio. Quando ela chegou ao fim do caminho, os jardins exuberantes deram lugar a uma área nua onde o solo era mais parecido com areia e escuro como cinza. Fazia algumas semanas que tinha plantado as sementes. Elas deveriam estar brotando agora. Mesmo sem magia, os jardins mortais pelo menos produziam alguma vida. Se fosse o jardim de sua mãe, as flores já estariam totalmente desenvolvidas. Perséfone nutria uma esperança secreta de que, por meio desse processo, ela descobriria algum poder adormecido que não envolvesse roubar vida, mas, diante desse pedaço de terra estéril, percebeu quão ridícula era essa esperança.

Não podia apenas esperar que o poder se manifestasse ou que as sementes mortais brotassem no solo impossível do Submundo. Tinha que fazer algo mais.

Endireitou-se e foi em busca de Hécate.

Perséfone encontrou a deusa em um bosque perto de sua casa. Hécate usava vestes roxas hoje, e seu cabelo comprido estava trançado e caía por sobre o ombro. Ela estava sentada de pernas cruzadas na grama macia, acariciando um animalzinho peludo. Perséfone deu um gritinho quando viu a cena.

— Que animal é esse? — ela perguntou.

Hécate sorriu suavemente e coçou atrás da pequena orelha da criaturinha.

— Esta é Gale. Ela é uma doninha.

— Não é um furão?

— Doninha. — Hécate riu baixinho. — Ela já foi uma bruxa humana, mas era uma tonta, então eu a transformei em doninha.

Perséfone olhou para a deusa, mas Hécate não pareceu notar seu silêncio atordoado.

— Eu gosto mais dela assim — Hécate acrescentou e então olhou para Perséfone. — Mas chega de falar de Gale. Em que posso ajudá-la, meu bem?

Essa pergunta foi tudo o que precisava para Perséfone explodir em falatório, entrando em uma tangente fervilhante sobre Hades, o contrato e sua aposta impossível, mas evitando detalhes sobre o desastre desta manhã. Até admitiu seu maior segredo: que não podia dar vida a uma única coisa sequer. Quando ela terminou, Hécate franziu os lábios, parecendo pensativa, mas não surpresa.

— Se você não pode dar vida, o que pode fazer? — ela perguntou.

— Destruir.

As lindas sobrancelhas de Hécate franziram sobre seus olhos escuros.

— Você nunca deu vida a nada?

Perséfone negou com a cabeça.

— Me mostra.

— Hécate... eu não acho...

— Gostaria de ver.

Perséfone suspirou e virou as mãos, olhando para as palmas por um longo momento antes de se curvar e pressioná-las contra a grama. Onde antes era verde a grama havia amarelado e murchado sob seu toque. Quando ela olhou para Hécate, a deusa estava olhando para suas mãos.

— Acho que é por isso que Hades me desafiou a criar vida: porque ele sabia que era impossível.

Hécate não parecia tão certa.

— Hades não desafia as pessoas com o impossível. Ele os desafia a abraçar seu potencial.

— E qual é o meu potencial?

— Ser a Deusa da Primavera. — A doninha pulou do colo de Hécate quando ela se levantou limpando a saia. Perséfone esperava que a deusa continuasse fazendo perguntas sobre sua magia, mas, em vez disso, ela disse: — Plantar um jardim não é a única maneira de criar vida.

Perséfone a encarou.

— De que outra forma eu deveria criar vida?

Poderia dizer, pelo olhar divertido da deusa, que não ia gostar do que ouviria.

— Você poderia ter um bebê.

— O quê?

— Claro, para cumprir o contrato, Hades teria que ser o pai — ela continuou como se não tivesse ouvido Perséfone. — Ele ficaria furioso se fosse qualquer outra pessoa.

Decidiu que ignoraria esse comentário.

— Eu não vou ter um filho de Hades, Hécate.

— Você pediu uma sugestão. Eu estava apenas tentando ser uma boa amiga.

— E você é, mas eu não estou pronta para ter filhos, e Hades não é o deus que eu gostaria de ter como o pai dos meus filhos, de qualquer maneira. — Embora ela se sentisse um pouco culpada por dizer essa última parte em voz alta. — O que eu vou fazer? Argh, isso é impossível!

— Não é tão impossível quanto parece, meu bem. Afinal, você está no Submundo.

— Você percebe que o Submundo é o reino dos mortos, não é, Hécate?

— É também um lugar para novos começos — disse ela. — Às vezes, a vida que uma alma leva aqui é a melhor que já teve. Tenho certeza de que você, de todos os deuses, é a que mais entende isso.

A ficha caiu pesada nos ombros de Perséfone. Ela tinha entendido.

— Viver aqui não é diferente de morar lá em cima — acrescentou Hécate. — Você desafiou Hades a ajudar mortais a ter uma existência melhor. Ele meramente encarregou você do mesmo aqui no Submundo.

15

OFERTA

Outra semana agitada se passou, cheia de leitura e escrita de artigos acadêmicos e provas. Perséfone tinha pensado que depois de um tempo o hype sobre seu artigo diminuiria, mas não diminuiu. Ela ainda era parada em seu caminho para a Acrópole e para a universidade; estranhos perguntavam quando o próximo artigo sobre Hades sairia e sobre o que ela planejava escrever.

Estava um pouco cansada das perguntas e ainda mais cansada de repetir "o artigo sairá em algumas semanas, e você terá que comprar o jornal". Começou a colocar seus fones de ouvido em suas caminhadas apenas para poder alegar que não conseguia ouvir quando chamavam seu nome.

— Perséfone?

Pena que ela não podia fazer isso no trabalho nesse momento.

Demetri colocou a cabeça para fora de seu escritório. De alguma forma, ele parecia mais jovem e mais velho ao mesmo tempo, em sua camisa jeans e gravata-borboleta de bolinhas; talvez porque o azul realçasse o grisalho em seu cabelo, e a gravata-borboleta desse um toque divertido.

— Pois não? — ela perguntou.

— Tem um minuto?

— Claro! — Ela salvou o que estava fazendo e fechou seu notebook, seguindo Demetri até seu escritório e sentando.

Seu chefe se encostou à mesa.

— Como vai esse artigo?

— Bem. Está indo bem.

Se ele queria um sumário do que ela planejava escrever, ela ainda não tinha. Pensara em escrever sobre a mãe que veio até Hades para pedir pela vida da filha, mas, embora não entendesse por que o deus desejava manter isso em segredo, queria honrar o pedido que ele fez à mulher.

Desde a manhã seguinte a de La Rose, quando Hades a tinha confundido com sua paixão e raiva, ela apenas se concentrou em evitá-lo. Sabia que não era o melhor, especialmente se ela fosse enviar este artigo em algumas semanas, mas ainda tinha o fim de semana, e, com o histórico dela e de Hades, ele faria algo para irritá-la, o que significava material de escrita ideal.

— *Deus do Jogo* foi nossa história mais popular até hoje. Milhões de visualizações, milhares de comentários e jornais vendidos.

— Você estava certo — ela disse. — As pessoas estão curiosas sobre Hades.

— É por isso que chamei você — disse ele.

Perséfone se empertigou, seus pensamentos disparando em todas as direções. Esperava que Demetri quisesse mais dela. Até agora, ele havia permitido que ela tivesse controle criativo nos seus artigos sobre Hades, e ela não queria perder isso.

— Tenho uma tarefa para você.

— Uma tarefa? — ela repetiu.

— Estava guardando isto. — Ele pegou um envelope em sua mesa e entregou a ela. — Não tinha decidido a quem enviar, mas não tive dúvidas depois do sucesso de seu artigo.

— O que é isso? — Ela estava nervosa demais para abrir o envelope, mas seu chefe apenas sorriu.

— Por que você não abre?

Perséfone o fez e encontrou dois ingressos para o Baile Olímpico do próximo sábado, no Museu de Arte Antiga. Os convites eram lindos — pretos com letras douradas — e pareciam tão caros quanto o próprio baile de gala.

Os olhos de Perséfone se arregalaram. O Baile Olímpico era o maior evento do ano. Era um grande desfile de moda, com jantar, show e evento de caridade. A cada ano, um tema era escolhido, inspirado por um deus ou deusa, e esse deus ou deusa tinha que escolher o projeto de caridade que seria financiado com o dinheiro arrecadado no baile. Os ingressos eram muito cobiçados e custavam centenas de dólares.

— Mas por que eu? — ela perguntou. — Você quem deveria ir. Você é o editor-chefe.

— Eu tenho outro compromisso nesse dia.

— Maior do que o Baile Olímpico?

Demetri sorriu.

— Já fui ao Baile de Gala muitas vezes, Perséfone.

— Não entendo. Hades nem vai ao baile. — Tinha assistido à cobertura ao vivo do evento com Lexa e nunca o vira entrar com os outros deuses, e ninguém jamais tinha tirado uma foto dele.

— Lorde Hades não se deixa fotografar, mas sempre comparece.

— Eu não posso ir — disse ela após um longo silêncio.

Seu chefe olhou em seus olhos.

— Do que você tem medo, Perséfone?

— Eu não tenho medo. — Embora ela meio que tivesse.

Da última vez que se encontraram, a mãe havia ameaçado mandar Perséfone de volta para a estufa se ela fosse à Nevernight ou visse Hades novamente. Não importava onde. Além disso, ela nem deveria estar perto de deuses, e não conseguiria esconder da mãe que estaria lá — Deméter estaria também.

Mas era muito complicado dizer isso a Demetri.

— Considere isso uma oportunidade para pesquisa e observação — disse ele. — Sempre escrevemos sobre o Baile Olímpico, você apenas colocará os holofotes em Hades.

— Você não entende — ela começou.

— Pegue os ingressos, Perséfone. Pense bem, mas não demore muito. Você não tem muito tempo para decidir.

Ela não se sentia confortável em aceitar os ingressos porque tinha certeza de que não ia ao baile. Ainda assim, Demetri a mandou de volta para sua mesa com eles, e ela se sentou, atordoada, olhando para o envelope. Depois de um momento, ela puxou os ingressos e leu:

Junte-se a nós para uma noite no Submundo.

Ela não tinha ideia de que o tema deste ano era o Submundo. Sua curiosidade aumentou. Como os organizadores desse evento interpretariam o reino de Hades? Apostava que eles nunca imaginariam que havia tanta vida lá embaixo. Também se perguntou que instituição de caridade Hades escolheria para sua doação.

Deuses, ela realmente queria ir.

Mas havia tantos contras... sua mãe, por exemplo. Também faltavam poucos dias, e ela não tinha um vestido de gala sobrando em casa.

Seu olhar caiu nos ingressos novamente, onde o código de vestimenta estava impresso mais abaixo na página e indicava que era um baile de máscaras.

Não era provável que ela pudesse se esconder de sua mãe com uma máscara, mas agora estava se perguntando se Hécate teria algum feitiço na manga que a pudesse ajudar. Fez uma nota mental para perguntar a ela quando visitasse o Submundo esta noite.

O telefone de sua mesa tocou, e ela atendeu.

— Perséfone falando.

— A assistente de Hades está aqui para vê-la. — Valerie disse.

Perséfone levou um momento para responder.

— Minta? — O que Minta poderia ter a dizer a ela?

— Adônis a está levando aí — Valerie acrescentou.

Perséfone ergueu os olhos e viu a ninfa vindo do outro lado da sala em sua direção. Estava vestida de preto, e seu cabelo e olhos verdes brilhavam como fogo. Adônis caminhava ao lado dela como se a estivesse escoltando, a expressão totalmente apaixonada, e de repente a aversão de Perséfone por ele aumentou.

— Ei, Perséfone — Adônis disse, alheio à sua frustração. — Você se lembra da Minta?

— Como eu poderia esquecer? — Perséfone respondeu com naturalidade.

A ninfa sorriu.

— Vim falar com você do artigo que publicou sobre meu empregador.

— Infelizmente não tenho tempo para conversar com você hoje. Talvez outra hora.

— Então infelizmente vou ter que exigir uma audiência.

— Se você tiver reclamações sobre o artigo, deve falar com meu supervisor.

— Eu prefiro expressar minhas preocupações para você. — Os olhos de Minta brilharam, e Perséfone sabia que seria necessária uma força da natureza, provavelmente Hades, para tirá-la do recinto.

Elas se encararam por um longo momento, e Adônis pigarreou.

— Bem, vou deixar vocês duas resolverem isso.

Nenhuma das mulheres prestou atenção a Adônis enquanto ele se afastava, deixando-as sozinhas. Depois de um momento, Perséfone perguntou:

— Hades sabe que você está aqui?

— É meu trabalho aconselhar Hades sobre questões que possam prejudicar sua reputação e, quando ele não der ouvidos à razão, agir.

— Hades não se preocupa com sua reputação.

— Mas eu sim. E você a está ameaçando.

— Com meu artigo?

— Com sua existência — ela disse.

Perséfone olhou nos olhos de Minta.

— A reputação de Hades precede seu conhecimento da minha existência. Você não acha que é um pouco absurdo me culpar?

— Não estou falando sobre os contratos com mortais. Estou falando sobre o contrato dele com você. — Minta falou mais alto e, embora Perséfone soubesse o que ela estava fazendo, a tática funcionou; queria calá-la.

— Agora, se você gentilmente me der o tempo que eu solicitei.

— Por aqui — Perséfone disse com os dentes cerrados.

Ela conduziu a ninfa para uma sala de entrevistas, fechando a porta com mais força do que o necessário. Ela se virou para Minta e esperou, cruzando os braços. Nenhuma das duas se sentou, uma indicação de que a conversa não duraria muito.

— Você parece pensar que sabe tudo sobre Hades — disse Minta, com os olhos estreitos.

Perséfone se empertigou.

— E você discorda?

Ela sorriu.

— Bem, eu o conheço há séculos.

— Acho que não preciso conhecê-lo há séculos para entender que ele não tem noção da condição humana e também não sabe como ajudar o mundo.

Embora tenha sido mais do que generoso com aquela mãe. Perséfone estava começando a entender que havia regras que impediam até mesmo Hades, um deus poderoso e antigo, de fazer o que quisesse.

— Hades não se ajoelhará para atender a todos os seus caprichos — disse Minta.

— Não espero que ele se ajoelhe — disse Perséfone. — Mas seria um toque a mais se ele o fizesse.

Minta deu um passo à frente e cuspiu:

— Garota arrogante!

Perséfone enrijeceu e baixou os braços.

— Não sou uma garota.

— Sabe o que mais? Eu não sei o que um deus tão poderoso vê em você. Você é mimada e não tem magia, mas ele continua te deixando entrar em nosso reino...

— Acredite, ninfa. Não é uma escolha minha.

— Não? Não é uma escolha sua cada vez que o deixa colocar as mãos em você? Toda vez que ele te beija? Eu conheço Lorde Hades, e se você pedisse a ele para parar, ele pararia, mas você não pede. Nunca pediu.

Perséfone ruborizou intensamente, mas conseguiu dizer:

— Não quero discutir isso com você.

— Não? Então vou direto ao ponto. Você está cometendo um engano. Hades não está interessado em amor, nem foi feito para isso. Continue trilhando esse caminho e você se machucará.

— Você está me ameaçando?

— Não. É o que normalmente acontece com quem se apaixona por um deus.

— Eu não estou apaixonada por Hades — Perséfone argumentou.

A ninfa deu um sorriso cruel.

— Negação — disse ela. — É a primeira fase do amor relutante. Não cometa esse erro, Perséfone.

Ela odiava ouvir seu nome da boca da ninfa e não conseguiu reprimir um arrepio. Engolindo em seco, Perséfone sentiu sua ilusão falhar.

— É por isso que você veio ao meu trabalho? Para me avisar sobre Hades?

— Sim — ela disse. — E agora eu tenho uma oferta para fazer.

— Eu não quero nada de você. — A voz de Perséfone tremeu.

— Se você realmente deseja se livrar de seu contrato, aceitará minha oferta.

Perséfone a encarou, ainda desconfiando, mas não podia negar que queria ouvir o que a ninfa tinha a dizer.

Minta deu uma risadinha.

— Hades pediu a você para criar vida no Submundo. Há uma fonte nas montanhas onde encontrará o Poço da Reencarnação. Isso dará vida a qualquer coisa, até mesmo ao seu jardim desolado.

Perséfone nunca tinha ouvido falar de tal lugar em nenhuma de suas leituras do Submundo, embora isso não fosse dizer muito. Esses livros também descreviam o Submundo como morto e desolado.

— E por que eu deveria confiar em você?

— Não se trata de confiança. Você quer se livrar de seu contrato com Hades, e eu quero que Hades se livre de você.

Perséfone olhou para Minta por um momento. Não tinha certeza do que a tinha compelido a fazer a pergunta, mas percebeu as palavras saindo de sua boca.

— Você o ama?

— Você acha que isso tem a ver com amor? — Minta disse — Que fofo. Estou protegendo meu empregador. Hades adora um bom negócio, e você, minha jovem deusa, é a pior aposta que ele já fez.

Então Minta se foi.

16

UM TOQUE DE ESCURIDÃO

Você é a pior aposta que ele já fez.

As palavras de Minta não saíam da cabeça de Perséfone. De vez em quando, elas provocavam um sentimento tão forte que ela sentia uma nova onda de raiva enquanto fazia sua caminhada para a Nevernight.

Apesar de perceber que seu projeto poderia não cumprir o contrato entre ela e Hades, sentiu que ignorá-lo completamente seria desistir; então foi regar seu jardim e depois procurar seus novos amigos em Asfódelo.

Perséfone fazia questão de passar em Asfódelo toda vez que ela visitava o Submundo. Lá, no vale verde, ela viu que os mortos viviam: eles plantavam pomares e colhiam frutas. Faziam geleias, manteiga e pão. Costuravam, tricotavam e teciam, fazendo roupas, lenços e tapetes. Era a razão pela qual tinham um mercado a céu aberto extenso que serpenteava pelas ruas entre as estranhas casas de vidro vulcânico.

Mais do que o normal, os mortos estavam hoje em bandos, e o mercado fervilhava com uma energia que ela ainda não experimentara no Submundo: empolgação. Algumas das almas tinham pendurado lanternas entre suas casas, decorando as ruas que compartilhavam. Perséfone as observou por um bom tempo até que ouviu uma voz familiar.

— Boa noite, milady!

Ela se virou e viu Yuri, uma jovem bonita, com cachos largos, se aproximando na estrada. Usava uma túnica rosa e carregava uma grande cesta de romãs.

— Yuri — Perséfone sorriu e abraçou a garota.

As duas tinham se conhecido quando Yuri oferecera a ela uma de suas combinações de chá exclusivas. Perséfone gostara tanto que tinha tentado comprar uma lata, mas Yuri recusou o dinheiro e a ofereceu de graça.

— *O que eu faria com dinheiro no Submundo?* — *tinha perguntado.*

Na próxima vez que Perséfone a visitou, trouxe uma presilha com pedrarias para que ela pudesse prender o cabelo volumoso para trás. A garota ficou tão grata que abraçou Perséfone e rapidamente recuou, se desculpando por ter sido tão ousada. Perséfone apenas riu e disse:

— *Eu gosto de abraços.*

As duas eram amigas desde então.

— Está acontecendo algum evento hoje? — Perséfone perguntou.

Yuri sorriu.

— Estamos celebrando Lorde Hades.

— Por quê? — Ela não queria parecer tão surpresa, mas não estava se sentindo generosa com o Deus dos Mortos atualmente. — É o aniversário dele?

Yuri riu dessa pergunta, e Perséfone percebeu quão absurda ela era — Hades provavelmente não comemorava aniversário, ou mesmo se lembrava de quando nasceu.

— Porque ele é o nosso rei, e desejamos honrá-lo. — Havia vários festivais celebrando deuses acima do solo, mas nenhum deles celebrava o Deus do Submundo. — Temos esperança de que em breve ele terá uma rainha.

Perséfone empalideceu. Seu primeiro pensamento foi, quem? Por quê? O que tinha dado a eles a impressão de que poderiam ter uma rainha?

— Uma o quê?

Yuri sorriu.

— Ah, vai, Perséfone! Você não é tão cega.

— Acho que sou.

— Lorde Hades nunca deu a um deus tanta liberdade sobre seu reino.

Ah, Yuri estava se referindo a ela.

— E quanto a Hécate? Hermes? — ela argumentou. Cada um deles tinha acesso ao Submundo, e iam e vinham quando bem entendiam.

— Hécate é uma criatura deste mundo, e Hermes é apenas um mensageiro. Você... você é algo mais.

Perséfone balançou a cabeça.

— Eu não sou mais que um jogo, Yuri.

Ela poderia dizer pela inclinação de sua cabeça que a alma estava confusa com sua declaração, mas Perséfone não ia discutir. As almas do Submundo podiam ver o tratamento de Hades como especial, mas ela sabia o que era.

Yuri enfiou a mão em sua cesta e ofereceu a Perséfone uma romã.

— Mesmo assim, você não vai ficar? Esta celebração é tanto para você quanto para Hades.

O choque com as palavras de Yuri foi profundo.

— Mas eu não sou... vocês não podem me venerar.

— Por que não? Você é uma deusa, se importa conosco e se preocupa com nosso rei.

— Eu? — ela queria argumentar que não se importava com Lorde Hades, mas as palavras não saíram.

Antes que ela pudesse pensar em uma boa resposta, sua atenção foi atraída por um coro de vozes.

— Lady Perséfone! Lady Perséfone!

Algo pequeno mas poderoso bateu em suas pernas, e ela quase caiu por cima de Yuri e sua cesta.

— Isaac! Peça desculpas à sua... — Yuri fez uma pausa, e ela teve a sensação de que as almas em Asfódelo já haviam começado a chamá-la por um título que não possuía. — Peça desculpas a Lady Perséfone.

Isaac, abraçado às pernas de Perséfone, se afastou. Ele tinha sido seguido por um exército de crianças de várias idades, todas as quais Perséfone havia conhecido antes e com quem brincava. Junto deles estavam os cães de Hades, Cérbero, Tifão e Ortros. Cérbero levava na boca sua grande bola vermelha.

— Perdão, Lady Perséfone. Você quer brincar com a gente? — Isaac implorou.

— Lady Perséfone não está vestida para brincar, Isaac — Yuri disse, e o menino franziu a testa. Era verdade que Perséfone não estava preparada para brincar na campina. Ela ainda usava seu traje de trabalho, um vestido branco justo.

— Está tudo bem, Yuri — disse ela e estendeu a mão para erguer Isaac em seus braços. Ele era o mais novo do grupo, ela achava que tinha cerca de quatro anos. Doía pensar no motivo pelo qual essa criança estava ali em Asfódelo. O que havia acontecido com ele no Mundo Superior? Fazia quanto tempo que estava ali? Alguma dessas almas era de sua família?

Ela tentou evitar esses pensamentos tão rapidamente quanto eles tinham aparecido. Poderia passar horas pensando sobre todas as razões pelas quais qualquer uma dessas pessoas estava ali, e isso não adiantaria nada. Os mortos eram os mortos, e ela estava aprendendo que a existência ali não era tão ruim.

— Claro que vou brincar — disse ela.

Um coro de gritos irrompeu enquanto ela caminhava com as crianças para uma parte limpa da campina, fora do caminho das almas que se preparavam para a celebração de Hades.

Perséfone brincou de jogar a bola para os cachorros, pega-pega e um milhão de outros jogos que as crianças inventaram. Tinha passado mais tempo deslizando na grama molhada para evitar ser pega do que em pé. No momento em que ela saiu do campo, estava coberta de lama, mas feliz e exausta.

Já havia escurecido no Submundo, e havia músicos na via pública, tocando notas doces. Almas enchiam as ruas para conversar e rir, e o cheiro de carne cozinhando e doces assando deixava o ar espesso. Não demorou muito para que Perséfone encontrasse Hécate no meio da multidão, e a deusa sorriu com sua aparência.

— Meu bem, você está uma bagunça.

A Deusa da Primavera sorriu.

— Foi um intenso jogo de pega-pega.

— Espero que você tenha vencido.

— Fui um fracasso total — disse ela. — As crianças são muito mais hábeis.

As duas riram, e outra alma se aproximou delas — Ian, um ferreiro que sempre mantinha sua forja quente, transformando o metal em belas lâminas e escudos. Ela tinha perguntado a ele uma vez porque ele parecia estar se preparando para a batalha, e o homem respondeu:

— *Hábito.*

Perséfone não pensou muito nisso, assim como tentou não pensar muito em Isaac.

— Milady — disse Ian. — Asfódelo tem um presente para você.

Perséfone esperou, curiosa, enquanto a alma se ajoelhava e revelava uma bela coroa de ouro escondida nas costas. Não era uma simples coroa; era uma série de flores cuidadosamente elaboradas em forma de círculo. Entre as flores, ela reconheceu rosas, lírios e narcisos. Minúsculas pedras preciosas de várias cores cintilavam no centro de cada flor.

— Você usaria nossa coroa, Lady Perséfone?

A alma não estava olhando para ela, que se perguntou se era porque temia sua rejeição. Perséfone levantou o olhar, arregalando os olhos quando percebeu que todo o lugar tinha ficado em silêncio. As almas esperavam com expectativa.

Ela se lembrou dos comentários de Yuri antes. Essas pessoas tinham passado a considerá-la uma rainha, e aceitar essa coroa apenas encorajaria isso; mas não aceitar iria magoá-los.

Mesmo não achando prudente, ela colocou a mão no ombro de Ian e se ajoelhou diante dele. Então olhou em seus olhos e respondeu:

— Terei prazer em usar sua coroa, Ian.

Permitiu que a alma colocasse a coroa em sua cabeça, e todos começaram a gritar, alegres. Sorrindo, Ian ofereceu sua mão, levando-a para uma dança no centro da calçada de terra, sob as luzes penduradas no alto. Perséfone se sentiu ridícula de vestido sujo e coroa de ouro, mas os mortos não pareciam notar ou se importar. Dançou até mal conseguir respirar e seus pés doerem. Quando foi em direção a Hécate para descansar, a Deusa da Bruxaria disse:

— Acho que descansar um pouco te faria bem. E um banho.

Perséfone riu.

— Eu acho que você está certa.

— Eles vão comemorar até de manhã — acrescentou ela. — Mas você fez a noite deles. Hades nunca vem para comemorar com eles.

Perséfone entristeceu.

— Por que não?

Hécate encolheu os ombros.

— Não posso falar por ele, mas é uma pergunta que você pode fazer.

As duas voltaram ao palácio. No caminho para a casa de banhos, Perséfone explicou que havia recebido duas entradas para o Baile Olímpico e perguntou se Hécate tinha algum feitiço que pudesse ajudá-la a passar despercebida por sua mãe. A deusa considerou sua pergunta e disse:

— Você tem máscara?

Perséfone franziu a testa.

— Eu planejava comprar amanhã.

— Deixe comigo.

A casa de banhos ficava na parte de trás da fortaleza, e sua entrada era em forma de arco. Quando Perséfone entrou, foi saudada pelo cheiro de linho fresco e lavanda, uma névoa quente cobriu sua pele e afundou em seus ossos. Ela enrubesceu com o calor, e isso foi bem-vindo depois de sua noite na campina lamacenta.

Hécate a conduziu por uma série de degraus, passando por várias piscinas menores e chuveiros.

— Esta é uma casa de banho pública? — perguntou.

Na antiguidade, casas de banho públicas eram muito comuns, mas perderam a popularidade nos tempos modernos. Ela se perguntou quantos no palácio usavam esta casa — entre eles, Minta e Hades.

Hécate riu.

— Sim, mas Lorde Hades tem sua própria piscina privada. Que é onde você vai se banhar.

Perséfone não protestou. Não gostaria de tomar banho em público. Hécate fez uma pausa para reunir suprimentos para Perséfone: sabonete, toalhas e um peplo cor de lavanda. Perséfone não usava a vestimenta antiga havia quase quatro anos — desde quando deixara Olímpia e a estufa e viera para Nova Atenas. Usar agora parecia estranho depois de quatro anos com roupas mortais.

Desceram um conjunto final de degraus e chegaram à piscina de Hades. Era grande, oval e cercada por colunas. Acima, o teto estava exposto ao céu.

— Chame se precisar de alguma coisa — disse Hécate, deixando Perséfone para que se despisse com privacidade. — Quando terminar, junte-se a nós na sala de jantar.

Nua, Perséfone deu um passo hesitante em direção à água, mergulhando o pé para testar a temperatura. Estava quente, mas não escaldante. Ela entrou na piscina e gemeu de prazer. O vapor subiu ao redor dela e a fez suar — a água estava limpando-a, e ela sentiu como se estivesse levando o desgaste do dia embora. Felizmente, a celebração em Asfódelo tinha aliviado muito o estresse da visita de Minta, mas agora que ela estava de volta ao reino de Hades, e imaginando onde ele e a assistente poderiam se banhar, todos esses pensamentos voltaram à tona.

Como ela estaria ameaçando a reputação de Hades? O Deus dos Mortos já causara danos suficientes por conta própria. Apesar do fato de Perséfone querer um jeito de sair de seu contrato, ela não sabia se confiava em Minta o suficiente para aceitar sua sugestão.

Perséfone esfregou a pele e o couro cabeludo até ficar rosada. Ela não tinha certeza de quanto tempo ficou de molho na água depois disso, porque se perdeu nos detalhes do banho, notando uma linha de ladrilhos brancos com narcisos vermelhos por cima da linha da água ao redor da piscina. As colunas que ela pensava serem brancas eram na verdade de ouro escovado. O céu ficou mais profundo e pequenas estrelas brilharam.

Ela ficou maravilhada com a magia de Hades — como ele misturava aromas e texturas. Era um mestre com seu pincel, alisando e pontilhando, criando um reino que rivalizava com a beleza dos destinos mais procurados no Mundo Superior.

Estava tão perdida em pensamentos que quase não ouviu o som de botas pisando nos degraus da piscina, até que Hades apareceu na borda e seus olhos se encontraram. Ela estava feliz que a água já havia esquentado sua pele, e o deus não perceberia quão quente ela havia ficado com a presença dele.

Hades não disse nada por um momento, apenas a encarou em seu banho. Então seus olhos se voltaram para as roupas que ela havia tirado, aos pés dele. Entre as roupas, a coroa de ouro.

Hades se curvou e a pegou.

— É linda.

Ela pigarreou.

— É sim. Ian fez para mim. — Ela não se incomodou em perguntar se ele conhecia Ian. Hades tinha dito a ela que conhecia todas as almas no Submundo.

— Ele é um artesão talentoso. Foi o que o levou à morte.

Perséfone franziu a testa.

— Como assim?

— Ele foi favorecido por Ártemis, e ela o abençoou com a habilidade de criar armas que garantiam que seu portador não pudesse ser derrotado em batalha. Ele foi morto por isso.

Perséfone engoliu em seco — era apenas outra maneira que o favor de um deus poderia resultar em dor e sofrimento.

Hades passou mais um momento inspecionando a coroa antes de colocá-la novamente no chão. Quando ele se levantou, Perséfone ainda estava olhando para ele e não havia se movido um centímetro.

— Por que você não foi? Para a celebração em Asfódelo. Era para você.

— E você — ele disse.

Perséfone levou um momento para descobrir o que ele queria dizer.

— Eles celebraram você — disse ele. — Como deveriam.

— Não sou a rainha deles.

— E eu não sou digno dessa celebração.

Ela o encarou. Como esse deus confiante e poderoso poderia se sentir indigno da celebração de seu povo?

— Você não acha que é o suficiente eles te acharem digno de comemoração?

Ele não respondeu. Em vez disso, seus olhos ficaram mais escuros e uma sensação estranha permeou o ar — pesada, quente e picante. Isso fez o peito dela se apertar, restringindo sua respiração.

— Posso me juntar a você? — sua voz era grave e abafada.

O cérebro de Perséfone entrou em curto-circuito.

Ele quis dizer na piscina. Nus. Onde apenas a água forneceria cobertura.

Ela se pegou assentindo com a cabeça e se perguntou brevemente se havia enlouquecido por ter ficado na água por muito tempo, mas havia uma parte sua que queimava tanto por este deus que ela faria qualquer coisa para saciar essa chama, inclusive testar o fogo.

Ele não sorriu e não desviou os olhos dela enquanto tirava as roupas. Ela passou o olhar lentamente de seu rosto para seus braços e peito, seu torso, e parou na sua ereção. Ela não era a única que sentia essa atração elétrica e temia que, juntos na água, eles pudessem pegar fogo.

Ele entrou na piscina sem dizer nada. Parou a alguns centímetros dela.

— Eu acredito que devo a você um pedido de desculpas.

— Pelo quê, especificamente? — perguntou.

Havia várias coisas pelas quais ele poderia estar se desculpando em sua mente — a visita não anunciada de Minta (caso ele soubesse), a maneira como ele a tratou na manhã seguinte à La Rose, o contrato.

Hades sorriu, mas o humor não chegou ao seu olhar: não, seu olhar queimava.

O Rei do Submundo estendeu a mão e tocou o rosto de Perséfone, passando um dedo por sua face.

— Da última vez que nos vimos, fui injusto com você.

Ele a tinha provocado da maneira mais cruel e a deixado envergonhada, zangada e abandonada. Ela não queria que ele visse nada disso em sua expressão, então desviou o olhar.

— Fomos injustos um com o outro.

Quando ela conseguiu olhar para ele novamente, ele a estava estudando.

— Você gosta de sua vida no reino mortal?

— Sim. — Após a pergunta, ela se afastou, nadando para trás, mas Hades a seguiu, lento e calculado. — Eu gosto da minha vida. Tenho casa, amigos e estágio. Vou me formar em breve. — E poderia ficar se mantivesse Hades e o contrato em segredo.

— Mas você é Divina.

— Eu nunca vivi como Divina, e você sabe disso.

Novamente, ele a estudou, quieto por um momento. Então disse:

— Você não tem desejo de entender o que é ser uma deusa?

— Não — ela mentiu.

As garras daquele sonho de muito tempo antes ainda a seguravam, e quanto mais ela visitava o Submundo, mais seu coração doía. Perséfone passou a infância se sentindo inadequada, cercada pela magia da mãe. Quando veio para Nova Atenas, finalmente encontrou algo em que era boa — escola, escrita e pesquisa — porém mais uma vez se viu na mesma situação de antes; deus diferente, reino diferente.

— Acho que você está mentindo — disse ele.

— Você não me conhece. — Ela parou de se mover e o encarou, irritada por ser tão transparente para ele.

Hades estava agora cara a cara com ela, olhando para baixo, os olhos como carvão.

— Eu a conheço. — Ele arrastou os dedos sobre seu colo e foi para trás dela. — Sei como sua respiração falha quando a toco. Sei como sua pele fica vermelha quando pensa em mim. Sei que há algo por trás desta bela fachada.

Os dedos de Hades continuaram sua carícia leve como uma pena sobre a pele de Perséfone. Suas palavras não ficaram atrás, sussurrando ao longo do caminho de calor que ele deixava. Ele beijou seu ombro.

— Fúria. Paixão. Escuridão.

Ele parou por um momento e sua língua roçou no pescoço dela. Perséfone perdeu o fôlego tão subitamente que pensou que poderia sufocar.

— E quero provar tudo isso.

Hades abraçou a cintura e aninhou as costas de Perséfone em seu peito. A coluna dela se encaixou perfeitamente ao corpo dele. Ele esfregou a ereção nela, que se perguntou como seria senti-lo dentro de si.

— Hades — ela ofegou.

— Me deixa te mostrar o que é ter o poder em suas mãos — disse ele. — Me deixa tirar a escuridão de você, vou ajudar a moldá-la.

Sim, ela pensou. *Sim.*

Hades deitou a cabeça na curva do pescoço dela enquanto descia a mão por sua barriga. Quando chegou entre suas pernas, ela inspirou, arqueando o corpo.

— Hades, eu nunca...

— Deixa eu ser o seu primeiro — ele disse, implorando, e sua voz retumbou no peito dela.

Ela não conseguia falar, mas respirou fundo algumas vezes e assentiu.

Ele respondeu passando os dedos por seus cachos, em seguida, roçando o polegar contra seu clitóris. Ela inalou profundamente e então prendeu a respiração enquanto ele brincava com ela ali, acariciando e circulando.

— Respire — disse ele.

E ela o fez — tanto quanto podia pelo menos, até que ele enfiou os dedos mais embaixo.

Perséfone jogou a cabeça para trás, gritando enquanto Hades gemia, seus dentes roçando o ombro dela.

— Você está tão molhada. — A boca de Hades estava quente contra a pele dela.

Ele moveu o dedo lentamente para dentro e para fora, e Perséfone segurou seu braço, cravando as unhas em sua pele. Então sentiu a outra mão de Hades guiando a dela para baixo.

— Toque-se. Aqui — ele disse.

Ele a ajudou a circular o ponto sensível com o qual tinha brincado por tanto tempo antes de penetrar o dedo nela. O prazer se acumulou no ventre de Perséfone. Ela roçou o quadril nele, arqueando as costas. Hades beijou sua pele sem piedade e segurou seus seios, massageando seus mamilos até que estivessem duros e rijos. Ela pensou que ia explodir.

Hades se moveu mais rápido, e Perséfone se esfregou com mais força e, de repente, ele se afastou. A ausência dele era tão chocante que ela gritou.

Ela se virou para ele com raiva, e ele agarrou seus pulsos, puxando-a em sua direção, sua boca descendo sobre a dela. Seu beijo era intenso. Suas línguas colidiram, desesperadas e se procurando. Ela pensou que ele poderia estar tentando provar sua alma.

Ele se afastou, descansando a testa contra a dela.

— Você confia em mim?

— Sim. — Ela respirou e sentiu a verdade de suas palavras no fundo de sua alma.

Era um conhecimento tão primitivo e tão puro que ela pensou que fosse chorar. Nisso, ela confiava nele — nisso, ela sempre confiaria nele.

Ele a beijou novamente e a ergueu para a borda da piscina.

— Me diz que você nunca esteve nua com outro homem. Me diz que sou o único.

Ela segurou seu rosto, procurando seus olhos, e respondeu:

— Você é.

Ele a beijou antes de segurar embaixo de seus joelhos, puxando seu quadril para a frente, até que ficasse bem na beirada da borda da piscina. Ela não conseguia respirar quando ele beijou a parte interna de sua coxa, parando ao ver os hematomas em sua carne. Ela não tinha reparado neles, mas, olhando agora, sabia exatamente de onde tinham vindo: a noite na limusine quando Hades a agarrou com força. Eram sinais de sua necessidade e de sua contenção.

Ele olhou para ela.

— Fui eu?

— Está tudo bem — ela sussurrou, e passou os dedos pelos cabelos dele.

Mas Hades franziu a testa e beijou cada hematoma — oito no total. Perséfone se encolheu.

Lentamente, ele foi se aproximando da virilha. Até que sua boca chegou à fenda de Perséfone, e ela deixou escapar um grito. Se sentiu derretida como lava onde ele a lambeu, e a sensação se espalhou por todo o seu corpo. A língua dele circulou seu clitóris e abriu seus lábios úmidos, bebendo-a até que ela se desfez.

Ele se levantou e a beijou com força nos lábios. Ela desabou nele, envolvendo as pernas em sua cintura. Podia sentir o pau pressionando sua buceta e queria desesperadamente senti-lo ali dentro. Saber o que era ser preenchida e se sentir completa.

Hades se afastou do beijo, pedindo permissão, sem palavras, e ela teria concedido se não tivesse ouvido uma voz suave e feminina gritar:

— Lorde Hades?

Hades virou de lado, de modo que a mulher que se aproximou só pudesse ver suas costas. Eles estavam colados, e as pernas de Perséfone, ainda enroladas na cintura de Hades. Ela deslizou a mão pelo corpo dele e envolveu seu pau duro. Os olhos de Hades perfuraram os dela.

— Ha...

Perséfone reconheceu a voz agora: era Minta. Ela não conseguia ver a bela ninfa, mas sabia por sua voz que estava chocada por encontrá-los juntos. Minta provavelmente esperava que Perséfone tivesse acatado seu aviso e ficado longe.

— Sim, Minta? — A voz de Hades estava tensa.

Perséfone não sabia se era porque ele estava com raiva de ser interrompido, ou porque ela havia acabado de passar a mão do talo até a cabeça. Ele era grosso, duro e macio.

— Nós... sentimos sua falta no jantar — disse Minta. — Mas vejo que está ocupado.

Outro movimento.

— Muito — ele falou por entre os dentes.

— Vou avisar ao cozinheiro que você está completamente saciado.

Outro.

— Bastante — ele rangeu os dentes novamente.

O martelar suave dos saltos de Minta ecoou e desapareceu. Quando ela estava fora do alcance, Perséfone se afastou de Hades.

Não conseguia acreditar que tinha deixado isso acontecer. Estava louca — tinha sido seduzida por palavras bonitas e um deus incrivelmente atraente. Deveria ter ficado longe — não por causa do aviso de Minta, mas por causa da própria Minta.

— Aonde você vai? — ele exigiu, indo atrás dela.

— Com que frequência Minta vem até você no banho? — ela perguntou ao sair da piscina.

— Perséfone.

Ela não olhou para ele enquanto pegava uma toalha para se cobrir. Pegou o peplo e a coroa que Ian havia feito para ela.

— Olhe para mim, Perséfone.

Ela o fez.

Hades ainda não tinha saído da piscina, mas estava nos degraus, com as canelas submersas. Ele era enorme — seu corpo e sua ereção.

— Minta é minha assistente.

— Então ela pode ajudá-lo com sua necessidade — ela disse, olhando diretamente para o seu pau.

Começou a se afastar, mas Hades estendeu a mão e puxou-a.

— Eu não quero Minta — ele rosnou.

— Eu não quero você.

Hades inclinou a cabeça para o lado e seus olhos brilharam.

— Você não... me quer?

— Não — ela disse, mas era como se estivesse tentando se convencer, especialmente porque os olhos de Hades se voltaram para seus lábios.

— Você conhece todos os meus poderes, Perséfone? — perguntou, finalmente nivelando seu olhar com o dela.

Era muito difícil pensar com ele tão perto, e ela o olhou com cautela, se perguntando o que ele queria dizer.

— Alguns.

— Me conte.

Ela se lembrou da passagem que leu sobre a magia do Senhor dos Mortos.

— Ilusão.

Enquanto ela falava, ele se inclinou, beijando de leve seu pescoço.

— Sim.

— Invisibilidade?

Um toque da língua dele no colo.

— Muito valioso.

— Encanto? — Ela suspirou.

— Huhum. — O zumbido vibrou em sua pele, mais abaixo desta vez, mais perto de seu seio. — Mas não funciona com você, não é?

— Não — ela engoliu em seco.

— Você parece não ter ouvido falar de um dos meus talentos mais valiosos. — Puxou a toalha, expondo seus seios, e pegou um mamilo firme entre os dentes, sugando até que um som gutural escapasse dela. Ele se afastou e olhou em seus olhos. — Eu posso sentir o gosto de mentiras, Perséfone. E as suas são tão doces quanto a sua pele.

Ela o empurrou e ele deu um passo para trás.

— Isso foi um erro. — Nessa parte ela acreditava. Tinha vindo para cumprir os termos de seu contrato. Como acabou nua em uma piscina com o Deus dos Mortos? Perséfone agarrou suas roupas do chão e subiu os degraus.

— Você pode acreditar que foi um erro — disse ele, e ela fez uma pausa, mas não se virou para olhar para ele. — Mas você me quer. Eu estive dentro de você. Eu provei você. Essa é uma verdade da qual você nunca vai escapar.

Ela estremeceu e fugiu.

17

O BAILE OLÍMPICO

Perséfone não conseguia dormir.

A energia não gasta corria por suas veias, e ela sentia seu corpo quente sob os cobertores. Encontrou pouco alívio ao afastá-los. Sua camisola de algodão fino pesava sobre sua pele e, quando ela se moveu, o tecido roçou seus seios sensíveis. Fechou as mãos e apertou as coxas para tentar diminuir a pressão que crescia em seu sexo.

E não conseguia pensar em ninguém além de Hades — a pressão de seu corpo contra o dela, o calor de seu beijo, a sensação de sua língua saboreando mais do que a pele de seu pescoço.

Suspirou frustrada e se mexeu na cama, mas a pulsação não parou.

— Isso é ridículo — disse em voz alta e se levantou.

Andou de um lado para o outro do quarto. Deveria se concentrar em cumprir os termos do contrato com Hades, não em beijar o Rei dos Mortos.

Favor estúpido, ela pensou.

Cada vez que Hades a beijava, as coisas iam mais longe. Agora ela tinha sido levada à beira de algo que não entendia — algo que não tinha explorado e de que não conseguia se livrar.

Olhou para sua cama: o edredom amarrotado fazia parecer que ela a havia compartilhado com alguém. Fechou e abriu os punhos. Precisava fazer essa sensação passar, ou não iria dormir, e tinha muito o que fazer. Tinha que ir às compras com Lexa e se preparar para o Baile Olímpico.

Tomou uma decisão em uma fração de segundo: tirou a calcinha. O ar frio aliviou a tensão entre suas pernas — apenas um pouco. Também a deixou hiperconsciente da umidade ali. Se deitando de novo, ela abriu as pernas e desceu os dedos pela coxa até tocar a própria fenda. Estava molhada e quente, e seus dedos afundaram em uma parte que ela nunca havia tocado. Inspirou, arqueando as costas enquanto dava prazer a si mesma. Seu polegar encontrou aquele ponto sensível no ápice — e ela fez como Hades tinha feito, até que seu corpo ficou elétrico e ondas de prazer a deixaram tonta e inebriada.

Ficou de joelhos, dando tudo de si, imaginando que era a mão de Hades no lugar da dela, imaginando que podia sentir seu pau duro ali dentro. Sabia que se Minta não tivesse interrompido, ela teria deixado Hades fodê-la na piscina. Esse pensamento a estimulou. Sua respiração ficou mais difícil, e ela aumentou a velocidade da mão.

— Diz que está pensando em mim. — Sua voz veio das sombras, uma brisa fria contra uma chama brilhante.

Perséfone ficou imóvel e depois se virou, encontrando Hades ao pé da cama. Não sabia o que ele estava vestindo no escuro, mas podia ver seus olhos, e eles brilhavam como brasas na noite.

Quando ela não disse nada, ele perguntou:

— Então?

Seus pensamentos se dispersaram. Um pequeno raio de luz reluziu sobre um lado do rosto e dos lábios carnudos dele. Ela queria aqueles lábios em todos os lugares em que sentia o fogo. Ficou de joelhos e manteve seu olhar enquanto tirava a camisola completamente. Hades rosnou baixo e se apoiou na cama.

— Hades — ela suspirou. — Eu estou pensando em você.

A tensão no ar aumentou. Hades falou com um rosnado que fez a pele de Perséfone arrepiar:

— Não para por minha causa.

Perséfone recomeçou de onde tinha parado. Hades suspirou, com os dentes trincados, enquanto observava seu prazer. No início, ela manteve o contato visual, se deleitando com a sensação dos olhos dele percorrendo cada centímetro de sua pele, se deleitando com o pecado. Logo o prazer foi demais, sua cabeça caiu para trás, o cabelo se espalhando por suas costas, expondo seus seios para Hades.

— Goza para mim — ele pediu. — Goza.

E ela gozou, com um grito estrangulado. O doce clímax pulsou através de seu corpo, e ela desabou na cama. Seu corpo tremia, extravasando a excitação. Respirou fundo, inalando o cheiro de pinho e cinzas, e, enquanto recuperava seus pensamentos dispersos, a realidade de sua ousadia recaiu sobre ela como a ira de sua mãe.

Hades.

Hades esteve em seu quarto.

Se sentou assustada, correndo para pegar a camisola e cobrir a pele nua. Foi um pouco ridículo, dado o que havia acontecido entre eles. Tinha começado a dar um sermão em Hades sobre seu abuso de poder e violação de privacidade, mas logo descobriu que estava sozinha.

Esticou o pescoço e olhou ao redor do quarto.

— Hades? — sussurrou o nome dele se sentindo ridícula e nervosa ao mesmo tempo.

Vestiu a camisola e saiu da cama, verificando cada canto do quarto, mas ele não estava em lugar nenhum.

Será que seu desejo tinha sido tão forte que a fez alucinar?

Insegura, voltou para a cama com os olhos pesados e adormeceu pensando que alucinações não cheiram a pinho e cinzas.

— Você parece uma deusa — disse Lexa.

Perséfone admirou seu vestido de seda vermelha no espelho. Era simples, mas caía como uma luva nela, acentuando a curva de seus quadris, onde o tecido fazia pregas e se abrindo numa fenda expondo a perna branca. Um lindo aplique floral preto caía de seu ombro direito nas costas abertas. Lexa havia arrumado o cabelo de Perséfone, puxando-o em um rabo de cavalo alto e cacheado, e feito sua maquiagem, com os olhos esfumados e escuros. Perséfone completou com brincos simples de ouro e um bracelete de ouro para cobrir a marca de Hades. Agora mesmo ela sentia a queimadura em sua pele.

Perséfone corou.

— Obrigada.

Mas Lexa não tinha terminado. Ela acrescentou:

— A Deusa do Submundo.

Perséfone se lembrou das palavras de Yuri e da esperança da alma de que Hades em breve teria uma rainha.

— Não há Deusa do Submundo.

— O posto está vago — disse Lexa.

Perséfone não queria falar sobre Hades. Ela o veria em breve e nunca tinha se sentido tão confusa sobre alguma coisa em sua vida. Sabia que sua atração por ele só a colocaria em apuros; apesar de odiar as palavras de Minta, acreditava nelas. Hades não era o tipo de deus que quer um relacionamento, e ela já sabia que ele não acreditava no amor.

Perséfone queria amor. Desesperadamente. Já tinha sido privada de tanto. Não seria privada de amor, também.

Perséfone balançou a cabeça, mandando esses pensamentos embora.

— Como está Jaison?

Lexa conhecera Jaison na La Rose. Tinham trocado números e estavam conversando desde então. Ele era um ano mais velho do que elas e engenheiro de computação. Quando Lexa falava sobre ele, parecia que eram completamente opostos, mas de alguma forma estava funcionando.

Lexa corou.

— Eu realmente gosto dele.

Perséfone deu um sorriso largo.

— Você merece, Lex.

— Obrigada.

Lexa voltou para seu quarto para terminar de se arrumar, e Perséfone tinha acabado de começar a procurar sua bolsa quando a campainha tocou.

— Eu atendo! — ela gritou para Lexa.

Quando atendeu, não encontrou ninguém, mas havia um pacote na soleira da porta — uma caixa branca com um laço vermelho. Pegou-o e trouxe para dentro, procurando se era endereçado a alguém.

Encontrou uma etiqueta que dizia *Perséfone*.

Dentro, repousando sobre um veludo preto, havia uma máscara e um cartão que dizia: *Use com sua coroa.*

Perséfone colocou-o de lado e puxou uma bela máscara de filigranas douradas — apesar de muito detalhada, era simples e não cobria muito de seu rosto.

— Foi Hades quem mandou? — Lexa perguntou, entrando na cozinha.

O queixo de Perséfone caiu quando viu sua melhor amiga. Lexa escolhera para a noite um vestido de tafetá azul-royal sem alças; sua máscara branca, enfeitada com prata, tinha um punhado de penas saindo do lado superior direito.

— Hein? — perguntou, quando Perséfone não respondeu.

— Ah. — Ela olhou para a máscara. — Não, não é de Hades.

Perséfone levou a caixa para seu quarto. Sentiu-se um pouco boba colocando na cabeça a coroa que Ian lhe dera, mas assim que colocou a máscara, entendeu as instruções de Hécate. A combinação era impressionante, e ela realmente parecia uma rainha.

Perséfone e Lexa pegaram um táxi para o Museu de Arte Antiga. Suas entradas indicavam o horário de chegada às cinco e meia — uma hora e meia antes dos deuses. Ninguém queria fotos de mortais, a menos que estivessem acompanhando um dos Divinos.

Esperaram na parte de trás do táxi abafado, no final de uma longa fila de veículos, antes de finalmente saltarem na beira de uma grande escadaria coberta por um tapete vermelho. Perséfone estava grata pelo ar fresco, mas não por ter sido imediatamente acossada pelos flashes. Foi empurrada e começou a se sentir claustrofóbica, seu peito apertando mais uma vez.

Atendentes as escoltaram escada acima até o museu agourento, cuja fachada era moderna, feita de pilares de concreto e vidro. Uma vez lá dentro, foram conduzidas por um corredor forrado com cristais brilhantes pendurados em fios, como luzes. Era lindo e um elemento que Perséfone não esperava.

A expectativa aumentou quando se aproximaram do final do corredor e passaram por uma cortina dos mesmos cristais para uma sala ricamente decorada. Havia várias mesas redondas cobertas com toalhas pretas e repletas de porcelana fina, organizadas em torno de um salão de baile, deixando espaço no centro para a dança. As verdadeiras obras-primas decoravam o centro: estátuas de mármore que homenageavam os deuses da Grécia Antiga.

— Perséfone, olha. — Lexa deu-lhe uma cotovelada, e ela inclinou a cabeça para trás para estudar o belo lustre no centro da sala. Fios de cristais cintilantes cobriam o teto e brilhavam como as estrelas no céu do Submundo.

Encontraram sua mesa, pegaram uma taça de vinho e passaram um tempo se socializando. Perséfone admirou a habilidade de Lexa de fazer amizade com qualquer pessoa; ela começou a conversar com um casal em sua mesa e seu grupo cresceu para incluir vários outros quando um sino soou na sala. Todos trocaram olhares e Lexa arquejou:

— Perséfone, os deuses estão chegando! Vem! — Lexa pegou a mão de Perséfone, arrastando-a pela pista e até um conjunto de escadas que levava ao segundo andar.

— Aonde estamos indo? — Perséfone perguntou enquanto se dirigiam para as escadas.

— Ver os deuses chegarem! — Lexa disse, como se fosse óbvio.

— Mas... não vamos vê-los lá dentro?

— Não é essa a questão. Assisti a essa parte pela televisão por anos. Quero ver pessoalmente nesta noite.

Havia várias exposições no segundo andar, mas Lexa foi direto para um lugar no terraço externo, que dava para a entrada do museu. Quando chegaram, já havia várias pessoas aglomeradas na borda da sacada para tentar ver os Divinos entrando, mas Perséfone e Lexa conseguiram se espremer em um cantinho. Uma massa de fãs gritando e jornalistas lotou as calçadas e o outro lado da rua, e as luzes das câmeras brilharam como relâmpagos por toda parte.

— Olha! Lá vem Ares! — Lexa gritou, mas o estômago de Perséfone revirou.

Ela não gostava de Ares. Ele era um deus sedento de sangue e violência. Foi uma das vozes mais altas antes da Grande Descida, persuadindo Zeus a descer à Terra e declarar guerra aos mortais, e Zeus deu ouvidos a ele, ignorando o conselho e a sabedoria da contraparte de Ares, Atenas.

O Deus da Guerra subiu os degraus em um quíton dourado com uma capa vermelha cobrindo um ombro. Parte de seu peito estava descoberta, revelando músculos esculturais e pele dourada, e, em vez de máscara, ele usava um elmo dourado com uma pluma vermelha caindo em suas costas. Seus chifres em formato de cimitarra eram longos, ágeis e letais, e curvavam-se para trás assim como as penas, completando uma imagem majestosa, bela e assustadora.

Depois de Ares, veio Poseidon. Ele era enorme, com os ombros, o peito e os braços salientes sob o tecido do paletó verde-água. Tinha um cabelo louro bonito, que lembrava ondas agitadas, e usava uma máscara minúscula que brilhava como o interior de uma concha. Ela supôs que Poseidon não quisesse nenhum mistério acerca de sua presença.

Seguindo Poseidon veio Hermes, muito bonito em um vistoso terno dourado. Ele havia tirado a ilusão de suas asas, e as penas criavam uma capa sobre seu corpo. Foi a primeira vez que Perséfone viu o Deus da Trapaça sem sua ilusão. Na cabeça, ele usava uma coroa de folhas douradas. Perséfone percebeu que ele gostava de andar no tapete vermelho, se alegrando com a atenção, sorrindo amplamente e posando. Ela pensou em chamá-lo, mas não precisou: ele a encontrou rapidamente, piscando para ela antes de desaparecer de vista.

Apolo chegou em uma carruagem dourada puxada por cavalos brancos, reconhecível imediatamente por seus cachos escuros e olhos violeta. Sua pele era de um marrom polido, e fazia seu quíton branco brilhar como uma chama. Em vez de exibir seus chifres, ele usava uma coroa de ouro que lembrava os raios do sol. E ele estava acompanhado por uma mulher que Perséfone reconheceu.

— Sibila! — ela e Lexa chamaram alegremente, mas a bela loura não conseguia ouvi-las por causa dos gritos da multidão.

Jornalistas gritavam para Sibila, perguntando seu nome, exigindo saber quem ela era, de onde era e há quanto tempo estava com Apolo.

Perséfone admirou a maneira como Sibila lidou com tudo isso. Ela parecia gostar da atenção, sorrindo e acenando, e realmente respondeu às perguntas. Seu lindo vestido vermelho brilhava enquanto ela caminhava ao lado de Apolo no museu.

Perséfone reconheceu o veículo de Deméter — uma limusine longa e branca. Sua mãe tinha optado por um visual mais moderno, escolhendo um vestido de baile lavanda coberto com pétalas cor-de-rosa. Literalmente parecia que um jardim estava brotando de suas saias. Esta noite, seu cabelo estava para cima, seus chifres em exibição e sua expressão sombria.

Lexa se inclinou e sussurrou para Perséfone:

— Algo deve estar errado. Deméter sempre arrasa no tapete vermelho.

Lexa estava certa. Sua mãe costumava dar um show de elegância e extravagância, sorrindo e acenando para a multidão. Hoje à noite, ela franziu a testa, mal olhando para os jornalistas quando eles a chamaram. Tudo o que Perséfone conseguia pensar era que fosse lá o que sua mãe estivesse passando era tudo culpa dela.

Perséfone balançou a cabeça.

Pare, disse a si mesma. *Não deixe Deméter estragar sua diversão. Não hoje.*

A multidão ficou mais barulhenta quando a próxima limusine chegou, e Afrodite saiu usando um vestido de noite surpreendentemente elegante, o corpete decorado com flores brancas e rosa, o entresseio transparente com flores em um drapeado de tule. Ela usava um adorno de cabeça de peônias rosa com pérolas, e, atrás dele, seus graciosos chifres de gazela brotavam de sua cabeça. Ela era deslumbrante, mas o problema de Afrodite — de todas as deusas, na verdade — era que elas eram guerreiras também. E a Deusa do Amor, por algum motivo, era particularmente cruel.

Ela esperou do lado de fora de sua limusine, e Perséfone e Lexa gemeram quando viram ninguém menos que Adônis surgir do banco de trás. Lexa se inclinou e sussurrou:

— Há rumores de que Hefesto não a queria.

Perséfone riu, sarcástica.

— Você não pode acreditar em tudo que ouve, Lexa.

Hefesto não era um olimpiano, mas era o Deus do Fogo. Perséfone não sabia muito sobre ele, exceto que era quieto e um inventor brilhante. Circulavam muitos rumores sobre o casamento deles, e nenhum era bom — algo sobre Hefesto ter sido forçado a se casar com Afrodite.

Os últimos a chegar foram Zeus e Hera.

Zeus, como seus irmãos, era enorme e usava um quíton que expunha parte de seu peito musculoso. Seu cabelo castanho caía em ondas até os ombros, com toques grisalhos, assim como sua barba cheia e bem cuidada. Ele usava uma coroa de ouro entre um par de chifres de carneiro que desciam emoldurando seu rosto e fazendo-o parecer feroz e aterrorizante.

Ao lado dele, Hera caminhava com um ar de graça e nobreza, seus longos cabelos castanhos puxados sobre o ombro. Seu vestido era lindo, mas simples — preto, o corpete bordado com penas coloridas de pavão. Um diadema de ouro descansava em sua cabeça, encaixando perfeitamente em torno de um par de chifres de veado.

Embora Demetri tenha dito que Hades nunca chegou junto com outros deuses, Perséfone pensou que ele poderia fazer uma exceção desta vez, já que seu reino era o tema da noite; mas, quando a multidão começou a se dispersar com a chegada de Zeus e Hera, ela percebeu que ele não viria — pelo menos não por esta entrada.

— Não estavam todos magníficos? — Lexa perguntou enquanto ela e Perséfone entravam.

Estavam... cada um deles. E, no entanto, com todo o estilo e ilusão, Perséfone ainda ansiava por ver um rosto no meio da multidão.

Começou a descer as escadas e parou abruptamente.

Ele chegou. A sensação a rasgou, endireitando sua espinha. Podia senti-lo, sentir o sabor de sua magia. Então seus olhos encontraram o que procuravam, e o ambiente ficou repentinamente quente demais.

— Perséfone? — Lexa perguntou quando ela não se moveu.

Então ela seguiu o olhar de Perséfone e não demorou muito para que toda a sala ficasse em silêncio.

Hades estava na entrada, o pano de fundo de cristal criando um contraste bonito e nítido com seu terno preto sob medida. O paletó era de veludo e tinha uma flor vermelha simples no bolso. Seu cabelo estava liso e preso em um coque na parte de trás da cabeça, sua barba curta e bem aparada, e ele usava uma máscara preta simples que cobria apenas os olhos e a ponte do nariz.

Os olhos de Perséfone foram dos sapatos pretos brilhantes até seu corpo alto e poderoso, passando pelos ombros largos e enfim chegando ao olhar em brasa. Ele a tinha encontrado também. O calor de seu olhar a rastreou, vagando por cada centímetro do corpo dela, que se sentiu como uma chama exposta a um vento frio.

Ela poderia ter passado a noite toda olhando, se não fosse pela ninfa ruiva que apareceu ao lado dele. Minta estava linda, num vestido esmeralda com decote princesa, que era justo nos quadris e depois alargava, deixando uma cauda atrás dela. Seu pescoço e orelhas estavam carregados de joias finas que reluziam sob a luz. Perséfone estava se perguntando se Hades que tinha dado as joias a Minta quando a ninfa deu o braço a ele.

A raiva de Perséfone queimou, e ela soube que sua ilusão estava falhando. Olhou feio para Hades. Se ele pensava que poderia ter ela e Minta ao mesmo tempo, estava enganado.

Ela bebeu o resto de seu vinho e então olhou para Lexa.

— Vamos pegar mais uma bebida.

Perséfone e Lexa cortaram a multidão, sinalizando para um garçom trocar seus copos vazios por outros cheios.

— Segura pra mim? — Lexa perguntou. — Preciso ir ao banheiro.

Perséfone pegou o copo de Lexa e começou a beber do seu quando ouviu uma voz familiar atrás dela.

— Ora, ora, o que temos aqui?

Ela se virou e viu Hermes se aproximando no meio da multidão.

— Uma Deusa do Tártaro.

Perséfone ergueu a sobrancelha.

— Entendeu? Tortura?

Ela lançou um olhar vazio a ele, que franziu a testa.

— Porque você está torturando Hades?

Foi a vez de Perséfone revirar os olhos.

— Ah, vai! Por que mais você usaria esse vestido?

— Para mim — ela respondeu um pouco na defensiva.

Não tinha escolhido seu vestido com Hades em mente; queria estar bonita, sexy e se sentir poderosa.

Este vestido fazia tudo isso.

O Deus da Trapaça ergueu a sobrancelha, sorriu e disse:

— Certo. Ainda assim, o salão todo notou que você estava devorando Hades com o olhar.

— Eu não estava — ela fechou a boca, seu rosto corando.

— Não se preocupe, todos notaram que ele devorou você também.

Perséfone revirou os olhos.

— Também notaram Minta de braço dado com ele?

O sorriso de Hermes se tornou perverso.

— Alguém está com ciúmes.

Perséfone começou a negar, mas decidiu que era bobagem até mesmo tentar. Estava com ciúmes, então admitiu:

— Estou mesmo.

— Hades não está interessado em Minta.

— Com certeza não é o que parece — ela murmurou.

— Acredite em mim. Hades se preocupa com ela, mas se estivesse interessado, a teria feito sua rainha há muito tempo.

— O que você quer dizer com isso?

Hermes deu de ombros.

— Que se ele a amasse, teria se casado com ela.

Perséfone zombou.

— Hades não é disso. Ele não acredita no amor.

— Bem, quem sou eu para dizer? Eu só conheço Hades há séculos, e você, alguns meses.

Perséfone franziu a testa.

Era difícil para ela ver Hades em qualquer outra luz além da que sua mãe lançara sobre ele — que era feia e nada lisonjeira. Mas tinha que admitir que quanto mais tempo ela passava no Submundo e com ele, mais questionava quanta verdade havia no que sua mãe havia dito e nos rumores espalhados pelos mortais.

Hermes cutucou-a com o ombro.

— Relaxa, gata. Quando você estiver com ciúmes, apenas lembre a Hades o que ele está perdendo.

Ela olhou para ele, e ele beijou sua face. O movimento a surpreendeu, e Hermes riu, gritando de volta enquanto se afastava, suas asas brancas arrastando no chão como uma capa real:

— Guarde uma dança para mim!

Lexa voltou naquele momento e parecia confusa.

— Hum, Hermes acabou de beijar você no rosto?

Perséfone pigarreou.

— Uhum.

— Você o conhece?

— Eu o conheci na Nevernight.

— Por que você não me contou?

Perséfone franziu a testa.

— Desculpe. Eu nem pensei nisso.

Os olhos de Lexa se suavizaram.

— Tudo bem. Eu sei que as coisas têm estado loucas ultimamente.

Havia uma razão pela qual Lexa era sua melhor amiga, e era em momentos como esse que Perséfone se sentia mais grata por ela.

Elas cortaram a multidão e voltaram à mesa para jantar. Serviram uma combinação de pratos antigos e modernos, um aperitivo de azeitonas, uvas, figos, pão de trigo e queijo, uma entrada de peixe, vegetais e arroz e um suculento bolo de chocolate para sobremesa.

Apesar da bela mesa posta, Perséfone descobriu que não estava com tanta fome.

Conversa à mesa não faltou. O grupo falou sobre vários tópicos, incluindo o Pentatlo e *A Vida Privada dos Titãs*. A conversa foi interrompida apenas quando as palmas começaram e Minta cruzou o palco para subir ao pódio.

— Lorde Hades tem a honra de revelar a instituição de caridade deste ano, o Projeto Anos Dourados — anunciou ela.

As luzes da sala diminuíram e uma tela baixou para exibir um pequeno vídeo sobre Anos Dourados, um novo centro de reabilitação especializado em atendimento gratuito para mortais. O vídeo detalhava estatísticas sobre o grande número de mortes acidentais devido a overdoses, taxas de suicídio e outros desafios que os mortais vinham enfrentando na era pós-Grande Guerra e como os olimpianos tinham o dever de ajudar.

Eram palavras que Perséfone havia falado, adaptadas para seu público.

O que é isso?, Perséfone se perguntou. Era essa a maneira de Hades zombar dela? Suas mãos se fecharam em punhos no colo.

O vídeo terminou, e as luzes se acenderam. Perséfone ficou surpresa ao ver Hades de pé no palco — sua presença arrancou aplausos do público.

— Dias atrás, um artigo foi publicado no *Jornal de Nova Atenas*. Foi uma crítica contundente ao meu desempenho como deus, mas, entre aquelas palavras raivosas, havia sugestões de como eu poderia ser melhor. Não imagino que a mulher que escreveu o artigo esperasse que eu levasse essas ideias a sério, mas, ao passar um tempo com ela, comecei a ver as coisas do seu jeito. — Ele fez uma pausa para rir baixinho, como se lembrasse de algo que eles compartilharam, e Perséfone estremeceu. — Nunca conheci ninguém que me mostrasse tão apaixonadamente como eu estava errado, então segui o seu conselho e iniciei o Projeto Anos Dourados. Por meio dessa exposição, espero que Anos Dourados sirva como uma chama no escuro para os perdidos.

A multidão explodiu em aplausos, levantando-se para homenagear o deus. Até mesmo alguns dos Divinos seguiram, incluindo Hermes.

Perséfone levou um momento para se levantar. Ficou chocada com a caridade de Hades, mas também desconfiada. Estaria fazendo isso apenas para reverter o dano que ela havia causado à reputação dele? Estaria tentando provar que ela estava errada?

Lexa lançou a Perséfone um olhar interrogativo.

— Eu sei o que você está pensando — disse Perséfone.

Ela arqueou a sobrancelha.

— E o que eu estou pensando?

— Ele não fez isso por mim. Fez isso por sua reputação.

— Continue dizendo isso a si mesma. — Lexa sorriu. — Eu acho que ele está enfeitiçado.

— Enfeitiçado? Você tem lido muitos romances.

Lexa caminhou em direção à exposição com os outros de sua mesa, mas Perséfone ficou para trás, com medo de ver mais da criação inspirada por ela. Não conseguia explicar sua hesitação. Talvez fosse porque ela sabia que corria perigo de se apaixonar por esse deus que sua mãe odiava e que a atraiu para um contrato que ela não poderia cumprir. Talvez fosse porque ele a ouviu. Talvez fosse porque ela nunca tinha se sentido tão atraída por uma pessoa em sua vida curta e protegida.

Vagou para a exibição lentamente. O espaço foi escurecido para que os holofotes aparecessem nos painéis, que ilustravam os planos e a missão do Projeto Anos Dourados. Perséfone demorou e parou no centro da sala para observar uma pequena maquete branca do edifício. O cartão ao lado afirmava que o projeto era de Hades. Não era um edifício moderno como ela esperava; parecia uma mansão de campo, aninhada em dez acres de terra exuberante.

Passou muito tempo vagando pela exposição, lendo cada apresentação, aprendendo sobre a tecnologia que seria incorporada às instalações. Era realmente o estado da arte.

Quando ela saiu, as pessoas já haviam começado a dançar. Avistou Lexa com Hermes e Afrodite com Adônis. Estava feliz por seu colega de trabalho não ter tentado falar com ela e por ter mantido distância.

Levou um momento, mas ela percebeu que estava procurando por Hades. Ele não estava entre os dançarinos nem entre as mesas. Ela franziu a testa e, ao se virar, encontrou Sibila se aproximando.

— Perséfone. — Ela sorriu, e as duas se abraçaram. — Você está linda.

— Você também.

— O que achou da exposição? Maravilhosa, não?

— É sim. — Ela não podia negar, era tudo o que havia imaginado e muito mais.

— Eu sabia que grandes coisas viriam da união de vocês — disse Sibila.

— Nossa união? — Perséfone repetiu devagar.

— Você e Hades.

— Ah, não estamos juntos.

— Talvez ainda não, mas suas cores estão misturadas. Desde a noite em que te conheci.

— Cores?

— Seus caminhos — disse Sibila. — Você e Hades, é o destino, tecido pelas Moiras.

Perséfone não sabia o que dizer. Sibila era um oráculo, então as palavras que saíram de sua boca eram verdadeiras, mas será que Perséfone estava destinada a se casar com o Deus dos Mortos? O homem que sua mãe odiava?

Sibila franziu o cenho.

— Você está bem?

Perséfone não sabia o que dizer.

— Desculpe. Eu não devia ter falado. Achei que você ficaria feliz.

— Não estou infeliz — Perséfone assegurou. — É que...

Ela não conseguiu terminar a frase. Esta noite e os últimos dias pesaram sobre suas costas, as emoções variadas e intensas. Se ela estava destinada a ficar com Hades, isso explicava sua atração insaciável pelo deus e, ainda assim, complicava muitas outras coisas em sua vida.

— Você me dá licença? — Ela se dirigiu ao banheiro.

Uma vez lá dentro, sozinha, respirou fundo algumas vezes, apoiou as mãos em cada lado da pia e se olhou no espelho. Abriu a torneira, jogando água fria nas mãos e borrifou levemente as faces aquecidas, tentando não atrapalhar a maquiagem. Secou o rosto e se preparou para voltar à pista, quando ouviu uma voz desconhecida.

— Então, você é a pequena musa de Hades? — O tom era rico, sedutor, uma voz que atraía homens e enfeitiçava mortais.

Afrodite apareceu atrás dela, e Perséfone não sabia de onde a deusa tinha vindo, mas, uma vez que encontrou seu olhar, não conseguiu desviar.

Afrodite era linda, e Perséfone teve a sensação de que já havia encontrado essa deusa antes, embora soubesse que isso era impossível. Seus olhos eram da cor da espuma do mar e emoldurados por cílios grossos, sua pele branca, como nata, e suas faces, levemente coradas. Seus lábios eram cheios e perfeitos. No entanto, apesar de sua beleza, havia algo por trás de sua expressão — algo que fez Perséfone pensar que ela estava sozinha e triste.

Talvez o que Lexa dissera fosse verdade, e Hefesto não a quisesse.

— Não sei do que você está falando — disse Perséfone.

— Ah, não finja timidez. Eu vi como você olha pra ele. Ele sempre foi bonitão. Eu dizia a ele que bastava mostrar o rosto para seu reino se encher de pessoas dispostas e fiéis.

Isso fez com que Perséfone se sentisse um pouco enjoada. Ela não queria discutir isso com ninguém, muito menos com Afrodite.

— Com licença. — Tentou contornar Afrodite, mas a deusa a impediu.

— Mas ainda não terminei de falar.

— Você não entendeu. Não quero falar com você.

A Deusa da Primavera passou por Afrodite e saiu do banheiro, pegando uma taça de champanhe de um garçom e encontrando um local para observar os dançarinos. Ela considerou ir embora; Jaison já havia concordado em pegar Lexa, pois ela planejava passar a noite na casa dele.

Justamente quando tinha decidido chamar o táxi, sentiu Hades se aproximar. Endireitou-se, preparando-se para sua proximidade, mas não se virou para encará-lo.

— Alguma crítica, Lady Perséfone? — Sua voz retumbou baixo em sua garganta como um feitiço inebriante.

— Não — ela sussurrou, e olhou para o lado. Ainda não conseguia vê-lo, nem com a visão periférica. — Há quanto tempo você está planejando o Projeto Anos Dourados?

— Não muito.

— Vai ser lindo.

Ela o sentiu se aproximar. Ficou surpresa quando os dedos dele roçaram seu ombro, traçando a borda do adereço preto. De vez em quando, ele tocava pele com pele e ela estremecia.

— Um toque de escuridão. — Seus dedos desceram pelo braço e se enroscaram nos dela. — Dance comigo.

Ela não se afastou; em vez disso, virou-se para encará-lo. Ele nunca falhava em tirar seu fôlego, mas havia uma gentileza em seu rosto que fez seu coração martelar no peito.

— Tudo bem.

Olhos os rastrearam, curiosos e surpresos, enquanto Hades a levava para a pista. Perséfone fez o possível para ignorar os olhares e se concentrou no deus ao lado dela. Ele era muito mais alto, muito maior, e quando ele se virou para encará-la, ela se lembrou de como ele a tinha tocado na casa de banhos.

Seus dedos permaneceram entrelaçados com os dela enquanto a outra mão pousou em seu quadril. Ela não tirou os olhos dele quando ele a puxou para perto, rosnando baixo enquanto eles se moviam juntos. Ele a guiou, e cada toque de seus corpos a inflamava. Por um tempo, nenhum deles falou, e Perséfone se perguntou se Hades achava difícil falar pelos mesmos motivos que ela.

Provavelmente foi por isso que ela escolheu preencher o silêncio com seu próximo comentário.

— Você deveria dançar com Minta.

Os lábios de Hades se estreitaram.

— Você prefere que eu dance com ela?

— Ela é seu par.

— Ela não é meu par. Ela é minha assistente, como eu disse a você.

— Uma assistente não chega de braço dado com o patrão em um baile de gala.

Seu domínio sobre ela aumentou, e ela se perguntou se ele estava frustrado.

— Você está com ciúmes.

— Não estou com ciúmes — disse ela, e não estava mais. Estava brava. Ele sorriu com sua negação, e ela queria bater nele. — Eu não serei usada, Hades.

Isso tirou o sorriso malicioso de seu rosto.

— Quando eu usei você?

Ela não respondeu.

— Responda, Deusa.

— Você dormiu com ela?

Era a única pergunta que importava.

Ele parou de dançar, e aqueles que dividiam a pista com eles também pararam, observando com óbvio interesse.

— Parece que você está solicitando um jogo, Deusa.

— Você quer jogar? — zombou, se afastando dele. — Agora?

Ele não respondeu e simplesmente estendeu a mão para ela segurar. Algumas semanas antes, ela teria hesitado, mas nesta noite tinha tomado algumas taças de vinho, sua pele estava quente, e o vestido era desconfortável.

Além disso, queria respostas para suas perguntas.

Apertou sua mão, e quando os dedos dele se fecharam sobre os dela, ele sorriu maliciosamente antes de se teleportar para o Submundo.

18

UM TOQUE DE PAIXÃO

Hades apareceu em seu escritório, onde eles tinham jogado pedra, papel e tesoura. Um fogo crepitava na lareira, mas o calor não era necessário; Perséfone já estava pegando fogo desde a dança, e o sorriso que ele dera pouco antes de se teleportarem não ajudou — prometia algo pecaminoso.

Deuses. Seria possível controlar a reação de seu corpo ao vê-lo? Era terrível resistir a ele, e talvez fosse porque a escuridão nela correspondia à escuridão nele.

Hades ofereceu vinho, e ela aceitou uma taça enquanto ele servia sua bebida habitual: uísque.

Ele ergueu o olhar e perguntou:

— Com fome? Você mal tocou no jantar.

Perséfone estreitou os olhos.

— Estava me observando?

— Meu bem, não finja que não estava me olhando. Eu sinto o seu olhar sobre mim como sinto o peso dos meus chifres.

Ela corou.

— Não, não estou com fome.

Pelo menos não de comida, mas não disse isso em voz alta.

Ele aceitou e foi até uma mesa em frente à lareira. Era como aquela na Nevernight, porém, em vez de sentarem lado a lado, Hades e Perséfone sentaram um em cada ponta.

Um único baralho esperava. Ela nunca tinha imaginado que alguns pedaços de plástico teriam tanto poder — essas cartas podiam tirar ou dar riquezas, conceder liberdade ou se tornar carcereiras. Podiam responder a perguntas e tirar a dignidade.

Hades tomou um gole de seu copo, colocou-o na mesa com um baque e estendeu a mão para o baralho.

— O jogo? — Perséfone perguntou.

— Pôquer — respondeu Hades.

Ele pegou as cartas da caixa e começou a embaralhá-las, e o som chamou a atenção de Perséfone, assim como seus dedos graciosos. O ar na sala ficou espesso e pesado, e ela respirou fundo antes de perguntar:

— A aposta?

Hades sorriu.

— Minha parte favorita, me diga o que você quer.

Mil coisas vieram à sua mente, e todas tinham a ver com retornar aos banhos e terminar o que começaram. Enfim, ela disse:

— Se eu ganhar, você responde às minhas perguntas.

— Fechado. — Quando terminou de embaralhar as cartas, acrescentou: — Se eu ganhar, quero suas roupas.

— Você quer me despir? — ela perguntou.

Ele deu uma risadinha.

— Meu bem, isso é apenas o começo do que eu quero fazer com você.

Ela pigarreou.

— Uma vitória é igual a uma peça de roupa?

— Sim. — Ele olhou para o vestido dela, e realmente não era justo, porque era tudo que ela estava usando, exceto as joias.

Ela tocou seu colar, onde ele mergulhava entre seus seios, e os olhos de Hades a seguiram. Ele parecia avaliar suas joias.

— E... as joias? — Perséfone perguntou. — Você as considera peças de roupa?

Ele tomou um gole de sua bebida antes de responder.

— Depende.

— Do quê?

— Eu posso decidir que quero te comer com essa coroa. — Ele sorriu, sarcástico.

— Ninguém disse nada sobre sexo, Lorde Hades.

— Não? Que pena.

Ela se inclinou sobre a mesa e, embora se sentisse trêmula, conseguiu falar o mais firme possível:

— Aceito sua aposta.

Ele ergueu as sobrancelhas, os olhos acesos.

— Está confiante na sua capacidade de vencer?

— Eu não tenho medo de você, Hades.

Seu medo era não ter forças para resistir a ele. Estava muito ciente da vibração em seu ventre, lembrando-a de que Hades tinha metido aqueles dedos ágeis dentro dela, que havia bebido a paixão e a necessidade de seu corpo e não tinha terminado.

Precisava que ele terminasse.

Perséfone estremeceu.

— Frio? — ele perguntou quando deu as cartas.

— Calor — ela pigarreou.

O calor se acumulava em seu âmago e de repente ela não conseguia ficar confortável. Remexeu-se, cruzando as pernas com mais força, sorrindo para Hades, esperando que ele não percebesse quão terrivelmente nervosa ela estava.

Hades baixou suas cartas — um par de reis. Perséfone apertou os lábios, olhando antes de colocar as delas, já sabendo que tinha perdido. Um sorriso apareceu no canto dos lábios dele, e seus olhos brilharam com luxúria. Ele se recostou, avaliando. Depois de um momento, disse:

— Acho que vou pegar o colar.

Ela estendeu a mão para abri-lo, mas ele a impediu.

— Não. Eu tiro.

Ela hesitou, mas lentamente colocou as mãos no colo. Hades se levantou e se aproximou, o som de seus passos fazendo o coração de Perséfone disparar. Ele passou o cabelo dela por cima do ombro. Quando sentiu o toque na pele, ela inalou e prendeu a respiração até Hades ter soltado o colar. Ele deixou cair um lado, e o metal frio pendeu entre os seios dela. Quando Hades puxou, a corrente deslizou ao longo da clavícula e em seguida ele traçou o mesmo caminho com os lábios.

— Calor ainda? — perguntou contra sua pele.

— Um inferno — ela respirou.

— Eu poderia te libertar desse inferno. — Seus lábios percorreram o comprimento do pescoço e ela engoliu em seco.

— Estamos apenas começando — respondeu ela.

A risada de Hades estava quente contra sua pele, e ela sentiu frio quando ele se afastou e voltou ao seu lugar para distribuir outra mão. Perséfone sorriu quando suas cartas estavam na mesa e disse:

— Eu ganhei.

Hades manteve seu olhar fixo nela.

— Faça sua pergunta, Deusa. Estou ansioso para jogar outra mão.

Perséfone apostava que sim.

— Você já dormiu com ela?

Hades apertou a mandíbula e, depois do que pareceu uma eternidade, respondeu.

— Uma vez.

A palavra foi como uma pedra, caindo bem na boca do estômago.

— Há quanto tempo?

— Há muito tempo, Perséfone.

Ela tinha outras perguntas, mas a maneira como ele disse seu nome — suave e gentil, como se realmente se arrependesse de ter dormido com Minta — a impediu de dizer qualquer outra coisa. De qualquer forma, não era realmente uma opção. Ele já tinha dado duas respostas, e ela só ganhara o direito a uma.

Engoliu em seco e desviou o olhar, surpresa quando ele acrescentou:

— Você está... brava?

Ela o encarou.

— Sim — admitiu. — Mas... eu não sei por que exatamente.

Pensou que poderia ter algo a ver com o fato de não ser sua primeira, mas isso era bobo e irracional. Hades existia neste mundo havia muito mais tempo do que ela, e esperar que ele tivesse se privado do prazer era ridículo.

Ele olhou para ela por um momento antes de dar outra mão. Cada batida nas cartas a deixava mais tensa. O ar na sala estava pesado com o acordo que haviam feito. Quando ele ganhou a terceira rodada, pediu os brincos dela. Foi uma tortura lenta enquanto ele os tirava e mordiscava o lóbulo de sua orelha. Ela arquejou quando os dentes dele a arranharam, segurando a borda da mesa para evitar enfiar as mãos no cabelo dele e forçar seus lábios nos dela.

Quando ele se sentou na frente dela novamente, ainda estava tentando recuperar o fôlego. Se Hades ganhasse a próxima rodada, ele pediria a única coisa que ela ainda tinha: seu vestido. Perséfone nua diante de Hades e não tinha tanta certeza se poderia resistir a ele a despindo.

Foi poupada de descobrir quando ela ganhou. Já tinha outra pergunta premente.

— Seu poder de invisibilidade — ela disse. — Você já usou... para me espionar?

Hades parecia divertido e desconfiado de sua pergunta, mas ela tinha um motivo muito importante. Precisava saber se ele tinha estado em seu quarto naquela noite, ou se seu desejo por ele simplesmente a tinha feito fantasiar.

— Não — ele respondeu.

Ela ficou aliviada. Estava completamente consumida por seu próprio prazer e não tinha pensado duas vezes sobre o aparecimento de Hades aos pés da sua cama... até depois.

— E você promete nunca usar a invisibilidade para me espionar?

Hades a estudou, como se estivesse tentando descobrir por que ela estava pedindo isso. Finalmente, respondeu.

— Prometo.

Quando ele começou a dar outra mão, ela fez outra pergunta.

— Por que você deixa as pessoas pensarem coisas tão horríveis sobre você?

Ele embaralhou as cartas e, por um momento, ela pensou que ele poderia não responder, mas então ele disse:

— Não controlo o que as pessoas pensam de mim.

— Mas você não faz nada para contradizer o que dizem sobre você — ela argumentou.

Ele ergueu a sobrancelha.

— Você acha que as palavras têm significado?

Ela olhou para ele, confusa, e ele deu outra mão.

— São apenas isto: palavras. São usadas para inventar histórias, mentir e, ocasionalmente, são amarradas juntas para dizer a verdade.

— Se palavras não têm peso para você, o que tem?

Seus olhos se encontraram, e algo mudou no ar entre eles — algo carregado e poderoso. Ele se aproximou dela, cartas na mão, e as colocou na mesa — um royal flush.

Perséfone olhou para as cartas. Ainda não tinha pegado as suas, mas não precisava. Não havia dúvida de que ele tinha vencido esta rodada.

— Atos, Lady Perséfone. Atos têm peso para mim.

Ela se levantou para encontrá-lo e seus lábios se chocaram. A língua de Hades se enroscou na dela, e as mãos dele agarraram seus quadris. Ele se moveu, se sentando e arrastando-a para seu colo, puxando as alças do vestido para baixo, pegando seus seios, apertando os mamilos até que estivessem tensos entre seus dedos.

Perséfone arquejou e mordeu o lábio dele com força, provocando um grunhido que a fez estremecer. Seus lábios deixaram os dela e desceram até os seios, lambendo-os e chupando-os, roçando cada mamilo com os dentes. Perséfone se agarrou a ele, os dedos enroscaram em seu cabelo, libertando-o do elástico, puxando os fios com mais força quanto mais ele a beijava.

Então ele colocou o vestido dela no lugar e a puxou para cima da mesa.

— Tenho pensado em você todas as noites desde que me deixou no banho — disse ele, abrindo bem as pernas dela e pressionando o quadril ali no meio. — Você me deixou desesperado, latejando, com uma necessidade que mais ninguém pode aplacar — ele gemeu.

Por um momento, ela pensou que ele poderia deixá-la desesperada em troca, mas então ele disse:

— Mas eu serei um amante generoso.

Ele se abaixou e beijou a parte interna de sua coxa, seguindo com a língua até o seu centro. Então arregaçou mais as pernas, e Perséfone o sentiu lá no meio — a língua explorando, cada vez mais fundo. Ela se arqueou em cima da mesa, gemendo, ela estendeu a mão para ele, desejando enredar os dedos em seu cabelo escuro, mas ele agarrou seus pulsos, os segurou um de cada lado da mesa e falou:

— Eu disse que seria um amante generoso, não gentil.

Ela se contorceu na boca dele, impulsionando o quadril para a frente apenas para senti-lo mais profundamente, e ele cumpriu o prometido, soltando as mãos dela para dedar sua buceta. Ela não conseguia evitar que os gemidos escapassem de sua boca. Ele a levou ao limite, e ela resistiu, querendo prolongar esse êxtase ao máximo possível, mas ele se tornou feroz e perverso, e ela chamou seu nome repetidas vezes — um mantra no ritmo dos movimentos dele, até que se desfez.

Não teve tempo para se recompor. Hades estendeu a mão para ela, puxando-a para sua boca. Ela se saboreou em seus lábios e alcançou os botões de sua camisa, mas Hades agarrou seus pulsos, parando-a de novo. Ela ficou ainda mais confusa quando ele ajeitou as alças de seu vestido.

— O que você está fazendo? — ela perguntou.

Ele se atreveu a rir.

— Paciência, meu bem.

Perséfone tinha tudo menos paciência — o calor entre suas pernas só aumentava, e ela estava desesperada para ser preenchida.

Ele a envolveu em seus braços e saiu de seu escritório para os corredores do palácio.

— Aonde estamos indo? — ela perguntou, com as mãos fechadas em sua camisa.

Estava pronta para arrancá-la de seu corpo, para vê-lo nu diante dela, para conhecê-lo tão intimamente quanto ele a conhecia.

— Para meus aposentos — disse ele.

— E não pode nos teleportar?

— Prefiro que todo o palácio saiba que não devemos ser perturbados.

Perséfone corou. Ela compartilhava apenas metade desse desejo — o de não ser perturbada.

Ele a abraçou enquanto caminhava, e a realidade do motivo de estarem indo para o quarto recaiu sobre ela. Não havia como voltar — ela sabia disso desde o início. A noite que tiveram no banho foi uma das experiências mais estimulantes de sua vida, mas esta noite seria uma das mais devastadoras.

Sua escuridão viria junto. Depois dessa noite esse deus sempre seria parte dela.

Quando estavam nos aposentos de Hades, ele pareceu sentir a mudança em seus pensamentos. Colocou-a no chão, mantendo-a perto. Ela se encaixava perfeitamente em seu corpo, e teve o pensamento fugaz de que eles sempre deveriam ficar juntos assim.

— Não precisamos fazer isso — disse ele.

Ela pegou as lapelas de seu paletó e o ajudou a tirá-lo.

— Quero você. Seja meu primeiro, seja meu tudo.

Foi todo o incentivo de que ele precisava. Os lábios de Hades encontraram os dela — suavemente no início, e então eles se juntaram com mais urgência. Ele se afastou e a virou, abrindo o zíper do vestido. A seda vermelha caiu, se amontoando no chão a seus pés. Ela ainda estava de salto, mas ficou nua diante dele.

Hades gemeu e deu a volta para olhá-la de frente. Seus ombros estavam tensos, suas mãos, fechadas e sua mandíbula, cerrada, e ela sabia que ele estava fazendo tudo ao seu alcance para manter o controle.

— Você é maravilhosa, meu bem.

Ele a beijou novamente, e Perséfone se atrapalhou com a camisa até que Hades assumiu, fazendo um trabalho rápido com os botões e estendendo a mão para ela, que deu um passo para trás. Por um momento, os olhos de Hades escureceram, e então Perséfone disse:

— Abandone sua ilusão.

Ele olhou para ela com curiosidade.

Ela deu de ombros.

— Você quer me comer com esta coroa; eu quero dar para um deus.

Seu sorriso era diabólico, e ele respondeu:

— Como quiser.

A ilusão de Hades evaporou como fumaça ondulando no ar. O preto de seus olhos se transformou em um azul eletrizante e dois chifres de gazela pretos espiralaram para fora de sua cabeça. Ele parecia maior do que nunca, preenchendo todo o espaço com sua presença sombria.

Ela não teve tempo de apreciar a aparência dele, porque assim que a ilusão caiu, ele a pegou e jogou na cama. Beijou seus lábios novamente, então seu pescoço, arrastando sua língua sobre os mamilos. Ele ficou lá por um tempo, chupando um a um até que ficassem rijos. Perséfone tentou alcançar o botão de sua calça, mas ele se afastou, rindo.

— Ansiosa por mim, Deusa? — Beijou sua barriga e, em seguida, suas coxas.

Ele se ajoelhou, e Perséfone pensou que levaria a boca à sua buceta mais uma vez, mas, em vez disso, ele se levantou, tirando os sapatos e o resto das roupas.

Nunca se cansaria de vê-lo nu. Ele era pecado e sexo, e seu cheiro a envolvia, se agarrando ao cabelo e à pele. Ela olhou para o pau dele, grosso e inchado. Estendeu a mão para pegá-lo, sem medo, sem pensar, e, enquanto suas mãos rodeavam sua haste quente, ele gemeu.

Ela gostou de ouvir. Ela o masturbou — para cima e para baixo, do talo à cabeça. E a cada gemido que escapava dele, Perséfone ficava mais confiante. Ela se inclinou e deu um beijo na cabeça do pau.

— Porra.

E então Perséfone enfiou o pau inteiro na boca. Quando Hades segurou seus ombros, ela não soube o que fazer — nunca tinha feito isso antes, mas gostava do gosto salgado da pele dele. Ela começou a chupar o pau, roçando os dentes quando chegava na cabeça, e logo os quadris dele acompanharam o movimento — cada vez mais rápido, até que ele a empurrou para longe.

Confusa, ela perguntou:

— Eu fiz algo errado?

A risada dele saiu sombria, sua voz, rouca, seus olhos ficaram predatórios.

— Não.

Ele agarrou a nuca e enfiou a língua no fundo da boca de Perséfone, em seguida se afastando e dizendo:

— Diz que você me quer.

— Eu quero você. — Estava sem fôlego e desesperada.

Ele a empurrou na cama e deitou em cima dela, esticando-se para que ela sentisse a pressão de seu pau na barriga.

— Diz que você mentiu — disse ele.

— Achei que as palavras não significassem nada.

Ele deu um beijo contundente nela, e seu toque queimou a pele, deixando um rastro de fogo por onde passava.

— Suas palavras importam — disse ele. — Só as suas.

Ela envolveu a cintura dele com as pernas e puxou-o contra seu calor.

— Você quer que eu te coma? — ele perguntou.

Ela assentiu.

— Fala pra mim — disse ele. — Você usou palavras para me dizer que não me queria, agora use palavras para dizer que quer.

— Eu quero que você me coma.

Ele gemeu e a beijou com força antes de provocá-la passando o pau por fora de sua buceta molhada. Ela o puxou, incitando-o a entrar, e Hades riu.

Perséfone rosnou, frustrada.

— Paciência, meu bem. Eu tive que esperar por você.

— Desculpa — disse, com a voz baixa, sincera.

E então ele meteu nela.

Ela gritou, a cabeça caindo para trás no travesseiro. Cobriu a boca para abafar, mas Hades pegou seus pulsos e os prendeu acima da cabeça dela.

— Não, quero te ouvir — ele rosnou.

Ele a penetrou de novo, e de novo. Não havia nada lento ou suave em seus movimentos, e, a cada impulso, ele falava, e ela gritava em êxtase.

— Você me deixou desesperado — disse ele, tirando quase totalmente o pau e então metendo de novo com força.

— Tenho pensado em você todas as noites desde então.

Estocada.

— E cada vez que você dizia que não me queria, eu provava suas mentiras.

Estocada.

— Você é minha.

Estocada.

— Minha.

Meteu mais fundo e mais rápido, sem parar. Ela se perdeu nele, e a pressão crescente em seu ventre explodiu. Hades gozou logo depois. Ela o sentiu latejar dentro de si, e quando ele tirou, uma onda quente se espalhou por sua coxa. Ele desabou contra ela, encharcado de suor e sem fôlego.

Depois de um momento, recuou, beijando seu rosto — seus olhos, sua face, seus lábios.

— Você é um teste, Deusa. Uma provação enviada a mim pelas Moiras.

Ela não conseguia pensar com clareza o suficiente para responder. Suas pernas tremiam e ela estava gloriosamente exausta.

Quando Hades se moveu, ela esticou o braço:

— Não. Não saia.

Ele riu, beijando-a mais uma vez.

— Eu voltarei, meu bem.

Ele se foi por um momento e voltou com um pano úmido. Limpou-a, então deitou atrás dela e a abraçou. Envolvida em seu calor, ela adormeceu.

Algum tempo depois, Perséfone acordou com Hades esfregando o pau duro e grosso em sua bunda. Então ele agarrou seu quadril e beijou seu pescoço. O desejo de Perséfone superou a exaustão, e ela virou o rosto, encontrando seus lábios macios, desesperada para saboreá-lo novamente.

Hades a colocou de costas na cama e montou nela, beijando-a até que ela estivesse sem fôlego. Perséfone tentou alcançá-lo, desejando entrelaçar os dedos em seu cabelo macio, mas ele a segurou, prendendo seus pulsos para cima de novo. Ele usou a posição a seu favor, mordiscando os lóbulos das orelhas, beijando seu pescoço e roçando seus mamilos com os dentes. Cada sensação arrancou um gemido ofegante de Perséfone, e os sons pareciam alimentar o desejo de Hades. Sem perder tempo, ele desceu por seu corpo e abriu suas pernas, lambendo sua buceta molhada. Juntou dois dedos e enfiou nela, com força e rápido, penetrando até que seus gemidos viessem em rápida sucessão, até que ela mal pudesse respirar. Quando Perséfone gozou, foi com o nome dele em seus lábios — a única palavra que tinha dito desde o início.

Hades não disse nada, perdido em uma névoa de desejo, e deitou em cima dela mais uma vez, encostando o pau em sua buceta. Meteu fundo, suas estocadas ásperas e selvagens.

Em algum ponto, ele a ergueu como se ela não pesasse nada, sentou na cama e puxou os quadris dela para cima e para baixo no seu colo. A sensação dele dentro dela era perfeita, e Perséfone estava faminta por senti-lo mais fundo e mais rápido. Se apoiou sobre os ombros dele e começou ela mesma a sentar em seu colo. Suas bocas se juntaram, dentes batendo, línguas procurando. Juntos, eles cavalgaram numa onda irracional de sensações, e gozaram juntos, desmoronando em uma pilha de membros, suor e respirações pesadas.

Antes de adormecer novamente, ela teve o pensamento fugaz de que, se esse fosse seu destino, ela o reivindicaria com prazer.

19

UM TOQUE DE PODER

Perséfone acordou e encontrou Hades dormindo ao seu lado. Estava deitado de costas, lençóis pretos cobrindo a metade inferior de seu corpo, deixando os contornos de seu abdome expostos. Seu cabelo se espalhava sobre o travesseiro, sua barba por fazer, e ela desejou estender a mão e traçar suas sobrancelhas, nariz e lábios perfeitos, mas não queria acordá-lo, e o toque parecia muito íntimo.

Percebeu que era ridículo, considerando o que havia acontecido entre eles na noite anterior. Ainda assim, tocá-lo sem convite parecia algo que um amante poderia fazer, e Perséfone não se sentia a amante de Hades.

Ela nem sabia se queria ser amante. Sempre imaginou a paixão como algo inebriante, quase tímido — mas as coisas com o Senhor dos Mortos não tinham sido nada tímidas. Sua atração era carnal, gananciosa e ardente. Tinha roubado seu fôlego, lotado sua mente, invadido seu corpo.

O calor começou a crescer em seu ventre, reacendendo o desejo que ela havia sentido com tanta força ontem. *Respire*, ela disse a si mesma, desejando que o calor se dissipasse.

Depois de um momento, saiu da cama, encontrou o manto preto que Hades a havia emprestado quando ela chegou ao Submundo, e o vestiu. Vagando pela sacada, respirou fundo e, no silêncio do dia, todo o peso do que fizera com Hades desabou sobre ela. Perséfone nunca estivera tão confusa ou com medo.

Confusa porque seus sentimentos pelo deus estavam todos emaranhados — ainda estava com raiva dele, principalmente por causa do contrato, mas, por outro lado, intrigada; e a maneira como ele a fez se sentir na noite passada — bem, nada se comparava a isso. Ele a tinha adorado. Ele tinha se exposto, admitindo seu desejo por ela. Juntos, ficaram vulneráveis, irracionais e selvagens. Não precisava se olhar no espelho para saber que sua pele estava marcada em todos os lugares que Hades mordeu, chupou e segurou. Ele tinha explorado partes secretas dela.

E foi aí que o medo começou.

Ela estava se perdendo neste deus, neste mundo abaixo do seu. Antes, quando tudo que eles compartilharam tinha sido um momento de fraqueza no banho, ela poderia ter jurado ficar longe e ser sincera; mas se ela o fizesse agora, seria apenas mais uma mentira.

O que quer que houvesse entre eles, era poderoso. Ela tinha sentido no momento em que vira o deus pela primeira vez. Sabia no fundo de sua alma. Cada interação desde então tinha sido uma tentativa desesperada de ignorar a verdade — que eles deveriam ficar juntos —, e Sibila havia confirmado isso na noite anterior.

Era o destino, tecido pelas Moiras.

Mas Perséfone sabia que existiam muitas dessas alianças, e ser feito um para o outro não significava perfeição ou mesmo felicidade. Às vezes era caos e conflito — e, dado quão tumultuada sua vida tinha sido desde que conheceu Hades, nada de bom viria do amor deles.

Por que estava pensando em amor?

Empurrou esses pensamentos para um canto da mente. Não se tratava de amor. Tratava-se de satisfazer a atração elétrica que vinha crescendo entre eles desde a primeira noite na Nevernight. Agora estava feito. Não ia se permitir o arrependimento; em vez disso, aceitaria o que aconteceu. Hades tinha feito com que ela se sentisse poderosa. Com ele, ela se sentiu a deusa que deveria ser — e gostou de cada parte disso.

Respirou fundo quando o calor subiu do seu ventre. Ao inalar o ar fresco do Submundo, ela sentiu algo... diferente.

Algo morno. Um pulso. *Vida.*

Parecia distante, como uma memória que ela sabia que existia mas não conseguia lembrar, e quando começou a desaparecer, ela a perseguiu.

Descendo os degraus para o jardim, ela parou na pedra preta, o coração disparado. Tentou se acalmar novamente, prendendo a respiração até que seu peito apertasse.

Quando ela pensou que tinha perdido o controle, sentiu a pulsação leve como uma pena, como se estivesse nas extremidades de seus sentidos.

Magia.

Era magia. *Sua magia.*

Ela saiu do caminho e vagou pelos jardins. Cercada por rosas e peônias, fechou os olhos e respirou fundo. Quanto mais calma ela ficava, mais vida sentia ao seu redor. Essa vida aqueceu sua pele e mergulhou profundamente em suas veias, tão inebriante quanto o desejo que sentia por Hades.

— Você está bem?

Os olhos de Perséfone se abriram e ela se virou para o Deus dos Mortos, alguns passos atrás. Perséfone estivera ao lado dele com frequência, mas, esta manhã, no jardim cercado por flores e vestindo apenas uma toalha na cintura e ainda em sua forma Divina, ele pareceu engolir sua visão. Ela olhou de seu rosto para seu peito e para baixo, traçando todas as linhas do corpo que ela tinha tocado e provocado na noite passada.

— Perséfone? — A voz dele tinha um tom lascivo, e quando encontrou seu olhar novamente, ela soube que ele estava se contendo.

Conseguiu sorrir.

— Estou bem — ela disse.

Hades respirou fundo e se aproximou dela, segurando seu queixo entre os dedos. Perséfone pensou que ele ia beijá-la, mas, em vez disso, ele perguntou:

— Não está arrependida de nossa noite juntos?

— Não! — Baixou os olhos e repetiu em voz baixa. — Não.

Hades passou o polegar sobre seu lábio inferior.

— Acho que não suportaria seu arrependimento.

Beijou-a, os dedos enroscados em seu cabelo, e segurou a parte de trás de sua cabeça, puxando-a contra ele. Não demorou muito para que o manto dela se abrisse, deixando sua pele sensível exposta à manhã. As mãos de Hades percorreram seu corpo, agarrando suas coxas, e ele a levantou e penetrou-a. Ela arquejou e o agarrou, movendo-se contra ele com mais força e mais rápido, sentindo onda após onda de prazer correr por seu corpo enquanto a vida palpitava ao seu redor.

Foi inebriante.

Perséfone enterrou o rosto na curva do pescoço de Hades, mordendo com força enquanto se acabava em seus braços. Um grunhido rasgou a garganta dele, que bombeou mais forte até que ela o sentiu pulsar dentro de si. Ele a segurou por um momento enquanto eles respiravam com força um contra o outro, antes de se retirar e ajudá-la a descer. Ela se agarrou a ele com as pernas trêmulas, temendo cair. Hades pareceu notar e a pegou, embalando-a contra ele.

Perséfone fechou os olhos. Não queria que ele visse o que havia neles. Era verdade que ela não se arrependia da noite passada ou desta manhã, mas tinha perguntas — não apenas para ele; para si mesma. O que estavam fazendo? O que esta noite tinha significado para eles? Para o futuro deles? Para seu contrato? O que ela faria na próxima vez que as coisas começassem a ir longe demais?

Eles voltaram para o quarto de Hades e tomaram banho, mas, quando Perséfone foi pegar seu vestido descartado, franziu a testa. Era muito elegante para usar no Submundo, e ela planejava ficar um pouco.

— Tem algo que eu possa vestir?

Hades olhou, avaliando.

— O que você está usando vai ficar bem.

Ela deu um olhar penetrante.

— Você prefere que eu vagueie pelo seu palácio nua? Na frente de Hermes e Caronte...

Hades trincou a mandíbula.

— Pensando bem... — Ele desapareceu e voltou em um instante, carregando um pedaço de tecido em um belo tom de verde. — Posso ajudá-la a se vestir?

185

Ela engoliu em seco. Estava se acostumando com esse tipo de pedido saindo de sua boca, mas, ainda assim, era estranho. Hades era antigo, poderoso e lindo. Era conhecido por sua avaliação implacável de almas e de suas barganhas impossíveis e, ainda assim, estava pedindo para vesti-la depois de uma noite de sexo apaixonado.

Será que algum dia ela deixaria de se maravilhar com isso?

Assentiu, e Hades começou a envolver o tecido em seu corpo. Fez tudo com calma, usando a tarefa como uma desculpa para tocar, beijar e provocar. Quando ele terminou, o corpo dela estava vermelho. Deu tudo que tinha para deixá-lo se afastar. Queria exigir que ele terminasse o que começou, mas então nunca sairiam dali.

Ele a beijou antes de deixarem seus aposentos e irem para uma bela sala de jantar. Era quase um pouco ridículo; vários lustres cortavam o meio do teto, e havia um brasão de ouro pendurado na parede sobre uma cadeira ornamentada em formato de trono, no final de uma mesa de banquete de ébano cheia de cadeiras. Era um salão de banquetes para muito mais do que apenas ela e Hades.

— Você realmente come aqui? — Perséfone perguntou.

Seus lábios se curvaram.

— Sim, mas não sempre. Geralmente pego meu desjejum para viagem.

Hades puxou uma cadeira e ajudou Perséfone a se sentar. Assim que ele se sentou, duas ninfas entraram com bandejas de frutas, carne, queijo e pão. Minta as seguiu e, quando as ninfas colocaram a comida na mesa, ela ficou entre Perséfone e Hades.

— Milorde — disse Minta. — Você tem a agenda cheia hoje.

— Desmarque tudo da manhã — ele disse sem olhar para ela.

— Já são onze horas, milorde — disse Minta com firmeza.

Hades encheu o prato e, quando terminou, olhou para Perséfone.

— Você não está com fome, meu bem?

Embora ele a chamasse de meu bem desde que se conheceram, nunca tinha feito isso na frente de ninguém. Um olhar para Minta disse deixou claro que a ninfa não tinha gostado.

— Não. Normalmente só bebo café no desjejum.

Ele a encarou por um momento e, então, com um movimento de seu pulso, uma xícara fumegante de café apareceu diante dela.

— Leite? Açúcar?

— Leite — ela sorriu, colocando as mãos em volta da caneca. — Obrigada.

— Quais são seus planos para hoje? — Hades perguntou.

Perséfone levou um momento para perceber que ele estava falando com ela.

— Ah, eu preciso escrever. — E parou abruptamente.

— Seu artigo? — Hades terminou.

Ela não sabia o que ele estava pensando, mas sentiu que não era bom.

— Eu estarei com você em breve, Minta — disse Hades por fim, e Perséfone entristeceu. — Nos deixe a sós.

— Como quiser, milorde. — Havia uma nota de diversão na voz de Minta que Perséfone odiava.

Quando eles estavam sozinhos, Hades perguntou:

— Então, você vai continuar a escrever sobre meus defeitos?

— Não sei o que vou escrever desta vez — disse ela. — Eu...

— Você o quê?

— Eu esperava poder entrevistar algumas de suas almas.

— As que estão na sua lista?

— Não quero escrever sobre o Baile Olímpico ou o Projeto Anos Dourados — explicou ela. — Todos os outros jornais terão essas histórias.

Hades olhou para ela por um longo momento, então limpou a boca com o guardanapo, se afastou da mesa e se levantou, caminhando em direção à saída. Perséfone o seguiu.

— Achei que tivéssemos concordado em não ir embora quando estivéssemos com raiva. Você não tinha pedido para trabalharmos nisso?

Hades virou em direção a ela.

— É que não estou particularmente animado com minha amante escrevendo mais sobre minha vida.

Ela corou ao ouvi-lo chamá-la de amante. Pensou em corrigi-lo, mas desistiu.

— É meu trabalho. Eu não posso simplesmente parar.

— Não seria mais seu trabalho se você tivesse atendido meu pedido.

Perséfone cruzou os braços.

— Você nunca pede nada, Hades. Tudo é uma ordem. Mandou não escrever sobre você. Disse que haveria consequências.

O rosto dele mudou então, e o olhar que lançou a Perséfone era mais cativante do que zangado. Isso fez o coração dela palpitar.

— E mesmo assim você escreveu.

Ela abriu a boca para negar, porque a realidade era outra — Adônis tinha publicado, e, embora ela não gostasse nem um pouco do verme mortal, não queria que Hades soubesse que ele tinha sido o responsável. Na verdade, preferia lidar com Adônis sozinha.

— Eu deveria saber — disse ele, passando o dedo ao longo da mandíbula dela, inclinando sua cabeça para trás. — Você é desafiadora e está com raiva de mim.

— Eu não estou... — ela começou a dizer, mas então as mãos de Hades seguraram seu rosto.

— Devo lembrá-la de que posso sentir o gosto de mentiras, meu bem? — Ele roçou seu lábio inferior com o polegar. — Eu poderia passar o dia todo beijando você.

— Ninguém está te impedindo — disse ela, surpresa com as palavras que saíram da própria boca. De onde vinha essa ousadia?

Mas Hades apenas riu e pressionou os lábios nos dela.

20

CAMPOS ELÍSIOS

Mais ou menos uma hora depois, Hades saiu do palácio com Perséfone. Ele segurou a mão dela, dedos entrelaçados, e chamou um nome no ar.

— Tânatos!

Perséfone ficou surpresa quando um deus vestido de preto apareceu diante deles. Era jovem, de cabelo branco, o que fazia com que o resto de suas feições se destacassem em cores vivas — olhos safira e lábios vermelho-sangue. Dois chifres pretos e curtos, ligeiramente curvos e com pontas agudas, se projetavam da cabeça. Grandes asas escuras, pesadas e agourentas, brotavam das costas.

— Milorde, milady. — Tânatos se curvou para eles.

— Tânatos, Lady Perséfone tem uma lista de almas que gostaria de conhecer. Você se importaria de acompanhá-la?

— Eu ficaria honrado, milorde.

Hades olhou para ela.

— Vou deixá-la aos cuidados de Tânatos.

— Vou vê-lo mais tarde? — ela perguntou.

— Se assim desejar. — Ele levou a mão dela aos lábios.

Perséfone corou quando Hades beijou seus dedos, o que pareceu bobo, considerando todos os lugares que aqueles lábios já tinham beijado.

Hades deve ter pensado a mesma coisa, porque riu baixinho e desapareceu.

Perséfone se virou para Tânatos, encontrando aqueles olhos azuis marcantes.

— Então, você é Tânatos.

O deus sorriu.

— O próprio.

Ela ficou impressionada com quão gentil e reconfortante sua voz soou. Imediatamente se sentiu confortável com ele, e uma parte de seu cérebro percebeu que devia ser um dos dons do deus — confortar os mortais cujas almas ele estava prestes a colher.

— Eu confesso, estava ansioso para conhecê-la — Tânatos acrescentou. — As almas falam muito bem de você.

Ela sorriu.

— Eu gosto de estar com elas. Até visitar Asfódelo, não tinha uma visão muito pacífica do Submundo.

O sorriso era empático, como se ele entendesse.

— Eu imagino. O Mundo Superior tornou a morte um mal, e suponho que não posso culpá-los.

— Você é muito compreensivo — observou ela.

— Bem, eu passo muito tempo na companhia de mortais e sempre em seus piores ou mais difíceis momentos.

Ela franziu o cenho. Parecia uma triste existência, mas o Deus da Morte rapidamente a acalmou:

— Não se entristeça por mim, milady. A sombra da morte costuma ser um conforto para os moribundos.

Ela decidiu que realmente gostava de Tânatos.

— Vamos procurar essas almas com quem você deseja falar? — ele perguntou, mudando rapidamente de assunto.

— Sim, por favor. — Ela entregou a ele a lista que havia feito em seu primeiro dia no *Jornal de Nova Atenas*, quando começara sua pesquisa sobre Hades. — Você pode me levar a qualquer um desses?

Tânatos franziu as sobrancelhas enquanto lia a lista e fez uma careta. Ela não achou um bom sinal.

— Que mal lhe pergunte, por que essas almas?

— Acredito que todos eles fizeram algo em comum antes de morrer: um contrato com Hades.

— Sim, fizeram — ele respondeu, e Perséfone ficou surpresa que ele soubesse tanto. — E você deseja... entrevistá-las? Para o seu jornal?

— Sim. — Perséfone respondeu hesitante, de repente insegura.

Tânatos compartilharia da visão de Minta sobre ela?

O Deus da Morte dobrou o pedaço de papel e disse:

— Vou levá-la até eles. Embora eu ache que ficará desapontada.

Não teve tempo de perguntar o motivo, pois Tânatos abriu as asas, dobrou-as ao redor dela e os teleportou.

Quando ele a soltou de seu abraço com asas, estavam no centro de um campo. A primeira coisa que Perséfone notou foi o silêncio; era diferente ali, um silêncio tangível, que tinha peso e pressionava suas orelhas. A grama sob seus pés era dourada e as árvores altas e viçosas, carregadas de frutas, completando a imagem de beleza e paz.

— Onde estamos?

— Estes são os Campos Elísios. As almas da lista que você ofereceu residem aqui.

— Não entendi. Campos Elísios não é o paraíso?

Os Campos Elísios eram conhecidos como a Ilha dos Abençoados, reservada para heróis e aqueles que tinham levado uma vida pura e justa, dedicada aos deuses. Isso estava longe de ser a realidade das almas na lista que ela dera a Tânatos. As pessoas da lista haviam encarado uma história de sofrimento e decisões ruins — inclusive a barganha com Hades —, e acabaram ferrando a própria vida.

Tânatos deu um pequeno sorriso, como se entendesse a confusão.

— É um paraíso. É um santuário. É para onde os aflitos vêm para se curar em paz e solidão, é para onde Hades enviou as almas daqueles que você procura.

Ela olhou para a planície onde estavam várias almas. Eram lindos fantasmas, brilhantes e vestidos de branco — porém, mais do que isso, ela sabia que este lugar os estava curando. Seu coração ficou mais leve, aliviado da frustração e da raiva que sentira nos últimos meses.

— Por quê? Ele se sentiu culpado?

Tânatos olhou confuso.

— Ele é a razão para eles terem morrido — ela explicou. — Ele barganhou com essas pessoas, e, quando elas não conseguiram cumprir, ele trouxe suas almas.

— Ah — Tânatos disse. — Você não entendeu. Hades não decide quando as almas vêm para o Submundo. São as Moiras que decidem.

— Mas ele é o Senhor do Submundo. Ele faz os contratos!

— Hades é o Senhor do Submundo, mas não é a morte, nem o destino. Você pode ver como uma barganha com um mortal, mas é com as Moiras que Hades de fato está barganhando. Ele pode ver o fio da vida de cada ser humano, sabe quando sua alma está sobrecarregada e deseja mudar a trajetória. Às vezes, as Moiras tecem um novo futuro, às vezes elas cortam o fio.

— Mas ele tem influência na decisão delas, não?

Tânatos encolheu os ombros.

— É um equilíbrio. Todos nós entendemos isso. Hades não pode salvar todas as almas e nem todas as almas querem ser salvas.

Ela ficou quieta por um bom tempo, percebendo agora que realmente não tinha ouvido Hades. Ele havia dito a ela que as Moiras estavam envolvidas em sua tomada de decisão e que era um equilíbrio — se tratava de dar e receber. Ainda assim, ela não tinha refletido sobre suas palavras.

Não tinha refletido sobre muitas coisas.

Mas isso não mudava o fato de que ele poderia oferecer aos mortais um caminho melhor para superar suas lutas. Só significava que as intenções de Hades eram muito mais nobres do que Perséfone acreditava.

— Por que ele não me contou? — ela retrucou.

Por que ele a tinha deixado pensar essas coisas horríveis a seu respeito? Queria que ela o odiasse?

Tânatos continuou sorrindo.

— Lorde Hades não tem o hábito de tentar convencer o mundo de que é um bom deus.

Você é o pior tipo de deus — ela tinha dito a ele.

Seu peito apertou com a lembrança, e ela não conseguia conciliar seus sentimentos. Embora estivesse aliviada por Hades não ser tão monstruoso ou indiferente como ela pensava, por que ele a tinha forçado um contrato? O que ele via quando olhava para ela?

Tânatos ofereceu o braço para Perséfone, e ela aceitou. Caminharam pelo campo despercebidos; ao contrário de Asfódelo, as almas aqui eram quietas e estavam contentes por estarem sozinhas. Parecia que elas nem percebiam que dois deuses caminhavam por ali.

— Elas falam? — ela perguntou.

— Sim, mas as almas que residem nos Campos Elísios precisam beber do Lete. Não podem ter memórias de seu tempo no Mundo Superior se quiserem reencarnar.

— Como elas podem se curar se não possuem memória?

— Nenhuma alma já se curou por viver no passado — respondeu Tânatos.

— Quando elas reencarnam?

— Quando estão curadas.

— E quanto tempo leva para se curarem?

— Isso varia... meses, anos, décadas... mas não há pressa — respondeu Tânatos. — Tudo o que temos é tempo.

Supôs que isso servia para todas as almas — vivas ou mortas.

— Algumas almas encarnarão dentro de uma semana — disse Tânatos. — Acredito que as almas em Asfódelo estejam planejando uma celebração. Você deveria se juntar a elas.

— E você? — Perséfone perguntou.

Ele deu uma pequena risada.

— As almas não vão querer que seu ceifeiro se junte a elas para uma celebração.

— Como você sabe?

Tânatos abriu a boca, hesitou, então admitiu:

— Suponho que não sei.

— Eu acho que você deveria ir. Todos nós deveríamos, até Hades.

As sobrancelhas de Tânatos se ergueram, e um sorriso apareceu em seu rosto.

— Você pode contar com a minha presença, milady; porém não posso falar por Lorde Hades.

Caminharam um pouco em silêncio, e então Perséfone disse:

— Hades faz muito por suas almas... exceto viver ao lado delas.

Tânatos não respondeu imediatamente, e Perséfone fez uma pausa, enfrentando o Deus da Morte.

— Quando Asfódelo o celebrou, ele não foi, disse que não era digno de ser celebrado — acrescentou ela. — Por quê?

— Lorde Hades carrega muitos fardos, como todos nós. O mais pesado deles é o arrependimento.

— Arrependimento pelo quê?

— Por nem sempre ter sido tão generoso.

Perséfone digeriu o comentário. Então Hades lamentava seu passado e, por isso, se recusava a celebrar seu presente? Isso era ridículo e doentio. Talvez ele nunca tivesse tentado mudar o que os mortais pensam a seu respeito porque acreditava em todas essas coisas também.

Ele provavelmente acreditava nela, e era por isso que suas palavras pesavam tanto para ele.

— Venha, milady — disse Tânatos. — Eu vou te levar de volta ao palácio.

Enquanto os dois caminhavam, ela perguntou:

— Quanto tempo faz que ele não dá uma festa no palácio?

As sobrancelhas de Tânatos se ergueram.

— Eu não sei se ele já deu alguma festa.

Isso estava prestes a mudar — assim como a opinião de Hades sobre si mesmo.

Antes de deixar o Submundo, Perséfone parou para avisar Hécate de seus planos e também de sua recém-descoberta habilidade de sentir a vida.

Os olhos de Hécate se arregalaram.

— Você tem certeza?

Ela assentiu.

— Pode me ajudar, Hécate?

Ela estava feliz por sentir a magia, mas não tinha ideia de como aproveitá-la. Se pudesse aprender a usá-la, e rápido, poderia cumprir os termos de seu contrato com Hades.

— Meu bem — Hécate disse. — Claro que ajudo.

21

UM TOQUE DE INSANIDADE

Quando Perséfone voltou para casa no domingo, ficou acordada até tarde trabalhando em seu artigo, terminando-o por volta das cinco da manhã. Tinha decidido escrever sobre o Baile Olímpico e o Projeto Anos Dourados, e começou o artigo com um pedido de desculpas, escrevendo: *eu estava errada sobre o Deus do Submundo. Eu o acusei de envolver mortais levianamente em contratos que os levavam à morte. O que aprendi é que esses contratos são muito mais complicados, e os motivos, muito mais puros.*

Ela manteve sua declaração original de que Hades deveria oferecer ajuda aos mortais de outra forma, mas reconheceu que o Projeto Anos Dourados foi, na verdade, o resultado direto de uma conversa que eles tiveram, acrescentando: *enquanto outros deuses teriam buscado retaliação por minha crítica honesta a seu caráter, Lorde Hades fez perguntas, ouviu e mudou. O que mais poderíamos querer de nossos deuses?*

Perséfone riu. Nunca em sua vida teria pensado que Hades seria referência para os outros deuses, mas quanto mais aprendia sobre ele, mais sentia que poderia ser, sim. Não que Hades fosse perfeito — na verdade, era sua imperfeição e disposição para reconhecê-la que o tornavam um deus diferente de qualquer outro.

Você ainda está em um contrato com ele, se lembrou antes de colocar o Senhor do Submundo em um pedestal muito alto.

Depois de sua visita aos Campos Elísios e de sua conversa com Tânatos, ela queria ter feito muitas perguntas a Hades ontem. *Por que eu? O que você vê quando olha para mim? Que fraqueza quer desafiar em mim? Que parte de mim espera salvar? Que destino as Moiras forjaram para mim que você quer desafiar?*

Mas ela não teve chance. Quando Hades voltou para o Submundo, ele a pegou em seus braços e a levou para a cama, destruindo todos os seus pensamentos racionais.

Voltar para casa foi exatamente o que ela precisava — lhe deu certa distância para se lembrar que, se quisesse que a relação entre ela e Hades funcionasse, o contrato tinha que terminar.

Depois de algumas horas de sono, Perséfone se preparou para o dia. Teria que dedicar um tempo ao estágio antes de ir para a aula. Enquanto estava na cozinha fazendo café, ouviu a porta da frente se abrir.

— Voltei! — Lexa avisou.

Perséfone sorriu e serviu a ela uma xícara.

— Como foi o fim de semana?

Lexa abriu um grande sorriso.

— Mágico.

Perséfone riu, mas se identificou com a descrição e se perguntou se ela e sua melhor amiga haviam tido experiências semelhantes.

— Estou feliz por você, Lex. — Ela tinha dito antes e diria muitas vezes depois.

— Obrigada pelo café. — Lexa foi em direção a seu quarto, mas parou. — Ah, eu queria perguntar... como foi no Submundo?

Perséfone paralisou.

— Como assim?

— Perséfone. Eu sei que você saiu com Hades no sábado à noite. Todo mundo só falou disto: a garota de vermelho raptada para o Submundo.

Ela empalideceu.

— Ninguém sabia que era eu, né?

Lexa respondeu, compreensiva:

— Bom, Hades tinha acabado de anunciar o Projeto Anos Dourados, que foi inspirado por você, então as pessoas chegaram às suas próprias conclusões.

Perséfone gemeu. Isto era tudo o que ela precisava: mais pressão sobre seu suposto relacionamento com Hades.

Uma parte muito sombria e muito barulhenta de sua mente de repente se perguntou se o comportamento de Hades no baile de gala tinha sido intencional. Estaria ele colocando um holofote numa relação amorosa entre eles para tentar desviar a atenção de seu comportamento? E, se fosse esse o caso, seria ela apenas uma isca?

— Eu sei que você prefere não reconhecer o que está acontecendo entre você e Hades — Lexa acrescentou —, mas eu sou sua melhor amiga. Pode me contar qualquer coisa. Sabe disso, certo?

— Sei. Realmente não pretendia ir embora com ele. Eu ia chamar um táxi e então... — sua voz sumiu.

— Ele tirou seu chão? — Lexa arqueou as sobrancelhas, e Perséfone não pôde deixar de rir. — Só me diz uma coisa... ele beijou você?

Perséfone corou e admitiu:

— Sim.

Lexa deu um gritinho.

— Deuses, Perséfone! Você tem que me contar tudo!

Perséfone olhou para o relógio.

— Tenho que ir. Almoçamos com a Sibila?

— Não perderia por nada no mundo.

Apesar de ter saído de casa atrasada, Perséfone caminhou calmamente para o trabalho, se deleitando ao sentir a vida ao seu redor. Ainda não estava acreditando. Sua magia tinha vindo à tona e despertado no Submundo. Ainda não tinha ideia do que fazer com isso — não sabia como controlar o que sentia ou usá-la para criar ilusões, mas planejava encontrar Hécate esta noite para aprender.

Quando chegou à Acrópole, Demetri pediu para vê-la. Ele sugeriu algumas alterações no seu artigo, mas antes de colocar em prática Perséfone foi para a copa pegar um café.

— Ei, Perséfone — Adônis disse quando se juntou a ela.

Ele deu seu sorriso mais encantador, como se isso pudesse apagar o passado e construir um futuro totalmente novo.

— Não tenho a mínima vontade de falar com você.

Não precisava olhar para saber que ele havia parado de sorrir. Provavelmente estava chocado que seu sorriso não tivesse feito sua mágica usual.

— Você realmente vai parar de falar comigo? Sabe que isso é impossível. Trabalhamos juntos.

— Ainda serei profissional — disse ela.

— Não está sendo muito profissional agora.

— Não preciso bater papo com você para ser profissional. Só tenho que fazer meu trabalho.

— Ou poderia me perdoar — disse Adônis. — Eu estava bêbado e quase não toquei em você.

— Quase não tocou? — Ele tinha puxado seu cabelo para forçá-la a abrir a boca. Além disso, seu toque, leve ou agressivo, tinha sido completamente indesejado.

Perséfone o ignorou, saindo da copa. Ele a seguiu.

— É por causa de Hades? — ele questionou. — Está dormindo com ele?

— Essa não é uma pergunta apropriada, Adônis, e não é da sua conta.

— Ele disse para você ficar longe de mim, não disse?

Perséfone se virou para Adônis. Ela nunca conheceu ninguém tão alheio aos próprios erros.

— Sou capaz de tomar minhas próprias decisões. Achei que você se lembraria disso depois de roubar meu artigo — retrucou. — Mas, só para esclarecer, não quero falar com você porque você é um manipulador, nunca assume a responsabilidade por seus erros e me beijou quando eu disse especificamente para não fazer isso, o que faz de você um abusador.

Houve uma pausa pesada quando as palavras de Perséfone atingiram o alvo. Adônis precisou de um momento, mas finalmente pareceu entender o que ela estava dizendo. Suas narinas se dilataram, e ele cerrou os punhos, os nós dos dedos ficando brancos.

— Sua puta!

— Adônis — a voz de Demetri interrompeu a conversa, cortando como um chicote.

Atordoada, Perséfone se virou e viu seu chefe parado do lado de fora de seu escritório. Ela nunca o tinha visto com tanta raiva.

— Venha comigo, por favor.

Adônis ficou chocado e olhou para Perséfone como se ela fosse a culpada.

Quando ele entrou no escritório, o chefe lançou a Perséfone um olhar de desculpas antes de segui-lo e fechar a porta. Dez minutos depois, um segurança chegou ao andar e entrou no escritório também. Em um momento, Adônis saiu da sala com o segurança de um lado e Demetri de outro. Quando passaram pela mesa de Perséfone, ele estava rígido, com os punhos cerrados. Murmurou, baixinho:

— Isso é ridículo. Ela é uma dedo-duro.

— Você dedurou a si mesmo — disse Demetri.

Eles foram até o local onde ficava a mesa de Adônis e depois se dirigiram ao elevador, com ele carregando uma caixa.

Demetri voltou e se aproximou da mesa de Perséfone.

— Pode vir aqui por um momento?

— Sim — ela disse, baixinho, e o seguiu até seu escritório.

Eles se sentaram.

— Quer me contar o que aconteceu?

Ela explicou apenas que Adônis tinha roubado seu artigo e o enviado sem seu conhecimento, porque essa era a única parte que realmente envolvia o trabalho.

— Por que você não me contou?

Perséfone encolheu os ombros.

— Eu enviaria de qualquer maneira. Só foi antes do que eu esperava.

Demetri fez uma careta.

— No futuro, quero que você me procure quando se sentir injustiçada, Perséfone. Sua satisfação neste trabalho é importante para mim.

— Obrigada.

— Eu entenderia se você quisesse parar de escrever sobre Hades.

— Entenderia? Mas por quê?

— Não vou fingir que não estou ciente da frustração e do estresse que isso causou a você — disse, e ela teve que admitir que ficou um pouco surpresa por ele ter notado. — Você ficou famosa da noite para o dia e ainda nem concluiu a faculdade.

Ela baixou os olhos para as mãos, torcendo os dedos, nervosa.

— Mas e os leitores?

Demetri deu de ombros.

— Jornalismo é assim. Sempre há algo novo para publicar.

Perséfone deu uma risadinha e considerou as coisas. Se parasse de escrever agora, não faria justiça à história de Hades. Tinha começado com uma crítica severa a ele, talvez de forma egoísta, e queria explorar outras facetas do seu caráter. Percebeu que não precisava escrever um artigo para fazer isso, mas em parte queria mostrar Hades. Queria que os outros o vissem como ela havia passado a ver — gentil e atencioso.

— Não — ela disse. — Está tudo bem. Quero continuar com a série... por ora.

Demetri sorriu.

— Tudo bem, mas se sentir o desejo de encerrar, quero que me avise.

Ela assentiu e voltou para sua mesa, incapaz de se concentrar em suas tarefas. Ainda estava um pouco abalada por causa da discussão com Adônis. Na verdade, esperava que não tivesse chegado a esse ponto, mas, depois de hoje, sabia que era a decisão certa. Não achou que esqueceria a expressão dele — tinha visto e sentido sua raiva.

Depois do trabalho, ela foi para o campus. Durante a aula, achou difícil se concentrar. Sua noite de insônia a estava afetando e, embora fizesse anotações, no final da aula, quando tentava ler o que havia escrito, eram apenas rabiscos.

Realmente precisava descansar.

Um toque no seu ombro a fez pular. Ela se virou e olhou para o rosto de uma garota com traços pequenos de fada e lindas sardas. Seus olhos eram grandes e redondos.

— Você é Perséfone Rosi, certo?

Estava se acostumando com essa pergunta e aprendendo a temê-la.

— Sou — ela disse hesitante. — Posso ajudar?

A garota pegou uma revista dentre os livros que carregava contra o peito. Era a *Divinos de Delfos*, na capa havia uma foto de Hades. Perséfone ficou chocada — Hades tinha realmente se permitido ser fotografado. A manchete dizia: "Deus do Submundo dá crédito à jornalista pelo Projeto Anos Dourados".

Perséfone pegou a revista, folheando até a página da reportagem, e começou a ler, revirando os olhos.

Provavelmente a pior parte — além do artigo sugerindo que o motivo do projeto foi Hades ter se apaixonado pela "linda mortal loura" — foi que eles conseguiram uma foto dela. Era a foto que tinha tirado para o estágio no *Jornal de Nova Atenas*.

— É verdade? — a garota perguntou. — Você está mesmo saindo com Lorde Hades?

Perséfone olhou para ela e se levantou, colocando a mochila nas costas. Não achava que havia uma palavra para descrever o que estava acontecendo entre ela e o Deus dos Mortos. Hades a tinha chamado de amante, mas Perséfone ainda se descreveria como uma prisioneira — e assim seria até que o contrato fosse rescindido.

Em vez de responder, ela perguntou:

— Você sabe que a *Divinos* é uma revista de fofoca, não sabe?

— Sim, mas... ele criou o Projeto Anos Dourados para você.

— Não foi para mim. — Ela passou pela garota. — Foi para mortais necessitados.

— Ainda assim, não acha romântico?

Perséfone fez uma pausa e se virou para a garota.

— Ele ouviu uma sugestão. Não tem nada de romântico nisso.

A garota franziu a testa, confusa.

Perséfone explicou:

— Não estou interessada em romantizar Hades por fazer algo que todos os homens deveriam fazer.

— Então não acha que ele gosta de você? — ela insistiu.

— Prefiro que ele me respeite.

O respeito podia construir um império. A confiança podia torná-lo inquebrável. O amor podia fazê-lo durar para sempre. E ela saberia que Hades a respeitava quando removesse essa marca estúpida de sua pele.

— Com licença — ela disse, e saiu.

Estava quase na hora do almoço, e ela tinha aquele encontro com Lexa e Sibila.

Perséfone deixou o Salão de Héstia e cruzou o campus, cortando o Jardim dos Deuses, seguindo o caminho de pedra familiar, passando pela estátua de mármore de Apolo, quando o cheiro da magia de Hades a atingiu. Foi o único aviso que ela teve antes de ser teleportada. Ela apareceu em uma parte diferente do jardim, onde narcisos floresciam, ficando cara a cara com Hades.

Ele estendeu a mão, agarrou sua nuca e a beijou. Ela correspondeu avidamente, mas foi distraída pelo artigo e seus pensamentos sobre o contrato.

Quando ele se afastou, olhou para ela por um momento e perguntou:
— Você está bem?

Seu estômago embrulhou. Não tinha se acostumado com essa pergunta, ou como ele a fazia — com uma voz que ecoava sinceridade e preocupação.

— Sim — ela respondeu sem fôlego.

Diga a ele... pergunte a ele sobre o contrato, ela ordenou a si mesma. *Exija que ele a liberte se quiser estar com você.*

Em vez disso, ela perguntou:

— O que está fazendo aqui?

Sorrindo, ele roçou o polegar no lábio dela.

— Vim dizer adeus.

— O quê? — A pergunta saiu mais exigente do que ela queria. O que ele queria dizer com adeus?

Ele riu baixinho.

— Eu preciso ir a Olímpia para o Conselho.

O Conselho dos Deuses ocorria trimestralmente, a menos que houvesse uma guerra. Se Hades estava indo, significava que Deméter ia também.

— Ah. — Ela baixou a cabeça, desapontada. — Quanto tempo vai demorar?

Ele deu de ombros.

— Se depender de mim, não mais que um dia.

— E por que não dependeria de você?

— Porque vai depender do quanto Zeus e Poseidon vão discutir.

Ela queria rir, mas, depois de vê-los na festa de gala, teve a sensação de que a discussão deles não era bonita, e sim brutal. Ainda pior do que Zeus ou Poseidon, Perséfone se perguntou como sua mãe trataria o Deus dos Mortos.

Estremeceu e tentou encontrar o olhar de Hades, mas os olhos dele se voltaram para a revista. Ele a tirou de cima das coisas dela e franziu a testa — e franziu ainda mais a testa depois que ela perguntou:

— É por isso que você anunciou o Projeto Anos Dourados no baile de gala? Para tirar o foco da minha avaliação do seu caráter?

— Você acha que criei o Projeto Anos Dourados para minha reputação?

Ela deu de ombros.

— Você não queria que eu continuasse escrevendo a seu respeito. Você disse ontem.

Ele a encarou por um momento, claramente frustrado.

— Não comecei o Projeto Anos Dourados na esperança de que o mundo me admirasse. Eu comecei por sua causa.

— Por quê?

— Porque vi verdade no que você disse. É realmente tão difícil de acreditar?

Ela não conseguia responder, e as sobrancelhas de Hades se juntaram com força.

— Minha ausência não afetará sua habilidade de entrar no Submundo. Você pode entrar e sair quando quiser.

Ela não gostou de quão distante ele parecia de repente, e nem tinha viajado ainda. Ela se aproximou dele e inclinou a cabeça para trás para olhar em seus olhos.

— Antes de você ir, eu estava pensando — ela disse, e alcançou a lapela do seu paletó. — Eu gostaria de dar uma festa no Submundo... para as almas.

As mãos de Hades se fecharam sobre seus pulsos. Ele fez uma cara confusa, e ela não tinha certeza se ele iria afastá-la ou puxá-la para mais perto.

— Que tipo de festa?

— Tânatos me disse que algumas almas vão reencarnar no final da semana e que Asfódelo já está planejando uma festa. Acho que nós devemos movê-la para o palácio.

— Nós?

Perséfone mordeu o lábio e corou.

— Estou perguntando se posso planejar uma festa no Submundo. — Ele apenas a encarou, então ela continuou: — Hécate já concordou em ajudar.

Ele ergueu as sobrancelhas.

— Ela concordou?

— Sim. — Ela olhou para onde suas palmas agora descansavam, no peito dele. — Ela acha que deveríamos dar um baile.

Ele ficou quieto por tanto tempo que ela pensou que fosse por raiva, então olhou para cima para encontrar seu olhar.

— Você está tentando me seduzir para que eu concorde com o seu baile? — ele perguntou.

— Está funcionando?

Ele riu e a puxou para mais perto. Sua excitação estava dura contra a barriga dela, que arquejou. Já era resposta suficiente, e mesmo assim ele disse em seu ouvido:

— Está funcionando. — Ele a beijou profundamente e a soltou. — Planeje seu baile, Lady Perséfone.

— Volte para casa logo, Lorde Hades.

Ele sorriu malicioso antes de desaparecer.

Ela percebeu naquele momento que estava com medo de dizer qualquer coisa sobre o contrato porque isso poderia significar decepção. Poderia significar a conclusão de que o que havia entre eles nunca funcionaria.

E isso iria destruí-la.

Perséfone encontrou Lexa e Sibila para almoçar no Golden Apple. Felizmente, com Sibila presente, Lexa não fez perguntas sobre o beijo, embora fosse possível que Sibila já soubesse dos detalhes. Elas falaram sobre as provas finais, formatura, o baile e Apolo.

Tudo começou porque Lexa perguntou a Sibila:

— Então, você e Apolo estão...

— Namorando? Não. — disse Sibila. — Mas acho que ele espera que eu concorde em ser sua amante.

Perséfone e Lexa trocaram um olhar.

— Espere — disse Lexa. — Ele perguntou? Tipo... pediu sua permissão?

Sibila sorriu, e Perséfone admirou como a oráculo conseguia falar sobre o assunto com tanta facilidade.

— Sim, e eu disse a ele que não.

— Você disse não a Apolo, o Deus do Sol, perfeição encarnada? — Lexa parecia ligeiramente chocada. — Por quê?

— Lexa, você não pode perguntar isso! — Perséfone repreendeu.

Sibila apenas sorriu e disse:

— Apolo não será fiel a uma só pessoa, e eu não desejo compartilhar.

Perséfone entendeu por que Sibila não queria se envolver com o deus. Apolo tinha uma longa lista de amantes que abrangiam divinos, semidivinos e mortais — e, como a lista provava, ele nunca ficava com uma pessoa por muito tempo.

A conversa passou a ser sobre planos para o fim de semana e, uma vez que decidiram onde se encontrariam para beber e dançar, Perséfone partiu para o Submundo.

Ela regou seu jardim e foi encontrar Hécate em seu chalé. Era uma casa pequena, aninhada em uma clareira escura e, embora fosse charmosa, era um pouco... agourenta. Talvez fosse por causa da cor — o revestimento cinza-escuro, a porta de um roxo-escuro e uma hera subindo pela casa, cobrindo as janelas e o telhado.

Lá dentro, era como se ela tivesse entrado em um jardim cheio de flores desabrochando à noite — glicínias roxas espessas penduradas no alto como aglomerados de estrelas em uma noite de blecaute, enquanto um tapete de nicotiana branca cobria o chão. Uma mesa, cadeiras e cama eram de madeira preta macia que parecia ter crescido no formato de cada um daqueles móveis. Esferas começaram a pairar pelo cômodo, e Perséfone demorou um instante para reconhecer o que eram: lâmpades, pequenas e lindas fadas com pele prateada e cabelos escuros feito a noite, enfeitados com flores brancas.

Hécate não estava sentada na cama ou na mesa, mas no chão gramado. Suas pernas estavam encolhidas embaixo do corpo e seus olhos estavam fechados. Uma vela preta acesa tremulou na frente dela.

— Hécate? — Perséfone perguntou, batendo na porta, mas a deusa não se mexeu. Ela deu um passo mais para dentro da sala. — Hécate?

Ainda sem resposta. Era como se ela estivesse dormindo.

202

Perséfone se curvou e apagou a vela, e os olhos de Hécate se abriram. Por um momento, ela parecia perversa, seus olhos, de um preto infinito. Perséfone de repente entendeu o tipo de deusa que Hécate poderia se tornar se fosse provocada — o tipo de deusa que transformou Gale, a bruxa, em Gale, a doninha.

Quando ela reconheceu Perséfone, sorriu.

— Bem-vinda de volta, milady.

— Perséfone — ela corrigiu, e o sorriso de Hécate se alargou.

— Estou apenas experimentando — disse ela. — Você sabe, para quando você se tornar a Senhora do Submundo.

Perséfone corou ferozmente.

— Você está se adiantando, Hécate.

A deusa ergueu a sobrancelha, e Perséfone revirou os olhos.

— O que você está fazendo? — Perséfone perguntou.

— Ah, apenas amaldiçoando um mortal — Hécate respondeu quase alegremente, agarrando a vela e se levantando. Guardou-a e se virou para Perséfone. — Já regou o seu jardim, querida?

— Sim.

— Vamos começar?

Ela foi direto ao ponto, ordenando que Perséfone se sentasse no chão. Perséfone hesitou, mas após o encorajamento de Hécate para ver se seu toque ainda tirava vida, ajoelhou-se no chão. Quando pressionou as mãos na grama, nada aconteceu.

— Incrível — Perséfone sussurrou.

Hécate passou a próxima meia hora conduzindo-a por uma meditação que deveria ajudá-la a visualizar e usar seu poder.

— Você deve praticar a invocação de sua magia — Hécate disse.

— Como faço isso?

— A magia é maleável. Ao chamá-la, imagine-a como argila: molde-a no que você deseja e então... dê-lhe vida.

Perséfone balançou a cabeça.

— Você faz isso parecer fácil.

— É fácil — disse Hécate. — Só é preciso acreditar.

Perséfone não tinha certeza disso, mas tentou fazer como Hécate instruiu. Imaginou a vida que sentia nas glicínias acima dela como algo que poderia moldar e desejou que as plantas ficassem maiores e mais vibrantes, mas quando abriu os olhos, nada havia mudado.

Hécate deve ter notado sua decepção, porque colocou a mão no ombro de Perséfone.

— Vai levar tempo, mas você vai dominar sua magia.

Perséfone sorriu para a deusa, mas murchou por dentro. Não tinha escolha a não ser dominar a magia se quisesse cumprir seu contrato com

Hades, porque, por mais que gostasse do Rei do Submundo, não tinha nenhum desejo de ser uma prisioneira de seu reino.

— Perséfone?

— Hã? — Ela piscou, olhando para Hécate, que sorriu.

— Pensando em nosso Rei?

Ela desviou o olhar.

— Todo mundo sabe, não é?

— Bem, ele carregou você pelo palácio até o quarto dele.

Perséfone olhou para a grama. Não pretendia ter essa conversa e, embora as palavras fossem doloridas, disse:

— Não tenho certeza se deveria ter acontecido.

— Por que não?

— Por tantos motivos, Hécate.

A deusa esperou.

— O contrato, por exemplo — explicou Perséfone. — E minha mãe nunca mais vai me deixar sair de sua vista novamente se ela descobrir. — Perséfone fez uma pausa. — E se ela puder ver quando olhar para mim? E se ela souber que não sou a deusa virginal que ela sempre quis?

Hécate deu uma risadinha.

— Nenhum deus tem o poder de determinar se você é virgem.

— Não um deus, mas uma mãe.

Hécate franziu a testa.

— Você se arrepende de ter dormido com Hades? Esqueça sua mãe e o contrato. Você se arrepende?

— Não. Nunca poderia me arrepender dele.

— Minha querida, você está em guerra consigo mesma. Isso criou escuridão dentro de você.

— Escuridão?

— Raiva, medo, ressentimento — disse Hécate. — Se você não se libertar, ninguém mais poderá.

Perséfone sabia que a escuridão sempre existira dentro dela e tinha aumentado nos últimos meses, vindo à tona quando ela se sentia desafiada ou com raiva. Pensou em como tinha ameaçado aquela ninfa na Coffee House, como tinha sido grossa com sua mãe, como tinha ciúmes de Minta.

Sua mãe poderia alegar que o mundo mortal tinha feito isso com ela — transformado a escuridão em algo tangível — mas Perséfone sabia que não era o caso. A escuridão sempre estivera lá, uma semente escura, alimentando seus sonhos e suas paixões, e Hades a tinha despertado, encantado e alimentado.

Me deixa tirar a escuridão de você — vou ajudar a moldá-la.

E ela deixou.

— Quando você sentiu vida pela primeira vez? — Hécate perguntou, curiosa.

— Depois que Hades e eu... — não precisou terminar a frase.

— Hmm. — A Deusa da Magia tocou seu queixo. — Acho que talvez o Deus dos Mortos tenha criado vida dentro de você.

22

O BAILE DA ASCENSÃO

Na sexta-feira, Hades ainda não havia retornado de Olímpia, e Perséfone ficou surpresa com a ansiedade que isso lhe causou. Ela sabia que ele planejava estar no Baile da Ascensão esta noite, porque, quando ela chegou ao Submundo para ajudar na decoração, Hécate a conduziu para outra parte do palácio para se preparar e a cumprimentou:

— Lorde Hades enviou seu vestido. É lindo.

Perséfone não tinha ideia de que Hades planejava lhe enviar um vestido.

— Posso ver?

— Mais tarde, querida — ela disse, abrindo um par de portas douradas para uma suíte diferente do resto do palácio. Em vez de pisos e paredes escuros, eram de mármore branco e incrustados de ouro. A cama luxuosa tinha cobertores fofos, e o chão, tapetes de pele. Acima, um grande lustre pendia do teto abobadado.

— Esses quartos, para quem são? — Perséfone perguntou ao entrar, arrastando os dedos ao longo da borda de uma penteadeira branca.

— Para a Senhora do Submundo — Hécate respondeu.

Perséfone pensou um pouco. Sabia que Hades havia criado tudo em seu reino, portanto, adicionar uma suíte para uma esposa significava que havia considerado um dia ter uma. Lembrou do que conversara com Hermes no Baile Olímpico. Então esses aposentos confirmavam que o deus tinha esperanças de se casar?

— Mas... Hades nunca teve uma esposa — Perséfone se esquivou.

— Nunca teve.

— Então... esses quartos nunca foram ocupados?

— Não que estejamos cientes. Venha, vamos arrumar você.

Hécate chamou suas lâmpades, e elas começaram a trabalhar. Perséfone foi tomar um banho e, enquanto se reclinava na banheira, as ninfas de Hécate esmaltavam suas unhas dos pés e mãos. Quando ela se secou, esfregaram óleos em sua pele. Tinham aroma de lavanda e baunilha — os favoritos dela. Quando ela disse isso, Hécate sorriu.

— Ah, Lorde Hades comentou.

— Não me lembro de ter contado a Hades meus aromas favoritos.

— Eu não acho que você precisasse contar — disse ela distraidamente.

— Ele pode senti-los.

Hécate levou Perséfone para uma penteadeira com um espelho tão grande que podia ver toda a parede do lado oposto do quarto. As ninfas demoraram a arrumar seu cabelo, num penteado no alto da cabeça. Quando terminaram, lindos cachos emolduravam seu rosto e grampos de ouro brilhavam em seu cabelo louro.

— Ficou lindo — disse Perséfone às lâmpades. — Amei.

— Espere até ver seu vestido — Hécate disse.

A Deusa da Bruxaria desapareceu no closet e voltou com um pedaço de tecido dourado cintilante. Perséfone não conseguiria dizer como era, até que o colocou. O tecido era frio contra sua pele e, quando ela se olhou no espelho, mal se reconheceu. O vestido que Hades escolheu para ela caía em seu corpo como ouro líquido. Com um decote profundo, costas nuas e uma fenda até a altura das coxas, era lindo, ousado e delicado.

— Você está um arraso — disse Hécate.

Perséfone sorriu.

— Obrigada, Hécate.

A Deusa da Bruxaria saiu para se preparar para as festividades da noite, deixando Perséfone sozinha.

— Isso é o mais próximo que eu já fiquei de parecer com uma deusa — ela disse em voz alta, alisando o vestido com as mãos.

A sensação repentina da magia de Hades, quente, segura e familiar, a fez parar. Preparou-se para ser teleportada, já que a última vez que sentiu isso, foi exatamente o que aconteceu. Desta vez, no entanto, Hades apareceu atrás dela. Perséfone o encarou pelo espelho e começou a se virar, mas a voz de Hades soou:

— Não se mova. Deixe-me olhar para você.

Suas instruções eram mais um pedido do que uma ordem, e ela engoliu em seco, mal conseguindo lidar com o calor que sua presença acendeu dentro dela. Ele irradiava poder e escuridão, e o corpo dela respondia — almejava o poder, ansiava pelo calor, desejava a escuridão. Ela queimou ao tocá-lo, mas segurou seu olhar por um momento antes que ele começasse um círculo lento ao redor dela.

Quando ele terminou, ele passou um braço em volta da cintura dela, puxando-a contra seu peito, unindo seus corpos.

— Abandone a ilusão.

Ela hesitou. Na verdade, sua ilusão humana era sua segurança, e o comando de Hades a fez querer segurá-la com mais força.

— Por quê?

— Porque desejo ver você — disse ele.

Ela segurou a ilusão com mais força, mas Hades persuadiu-a em uma voz que a fez derreter:

— Me deixe ver você.

Ela fechou os olhos e relaxou. Sua ilusão se esvaiu como água escorrendo por sua pele, e ela soube quando se foi completamente, porque se sentiu ao mesmo tempo leve e em carne viva.

— Abra seus olhos — Hades encorajou, e quando ela o fez, estava em sua forma de deusa.

Tudo contrastado com a presença dele era intenso, e ela brilhava contra a escuridão de Hades.

— Meu bem, você é uma deusa — disse Hades, e pressionou os lábios em seu ombro.

Perséfone colocou a mão no pescoço dele, puxando-o; seus lábios colidiram e, quando Hades rosnou, Perséfone se virou em seus braços.

— Eu senti saudade. — Ele segurou o rosto dela, lançando seu olhar penetrante.

Perséfone se perguntou o que ele estava procurando.

— Também senti.

A admissão a fez corar, e Hades sorriu, puxando-a para outro beijo. Seus lábios roçaram os dela — uma, duas vezes — provocando, antes de Perséfone selar o beijo. Estava faminta, e ele tinha um gosto rico e sexy, como o uísque que bebia. Suas mãos deslizaram pelo peito dele; ela queria tocá-lo, sentir sua pele contra a dele, mas Hades a deteve com as mãos em seus pulsos, interrompendo o beijo.

— Estou tão desejoso quanto você, meu bem — disse ele. — Mas, se não sairmos agora, acho que vamos perder sua festa.

Ela quis responder com um beicinho, mas sabia que ele estava certo.

— Vamos? — ele perguntou, oferecendo a mão.

Quando ela a pegou, Hades abandonou sua ilusão. Perséfone poderia observá-lo o dia todo — a forma como sua magia se movia feito uma sombra, descolando dele como fumaça, revelando sua forma impressionante. Seu cabelo caía sobre os ombros, e uma coroa de prata feita de pontas irregulares decorava a base de seus chifres enormes. O terno que ele estava usando momentos atrás foi substituído por um manto negro, com as barras bordadas em prata.

— Cuidado, Deusa — Hades avisou em um rosnado baixo. — Ou não sairemos deste quarto.

Ela estremeceu e rapidamente desviou o olhar.

Com seus dedos entrelaçados, ele a conduziu para fora da suíte e para o corredor, até um par de portas douradas. Além das portas, podia ouvir o ruído grave de uma grande multidão. Sua ansiedade aumentou, provavelmente porque não havia uma ilusão protegendo-a. Percebeu que era bobagem — conhecia essas pessoas, e elas a conheciam.

Ainda assim, sentia-se uma impostora: deusa impostora, rainha impostora, amante impostora.

Cada um desses pensamentos doía mais do que o outro, então ela os empurrou bem para o fundo da mente e entrou no salão de baile ao lado de Hades.

Tudo ficou em silêncio.

Eles estavam no topo de uma escada que levava ao salão de baile lotado, e ela reconheceu muitos dos presentes — deuses e almas e criaturas semelhantes. Avistou Euríale, Elias e Mekonnen. Sorriu para eles, sua ansiedade esquecida, e quando eles se curvaram, Hades a conduziu escada abaixo.

Enquanto eles caminhavam pela multidão, Perséfone sorriu e assentiu. Quando seus olhos pousaram em Hécate, ela se separou de Hades para pegar-lhe as mãos.

— Hécate! Você está maravilhosa!

A Deusa da Bruxaria estava luminosa com um vestido prateado e brilhante que se ajustava a seu corpo e depois se alargava. Seu cabelo escuro e espesso caía sobre seus ombros, e estrelas cintilavam em seus longos cachos.

— Você me lisonjeia, meu amor — Hécate disse enquanto elas se abraçavam.

De repente, Perséfone se viu cercada por almas. Elas a abraçavam e agradeciam, diziam que o palácio estava incrível e que ela estava linda. Não percebeu quanto tempo ficou ali, aceitando abraços e conversando com as pessoas do Submundo, mas foi a música que abriu a multidão.

A primeira dança de Perséfone foi com algumas crianças do Submundo. Elas se moviam em círculos e imploravam para serem erguidas e giradas. Perséfone obedecia, maravilhada com a alegria delas enquanto se moviam pelo salão de baile.

Quando a dança terminou, Caronte se aproximou, vestido todo de branco, sua cor usual, exceto pelas barras das vestes, que eram bordadas com linha azul. Ele se curvou, a mão no coração.

— Milady, me daria a honra da próxima dança?

Ela sorriu e pegou sua mão.

— Claro!

Perséfone se juntou a uma dança em fila, ziguezagueando por entre as almas. O ritmo era rápido, e ela logo ficou sem fôlego e corada. Bateu palmas, sorriu e gargalhou até seu rosto doer. Duas danças depois, encontrou Hermes fazendo uma reverência atrás dela.

— Milady — disse.

— É Perséfone, Hermes — disse ela, pegando a mão dele. A música estava diferente agora, tendo se transformado em uma melodia lenta e encantadora.

— Você está quase tão incrível quanto eu — ele disse, presunçoso, enquanto se moviam pela sala.

— Que elogio atencioso — ela provocou.

O deus deu um largo sorriso e então se inclinou.

— Não sei dizer se é o vestido ou o tanto de sexo que você tem feito com o deus deste reino.

Perséfone corou.

— Não tem graça, Hermes!

Ele ergueu a sobrancelha.

— Mas não é verdade?

— Como você sabe?

— Bem, há boatos de que ele carregou você pelo palácio até sua cama.

Ela corou ferozmente. Nunca perdoaria Hades por isso.

— Vejo que é verdade.

Perséfone revirou os olhos, mas não negou.

— Então, me conte: como foi?

— Não vou falar com você sobre isso, Hermes.

— Aposto que ele é bruto — ponderou o deus.

Perséfone desviou o olhar para esconder seu rubor e sua risada.

— Você é impossível.

Hermes deu uma risadinha.

— Mas, sinceramente, o amor fica bem em você.

— Amor? — ela quase se engasgou.

— Ah, gata, você ainda não percebeu, não é?

— Percebeu o quê?

— Que está apaixonada por Hades.

— Não estou!

— Está sim — ele disse —, e ele ama você.

— Eu quase preferia suas perguntas sobre minha vida sexual — ela murmurou.

Hermes riu.

— Você entrou nesta sala como sua rainha. Acha que ele deixaria qualquer uma fazer isso?

Honestamente não sabia.

— Eu acho que o Senhor do Submundo encontrou sua noiva.

Queria argumentar que Hades não a havia encontrado, mas raptado — só que, em vez de dizer isso, ergueu a sobrancelha para o Deus da Trapaça.

— Hermes, você está bêbado?

— Um pouco — ele admitiu, tímido.

Perséfone riu, mas suas palavras trabalharam em sua mente. Ela amava Hades? Só se permitiu pensar nisso brevemente depois de sua primeira noite juntos e, em seguida, esmagou esses pensamentos completamente.

Enquanto Hermes a girava, ela olhou ao redor, procurando por Hades na multidão. Não o via desde que desceram as escadas juntos e foi imediatamente cercada por almas. Ela o viu sentado em um trono escuro. Ele estava reclinado, a mão nos lábios, olhando para ela. Tânatos estava de um lado, vestido de preto, suas asas dobradas ordenadamente como uma capa. Minta estava do outro, radiante em um vestido preto cintilante. Eles eram como um anjo e um demônio nos ombros do Deus dos Mortos.

Perséfone desviou o olhar rapidamente, mas Hermes pareceu notar que ela estava distraída e parou de dançar.

— Tudo bem, Sefy. — Ele a soltou. — Vá até ele.

Perséfone hesitou.

— Não, estou bem aqui...

— Reivindique-o, Perséfone.

Ela sorriu para Hermes, e a multidão se abriu enquanto ela caminhava em direção a Hades. Ele a observava, e Perséfone não conseguia identificar a expressão em seu rosto, mas algo dentro dela foi atraído por ele. Quando ela se aproximou, a mão dele pousou no braço do trono. Ela fez uma reverência e se levantou.

— Milorde, dançaria comigo?

Os olhos de Hades estavam acesos, e seus lábios se contraíram. Ele se levantou, uma figura imponente e dominante, e pegou a mão dela, levando-a para o salão. As almas abriram espaço, comprimindo-se contra as paredes para observar. Hades a puxou para perto, a mão firme em suas costas, a outra entrelaçada em seus dedos.

Ela já estivera mais perto dele do que isso, mas havia algo em como ele a segurava agora diante de todos os seus súditos que fez a pele queimar. O ar ficou mais denso e carregado entre eles. Não se falaram por um longo momento, apenas se entreolharam.

— Você está descontente? — ela perguntou depois de algum tempo.

— Se estou descontente por você ter dançado com Caronte e Hermes? — ele perguntou.

Seria isso que ela estava perguntando? Olhou para ele, que se inclinou para a frente, pressionando os lábios contra sua orelha.

— Estou descontente por não estar comendo você.

Ela tentou não sorrir.

— Milorde, por que não disse antes?

Os olhos de Hades escureceram.

— Cuidado, Deusa, eu não teria escrúpulos em comer você na frente de todo o meu reino.

— Você não faria isso.

Seu olhar ficou feroz.

— Desafie-me.

Ela não o fez.

Eles deslizaram pelo salão em silêncio por mais um tempo antes de Hades puxá-la para as escadas. Atrás deles, a multidão aplaudia e assobiava.

— Aonde estamos indo? — ela perguntou.

— Remediar meu descontentamento — respondeu ele.

Assim que deixaram o baile, ele a conduziu para uma sacada no final do corredor. Era um espaço grande, e Perséfone se distraiu com a vista que oferecia, um Submundo envolto em escuridão, aceso pela luz das estrelas cintilantes. Maravilhou-se com o olhar artístico e a atenção aos detalhes.

Esta era a magia de Hades.

Mas quando ela começou a andar na frente de Hades, ele a puxou de volta. Seu olhar estava turvo, comunicando sua necessidade.

— Por que você me pediu para abandonar minha ilusão? — ela perguntou.

Hades colocou uma mecha do cabelo dela atrás da orelha.

— Eu disse: você não vai se esconder aqui. Precisa entender o que é ser uma deusa.

— Não sou como você — disse ela.

Ele percorreu os braços dela e sorriu.

— Não, temos apenas duas coisas em comum.

Ela ergueu a sobrancelha.

— Que são...

— Somos Divinos — ele disse, se aproximando. — E o espaço que compartilhamos.

Ele a ergueu nos braços e a colocou contra a parede. As mãos de Hades estavam quase desesperadas, puxando o vestido dela e abrindo as próprias vestes. Ele enfiou o pau dentro dela sem aviso, e ambos gemeram. A testa dele descansou contra a dela, que respirou fundo.

— É assim que é ser um deus?

Hades se afastou para encontrar seu olhar.

— É assim que é ter meu favor — ele respondeu, e se moveu, estocando, invadindo-a da maneira mais deliciosa.

Seus olhares se prenderam, e suas respirações ficaram mais pesadas e mais rápidas.

A cabeça de Perséfone caiu para trás, batendo na pedra da parede, mas ela não se importou. Cada estocada tocava algo profundo dentro dela, gerando toda vez uma nova onda de prazer.

— Você é perfeita — disse ele, enrolando os dedos em seu cabelo.

Segurou a parte de trás de sua cabeça, os movimentos provocantes, enquanto diminuía a velocidade, garantindo que ela sentisse cada parte dele.

— Você é linda. Nunca quis ninguém como quero você.

A total entrega dele veio com um beijo, e então ele voltou a meter com mais força do que nunca, o corpo dela devorando o dele. Eles gozaram juntos, seus gritos abafados por seus lábios apertados.

Hades tirou o pau com cuidado, segurando-a até que as pernas dela parassem de tremer. Então o céu pegou fogo atrás deles, e Hades a puxou para a beira da sacada.

— Observe — disse ele.

No horizonte escuro, o fogo disparou para o céu, desaparecendo em uma trilha de faíscas brilhantes.

— As almas estão retornando ao mundo mortal — disse Hades. — Esta é a reencarnação.

Perséfone observou com admiração enquanto mais e mais almas subiam para o céu, deixando rastros de fogo.

— É lindo — disse ela.

Era magia.

Abaixo, os residentes do Submundo se reuniam no pátio de pedra e, quando as últimas almas se ergueram no ar, explodiram em aplausos. A música começou novamente e a alegria continuou. Perséfone se pegou sorrindo, e quando olhou para Hades, ele estava olhando para ela.

— O que foi? — ela perguntou.

— Me deixe venerar você — disse ele.

Ela se lembrou das palavras que sussurrou para ele na parte de trás da limusine após o episódio na La Rose. *Você vai me venerar, sem que eu precise te obrigar a nada.* O pedido soou pecaminoso e perverso, e ela se deleitou com isso, respondendo:

— Sim.

23

UM TOQUE DE NORMALIDADE

Perséfone estava ansiosa por um encontro com Hades.

Haviam se passado algumas semanas desde o Baile da Ascensão, e muito desse tempo ela passou com ele. Ele tinha começado a procurá-la enquanto ela estava no Submundo, convidando-a para passear ou jogar algo de sua escolha. E ela fazia pedidos também: ele brincou com as crianças no Submundo, acrescentou uma nova área de recreação para elas e ofereceu alguns jantares para as almas e para sua equipe.

Era durante esses momentos que sua conexão com ele crescia, e ela descobriu que sentia mais paixão do que nunca pelo deus. Isso se manifestava quando eles se encontravam tarde da noite, fazendo amor como se nunca mais fossem se ver. Tudo parecia tão desesperador, e Perséfone percebeu que era porque nenhum deles estava usando palavras para comunicar o que sentiam.

E o que ela sentia era que estava se apaixonando.

Uma noite, depois de um jogo particularmente intenso de strip poker, deitaram na cama, a cabeça de Perséfone no peito de Hades enquanto ele passava os dedos distraidamente pelos cabelos dela.

— Me permita levá-la para jantar.

Ela olhou repentinamente para ele:

— Jantar? Tipo... em público?

Seu estômago apertou com o pensamento, preocupada com a atenção da mídia. Desde que Hades havia anunciado o Projeto Anos Dourados, mais artigos sobre ela haviam aparecido em revistas de toda a Nova Grécia — o *Crônicas de Corinto*, a *Tribuna de Ítaca*. Os que a deixaram mais ansiosa foram aqueles que tentaram pesquisar sua história. Por ora, estavam satisfeitos: haviam publicado que ela fora educada em casa até os dezoito anos, quando então tinha vindo de Olímpia para a Universidade de Nova Atenas. Formanda em jornalismo, conseguiu um estágio no *Jornal de Nova Atenas* e começou seu relacionamento com Hades após uma entrevista.

Era apenas uma questão de tempo até que eles quisessem mais. Ela deveria saber, era uma jornalista.

— Não exatamente em público — disse ele. — Mas eu quero te levar a um restaurante aberto ao público.

Ela hesitou, e Hades lançou um olhar compreensivo.

— Vou mantê-la segura.

Ela sabia que era verdade, e esse deus havia conseguido evitar a mídia por muito tempo — embora em parte fosse por causa do seu poder de invisibilidade e do medo que ele provocava nos mortais.

— Tudo bem — ela sorriu. Apesar de suas reservas, era terrivelmente romântico que Hades quisesse fazer algo tão... simples, como levá-la para jantar.

Desde aquela noite, tudo estava agitado. A faculdade estava movimentada, o trabalho, estressante, e ela estava sendo abordada por estranhos pessoalmente e por e-mail. As pessoas paravam e questionavam sobre seu relacionamento com Hades no ônibus, durante caminhadas e enquanto escrevia na Coffee House. Alguns jornalistas enviavam e-mails perguntando se poderiam entrevistá-la para seus jornais — outros ofereciam emprego. Tinha adquirido o hábito de verificar sua caixa de entrada uma vez por dia e excluir em massa a maioria dos e-mails que recebia sem lê-los, mas, desta vez, ao fazer login, percebeu um assunto perturbador: *Eu sei que você está dando para ele.*

Os jornalistas eram um pouco mais profissionais do que isso.

Sentiu um soco no estômago quando clicou no e-mail e encontrou uma série de fotos. Eram imagens dela com Hades, todas tiradas no Submundo enquanto eles estavam na sacada durante o Baile da Ascensão. O e-mail acabava com: *quero meu emprego de volta ou irei divulgar as fotos para a mídia.*

O e-mail era de Adônis. Ela pegou o celular para ligar para ele — não havia excluído o número dele ainda e percebeu que esta era a melhor maneira de entrar em contato naquele momento.

Ele atendeu a ligação, mas não falou nada, apenas esperou que ela falasse.

— Que porra é essa, Adônis? — ela perguntou. — Onde você conseguiu essas fotos?

— Eu podia jurar que você ia perguntar.

— Hades vai esmagar você.

— Ele pode tentar, mas provavelmente não quer enfrentar a ira de Afrodite.

— Você é um filho da puta.

— Você tem três semanas — disse ele.

— Como vou conseguir seu emprego de volta? — ela retrucou.

— Você vai pensar em algo. Você me fez ser demitido.

— Você mesmo conseguiu isso, Adônis — ela sibilou. — Não deveria ter roubado meu artigo.

— Eu fiz de você famosa — ele argumentou.

— Você me fez uma vítima, e não estou interessada em continuar essa conversa.

Houve uma longa pausa do outro lado antes que Adônis falasse novamente.

— O tempo está passando, Perséfone.

Ele desligou, e ela guardou o celular, com os pensamentos acelerados. A coisa mais fácil a fazer era perguntar a Demetri se ele consideraria contratar Adônis de volta, então ela se levantou e bateu na porta dele.

— Você tem um momento?

Seu chefe ergueu os olhos do computador, os óculos refletindo sua camisa azul e uma gravata amarela, tornando o contato visual quase impossível.

— Sim, entre.

Perséfone apenas deu alguns passos para dentro da sala.

— Quais são as chances de Adônis poder... voltar?

— Ele é desonesto, Perséfone. Não tenho interesse em contratá-lo novamente. — Quando ela assentiu, ele perguntou: — Por quê?

— Estou me sentindo... um pouco mal por ele, só isso — ela conseguiu falar, embora as palavras tivessem gosto de sangue em sua boca.

Demetri tirou os óculos. Ela agora podia ver seus olhos cheios de preocupação e um pouco desconfiados.

— Está tudo bem?

Ela assentiu.

— Sim. Tudo bem, sim. Com licença.

Ela deixou o escritório de Demetri, arrumou suas coisas e saiu. As imagens em seu e-mail eram contundentes e, se divulgadas ao público, provariam que tudo nas revistas de fofoca era verdade.

Bem, nem tudo.

Perséfone realmente não poderia dizer que ela e Hades estavam namorando. Como antes, ela estava hesitante em atribuir qualquer rótulo ao status atual, dado o contrato. Sem mencionar o fato de que, se essas fotos fossem divulgadas, sua mãe as veria, e isso significaria o fim de seu tempo em Nova Atenas — ela nem teria que se preocupar com a tempestade na mídia que se seguiria como resultado, porque não estaria ali para ver. Deméter a trancaria de volta para sempre.

Mesmo enquanto Perséfone se preparava para seu encontro — algo que deveria ser agradável — sua mente estava na ameaça de Adônis. Considerou como deveria lidar com a situação; poderia contar a Hades, e tudo terminaria tão rápido quanto começou, mas ela não queria o Deus dos Mortos agindo por ela. Queria resolver esse problema sozinha.

Decidiu que Hades seria o último recurso, uma carta que ela puxaria se não conseguisse encontrar uma solução.

Deve ter parecido preocupada quando Hades chegou para buscá-la, porque o Deus do Submundo perguntou quando ela se aproximou de sua limusine:

— Está tudo bem?

— Sim — ela conseguiu dizer em sua voz mais alegre possível. Ele perguntava muito isso; talvez fosse um pouco paranoico. — Foi apenas um dia cansativo.

Ele sorriu.

— Então vou ajudá-la a descansar.

Ele a ajudou a entrar na limusine e entrou em seguida. Antoni estava no assento do motorista.

— Milady. — Ele abaixou a cabeça.

— Bom te ver, Antoni.

O ciclope sorriu.

— Basta pressionar o botão se precisar de alguma coisa. — Então ele fechou uma janela escura que mantinha sua cabine separada da deles.

Ela e Hades se sentaram lado a lado, perto o suficiente para que seus braços e pernas se tocassem. A fricção provocou uma febre em sua pele. De repente, ela não conseguia ficar confortável e se mexeu, cruzando e descruzando as pernas. Isso chamou a atenção de Hades e, depois de um momento, ele colocou a mão em sua coxa.

Não sabia o que a possuíra para dizer o que disse a seguir — talvez fosse o estresse do dia ou a tensão ali, mas, agora, tudo que ela queria era se perder nele.

— Quero te venerar.

As palavras eram baixas e casuais. Como se estivesse perguntando como tinha sido o dia dele, ou comentando sobre o tempo. Sentiu o olhar dele e lentamente o encarou. Seu olhar escureceu.

— E como você me veneraria, Deusa? — Sua voz era grave e controlada.

Ela tentou reprimir um sorriso e ajoelhou-se no chão à sua frente, colocando-se entre suas pernas.

— Devo mostrar a você?

Ele limpou a garganta e conseguiu dizer em um tom rouco:

— Uma demonstração seria apreciada.

As mãos dela foram parar no fecho da calça dele, colocando seu pau para fora e o segurando. Ele agarrou as coxas dela, que o provou, fazendo-o gemer e jogar a cabeça para trás.

Então o carro parou.

— Porra — disse ele, e estendeu a mão para o botão do intercomunicador.

Perséfone continuou, enfiando o pau até a garganta, lambendo e chupando. Quando Hades falou, estava sem fôlego:

— Antoni, dirija até que eu mande parar.

— Sim, senhor.

Ele sibilou, respirando entre dentes. Seus dedos cravaram no couro cabeludo dela, afrouxando sua trança, enquanto ela o masturbava e o chupava ao mesmo tempo, roçando os dentes na cabeça do seu pau. Ele tinha gosto de sal e escuridão, e ficou mais duro e pesado em sua boca.

Ela soube quando o levou à loucura porque ele começou a meter em sua boca chamando seu nome. Ela se debruçou no banco da limusine, incapaz de respirar ou de qualquer outra coisa além de engoli-lo. Ele enfiou o pau no fundo de sua garganta até gozar gritando seu nome.

Perséfone engoliu tudo, limpando-o inteiro com a língua. Quando terminou, Hades estendeu a mão para ela, puxando-a para um beijo firme antes de grunhir:

— Eu quero você.

Ela inclinou a cabeça, questionando.

— Como você me quer?

Ele respondeu sem pensar duas vezes.

— Para começar, vou te pegar de quatro.

— E depois?

— Eu vou puxar você por cima e te ensinar como me cavalgar até gozar.

— Hmm, gostei dessa.

Hades a colocou sentada em seu pau. Ela gemeu quando ele a preencheu, segurando sua cintura, ajudando-a a pegar o ritmo até que ela se movesse por conta própria, usando-o para seu prazer. Ela abraçou o pescoço dele e mordeu sua orelha. Quando ele gemeu, ela sussurrou:

— Diga como você se sente com o pau dentro de mim.

— Como a vida.

Ele desceu a mão e acariciou o clitóris dela, aumentando a tensão, até que ela não aguentou mais — sua respiração entrecortada deu lugar a um grito de êxtase, e ela desabou contra ele, seu rosto enterrado na curva de seu pescoço.

Ela não soube por quanto tempo ele a segurou assim, mas, em algum momento, Perséfone escorregou de seu colo, e Hades se recompôs antes de avisar a Antoni que eles estavam prontos para chegar ao seu destino. Antoni entrou em uma garagem e estacionou perto de um elevador, e Hades ajudou Perséfone a sair da limusine. Quando entraram, ele escaneou um cartão magnético e apertou o botão para o décimo quarto andar.

— Onde estamos? — ela perguntou.

— No Grove — Hades respondeu. — Meu restaurante.

— Você é o dono do Grove? — Era um dos favoritos entre os mortais da Nova Atenas por causa de sua decoração única e aconchegante, inspirada em um jardim. — Como é que ninguém sabe?

— Eu deixo Elias administrá-lo — disse ele. — E prefiro que as pessoas pensem que ele é o dono.

O elevador abriu para a cobertura, e Perséfone suspirou com o que viu. O Grove parecia uma floresta no Submundo; um caminho de pedra serpenteava por entre canteiros de flores e árvores enfeitadas com luzes. Hades a conduziu até espaço aberto com uma mesa e duas cadeiras de veludo. As luzes nas árvores entrecruzavam-se no alto.

— É lindo, Hades.

Ele sorriu e a levou até a mesa, onde uma coleção de pães e uma garrafa de vinho os aguardava. Hades serviu um copo para cada um e brindou à noite.

Ela se pegou rindo mais do que jamais se lembrava, o fardo de seu dia foi esquecido enquanto Hades contava suas histórias da Grécia Antiga. Quando terminaram de comer, caminharam pela floresta na cobertura, e Perséfone perguntou:

— O que você faz para se divertir?

Parecia uma pergunta boba, mas ela estava curiosa. Ao longo dos meses, percebeu que Hades gostava de cartas, caminhadas e brincar com seus animais, mas ela se perguntava do que mais ele gostava.

— Como assim?

Ela riu.

— Essa pergunta já diz tudo. Quais são seus hobbies?

— Cartas. Andar a cavalo. — Ele girou a mão no ar, pensando. — Beber.

— E as coisas não relacionadas a ser o Deus dos Mortos?

— Beber não está relacionado a ser o Deus dos Mortos.

— Também não é um hobby. A menos que você seja um alcoólatra.

Hades ergueu a sobrancelha.

— Então quais são os *seus* hobbies?

Perséfone sorriu e, embora soubesse que ele estava evitando falar sobre si mesmo, respondeu:

— Fazer biscoitos.

— Fazer biscoitos? Eu sinto que deveria ter ficado sabendo disso antes.

— Bem, você nunca perguntou.

O silêncio recaiu entre eles, que caminharam um pouco mais antes de Hades parar. Perséfone se virou para olhar para ele quando disse:

— Me ensina.

Ela o encarou por um momento.

— Hã?

— Me ensina — disse ele. — A fazer biscoitos.

Ela não pôde deixar de rir, e ele ergueu a sobrancelha, claramente sem graça.

— Sinto muito, estou apenas imaginando você na minha cozinha.

— E isso é difícil?

— Bom... sim. Você é o Deus do Submundo!

— E você é a Deusa da Primavera — disse ele. — Usa sua cozinha e faz biscoitos. Por que não posso?

Não conseguia tirar os olhos dele. Só agora tinha percebido que algo havia mudado entre eles. Estava acontecendo gradualmente, mas hoje a atingiu com força.

Estava apaixonada por ele.

Não percebeu que estava carrancuda até que ele tocou seu rosto, acariciando-o.

— Você está bem?

Ela sorriu.

— Muito bem. — Ela ficou na ponta dos pés e deu um beijo em sua boca, se afastando. — Eu vou ensinar.

Hades sorriu também.

— Bem, então, vamos começar.

— Espere. Quer aprender agora?

— Agora é um momento tão bom quanto qualquer outro — disse ele.

Ela abriu a boca para argumentar que não tinha os suprimentos certos para fazer isso no Submundo, quando Hades disse:

— Eu pensei que talvez... pudéssemos passar um tempo no seu apartamento.

Ela olhou para ele, que encolheu os ombros.

— Você está sempre no Submundo.

— Você... quer passar um tempo no Mundo Superior? No meu apartamento?

Ele apenas olhou para ela — já havia dito exatamente o que queria fazer.

— Eu... tenho que preparar Lexa para sua chegada.

Ele assentiu.

— Está certo. Vou pedir a Antoni para deixá-la em casa. — Ele olhou para seu terno. — E preciso me trocar.

Perséfone não teve dificuldade em convencer Lexa a convidar Hades para uma noite de cozinha, biscoitos e filmes. Na verdade, ela tinha dado gritos quando Perséfone falou no assunto, o que atraiu Jaison de seu quarto armado com um abajur, olhos azul-acinzentados arregalados e cachos castanho-escuros selvagens. Parecia pronto para uma luta e, quando as meninas o viram, começaram a rir.

Jaison abaixou o abajur.

— Ouvi gritos.

— E você ia me salvar com um abajur? — Lexa perguntou.

— Foi a coisa mais pesada que consegui encontrar — disse ele na defensiva.

Elas riram de novo, e Perséfone explicou o motivo dos gritos de Lexa.

Jaison esfregou a nuca.

— Uau, Hades, hein?

— Sim, Hades! — Lexa puxou a mão de Jaison. — Temos que arrumar a sala de estar. Ele vai pensar que somos uns caipiras.

Perséfone sorriu quando os dois desapareceram na sala ao lado, Jaison ainda de posse do abajur.

Eles arrumaram tudo e, assim que ela tinha acabado de colocar o pijama, a campainha tocou. Apesar de todo o tempo que tinha passado com Hades, seu coração ainda martelava em seu peito quando ela foi atender a porta.

Hades estava com uma camiseta preta que se moldava em seus músculos como um sonho e uma calça de moletom folgada. Perséfone ficou chocada com sua aparência; o deus continuava magnífico mesmo com roupas desleixadas.

— Você já tinha essas roupas? — ela perguntou, apontando para as calças.

Hades olhou para ela, sorrindo.

— Não.

Ela o deixou entrar, se sentindo um pouco envergonhada. O apartamento era muito pequeno para ele — ele era quase tão largo quanto a porta e teve que se abaixar para entrar. Perséfone franziu a testa.

— O que foi? — ele perguntou.

— Nada — disse rapidamente e desviou dele. Levou-o para a sala de estar que Lexa e Jaison tinham acabado de arrumar, e agora estavam sentados no sofá. — Hum, Hades, esta é Lexa, minha melhor amiga, e Jaison, o namorado dela.

Jaison acenou do sofá, mas Lexa se levantou e abraçou Hades.

As sobrancelhas de Perséfone se ergueram. Ficou impressionada com a coragem de Lexa e com a reação de Hades; ele não pareceu surpreso e retribuiu o abraço.

— É um prazer conhecê-lo — disse ela.

— Poucos já falaram essas palavras — ele respondeu.

Lexa se afastou e sorriu.

— Contanto que você trate bem minha melhor amiga, continuarei feliz em vê-lo.

Os lábios de Hades se curvaram.

— Pode deixar, Lexa Sideris — disse ele e fez uma pequena reverência. — Se me permite, é um prazer conhecê-la.

Lexa corou.

Droga, o Senhor do Submundo era encantador.

Perséfone levou Hades para a cozinha. Era pequena para ela e Lexa, ainda menor para ele. Sua cabeça praticamente tocava o teto, mas sua altura era útil, já que muito do que Perséfone precisava estava na prateleira de cima de seus armários.

— Por que você coloca tudo tão alto? — ele perguntou enquanto ajudava a pegar os ingredientes.

— Eu coloco onde cabe. Caso você não tenha notado, eu não moro em um palácio.

Ele olhou como se dissesse, *eu poderia mudar isso.*

Quando tudo estava no balcão, Hades se virou para ela.

— O que você faria sem mim?

— Pegaria eu mesma — ela disse simplesmente.

Hades riu. Ela se virou para encará-lo e descobriu que ele estava encostado no balcão, os braços cruzados sobre o peito. Ele era absolutamente de tirar o fôlego, e ela queria rir porque ele estava em sua cozinha feia fazendo biscoitos.

— Bem, vem cá. Você não vai aprender se olhar de longe.

Hades ergueu a sobrancelha, sorrindo, e se aproximou. Ela não esperava que ele ficasse tão perto, mas ele veio por trás, cobrindo seu corpo, as mãos apoiadas em cada lado dela.

A boca tocou sua orelha, a voz quente e melosa.

— Por favor, instrua.

Ela respirou fundo e pigarreou.

— A coisa mais importante a lembrar, ao assar biscoitos, é que os ingredientes devem ser medidos e misturados corretamente, ou pode acontecer um desastre.

Os lábios dele roçaram ao longo de seu pescoço e, em seguida, seu ombro. Ela prendeu a respiração e acrescentou:

— Esqueça isso. A coisa mais importante a lembrar é prestar atenção.

Ela olhou para ele por cima do ombro enquanto ele tentava parecer inocente e lhe entregou o copo medidor.

— Primeiro, farinha — disse ela.

Hades pegou o copo e mediu a quantidade necessária de farinha. Ele manteve os braços ao redor dela, trabalhando quase como se ela não estivesse lá — exceto pelo pau duro roçando nela.

— E depois?

Concentre-se, ela ordenou a si mesma.

— Fermento em pó.

Ele continuou assim até que todos os ingredientes estivessem na tigela e misturados. Perséfone aproveitou a oportunidade para se abaixar, ainda com o corpo colado ao dele, para pegar uma assadeira e uma colher. Ela instruiu Hades a formar com a massa bolas de até dois centímetros de diâmetro e colocá-las na assadeira.

Uma vez que os biscoitos estavam no forno, Hades se virou para ela com expectativa, mas ela já estava preparada para ele.

— Agora fazemos o glacê. — Ela esfregou as mãos.

Essa era a melhor parte. Hades ergueu a sobrancelha, claramente se divertindo.

Perséfone começou a instruir novamente, entregando a Hades um fouet.

— O que devo fazer com isso?

— Você vai bater os ingredientes — disse ela, despejando açúcar de confeiteiro, baunilha e xarope de milho em uma tigela, que empurrou em direção a ele. — Bata.

Ele sorriu sarcástico.

— Com alegria.

Quando a cobertura foi feita, eles a dividiram em tigelas e misturaram corante alimentício. Perséfone não era a cozinheira mais organizada, e, quando terminaram de incorporar todas as cores, seus dedos estavam lambuzados de glacê.

Hades pegou a mão dela.

— Que gosto tem isso? — ele perguntou, e enfiou os dedos dela na boca, sugando-os. Então gemeu: — Delicioso.

Ela enrubesceu e afastou a mão.

Houve uma longa pausa, e Hades perguntou:

— E agora?

Seus olhos se encontraram.

Hades deu dois passos, plantou as mãos na cintura dela e a ergueu sobre o balcão. Ela deu um gritinho e riu, puxando-o para perto enquanto colocava as pernas em volta da cintura dele. Ele a beijou avidamente, inclinando a cabeça dela para trás, para que pudesse alcançar profundamente sua boca — mas foi um beijo curto, porque Lexa entrou na cozinha e pigarreou.

Perséfone interrompeu o beijo enquanto a cabeça de Hades se encaixou na curva de seu pescoço.

— Lexa. — Perséfone pigarreou. — E aí?

— Estava pensando se vocês não querem assistir a um filme.

— Diga não — Hades sussurrou em seu ouvido.

Perséfone riu e perguntou:

— Que filme?

— *Fúria de Titãs*.

Hades riu e se afastou de Perséfone, olhando para Lexa.

— Antigo ou novo?

— Antigo.

Ele considerou, inclinando a cabeça.

— Tudo bem. — E então beijou Perséfone no rosto. — Vou precisar de um minuto.

Ele saiu da cozinha e Perséfone ficou sentada no balcão, balançando as pernas. Quando Hades estava fora de alcance, Lexa começou:

— Ok. Primeiro, na cozinha não! Segundo, ele está completamente apaixonado por você.

Perséfone ficou corada.

— Para, Lexa.

— Garota, ele te venera.

Perséfone ignorou Lexa e começou a limpar a bagunça.

Assim que os biscoitos estavam prontos, ela os colocou para esfriar, e os quatro se acomodaram para assistir ao filme. Perséfone se sentou ao lado de Hades e foi lá, aninhada nele, que percebeu quão estranha sua vida havia se tornado desde que ela conhecera o Deus do Submundo; e, ainda assim, tivera alguns de seus momentos mais felizes com ele. Este foi um. Ele estava disposto a tentar coisas mortais com ela. Ele queria fazer as coisas que a faziam feliz e aprendê-las.

Riu ao pensar nele na cozinha, usando luvas, tentando pegar a assadeira quente de biscoitos do forno.

Os braços de Hades se apertaram ao redor dela, e ele sussurrou em seu ouvido:

— Eu sei o que você está pensando.

— Impossível.

— Depois de tudo que passei esta noite, tenho certeza de que você está rindo de várias coisas.

Não demorou muito para que ela adormecesse. Em algum momento, Hades a ergueu e a carregou para seu quarto.

— Não vá — disse ela, sonolenta, quando ele a deitou na cama.

— Não vou. — Ele beijou sua testa. — Durma.

Ela acordou com a boca quente de Hades em sua pele e gemeu, estendendo a mão para ele. Ele a beijou com urgência, como se não a provasse havia semanas, antes de arrastar os lábios ao longo de seu queixo, pescoço, peito. Então seus dedos encontraram a bainha de sua camisola. Ela arqueou as costas e o ajudou a tirá-la. Jogando-a para o lado, ele desceu, acariciando seus seios com as mãos e a língua. Não demorou muito para que ela se esgueirasse para fora da calcinha, e ele abrisse seus lábios, saboreando-a com a boca. Seu polegar esfregou aquele ponto sensível, levando-a a um êxtase delirante.

Quando ele terminou, deitou em cima dela e a beijou antes de tirar as próprias roupas e se encaixar entre suas pernas, que ela abriu para deixar o pau dele entrar. Hades meteu nela facilmente, e ela arqueou de prazer, plena. Nunca tinha se sentido mais completa.

Ele se inclinou para pressionar sua testa contra a dela, respirando com dificuldade.

— Você é linda.

— Você é um gostoso — ela disse, sibilando enquanto respirava, entre dentes, tentando conter o orgasmo que se aproximava. Quanto mais ela experimentava essa euforia, menos controle tinha. — Com você eu me sinto... poderosa.

Ele a comeu lentamente no início, e ela saboreou cada pedacinho dele, mas esse deus estava morrendo de fome, e sua consideração logo deu lugar a algo muito mais irracional e carnal.

Um rosnado feroz veio do fundo de sua garganta, e ele se inclinou para ela, beijando e mordendo seus lábios, seu pescoço, metendo cada vez mais forte, movendo seu corpo inteiro.

Perséfone se agarrou a ele, seus calcanhares cravados nas costas, suas unhas arranhando sua pele, seus dedos entrelaçados em seu cabelo — a esta altura, ela tentava se segurar em qualquer coisa que a prendesse a ele, ao momento.

Hades apoiou as mãos no topo de sua cabeça para impedi-la de bater na cabeceira da cama enquanto ele a comia — a cama inteira tremeu, e os únicos sons eram sua respiração irregular, seus gemidos suaves, suas tentativas desesperadas de sentir mais um ao outro. O corpo dela estava elétrico, alimentado pelo calor inebriante dele, que estocou mais e mais até que ela não pudesse mais se segurar. Seu grito final de êxtase deu lugar ao dele, e ela se deleitou com a sensação dele latejando dentro de sua buceta. Ela tomaria tudo dele, tudo.

Depois, eles ficaram calados. O corpo suado de Hades descansou contra o dela, e ele lentamente voltou ao normal, como se sua consciência estivesse voltando para o corpo. Foi então que pareceu perceber que tinha enlouquecido, que havia metido com tanta força que estavam apertados contra a cabeceira da cama.

Ele a observou e percebeu que ela estava chorando.

— Perséfone. — Havia uma nota de pânico em sua voz. — Eu te machuquei?

— Não — ela suspirou, cobrindo os olhos. Ele não a tinha machucado, e ela não sabia por que estava chorando. Respirou fundo. — Não, você não me machucou.

Depois de um momento, Hades tirou a mão dela dos olhos. Ela encontrou seu olhar enquanto ele enxugava as lágrimas de seu rosto, e ficou aliviada quando ele não fez mais perguntas.

Ele se virou de lado e a aconchegou contra ele, cobrindo os dois. Beijou o cabelo dela e sussurrou:

— Você é perfeita demais para mim.

Parecia que Perséfone havia acabado de adormecer quando Hades se sentou de repente ao lado dela. Ela sentiu frio imediatamente e rolou, meio adormecida, para alcançá-lo.

— Volta para a cama — disse ela.

— Se afasta da minha filha. — A voz de Deméter trovejou por todo o quarto.

Isso a despertou imediatamente. Ela se sentou, segurando o cobertor contra o peito.

— Mãe! Sai daqui!

O olhar arrepiante de Deméter caiu sobre Perséfone, que viu a promessa de dor — de destruição — ali. Ela podia ver a manchete agora: *Batalha entre deuses olimpianos, destruição em Nova Atenas.*

— Como você ousa. — A voz de Deméter tremeu, e Perséfone não sabia se era com ela ou com Hades; talvez os dois.

Perséfone jogou os cobertores para o lado e vestiu a camisola. Hades permaneceu sentado na cama.

— Desde quando? — Deméter perguntou.

— Não é da sua conta, mãe — Perséfone retrucou.

Os olhos de sua mãe escureceram.

— Você se esqueceu do seu lugar, filha.

— E você esqueceu minha idade. Eu não sou criança!

— Você é minha filha e traiu minha confiança.

Perséfone sabia o que estava prestes a acontecer. Podia sentir a magia de sua mãe crescendo no ar.

— Não, mãe! — Perséfone olhou freneticamente para Hades, que olhou para trás, tenso, mas calmo, o que não ajudou a aliviar seu medo.

— Você não vai mais viver esta vida mortal vergonhosa!

Perséfone fechou os olhos, se encolhendo quando Deméter estalou os dedos, mas, em vez de ser teleportada para a prisão de vidro, como ela esperava, nada aconteceu.

Lentamente, ela abriu os olhos e se endireitou. Assustada, a mãe encarou o bracelete de ouro de Perséfone.

A deusa atacou, agarrando seu antebraço. Segurando com muita força, puxou a pulseira e revelou a escuridão marcando sua pele clara.

— O que você fez? — Desta vez, Deméter olhou para Hades.

— Não toque em mim! — Perséfone tentou se desvencilhar, mas Deméter apertou mais, fazendo-a gritar.

— Solte ela, Deméter. — A voz de Hades estava calma, mas havia algo mortal em seus olhos.

Perséfone tinha visto aquele olhar antes — havia raiva crescendo dentro dele.

— Não se atreva a me dizer o que fazer com minha filha!

Hades estalou os dedos e de repente ele estava vestido com as mesmas roupas da noite anterior. Ele se levantou em toda a sua altura e foi até Deméter. A deusa soltou Perséfone, que correu para longe.

— Sua filha e eu temos um contrato — explicou Hades. — Ela ficará até que ele seja cumprido.

— Não. — Deméter focou no pulso de Perséfone, e ela teve a sensação de que sua mãe faria qualquer coisa para tirar aquilo dali, até mesmo cortar sua mão. — Você removerá sua marca. Remova-a, Hades!

O deus claramente não se intimidou com a raiva crescente de Deméter.

— O contrato deve ser cumprido, Deméter. As Moiras exigem.

A Deusa da Colheita empalideceu quando olhou para Perséfone.

— Como você pôde?

— Como eu pude? — Perséfone repetiu secamente. — Eu não queria que isso acontecesse, mãe.

Do canto do olho, ela viu Hades recuar.

— Não queria? Eu te avisei sobre ele! — Deméter apontou para Hades. — Eu te avisei para ficar longe dos deuses!

— E, ao fazer isso, você me deu este destino.

Deméter ergueu o queixo.

— Então a culpa é minha? Quando tudo que fiz foi tentar protegê-la? Bem, você verá a verdade muito em breve, filha.

A deusa estendeu a mão e despojou Perséfone da magia que tinha sido concedida.

Parecia que mil agulhas minúsculas estavam picando sua pele de uma vez enquanto a ilusão que Deméter havia criado para esconder a aparência Divina de Perséfone era removida. A dor a deixou sem ar, e Perséfone caiu no chão, ofegante.

— Quando o contrato for cumprido, você voltará para casa comigo — Deméter disse, e Perséfone olhou para ela. — Nunca vai voltar a esta vida mortal e nunca vai ver Hades novamente.

Então Deméter se foi.

Hades pegou Perséfone do chão e segurou-a perto de si quando ela começou a chorar. Tudo o que ela conseguiu dizer foi:

— Eu não me arrependo de você. Eu não quis dizer que me arrependia de você.

— Eu sei. — Hades beijou suas lágrimas.

Houve uma batida na porta e ambos encontraram Lexa parada dentro do quarto, com os olhos arregalados.

— Que porra é essa?

Perséfone se afastou de Hades.

— Lexa — ela disse. — Eu tenho uma coisa para te contar.

24

UM TOQUE DE TRAPAÇA

Lexa recebeu a notícia de que estava vivendo com uma deusa nos últimos quatro anos. Suas emoções variaram de sentimentos de traição a descrença, o que Perséfone entendeu. Lexa valorizava a verdade, e tinha acabado de descobrir que a pessoa que ela chamava de melhor amiga estava mentindo sobre uma grande parte de sua identidade.

— Por que você escondeu de mim? — Lexa perguntou.

— Foi um acordo que fiz com minha mãe. Além disso, eu queria saber como é viver uma vida normal.

— Eu entendo. Cara, sua mãe é uma babaca — ela disse e então se agachou como se esperasse que um raio a atingisse. — Ela vai me matar por dizer isso?

— Ela está muito zangada comigo e cheia de ódio por Hades para sequer pensar em você — respondeu Perséfone.

Lexa balançou a cabeça e apenas olhou para sua melhor amiga. Elas estavam sentadas na sala de estar juntas. Pareceria um dia normal se Perséfone não tivesse sido despojada da magia de sua mãe e sido exposta como uma deusa. Felizmente, Hades a tinha ajudado a invocar uma ilusão humana.

— Eu não posso acreditar que você é a Deusa da Primavera. Quais são seus poderes?

Perséfone corou.

— Então... Só agora estou aprendendo meus poderes. Até recentemente, eu não conseguia nem sentir minha magia. Eu já quis ser como os outros deuses — disse ela. — Mas como meus poderes nunca se desenvolveram, passei a querer simplesmente estar em algum lugar onde fosse boa em alguma coisa.

Lexa colocou sua mão sobre a de Perséfone.

— Você é boa em tantas coisas, Perséfone. Especialmente em ser uma deusa.

Ela zombou:

— Como você sabe? Você acabou de descobrir o que eu sou.

— Eu sei, porque você é gentil e piedosa, luta por aquilo em que acredita, mas, principalmente, você luta pelas pessoas. Isso é o que os deuses devem fazer, e alguém deve lembrá-los, porque muitos deles se esqueceram — ela fez uma pausa. — Talvez seja por isso que você tenha nascido.

228

Perséfone enxugou as lágrimas de seus olhos.

— Eu te amo, Lexa.

— Eu também te amo, Perséfone.

Perséfone teve dificuldade para dormir nas semanas seguintes às ameaças de Deméter. Sua ansiedade disparou, e ela se sentiu ainda mais presa do que antes. Se não cumprisse os termos de seu contrato com Hades, ficaria no Submundo para sempre. Mas, se conseguisse criar vida, se tornaria uma prisioneira na estufa de sua mãe.

Era verdade que ela amava Hades, mas preferia ir e vir do Submundo quando quisesse. Ela queria continuar vivendo sua vida mortal, se formar e começar sua carreira no jornalismo. Quando disse isso a Lexa, sua melhor amiga respondeu:

— Basta falar com ele. Ele é o Deus dos Mortos, não pode ajudar?

Mas Perséfone sabia que falar não adiantaria. Hades havia dito repetidamente que os termos do contrato não eram negociáveis, mesmo quando enfrentava Deméter. A escolha era cumprir o contrato ou não — liberdade ou não.

E essa realidade a estava matando.

Pior, ela estava usando a magia de Hades e, embora houvesse algumas vantagens, era como se ele estivesse por perto o tempo todo. Ele era uma presença constante, um lembrete de sua situação, de como ela havia perdido o controle e se descoberto apaixonada por ele.

Faltavam duas semanas para a formatura e para o fim de seu contrato com Hades.

Quando Perséfone chegou à Acrópole para trabalhar, percebeu que havia algo errado. Valerie já estava de pé atrás de sua mesa, quando Perséfone saiu do elevador, e a deteve para sussurrar antes que Perséfone fosse para sua mesa.

— Perséfone, há uma mulher aqui para ver você. Ela diz que tem uma história sobre Hades.

Ela quase gemeu alto.

— Você a sabatinou? — Perséfone tinha dado a Valerie uma lista de perguntas para fazer a qualquer um que ligasse alegando que tinha uma história sobre Hades. Algumas das pessoas que fizeram ligações ou vieram pessoalmente para uma entrevista eram apenas mortais curiosos ou jornalistas disfarçados tentando conseguir uma história.

— Ela parece legítima, embora eu ache que está mentindo sobre seu nome.

Perséfone inclinou a cabeça.

— Por quê?

Ela deu de ombros.

— Não sei. Foi o jeito que ela disse. Como se tivesse pensado na hora. Isso não deixou Perséfone muito confiante.

— Qual o nome?

— Carol.

Estranho.

Então Valerie ofereceu:

— Se você quiser que alguém te acompanhe na entrevista, eu posso ir.

— Não — disse Perséfone. — Está tudo bem. Obrigada mesmo assim.

Ela guardou suas coisas, pegou o café e percorreu rapidamente seus e-mails no celular ao entrar na sala.

— Então você tem uma história pra mim? — ela disse, olhando pra frente.

— Uma história? Não, não, Lady Perséfone. Eu tenho uma barganha.

Perséfone paralisou. Ela conheceria aquele cabelo louro brilhante em qualquer lugar.

— Afrodite. — Perséfone ficou sem ar. Por que a Deusa do Amor estava ali para vê-la? — O que você está fazendo aqui?

— Pensei em lhe fazer uma visita, visto que você está perto do fim de seu contrato com Hades.

Perséfone cobriu o pulso inconscientemente, embora a marca estivesse escondida pela pulseira.

— Como você sabe disso?

Afrodite sorriu, mas havia pena em seu olhar.

— Temo que Hades tenha colocado você no meio de nossa aposta.

Perséfone sentiu uma torção dolorosa no estômago e engoliu em seco.

— Aposta? — ela repetiu.

Afrodite apertou os lábios.

— Vejo que ele não lhe contou.

— Você pode abandonar a falsa preocupação, Afrodite, e ir direto ao ponto.

O rosto da deusa mudou, e ela se tornou mais severa e bonita do que antes. Quando vira Afrodite na festa de gala, Perséfone tinha sentido sua solidão e tristeza, mas agora estava claro em seu rosto. Chocou-a que Afrodite, a Deusa do Amor — a deusa que tinha casos com deuses e mortais —, estivesse solitária.

— Menina — Afrodite disse —, você é terrivelmente exigente. Talvez seja por isso que Hades gosta tanto de você.

Perséfone cerrou os punhos, e a deusa ofereceu um pequeno sorriso.

— Desafiei Hades para um jogo de cartas. Foi tudo por diversão, mas ele perdeu. Meu desafio era que ele conquistasse alguém em seis meses — disse ela.

Demorou um pouco para que o Perséfone absorver aquilo. Hades tinha um contrato com Afrodite: *fazer alguém se apaixonar por ele.*

Perséfone engoliu em seco.

— Devo admitir, fiquei impressionada com a rapidez com que ele se concentrou em você. Nem uma hora depois de definir meus termos, ele já a tinha atraído para um contrato e tenho observado seu progresso desde então.

Perséfone queria acusar a deusa de mentir, mas sabia que cada palavra que Afrodite estava falando era verdade.

Todo esse tempo ela tinha sido usada. O peso da verdade caiu sobre ela, quebrou-a, arruinou-a.

Ela nunca deveria ter acreditado que Hades era capaz de mudar. O jogo era a vida para ele. Significava tudo, e ele faria qualquer coisa para vencer.

Mesmo que isso partisse o coração dela.

— Me desculpe por magoar você — Afrodite disse. — Mas agora vejo que realmente perdi.

Perséfone olhou para a Deusa do Amor com os olhos lacrimejantes.

— Você o ama mesmo.

— Por que você se desculpa? — Perséfone perguntou por entre os dentes. — Isso é o que você queria.

A deusa balançou a cabeça.

— Porque... até hoje, eu não acreditava no amor.

Perséfone nunca quis escolher entre as prisões de Deméter ou a de Hades. Ela queria encontrar uma maneira de ser livre, mas, ao perceber que havia sido usada, fez uma escolha.

Depois que Afrodite desapareceu da sala de entrevista, ela tomou uma decisão dividida — terminaria a barganha com Hades de uma vez por todas e lidaria com as consequências mais tarde. Juntou suas coisas, avisou Demetri que precisava sair imediatamente e pegou o ônibus para a Nevernight.

Apareceu no Submundo, fazendo seu caminho através de um campo, em direção a uma parede escura de montanhas, com a intenção de encontrar o Poço da Reencarnação.

Ela deveria ter ouvido Minta.

Deuses, nunca achou que pensaria isso.

Estava com tanta raiva, não conseguia pensar direito, mas estava feliz por se sentir assim agora — porque sabia que, quando se acalmasse, tudo o que sentiria seria uma tristeza esmagadora.

Tinha dado tudo a Hades — seu corpo, seu coração, seus sonhos.

Tinha sido tão estúpida.

Encanto, ela racionalizou. Ele deve tê-la encantado.

Seus pensamentos rapidamente saíram de controle enquanto ela recordava as memórias dos últimos seis meses, cada uma trazendo mais dor do que a anterior. Não conseguia entender por que Hades tinha passado por tantos problemas para orquestrar este plano. Ele a tinha enganado. Tinha enganado tanta gente.

E Sibila?

A oráculo havia dito que suas cores estavam interligadas. Que ela e Hades deveriam ficar juntos.

Talvez ela seja apenas um oráculo muito ruim.

Agora à beira das lágrimas, Perséfone quase não ouviu o farfalhar da grama ao lado. Ela se virou e viu um movimento bem próximo. Seu coração bateu descontrolado, e ela caiu para trás, tropeçando em algo escondido na grama. Quando ela caiu, o que quer que estivesse na grama correu em sua direção.

Perséfone fechou os olhos e cobriu o rosto até que sentiu um nariz frio e úmido em sua mão. Abriu os olhos e encontrou um dos três cachorros de Hades olhando para ela.

Ela riu e se sentou, acariciando Cérbero na cabeça, sua língua balançando fora de sua boca. Com um olhar, ela descobriu que havia tropeçado na bola vermelha dele.

— Onde estão seus irmãos? — ela perguntou, coçando atrás da orelha dele, que respondeu lambendo seu rosto. Perséfone o empurrou e se levantou, pegando a bola. — Você quer?

Cérbero se sentou, mas mal conseguia ficar parado.

— Vai pegar! — Perséfone jogou a bola. O cão saiu disparado, e ela o observou por alguns momentos antes de continuar em direção à base da montanha.

Conforme ela chegava perto, o solo sob seus pés se tornava irregular, rochoso e exposto. Pouco tempo depois, Cérbero se juntou a ela novamente, bola na boca. Ele não derrubou a bola aos pés dela, mas olhou para as montanhas.

— Você pode me levar ao Poço da Reencarnação? — Perséfone perguntou.

O cachorro olhou para ela e saiu disparado.

Ela o seguiu — subiu uma ladeira íngreme e entrou no coração das montanhas. Uma coisa era ver essas formas de relevo à distância, outra era caminhar entre elas e sob o halo de nuvens cinzentas em redemoinho. Raios brilhavam, e trovões sacudiam a terra. Continuou a seguir Cérbero, com medo de perder o cachorro de vista — ou pior, de que ele se machucasse.

— Cérbero! — Perséfone chamou enquanto ele desaparecia em outra curva do labirinto. Ela enxugou a testa escorregadia de suor com as costas da mão; fazia calor nas montanhas e estava ficando mais quente.

Virando a esquina, ela hesitou, percebendo um pequeno riacho a seus pés, mas esse riacho era de fogo. A inquietação desceu por sua espinha. Ela ouviu Cérbero latindo à frente e saltou sobre o riacho, encontrando o cachorro na beira de um penhasco onde um rio de chamas furiosas ondulava abaixo. O calor era quase insuportável, e Perséfone de repente percebeu onde havia chegado.

Tártaro.

Este era o rio Flegetonte.

— Cérbero, encontre uma saída! — ela ordenou.

O cachorro latiu como se aceitasse sua orientação e correu em direção a uma escada esculpida nas montanhas. Os degraus eram estreitos e íngremes e desapareciam nas dobras acima.

Mas eles a levariam mais alto nas montanhas.

— Cérbero!

O cachorro continuou, então ela correu atrás dele.

Os degraus levaram para uma caverna aberta acima. Lanternas se alinhavam na passagem, mas mal iluminavam seus pés. O túnel forneceu uma fuga do calor do Flegetonte. Talvez Cérbero a estivesse conduzindo ao Poço da Reencarnação como ela havia solicitado.

Assim que teve esse pensamento, chegou ao fim da caverna, que conduzia a uma bela gruta cheia de vegetação exuberante e árvores carregadas de frutos dourados. A piscina a seus pés continha água que brilhava como estrelas em um céu escuro.

Este deve ser o Poço da Reencarnação, ela pensou.

No centro da piscina, havia um pilar de pedra com uma taça de ouro no topo. Perséfone não perdeu tempo e caminhou pela água para alcançar o copo, mas com o movimento da água, veio uma voz.

— Ajuda — a voz esganiçou. — Água.

Ela congelou e olhou em volta, mas não viu nada.

— Olá? — ela chamou para o escuro.

— O pilar — a voz disse.

O coração de Perséfone disparou quando ela deu a volta no poste e encontrou um homem acorrentado do outro lado dele. Era magro — literalmente pele e ossos — e seu cabelo e barba eram longos, brancos e emaranhados. As algemas em torno de seus pulsos eram curtas o suficiente para impedi-lo de alcançar a taça no topo do pilar — ou a fruta que estava pendurada.

Respirou fundo ao vê-lo e, quando o homem olhou para ela, suas pupilas pareciam estar nadando em sangue.

— Ajuda — ele disse novamente — Água.

— Meus deuses!

Perséfone escalou o pilar para pegar a taça, encheu-a com a água da piscina e ajudou o homem a beber.

— Cuidado — ela avisou, enquanto ele bebia rápido. — Você vai vomitar.

Ela puxou a taça, e o homem respirou fundo algumas vezes, o peito arfando.

— Obrigado — disse ele.

— Quem é você? — ela perguntou, estudando seu rosto.

— Meu nome — ele respirou fundo — é Tântalo.

— E desde quando você está aqui?

— Não me lembro. — Cada palavra que ele falava era lenta e parecia consumir toda a sua energia. — Fui amaldiçoado a ser eternamente privado de nutrição.

Ela se perguntou o que ele tinha feito para receber tal punição.

— Tenho implorado diariamente por uma audiência com o senhor deste reino para que eu possa encontrar paz em Asfódelo, mas ele não ouve minhas súplicas. Aprendi com o tempo que passei aqui, não sou o mesmo homem de tantos anos atrás. Eu juro.

Ela considerou isso e, apesar do que descobriu sobre Hades hoje, acreditava nos poderes do deus. Ele via a alma das pessoas. Se tivesse visto que esse homem havia mudado, teria concedido o desejo de residir em Asfódelo.

Perséfone deu um passo para longe de Tântalo, cujos olhos pareceram acender, os dentes cerrados. *Lá está*, ela percebeu, *a escuridão que Hades viu.*

— Você não acredita em mim — disse ele, de repente capaz de falar sem pausa.

— Receio não saber o suficiente para acreditar ou duvidar — disse Perséfone, tentando permanecer o mais neutra possível. Ela tinha a sensação perturbadora de que a raiva desse homem era para ser temida.

Com suas palavras, o brilho estranho e raivoso que nublou seus olhos desapareceu, e ele assentiu.

— Você é sábia.

— Acho que devo ir embora — Perséfone disse.

— Espere — ele chamou quando ela começou a andar. — Um pedaço de fruta, por favor.

Perséfone engoliu em seco. Algo disse a ela para não fazer isso, mas ela se pegou colhendo uma fruta dourada e suculenta da árvore. Se aproximou do homem, esticando os braços em um esforço para manter uma boa distância dele. Tântalo esticou o pescoço para alcançar a fruta carnuda.

Foi quando algo duro atingiu as pernas de Perséfone sob a água.

Ela perdeu o equilíbrio e submergiu. Antes que pudesse voltar à superfície, sentiu o pé do homem em seu peito. Apesar do sofrimento, ele era forte e a segurou sob a água enquanto ela se contorcia contra ele, até que ficou fraca demais para lutar. O controle que ela tinha sobre a sua ilusão desapareceu, e ela voltou à sua forma divina.

Quando Perséfone parou de lutar, Tântalo tirou o pé.

Então ela se moveu.

Abriu caminho pela água, como se nadasse em piche. Caiu, espirrando água por toda parte.

— Uma deusa! — Ela ouviu o cantarolar de Tântalo. — Volte, pequena deusa! Eu estive morrendo de fome por tanto tempo. Preciso provar!

A margem da gruta era escorregadia, e ela lutou para escalá-la, raspando os joelhos na rocha irregular. Não percebeu a dor, desesperada para sair daquele lugar. Quando chegou na saída escura, se chocou contra um corpo, e mãos seguraram seus ombros.

— Não! Por favor!

— Perséfone — disse Hades, empurrando-a para trás apenas um passo.

Ela congelou, encontrando seu olhar e, ao vê-lo, não pôde conter seu alívio.

— Hades! — Ela jogou os braços ao redor dele e soluçou. Ele era firme, forte e quente; segurava a cabeça e as costas dela.

— Shh! — Pressionou a boca em seu cabelo. — O que você está fazendo aqui?

Então a voz horrível do homem cortou o ar.

— Onde você está, vadia?

Hades ficou rígido e puxou-a para trás, se aproximando da abertura da gruta. Quando ele estalou os dedos, a coluna girou de modo que Tântalo ficou de frente para eles. Não pareceu temer a chegada de Hades.

O deus estendeu a mão, e os joelhos de Tântalo cederam, seus braços pendurados pelas correntes.

— Minha deusa foi gentil com você. — A voz de Hades estava fria e ressonante. — E é assim que você a retribui?

Tântalo começou a vomitar a água que Perséfone dera a ele. Hades deu passos deliberados em direção ao prisioneiro, abrindo um caminho seco entre a água direto até o homem. Tântalo lutou para se equilibrar, para aliviar a dor em seus braços, respirando fundo, trêmulo, com movimentos que sacudiam seu peito.

— Você merece se sentir como eu: desesperado, faminto e sozinho! — Tântalo falou entre dentes.

Hades observou Tântalo por um momento; então, num piscar de olhos, ele ergueu o homem, segurando-o pelo pescoço. As pernas de Tântalo chutaram para frente e para trás, e Hades riu de sua luta.

— Como você sabe que não me sinto assim há séculos, mortal? — ele perguntou e, enquanto falava, sua ilusão caiu. Hades estava vestido de escuridão. — Você é um mortal ignorante. Antes, eu era apenas seu carcereiro, mas agora serei seu carrasco e acho que meus juízes foram muito misericordiosos. Eu vou te amaldiçoar com fome e sede insaciáveis. Vou até colocá-lo ao alcance de comida e água, mas tudo o que você comer será como fogo em sua garganta.

Com isso, Hades largou Tântalo. As correntes puxaram seus membros, e ele bateu na pedra com força. Quando foi capaz, ergueu o olhar para Hades e rosnou como um animal. No instante em que ia pular em sua direção, Hades estalou os dedos, e Tântalo sumiu.

No silêncio, ele se virou para Perséfone, e ela não conseguiu controlar sua reação. Deu um passo para trás, escorregando na pedra viscosa. Hades a pegou, embalando-a em seus braços.

— Perséfone — sua voz era quente e baixa, um apelo. — Por favor, não tenha medo de mim. Você não.

Ela olhou para ele, incapaz de desviar o olhar. Ele era lindo, feroz e poderoso — e a havia enganado.

Perséfone não conseguiu conter as lágrimas. Ela cedeu e, quando Hades a segurou com mais força, enterrou o rosto no pescoço dele. Não percebeu quando eles se teleportaram e não ergueu os olhos para ver onde estavam; ela só sabia que um incêndio estava próximo. O calor fez pouco para banir o frio que assolava seu corpo e, por não parar de tremer, Hades a levou para a casa de banhos.

Ela o deixou despi-la e embalá-la contra si quando eles entraram na água, mas não quis olhá-lo. Ele permitiu que o silêncio durasse um pouco, até que, imaginava ela, não aguentou mais.

— Você não está bem — ele disse. — Ele a machucou?

Ela ficou quieta e manteve os olhos fechados, esperando que isso a impedisse de chorar.

— Me diz — ele implorou. — Por favor.

Foi ao ouvir "por favor" que ela abriu os olhos lacrimejantes.

— Eu sei sobre Afrodite, Hades. — Seu rosto mudou com as palavras dela. Ela nunca o tinha visto tão chocado ou abatido. — Eu não passo de um jogo pra você.

Ele fez uma careta.

— Eu nunca considerei você um jogo, Perséfone.

— O contrato.

— Isso não tem nada a ver com o contrato — ele rosnou, soltando-a.

Perséfone lutou para se equilibrar na água e gritou de volta para ele.

— Isso tem tudo a ver com o contrato! Deuses, eu fui tão burra! Eu me permiti pensar que você era bom, mesmo com a possibilidade de ser sua prisioneira.

— Prisioneira? Você se considera uma prisioneira aqui? Eu te tratei tão mal?

— Um carcereiro gentil ainda é um carcereiro — Perséfone retrucou.

O rosto de Hades ficou sombrio.

— Se você me considerava seu carcereiro, por que me deixou te comer?

— Foi você quem previu isso. — Sua voz tremeu. — E estava certo: eu gostei e, agora que está feito, podemos seguir em frente.

— Ir em frente? — Sua voz assumiu um tom mortal. — É isso que você quer?

— Nós dois sabemos que é o melhor.

— Estou começando a achar que você não sabe de nada. Estou começando a entender que você nem pensa por si mesma.

Essas palavras a perfuraram como uma lâmina em seu esterno.

— Como você ousa...

— Como eu ouso o quê, Perséfone? Duvidar de você? Você age como se fosse tão impotente e nunca tomou uma maldita decisão por si mesma. Vai deixar sua mãe determinar com quem você fode agora?

— Cala a boca!

— Me diz o que você quer. — Ele a encurralou, prendendo-a contra a borda da piscina.

Ela desviou o olhar e apertou os dentes com tanta força que sua mandíbula doeu.

— Diz.

— Vai se foder! — Ela rosnou e se jogou, enroscando as pernas na cintura dele.

Ela o beijou com força, seus lábios e dentes se chocando dolorosamente, mas nenhum deles parou. Os dedos dela se enredaram em seu cabelo e ela puxou com força, jogando sua cabeça para trás, beijando seu pescoço. Em segundos, eles estavam do lado de fora da piscina, na passarela de mármore, e Perséfone empurrou Hades de costas e sentou em seu pau, tomando-o profundamente.

O movimento brutal de seus corpos e a respiração encheram a casa de banhos. Foi a coisa mais erótica que ela já fez, e, conforme se movia, sentia uma onda dentro de si — algo separado da atração inebriante do corpo de Hades. Ela não conseguia identificar, mas estava acordando em suas veias e vibrando.

Hades apertou os seios dela e agarrou suas coxas, então se sentou, levando os mamilos dela à boca. A sensação provocou um som gutural de Perséfone, que apertou Hades contra si, movendo-se mais e mais rápido.

— Isso — Hades disse, entre dentes, e então ordenou: — Me usa. Mais forte. Mais rápido.

Foi a única ordem que ela quis obedecer.

Eles gozaram juntos e, após o sexo, Perséfone se levantou, agarrou suas roupas e deixou a casa de banho. Hades a seguiu, nu.

— Perséfone — ele chamou.

Ela continuou andando, vestindo suas roupas enquanto caminhava. Hades disse um palavrão e finalmente a alcançou, puxando-a para uma sala próxima — sua sala do trono.

Ela se virou para ele, empurrando-o com raiva. Ele não se moveu um centímetro e, em vez disso, prendeu-a com os braços.

— Eu quero saber por quê. — Perséfone podia sentir algo queimando em suas veias. Então acendeu no fundo de sua barriga e correu por ela como veneno quando ele não falou. — Eu era um alvo fácil? Você olhou para a minha alma e viu alguém que estava desesperada por amor, por adoração? Você me escolheu porque sabia que eu não poderia cumprir os termos da sua barganha?

— Não foi isso.

Ele estava muito calmo.

— Então me diz o que foi! — Ela fervia de raiva.

— Sim, Afrodite e eu temos um contrato, mas o acordo que fiz com você não teve nada a ver com isso — ele disse. Ela cruzou os braços, preparada para rejeitar essa declaração quando ele acrescentou: — Eu ofereci a você os termos com base no que vi em sua alma, uma mulher enjaulada pela própria mente.

Perséfone olhou para ele.

— Foi você quem chamou o contrato de impossível — disse ele. — Mas você é poderosa, Perséfone.

— Não zomba de mim. — Sua voz tremeu.

— Eu nunca zombaria.

A sinceridade em sua voz a deixou doente.

— Mentiroso.

Os olhos de Hades escureceram.

— Sou muitas coisas, mas não mentiroso.

— Não é mentiroso então, mas enganador declarado.

— Eu só dei respostas a você — disse ele. — Eu te ajudei a recuperar seu poder, mas você ainda não o usou. Eu te dei uma forma de sair do controle de sua mãe e, ainda assim, você não vai reivindicá-la.

— Como? O que você fez para me ajudar?

— Eu venerei você! — ele gritou. — Eu te dei o que sua mãe negou: adoradores.

Perséfone ficou por um momento em um silêncio atordoado.

— Você quer dizer que me forçou a um contrato quando poderia apenas ter me dito que eu precisava de adoradores para obter meus poderes?

— Não se trata de poderes, Perséfone! Não se trata de magia ou ilusão. É uma questão de confiança. É uma questão de acreditar em si mesma!

— Isso é perverso, Hades.

— É mesmo? — ele retrucou. — Me diz, se você soubesse, o que teria feito? Anunciado sua Divindade para o mundo inteiro para ganhar seguidores e, consequentemente, poder? — Ela sabia a resposta, e ele também. — Não, você nunca foi capaz de decidir o que quer, porque valoriza a felicidade de sua mãe acima da sua!

— Eu era livre antes de você, Hades.

— Você acha que era livre antes de mim? Você trocou paredes de vidro por outro tipo de prisão quando veio para Nova Atenas.

— Por que você não continua me dizendo quão patética eu sou? — ela cuspiu.

— Isso não é o que eu...

— Não? — ela cortou-o. — Me deixa te dizer o que mais me torna patética: eu me apaixonei por você. — Lágrimas arderam em seus olhos. Hades se moveu para tocá-la, mas ela estendeu a mão. — Não!

Ele parou, parecendo muito mais magoado do que ela poderia ter imaginado. Ela esperou um momento para falar até ter certeza de que sua voz estava calma.

— O que Afrodite teria conseguido se você tivesse falhado?

Hades engoliu em seco e respondeu em voz baixa e áspera:

— Ela pediu que um de seus heróis voltasse à vida.

Perséfone apertou os lábios e acenou com a cabeça. Ela deveria saber.

— Bem, você venceu. Eu amo você. Valeu a pena?

— Não é assim, Perséfone! Você acredita mais nas palavras de Afrodite que nas minhas ações?

Ela fez uma pausa e se virou para encará-lo. Estava com tanta raiva que seu corpo vibrava. Se ele estava tentando dizer que a amava, precisaria falar. Ela precisava ouvir as palavras.

Em vez disso, ele balançou a cabeça e disse:

— Você é sua própria prisioneira.

Algo dentro dela estalou. Foi doloroso e se moveu por suas veias como fogo. Sob seus pés, o mármore sacudiu. Seus olhos se encontraram quando grandes trepadeiras pretas emergiram do chão, girando em torno do Deus dos Mortos até que seus pulsos e tornozelos estivessem presos.

Por um momento, os dois ficaram paralisados, atordoados.

Ela havia criado vida — embora o que se ergueu do chão estivesse longe de vivo. Estava murcho e escurecido, não brilhante e bonito. Perséfone respirou pesadamente; ao contrário de antes, a magia que ela sentia agora era forte. Isso fez seu corpo latejar com uma dor lenta.

Hades olhou para seus pulsos amarrados, testando. Quando ele olhou para Perséfone, deu uma risada seca, seus olhos de um preto opaco e sem vida.

— Bem, Lady Perséfone. Parece que você venceu.

25

UM TOQUE DE VIDA

Perséfone só removeu o bracelete de ouro quando estava em seu próprio chuveiro. Ficou sob o jato de água quente até a água esfriar e então deslizou para o chão da banheira. Quando tirou a pulseira, a marca havia sumido.

Ela sempre imaginou este momento de forma diferente. Na verdade, imaginou ganhar seus poderes e Hades. Imaginou ter o melhor dos dois mundos.

Em vez disso, ela não tinha nada.

Sabia que era apenas uma questão de tempo até que sua mãe viesse buscá-la. Um soluço ficou preso em sua garganta, mas ela o conteve e se arrastou para fora do banheiro.

Você é sua própria prisioneira.

Hades estava certo, e o peso de suas palavras desabou sobre ela durante a noite, provocando um fluxo renovado de lágrimas. Em algum momento — não soube quando —, Lexa subiu na cama e puxou-a para seus braços. Foi assim que Perséfone adormeceu.

Quando ela acordou na manhã seguinte, Lexa estava acordada e olhando para ela. Sua melhor amiga afastou o cabelo de seu rosto e perguntou:

— Você está bem?

— Sim — ela disse baixinho.

— Acabou?

Perséfone acenou com a cabeça e tentou segurar as lágrimas. Estava cansada de chorar. Seus olhos estavam inchados, e o nariz, entupido.

— Sinto muito, Perséfone — Lexa disse, e se abaixou para abraçá-la.

Ela deu de ombros. Estava com medo de dizer qualquer coisa — medo de chorar novamente.

Apesar disso, ela se sentia diferente. Tinha uma determinação renovada de assumir o controle de sua vida.

Como se fosse uma deixa, seu celular vibrou e, quando ela olhou para baixo, encontrou uma mensagem de Adônis: *tique-taque.*

Havia esquecido seu prazo. Deveria conseguir o emprego dele de volta até amanhã. Sabendo que isso era impossível, Perséfone não tinha outras opções.

Se pudesse conseguir as fotos, ele não teria nada para chantageá-la.

— Lexa — disse Perséfone. — Jaison não é programador?

— É... por quê?

Tenho um trabalho pra ele.

Perséfone esperou no Jardim dos Deuses, no campus. Ela escolheu o jardim de Hades, principalmente porque oferecia mais privacidade de olhares indiscretos e bisbilhoteiros.

Passou a manhã contando a Lexa tudo o que tinha acontecido com Adônis e perguntou a Jaison se ele poderia invadir o computador do mortal e excluir as fotos que ele estava usando para chantageá-la. O tanto que ele se divertiu com o pedido foi cômico; durante a operação, ele descobriu uma riqueza de informações, incluindo o informante de Adônis.

O celular de Perséfone tocou: Adônis havia mandado uma mensagem de texto.

Cheguei.

Quando ela olhou para cima, viu Minta e Adônis se aproximando de direções opostas — Minta olhando feio, Adônis de olhos arregalados.

Eles pararam a poucos metros dela.

— O que ele está fazendo aqui? — Minta retrucou.

— O que ela está fazendo aqui? — Adônis perguntou.

— É para que eu não tenha que me repetir — disse Perséfone. — Eu sei que Minta tirou as fotos com as quais você está me chantageando. — Seu celular tocou, e ela o verificou antes de acrescentar: — Ou melhor, devo dizer, estava me chantageando. A partir deste segundo, seus dispositivos foram hackeados, e as fotos, removidas.

Adônis empalideceu e o olhar de Minta se aprofundou.

— Você não pode fazer isso, é... é ilegal! — Adônis argumentou.

— Ilegal tipo chantagem?

O comentário o calou. Perséfone voltou sua atenção para Minta.

— Suponho que você vai correr e me delatar? — a ninfa perguntou.

— Por que eu faria isso? — A pergunta de Perséfone era genuína, mas Minta parecia irritada, pressionando os lábios e rosnando.

— Vamos parar de teatro, Deusa. Vingança, claro. Estou surpresa que você não disse a Hades que fui eu quem te mandou para o Tártaro.

— Ela chamou você de Deusa? — Adônis quis entrar na conversa, mas um olhar das duas o fez ficar em silêncio novamente.

— Prefiro lutar minhas próprias batalhas — disse Perséfone.

— Lutar com quê? Palavras? — Minta deu uma risada sarcástica.

— Eu entendo que está com ciúmes de mim — disse Perséfone. — Mas sua raiva está mal direcionada. — Ela deveria estar com raiva de Hades, ou talvez com raiva de si mesma por perder tempo ansiando por um homem que não a amava.

— Você não entende nada! — Minta fervilhava. — Todos esses anos eu fiquei ao lado dele, apenas para murchar em sua sombra enquanto ele te exibia para todo o reino como se você já fosse sua rainha!

Minta estava certa — ela não entendia. Perséfone não conseguiria imaginar como seria dedicar sua vida — seu amor — a uma pessoa que nunca retribuiu.

Então Minta acrescentou com a voz trêmula:

— Você deveria se apaixonar por ele, não o contrário.

Perséfone se encolheu. Então, Minta estava ciente da barganha. Ela se perguntou se Hades tinha contado pra assistente, ou se ela estava presente quando Afrodite definiu seus termos. Ficava constrangida ao pensar que Minta a tinha visto se apaixonar por Hades, sabendo de sua manipulação.

— Hades não me ama — disse Perséfone.

— Garota estúpida. — Minta balançou a cabeça. — Se você não consegue ver, talvez não seja digna dele.

A raiva acendeu em suas veias, e seus dedos se fecharam em punhos.

— Hades me traiu. — A voz de Perséfone tremeu.

Minta riu.

— Traiu como? Escolhendo não te contar sobre o contrato dele com Afrodite? Considerando que você escreveu um artigo zombeteiro sobre ele poucos dias depois de conhecê-lo, não estou surpresa que ele não tenha confiado em você. Ele provavelmente estava com medo de que, se você descobrisse, agiria como a criança que é.

Minta estava brincando com o perigo.

— Você deveria ter sido mais grata por seu tempo em nosso mundo — acrescentou ela. — É o maior poder que jamais terá.

Foi naquele momento que Perséfone soube como era ser verdadeiramente perversa. Um sorriso curvou seus lábios, e Minta de repente ficou séria, como se sentisse que algo havia mudado.

— Não — disse Perséfone e, com um movimento de seu pulso, uma videira disparou do chão e se enrolou nos pés de Minta. Quando a ninfa começou a gritar, outra videira se fechou sobre sua boca, silenciando-a. — *Este* é o maior poder que jamais terei.

Ela estalou os dedos, e Minta encolheu e se transformou em nada menos do que uma exuberante hortelã.

Os olhos de Adônis se arregalaram de descrença.

— Meus deuses! Você... você...

Perséfone se aproximou da planta e a arrancou do chão, então se virou e deu uma joelhada na virilha de Adônis. O mortal desabou, contorcendo-se no chão, segurando-se e gemendo. Perséfone o observou por um momento, contente em vê-lo sofrer.

— Se você me ameaçar de novo, te amaldiçoarei — disse, com uma calma mortal tomando conta de sua voz.

Ele falou entre respirações:

— Você... não pode... eu tenho... o... favor de Afrodite!

Perséfone sorriu e inclinou a cabeça para o lado. Quando uma videira esguia estendeu um ramo para acariciar seu rosto, Adônis começou a gritar.

Perséfone tinha transformado seus braços em galhos, e eles estavam crescendo rapidamente em folhagens.

Com sua dor esquecida, ele gritou:

— Me transforma de volta! Me transforma de volta!

Quando viu que ela não foi movida por suas exigências, ele começou a implorar.

— Por favor. — Lágrimas escorreram de seus olhos. — Por favor. Eu farei qualquer coisa. Qualquer coisa.

— Qualquer coisa? — Perséfone repetiu.

— Sim! Só me transforma de novo!

— Um favor — Perséfone barganhou. — Para ser coletado em um momento futuro.

— O que você quiser! Fala! Fala agora!

Mas Perséfone não o fez e, quando Adônis percebeu que ela não estava fazendo nenhum movimento para reintegrar seus braços, ele ficou quieto.

— Você sabe o que é uma flor-cadáver, Adônis?

Ele olhou para ela e não falou.

— Não me faça repetir, mortal. — Ela retirou sua ilusão e deu um passo ameaçador para frente. — Sim ou não?

Os olhos de Adônis se arregalaram, e ele se afastou, choramingando.

— Não.

— Pena. É uma flor parasita que cheira a carne em decomposição. Tenho certeza de que está se perguntando o que isso tem a ver com você. Bem, é uma barganha. Se você tocar em qualquer mulher sem o consentimento dela, vou transformá-lo em uma flor dessas.

Adônis ficou pálido, mas conseguiu olhar para ela.

— Uma barganha geralmente implica que eu recebo algo em troca.

Ela meneou a cabeça ao perceber a estupidez dele.

— Você recebe. — Ela chegou mais perto. — Sua vida. — Para dar ênfase, ela ergueu Minta, a hortelã recém-transformada, examinando suas folhas verdes. — Ela ficará ótima no meu jardim.

Estalou os dedos, e os braços de Adônis foram restaurados. Ele se debateu por um momento durante a transição, mas assim que se pôs de pé novamente, ela deu meia-volta e foi embora.

— Quem diabos é você? — ele gritou para ela.

Perséfone fez uma pausa, então se virou para olhar para Adônis por cima do ombro.

— Eu sou Perséfone, Deusa da Primavera — ela respondeu, e desapareceu.

A estufa de sua mãe era exatamente como Perséfone se lembrava: uma estrutura de metal ornamentada coberta por vidro, aninhada nos ricos bosques de Olímpia. Tinha dois andares, o teto era arredondado e, neste momento, o sol estava iluminando de uma forma que fazia tudo parecer ouro.

Era uma pena que Perséfone odiava estar ali, porque era de tirar o fôlego.

Por dentro, cheirava a sua mãe — doce e amargo, como um buquê de flores silvestres. O cheiro fez seu coração doer. Havia uma parte dela que sentia falta da mãe e lamentava como seu relacionamento havia mudado. Nunca quisera ser uma decepção, mas queria menos ainda ser uma prisioneira.

Perséfone passou um tempo percorrendo os caminhos, passando por canteiros coloridos de lírios e violetas, rosas e orquídeas, e uma variedade de árvores com frutas suculentas. A vibração da vida estava ao seu redor. A sensação estava ficando mais forte e mais familiar.

Ela parou ao longo do caminho, relembrando todos os sonhos que tivera quando estava presa atrás dessas paredes. Sonhos com cidades cintilantes, aventuras emocionantes e amor apaixonado. Ela encontrou tudo isso, e foi lindo, perverso e comovente.

E faria tudo de novo apenas para provar, para sentir, para viver novamente.

— Cora.

Perséfone se encolheu, como sempre fazia quando sua mãe usava seu nome de infância. Ela se virou e encontrou Deméter parada a alguns metros de distância, o rosto frio e ilegível.

— Mãe. — Perséfone assentiu com a cabeça.

— Estive procurando por você — disse Deméter, e seus olhos pousaram no pulso de Perséfone. — Mas vejo que recobrou o juízo e voltou para mim por sua própria vontade.

— Na verdade, mãe, vim dizer que sei o que você fez.

A expressão de sua mãe permaneceu distante.

— Eu não sei o que você quer dizer.

— Eu sei que você me manteve escondida aqui para evitar que meus poderes se manifestassem — ela disse.

Deméter ergueu a cabeça um pouco.

— Era para o seu próprio bem. Eu sempre fiz o que pensei ser o melhor.

— O que pensou ser o melhor. — Perséfone repetiu. — Você nunca considerou como eu poderia me sentir?

— Se você tivesse apenas me ouvido, nada disso teria acontecido! Você não sabia de nada diferente até que saiu. Foi quando você mudou. — Ela disse isso como se fosse uma coisa horrível, como se ela se ressentisse de quem Perséfone havia se tornado. E talvez isso fosse verdade.

— Você está errada — argumentou Perséfone. — Eu queria aventura. Eu queria viver fora dessas paredes. Você sabia disso. Eu implorei a você.

Deméter desviou o olhar.

— Você nunca me deu escolha.

— Eu não poderia! — Deméter retrucou e então respirou fundo. — Suponho que não importou no final. Tudo aconteceu como as Moiras haviam previsto.

— O quê?

Sua mãe a olhou furiosa.

— Quando você nasceu, eu fui até as Moiras e perguntei sobre o seu futuro. Uma deusa não nascia há anos, e eu me preocupava com você. Elas me disseram que você estava destinada a ser uma Rainha das Trevas, a Noiva da Morte, esposa de Hades. Eu não poderia deixar isso acontecer. Fiz a única coisa que podia: mantive você escondida e em segurança.

— Não foi por segurança — disse Perséfone. — Você fez isso para que eu sempre precisasse de você, assim nunca teria que ficar sozinha.

As duas se encararam por um momento antes de Perséfone acrescentar:

— Eu sei que você não acredita no amor, mãe, mas você não tinha o direito de me afastar do meu.

Deméter ficou em choque.

— Amor? Você não pode... *amar* Hades.

Perséfone desejou que não, então não sentiria essa dor em seu peito.

— Veja, esse é o problema de tentar controlar minha vida. Você está errada. Sempre esteve errada. Eu sei que não sou a filha que você queria, mas sou a filha que você tem e, se quiser estar na minha vida, vai me deixar vivê-la.

Deméter olhou-a ferozmente.

— Então é isso? Você veio para me dizer que escolheu Hades em vez de mim?

— Não, vim dizer que te perdoo... por tudo.

A expressão de Deméter era de desprezo.

— Você me perdoa? É você quem deveria estar implorando por meu perdão. Eu fiz tudo por você!

— Eu não preciso do seu perdão para viver uma vida sem fardo e certamente não vou implorar por isso.

Perséfone esperou. Ela não tinha certeza do que esperava que sua mãe dissesse. Talvez que a amasse? Que queria uma relação com a filha e que juntas descobririam como fazer dar certo?

Mas ela não disse nada, e Perséfone murchou.

Estava emocionalmente exausta. O que queria agora, mais do que qualquer coisa, era estar rodeada de pessoas que a amavam do jeito que ela era.

Estava cansada de lutar.

— Quando você estiver pronta para se reconciliar, me avise.

Perséfone estalou os dedos, com a intenção de se teleportar da estufa, mas permaneceu onde estava — presa.

O rosto de Deméter escureceu com um sorriso tortuoso.

— Sinto muito, minha flor, mas não posso permitir que você vá embora. Não quando acabei de conseguir reivindicá-la mais uma vez.

— Eu pedi para você me deixar viver. — A voz de Perséfone tremeu.

— E você vai. Aqui. No seu lugar.

— Não. — Perséfone fechou os punhos.

— Com o tempo, você vai entender, este momento será esquecido na vastidão de sua vida.

Vida. A palavra deixou Perséfone sem fôlego. Ela não conseguia imaginar uma vida trancada neste lugar. Uma vida sem aventura, sem amor, sem paixão.

Ela não falharia.

— As coisas serão como antes — acrescentou Deméter.

Mas as coisas nunca poderiam ser como antes, e Perséfone sabia disso. Ela tinha sentido um gosto, um toque de escuridão, que desejaria pelo resto da vida.

Quando Perséfone começou a tremer, o chão também tremeu, e Deméter franziu a testa.

— O que significa isso, Cora?

Era hora de Perséfone sorrir.

— Ah, mãe. Você não entende, mas tudo mudou.

E do chão dispararam caules grossos e pretos, subindo até quebrar o vidro da estufa acima, quebrando efetivamente o feitiço que Deméter havia colocado na prisão. Dos caules, vinhas de prata se retorceram, preenchendo o espaço, rompendo a estrutura, achatando flores e destruindo árvores.

— O que você está fazendo? — Deméter gritou mais alto do que o som de metal entortando e do vidro quebrando.

— Me libertando — Perséfone respondeu.

E desapareceu.

26

UM TOQUE DE LAR

A formatura veio e passou com uma enxurrada de becas, borlas azuis e brancas e festas. Foi um final agridoce, e Perséfone nunca tinha se sentido tão orgulhosa quando atravessou o palco... ou tão sozinha.

Lexa estava passando mais tempo com Jaison. Perséfone não tinha ouvido falar de sua mãe desde que destruíra sua estufa, e não tinha voltado para a Nevernight ou para o Submundo desde que deixara Hades emaranhado em suas vinhas.

Sua única distração era o trabalho. Havia começado em tempo integral no *Jornal de Nova Atenas* como jornalista investigativa uma semana após a formatura. Ela chegava cedo e ficava até tarde e, quando não tinha mais nada para fazer, passava o começo da noite no Jardim dos Deuses, praticando sua magia.

Estava melhorando e, embora o instinto de usar seu poder estivesse mais forte, não tinha conseguido recuperar as habilidades de quando transformou Minta em planta, os membros de Adônis em videiras e destruiu a casa de sua mãe. As coisas que ela cultivava agora tinham voltado a se assemelhar a videiras mortas. Pegou-se desejando poder treinar com Hécate.

Sentia falta da deusa e das almas, do Submundo.

Sentia falta de Hades.

De vez em quando, considerava voltar ao Submundo para uma visita. Sabia que Hades não havia revogado seu favor, mas estava com muito medo, muito constrangida e envergonhada para ir. Como explicaria sua ausência? Eles a perdoariam?

À medida que mais dias se passavam, menos Perséfone sentia que poderia voltar, então ela continuava sua rotina diária: trabalho, almoço com Lexa e Sibila, uma caminhada noturna pelo parque.

Hoje, essa rotina tinha sido interrompida.

Olhou para o relógio sentada em sua mesa habitual na Coffee House. Estava esperando uma mensagem de Lexa. Era o fim de semana do aniversário dela, e elas iriam comemorar naquela noite com Jaison, Sibila, Aro e Xerxes. Apesar de estar animada com a distração, precisava terminar seu artigo final sobre o Deus dos Mortos.

Escrever o artigo foi mais doloroso do que ela esperava. Escreveu em meio a lágrimas e dentes cerrados. Como resultado, a publicação atrasou.

Não esperava ficar tão emocionada, mas achou que fosse porque passara por muita coisa nos últimos seis meses. A preocupação e o estresse sobre o cumprimento dos termos de seu contrato com Hades tinham cobrado seu preço de muitas maneiras. Mesmo sabendo que não deveria, ela se apaixonou pelo deus e estava lentamente tentando descobrir como juntar os cacos de seu coração novamente.

O problema era que não se encaixavam da mesma forma.

Ela tinha mudado.

E isso era ao mesmo tempo lindo e terrível. Tinha assumido o controle de sua vida, rompendo relacionamentos no caminho. As pessoas em quem ela confiava seis meses antes não eram as mesmas em quem confiava agora.

A parte mais dolorosa de tudo isso foi a traição de sua mãe e o silêncio subsequente. Depois que Perséfone destruiu a estufa, Deméter manteve distância. Perséfone nem sabia para onde sua mãe tinha ido, embora suspeitasse que ela estava em Olímpia.

Ainda assim, esperava algo dela — até mesmo uma mensagem de texto furiosa.

O *silêncio* tinha sido uma punhalada no coração.

Seu celular tocou com uma mensagem de Lexa: *Pronta para hoje à noite?*

Perséfone mandou de volta: *Claro! Já decidiu?*

Lexa ainda não tinha decidido onde comemorar. Ambas concordavam que a Nevernight e La Rose estavam fora de questão.

Estou pensando em Bakkheia ou Raven. Bakkheia era um bar de Dionísio, e a Raven pertencia a Apolo. *O que você acha?*

Hmm. Definitivamente a Raven.

Mas você odeia a música de Apolo.

Era verdade. Perséfone odiava todos os álbuns lançados pelo Deus da Luz. Ela não tinha certeza do porquê — algo sobre como ele pronunciava as palavras a irritava, e era a única música que tocava em sua boate.

Mas é seu aniversário. Perséfone a lembrou. *E a Raven é mais o seu estilo.*

Fechado. Raven então. Obrigada, Perséfone.

Apesar de ver menos Lexa, Perséfone estava feliz por ela. A amiga estava se dando bem com Jaison, e Perséfone estaria para sempre em dívida com os dois por seus serviços — especialmente com Lexa, que tinha ficado ao seu lado por uma semana inteira depois do término com Hades e tinha conseguido manter viva Minta, a hortelã, depois de Perséfone ter esquecido prontamente sua existência na janela da cozinha.

Perséfone tinha planos de devolver a ninfa ao Submundo e oferecê-la a Hades, mas não tivera coragem de enfrentá-lo.

Mandou uma mensagem para Lexa dizendo que estava saindo e começou a arrumar suas coisas quando uma sombra a encobriu. Ela olhou para um par familiar de olhos escuros e gentis.

— Hécate! — Perséfone se levantou e jogou os braços ao redor do pescoço da deusa. — Estava com saudade.

Hécate devolveu o abraço e respirou fundo com alívio.

— Também sinto saudade, meu amor. — Ela se afastou e estudou o rosto de Perséfone, as sobrancelhas unidas sobre os olhos carinhosos. — Todos nós sentimos.

A culpa bateu, e ela engoliu em seco. Realmente tinha evitado todo mundo.

— Senta comigo?

— Claro! — A Deusa da Bruxaria sentou-se ao lado de Perséfone.

Ela não conseguia parar de olhar para Hécate. A deusa parecia diferente com a ilusão humana, com seu cabelo em uma trança e usando um vestido longo e preto em vez de túnicas reais.

— Espero não estar interrompendo — acrescentou Hécate.

— Não, estou apenas... trabalhando — disse Perséfone.

A deusa acenou com a cabeça. Ficaram em silêncio por um momento, e Perséfone odiou a estranheza entre elas.

— Como estão todos? — ela se esquivou.

— Tristes — disse Hécate, e Perséfone sentiu uma pontada no peito.

— Você realmente não é de fazer rodeios, não é, Hécate?

— Volte — disse ela.

Ela não conseguia olhar para Hécate. Seus olhos queimaram.

— Você sabe que eu não posso.

— O que importa se vocês se encontraram por meio desse contrato? — Hécate perguntou.

Os olhos de Perséfone se arregalaram para a Deusa da Bruxaria.

— Ele te contou?

— Eu perguntei.

— Então você sabe que ele me enganou.

— Enganou mesmo? Pelo que me lembro, ele disse que seu contrato não tinha nada a ver com a barganha de Afrodite.

— Você não pode me dizer que ele não considerou que eu pudesse ajudá-lo a cumprir seu contrato com ela.

— Tenho certeza de que ele considerou isso, mas apenas porque já estava apaixonado por você. Era tão errado para ele ter esperança?

Perséfone ficou em seu silêncio. Será que Hécate estava ali apenas para tentar convencê-la a voltar para Hades?

Ela sabia a resposta — mas era mais complicado do que um sim.

Ela estava ali para convencê-la a retornar ao Submundo, a um reino de pessoas que a tratavam como rainha — retornar para seus amigos.

Sabia que Hécate estava certa. Realmente importava que eles tivessem encontrado o amor um pelo outro por causa de um contrato? As pessoas encontram o amor de tantas maneiras.

A coisa mais difícil, porém, foi que, quando ela disse a Hades que o amava, ele não disse "eu também". Ele não disse nada.

Ela sentiu Hécate olhando para ela, e a deusa perguntou:

— Como você acha que cumpriu os termos do seu contrato?

Perséfone olhou para ela, confusa.

— Eu... dei vida a algo.

Não tinha sido uma vida linda. Ela nem tinha certeza se poderia ser chamada de planta, mas estava viva, e isso que importava.

A deusa balançou a cabeça.

— Não. Você cumpriu o contrato porque criou vida em Hades. Porque trouxe vida para o Submundo.

Perséfone desviou o olhar, fechando os olhos para tentar evitar as palavras. Não conseguia ouvir isso.

Então Hécate sussurrou:

— É desolador sem você. — Ela pegou a mão de Perséfone. — Você o ama?

A pergunta trouxe lágrimas aos seus olhos, e ela as enxugou furiosamente antes de proferir um "sim" sem fôlego. Ela fungou:

— Sim. Acho que o amei desde o início. É por isso que dói.

Hades a desafiara a olhar para a situação como um todo, a não ser cegada por sua paixão — exceto quando se tratava de sua paixão por ele.

— Então, vá até ele. Diga a ele por que está magoada, diga a ele como consertar. Não é nisso que você é boa?

Perséfone não pôde deixar de rir disso e então murmurou, esfregando os olhos:

— Ah, Hécate. Ele não quer me ver.

— Como você sabe? — ela perguntou.

— Você não acha que, se ele me quisesse, teria vindo até mim?

— Talvez ele só estivesse dando um tempo para você — disse ela.

Hécate desviou o olhar para a rua de pedestres, e Perséfone seguiu seu olhar. Sua respiração ficou presa e seu coração bateu forte.

Hades estava a poucos metros de distância. Vestido de preto da cabeça aos pés, nunca esteve tão bonito. Seu olhar, escuro e penetrante, pousou sobre ela e era o mais vulnerável que ela já tinha visto — esperançoso, mas com medo.

Perséfone se levantou de sua cadeira, mas demorou um momento para mover as pernas. Ela hesitou e começou a correr. Ele a pegou quando pulou em seus braços, as pernas enroscando-se em sua cintura. Ele a abraçou, enterrando o rosto na curva de seu pescoço.

— Senti saudade — ele sussurrou.

— Eu também — ela disse e então se afastou. Estudou seu rosto, passando o dedo pela bochecha e pelo topo do lábio. — Desculpa.

— Desculpa também — disse Hades, e ela percebeu que ele a estava examinando com a mesma intensidade, como se tentasse memorizar cada parte dela. — Eu te amo. Deveria ter dito antes. Deveria ter dito naquela noite no banho. Eu já sabia.

Ela sorriu, seus dedos enrolando em seu cabelo.

— Eu também te amo.

Seus lábios se chocaram e foi como se o mundo inteiro tivesse sumido — embora eles estivessem cercados por uma legião de pessoas tirando fotos e filmando. Hades deu o beijo primeiro, e Perséfone olhou para ele frustrada e um pouco atordoada.

— Eu desejo reclamar meu favor, Deusa — ele disse, seus olhos escurecendo.

O coração de Perséfone martelou dentro do peito.

— Venha para o Submundo comigo.

Ela começou a protestar, mas ele a silenciou com um beijo.

— Viva nos dois mundos — disse ele. — Mas não nos deixe para sempre, meu povo, seu povo... eu.

Ela piscou para conter as lágrimas. Ele entendia. Ela teria o melhor de dois mundos. Teria a ele.

Seu sorriso se tornou malicioso, e ela alisou sua camisa.

— Estou ansiosa por um jogo de cartas.

Ele deu um sorriso torto e estreitou os olhos.

— Pôquer? — ele perguntou.

— Sim.

— As apostas?

— Suas roupas — ela respondeu.

Então eles desapareceram.

Capítulo bônus

MINTA, A HORTELÃ

Os olhos escuros de Hades sustentaram o olhar de Perséfone enquanto ele se reclinava na cadeira atrás de sua mesa de obsidiana, dedos ágeis cobrindo seus lábios carnudos. Quando Perséfone entrou no escritório dele, ficou surpresa ao encontrá-lo. Desde que tinha conhecido o Deus dos Mortos, seis meses antes, nunca o viu usar a mesa.

— Ah, então a mesa não é só decoração. — Um sorriso curvou seus lábios e, por um momento, ela esqueceu o motivo de ter ido até lá.

Hades ergueu a sobrancelha e olhou para ela de cima a baixo, os olhos brilhando. Ela escolheu sua roupa estrategicamente: um vestido vermelho que abraçava suas curvas. As alças eram finas, e o decote, em V profundo, acentuando o volume dos seios. Provavelmente era injusto, mas ela pensou que poderia diminuir o golpe que tinha vindo dar.

— Posso ser muito produtivo quando desejo — disse ele.

— Ah é?

— Sim, como você sabe, meu bem, sou um exímio multitarefas — disse ele, e o ar ficou mais espesso com uma pulsação elétrica que ela sentiu no ventre.

— Humm. Parece que esqueci que você possuía *essa* habilidade particular. Talvez possa me lembrar...

As mãos de Hades se cerraram em punhos, mas ele não se moveu e olhou para a planta que ela segurava em seus braços.

— Você me trouxe algo?

O momento foi arruinado, o que não foi tão surpreendente. Minta havia arruinado muitas coisas quando era ninfa; agora arruinava as coisas como planta também.

Perséfone colocou a hortelã na beira da mesa de Hades.

— Na verdade, estou devolvendo algo que já era seu.

As sobrancelhas de Hades uniram-se sobre seus olhos negros como carvão.

— Acho que me lembraria se tivesse deixado uma hortelã em sua casa, Perséfone.

— Bem, veja, esta... planta nem sempre foi uma planta.

Hades esperou.

— Era uma ninfa. Minta.

Perséfone não sabia o que ele estava pensando, mas seu coração estava disparado, e a ansiedade apertou seu peito. Ela havia praticado o discurso no espelho antes de se teleportar para a Nevernight, marchar escada acima e invadir o escritório de Hades — teve que andar rápido, caso contrário, teria se virado e voltado para casa.

Mas era hora de ele saber a verdade.

Agora que as palavras saíram de sua boca, ele ficou em silêncio e imóvel. Ela esperava uma reação diferente.

Depois de um momento, ele falou:

— Você está dizendo que isso — Hades apontou para a hortelã — é minha assistente?

— Sim.

Ele não olhou para a planta, mas para ela.

— E por que minha assistente é uma planta, Perséfone?

— Porque... — ela desviou os olhos e admitiu — ela me chateou.

Hades esperou — seu silêncio questionando — e, quando ela não disse mais nada, perguntou:

— O que Minta fez para te chatear?

Havia uma longa lista — sua proximidade com Hades, sua opinião de que Perséfone era totalmente errada para ele, o fato de que a ninfa a induziu a entrar no Tártaro, mas o que realmente a irritou foi quando Minta a chamou de impotente.

Mas ela não estava ali para delatar, então respondeu:

— Não vem ao caso agora. Já cuidei disso. — Hades ergueu a sobrancelha, mas, antes que ele pudesse dizer qualquer outra coisa, ela continuou: — Pensei em dar a você a opção de devolvê-la à sua forma verdadeira.

Os cantos de sua boca se ergueram, e seus olhos brilharam. Ele estava claramente se divertindo, e a ansiedade dela diminuiu.

— Você deseja que eu tome essa decisão?

— Ela é sua assistente.

Ele analisou Perséfone, a cabeça inclinada para o lado. Estava decidindo como proceder, e isso a deixava nervosa. Quando ele se levantou e deu a volta na mesa, Perséfone o acompanhou, e Hades capturou seu queixo entre os dedos, inclinando sua cabeça para trás até que seu pescoço ficasse esticado.

— Como vou convencê-la a me dizer a verdade? — Sua voz era baixa, rouca. Prometia paixão.

— Você está pedindo para jogar?

Ele a observou por um momento. Ela ainda não conseguia descobrir exatamente o que ele pensava sobre toda essa situação. Então ele pressionou os lábios no pescoço dela e percorreu com a boca o caminho até seu queixo. Perséfone se agarrou a ele, as mãos enfiadas no seu paletó, e, quando ela arquejou, Hades se moveu. Agarrando Perséfone pelos quadris, ele a levou até sua imaculada mesa de obsidiana.

— Eu sou multitarefas — disse ele enquanto as mãos deslizavam pelas coxas dela e sob o vestido.

Ele a beijou. Dentes, língua e respiração entrelaçados, e, enquanto a consumia, tirou sua calcinha e abriu suas pernas, esticando o vestido nas costuras e expondo sua buceta quente ao ar frio.

A expectativa se enrolou em seu estômago quando o olhar perverso de Hades recaiu sobre ela. Ele abriu os lábios quentes com a mão e enfiou os dedos nela, fazendo sua cabeça tombar para trás.

Hades pretendia dar prazer a ela sem responder suas perguntas?

Enquanto penetrava os dedos com força e lá no fundo, recuou para observá-la. A respiração acelerou, e ela gemeu seu nome.

— Você gosta disso? — ele perguntou, colocando e tirando, a fricção dos dedos levando-a à beira de um penhasco, do qual ela mataria para cair.

— Hades — ela suspirou.

— Me diz o que você quer.

— Mais. Mais forte — ela disse, sem folego. — Mais rápido.

E foi então que ele tirou os dedos.

Sua súbita ausência foi chocante, e um som gutural saiu da garganta dela, que olhou para ele e estendeu a mão, mas Hades deu um passo para trás, o peito subindo e descendo. Por um momento, ela pensou que alguém poderia estar se aproximando do escritório, mas, quando Hades não fez nenhum movimento para ajudar a cobri-la, ela sabia que algo mais estava errado.

— Por que você parou?

— Me diz por que você a transformou. O que ela disse para te chatear?

Perséfone olhou para ele.

— Este é o seu jogo?

— Você acha que isso é um jogo?

Sua raiva era tão feroz e tão aguda que ela pensou que poderia transformá-lo em planta também, reconhecendo a sensação de sua magia despertando em suas veias. Era mais forte quando ela estava com raiva.

Começou a se afastar da mesa, mas Hades a prendeu, trazendo seus lábios aos dela novamente. Com os dedos torcendo seu cabelo, ele puxou sua cabeça para trás para que pudesse explorar sua boca mais profundamente. Por um momento, ela endureceu em seus braços, as mãos pressionadas firmemente contra seu peito. Era como se ela tivesse pensado em afastá-lo, mas não pudesse, não conseguisse resistir a ele.

Mas ela o faria pagar.

Ele estava errado se pensava que poderia fazer isso — ainda mais errado se pensava que poderia resistir a ela.

Perséfone desabotoou sua camisa; as mãos procuraram os músculos de seu peito, seu abdômen duro como pedra e o cós de sua calça. Sua ereção esticava o tecido e, quando ela colocou seu pau para fora, ele gemeu em sua boca.

Seus dedos se fecharam ao redor do pau, e ela o empurrou, puxando-o para fora da mesa e empurrando-o para trás até bater na parede.

Então ela estalou os dedos, e eles se teleportaram para o Submundo — no jardim que Hades tinha dado a ela no início de seu contrato. As costas de Hades foram pressionadas contra a parede de pedra. Ela ainda segurava seu pau e sorriu — amava ter o favor de Hades.

— Perséfone...

Ela estalou os dedos novamente, e desta vez as videiras se enrolaram nos pulsos e tornozelos de Hades. Seus olhos ficaram sombrios, sua mandíbula se contraiu, e o nome dela saiu como um aviso.

— *Perséfone.*

— Sim, milorde? — ela perguntou inocentemente.

— O que você está fazendo?

Ela o acariciou e seu peito arfou.

— O que você acha?

Ela o masturbou para cima e para baixo, acariciando a cabeça com o polegar. Ficou na ponta dos pés para beijar os lábios e o pescoço dele. Hades lutou contra as amarras que ela havia colocado nele, desesperado para retribuir.

— Me diz o que você quer — ela sussurrou enquanto mordiscava sua orelha.

Hades rosnou.

— Você, Deusa.

Ela se afastou, sorrindo maliciosamente e então se ajoelhou para tomá-lo em sua boca. Ele tinha um gosto salgado, e ela enfiou mais fundo até a cabeça do seu pau chegar ao fundo da garganta. Hades gemeu. Ela se segurou nas pernas dele, sentindo os músculos se contraírem. Chupou até ele explodir em sua boca e, quando terminou, levantou, mantendo seu olhar sombrio, e se afastou.

— É uma tortura? — ela perguntou.

Ele não respondeu, mas seus olhos ardiam, e as vinhas em torno de seus pulsos estavam esticadas ao limite.

— Receber prazer de mim e não dar em troca?

Ela tirou o vestido e o jogou para o lado. De pé, nua diante dele, perguntou:

— O que você quer, Hades?

Ela subestimou sua força e vontade de possuí-la. As vinhas que ela tinha conjurado para segurá-lo arrebentaram, e ele se lançou, puxando-a contra seu corpo e penetrando nela sem hesitação. O gemido de Perséfone quebrou o ar quando ele a esticou e meteu fundo. Agarrou as coxas dela com tanta força que quase sentiu seus ossos. O deus estocava, apoiando-a contra a parede de pedra, fodendo com força. A rocha irregular a arranhou, mas ela nem sentiu, estava muito ocupada agarrando Hades, puxando seu cabelo, perdida em seu corpo enquanto ele metia quase a ponto de explodir.

Hades havia despertado uma escuridão dentro dela, uma dor que constantemente precisava de atenção. Ela sempre o desejaria.

Seu clímax foi violento, e o de Hades também.

Ele se ajoelhou no chão então, segurando Perséfone colada a seu corpo. Ela ficou agarrada a ele por um longo tempo, as pernas tremendo, incapaz de se mover ou ficar de pé.

Uma vez que sua respiração normalizou, Perséfone se afastou e encontrou o olhar de Hades.

— Você não vai usar o sexo para conseguir o que quer, entendeu?

— Sim, minha rainha.

Perséfone arregalou os olhos.

— Mas eu vou te dizer o que eu quero — ele disse rapidamente. — Uma resposta quando eu pedir.

Perséfone corou.

— Por quê? Você não confia em mim?

— Eu poderia perguntar o mesmo de você.

Perséfone desviou o olhar.

— Não é tão fácil responder.

— Por quê? — Ela ficou quieta, e Hades tocou seu queixo, atraindo seus olhos de volta para os dele. — Você tem vergonha?

Demorou um pouco e então disse:

— Fiquei com raiva e fui precipitada, mas ela questionou meu poder e pensei em ensiná-la quão poderosa eu sou.

Hades ficou quieto por um momento antes de beijá-la.

— Se você não a tivesse punido, eu o teria feito por levá-la ao Tártaro.

Perséfone olhou para ele, surpresa.

— Você sabia?

— Eu suspeitava — disse ele. — E você acabou de confirmar.

Ela olhou para ele, socando seu braço.

— Isso é manipulação.

Hades riu, mas ficou mais sério.

— Ainda assim, por que protegê-la quando ela a colocou em perigo?

— Eu não a estava protegendo... Estava lidando com ela sozinha. Não quero que você lute minhas batalhas, Hades.

O olhar que ele lançou a ela foi de admiração e espanto.

— Milady, está muito claro para mim que você não precisa da minha ajuda para travar suas batalhas. — Hades ajudou Perséfone a se vestir e, assim que sua aparência foi restaurada, ele estalou os dedos e Minta, a Hortelã, apareceu em sua mão. — Agora, o que devemos fazer com ela?

— Eu não a perdoei completamente — admitiu Perséfone —, mas gostaria de fornecer a ela, pelo menos, um conforto, o de ser devolvida ao Submundo.

Hades observou algumas folhas murchas na hortelã.

— Você a negligenciou no Mundo Superior?

— Não! — Perséfone retrucou, defensiva, e Hades riu. — Se você quer saber, eu passo mais tempo aqui de qualquer maneira. Prefiro que ela não morra sob minha supervisão.

Hades, ainda sorrindo, beijou sua cabeça.

— Como quiser, meu bem.

Hades ajudou Perséfone a plantar Minta no solo preto e áspero. Assim que a hortelã estava instalada, os dois partiram para um passeio pelos campos do Submundo.

O dia estava claro, cheio da luz estranha e artificial do Submundo. Ao redor deles havia grama alta e flores da cor de laranjas sanguíneas e montanhas escuras com florestas soturnas encrustadas. Este mundo era lindo, surreal, mágico; era um refúgio para os mortos, uma prisão para alguns e, nos últimos meses, tornou-se um de seus lugares favoritos.

Perséfone esperava ansiosa por suas visitas ao Submundo, não apenas para ver Hades ou as terras, mas para visitar Hécate e as almas em Asfódelo. Elas vinham para esperá-la, celebrá-la. A chamavam de rainha.

Foi esse pensamento que a fez parar. Hades também a chamou de rainha. Ela havia tentado impedir, mas por que as almas parariam de usar esse título se seu Rei também a chamava assim?

— Hades... eu quero pedir que você não me chame de minha...

— Lady?

— Rainha — ela disse.

O deus parou, sua expressão ilegível. Ela se apressou para continuar:

— Eu reconheço que você falou em um momento de paixão.

— Eu quis dizer — disse ele. — Você é minha rainha. Só você tem domínio sobre mim.

— Hades...

— Do que você tem medo? Do título?

— Não é medo, é... — ela não conseguia encontrar palavras. — Seu povo já me chama de rainha, você não acha que é... muito cedo?

— Então é medo — disse ele. — Medo de que não funcionemos como um casal.

Perséfone não precisava dizer nada. *Era* medo.

— Meu povo sempre a verá como sua rainha por causa da maneira como você os tratou, quer você decida me amar ou não. — Suas palavras fizeram seu coração doer. Ela queria dizer a ele que o amava, mas ele continuou: — Quanto a mim, bem, você sempre mandará no meu coração.

— Você não pode saber disso — disse ela. Não importava o quanto ela quisesse que fosse verdade.

— Esperei vidas inteiras por você — disse ele como se fosse um juramento que estava fazendo sobre cada estrela no céu, cada gota d'água no oceano, cada alma em todo o universo. — Eu sei.

Ele seguiu em frente, e Perséfone foi junto, sentindo um peso cair sobre seus ombros. Talvez ela não devesse ter duvidado de seu amor, mas tinha medos — medos que ainda pairavam como nuvens sobre seu futuro.

Sua mãe era apenas um deles. O outro era muito mais complicado.

Perséfone era uma deusa, mas ainda esperava manter essa parte de sua vida em segredo para o resto do mundo. O maior problema? O mundo inteiro queria saber tudo sobre ela desde que tinha sido revelada como a amante de Hades.

Eles pararam na beira de um penhasco. Além dele, árvores prateadas brilhavam como um mar espumante, e o céu apagado acima estava ficando empoeirado com a noite. Perséfone nunca tinha visto esta parte do Submundo antes, e isso era um motivo pelo qual ela amava estar aqui. Cada dia era uma aventura.

— É lindo — disse ela.

Ela sentiu o olhar de Hades, mas manteve os olhos no bosque abaixo, em parte porque estava maravilhada com a visão, em parte porque tinha vergonha de encará-lo.

— Fico feliz que você pense assim — disse ele. — Porque é seu. Bem-vinda ao Bosque de Perséfone.

Ela teve que olhar para ele agora, o choque evidente em seu rosto.

— Mas...

— Achei que gostaria de ter um lugar só para você, um lugar para praticar sua magia. Um lugar que não... te lembrasse do nosso início.

Ele estava se referindo ao jardim dela no Submundo — e a sua barganha.

Ela estendeu a mão para ele, tocando seu rosto.

— Hades, eu amo nosso início. — Ele sorriu levemente, mas ela achou que ele não acreditou nela, e isso também era doloroso. Então ela explicou: — É verdade que nem sempre amei, mas nunca poderia odiar nada que me trouxe até você.

Ele pegou a mão dela e beijou a palma, em seguida, puxou-a contra si, seus corpos alinhados quadril com quadril, torso com torso. Ele a beijou, segurando-a com força, como se temesse que ela pudesse desaparecer.

Quando se afastou, ela estava sem fôlego, os dedos entrelaçados em seu paletó.

Ele olhou para ela, os olhos queimando nos dela e jurou ferozmente:

— Você será minha rainha. Eu não preciso que as Moiras me digam isso.

NOTA DA AUTORA

Nunca pensei que escreveria um romance, mas, em algum momento do ano passado, tomei coragem suficiente para fazer exatamente isso. Nada mais justo do que começar com um reconto de Hades e Perséfone, pois sempre amei mitologia grega. É assustadora, violenta e cruel, e eu sempre fiquei intrigada com Perséfone, que era a Deusa da Primavera, mas também a Rainha do Submundo. Ela, como muitos, cavalgou a luz e a escuridão.

Quando comecei a escrever sobre Hades e Perséfone, escrevia pequenos trechos apenas — pedaços de diálogo entre os dois que não paravam de pipocar na minha cabeça, então comecei a postar pedaços no Tumblr. Este foi o meu primeiro:

O jardim é meu consolo.
É a única vida neste lugar horrível — neste deserto escuro.
As rosas têm um cheiro doce. As flores silvestres têm um cheiro amargo.
As estrelas brilham intensamente.
No fundo da minha mente, fico maravilhada com como ele cria tal ilusão, como ele pode misturar aromas e texturas — um mestre com seu pincel, pontilhando e suavizando.
Tão rápido quanto o espanto passa, eu zombo.
Claro que pode agitar o ar e fazer buracos no escuro lá em cima para que a luz brilhe — ele é um deus.
E meu carcereiro.
Eu poderia fazer melhor, penso com amargura. Poderia transformar esta paisagem mortal em um oásis — o ar teria cheiro de primavera, e esta tela preta seria pintada em cores vibrantes e vivazes.
Mas isso seria um presente.
E eu não estou com disposição para presentear.
O ar muda. Ele está perto. Eu aprendi a senti-lo. O governante dos mortos não é frio. Ele arde, como uma lareira no auge do inverno. Eu tremo quando ele me lança sua sombra e cheiro. Ele cheira a pinho — cheira a lar.
Eu enrosco meus dedos em meu vestido.
Ele é tudo que odeio e tudo que quero.

O tom disso é muito diferente do que acabei escrevendo, mas a dinâmica ainda é a mesma — um deus antigo que tem prazer em criar seu mundo, e uma deusa invejosa que tanto se maravilha quanto despreza seu trabalho.

A partir dessa primeira cena, comecei a fazer perguntas e formular meu mundo e meus personagens. Acabei com uma Perséfone que deseja aventura e paixão mais do que qualquer coisa no mundo. Ela quer desesperadamente ser boa em alguma coisa e é muito rápida em julgar Hades, que ela acredita abusar do poder divino ao concordar em barganhar com mortais. Acabei com um Hades que estava tão desesperado por paixão quanto cansado de ficar sozinho. Quando Perséfone chega para desafiá-lo, ele faz o oposto do que ela espera e ouve.

Um toque de escuridão é o primeiro livro de Hades & Perséfone, mas pretendo explorar mais a história deles. Perséfone deve abraçar seu poder, tanto como Deusa da Primavera e, eventualmente, como a Rainha do Submundo, e Hades tem segredos que desafiarão a nova vida que ele deseja levar com Perséfone.

Estou muito feliz por finalmente compartilhar minha versão da história de Hades e Perséfone com vocês. Espero que gostem tanto de ler quanto eu gostei de escrevê-la.

Com amor,
Scarlett

Conheça o próximo volume da série.

UM JOGO DO DESTINO

1

UM JOGO DE EQUILÍBRIO

Hades se manifestou perto da Costa dos Deuses.

À luz do sol, o litoral ostentava águas azul-turquesa cristalinas e praias de areia branca, tudo diante do cenário de falésias, grutas e um mosteiro feito de mármore branco e verde que podia ser acessado depois de subir trezentos degraus. Os mortais iam ali para nadar, velejar e mergulhar com snorkel. Era um oásis, até que o sol fazia sua ardente descida no céu.

Após o crepúsculo, o mal se movia em meio à noite escura, sob um céu de estrelas e um oceano de luar. Vinha em navios e atravessava a Nova Grécia, e Hades estava ali para neutralizá-lo.

Ele se virou, com o cascalho farfalhando sob seus pés, e caminhou na direção da Companhia Coríntia, uma empresa pesqueira cujas propriedades ocupavam grande extensão da costa. A fachada de gesso do armazém, que tinha aparência desgastada, embranquecida e ao mesmo tempo charmosa, combinava perfeitamente com a arquitetura antiga que adornava a orla. Uma lâmpada preta simples destacava uma placa com o nome da empresa, escrito em uma fonte que transmitia prestígio e poder: características admiráveis quando pertenciam aos melhores da sociedade.

E perigosas quando pertenciam aos piores.

Um mortal se moveu nas sombras. Já estava ali quando Hades chegou e, sem dúvida, achava que estava bem escondido — e talvez estivesse, para outros mortais —, mas Hades era um deus e dominava as sombras.

Quando o homem se moveu, Hades se virou e agarrou com força a mão dele, que apertava uma arma entre os dedos. O deus observou a arma e depois o encarou, e um sorriso perverso se estampou em seus lábios.

No instante seguinte, estacas afiadas se estenderam das pontas dos dedos dele e afundaram na carne do sujeito. A arma caiu no chão e o mortal caiu de joelhos, com um grito gutural.

— Por favor, não me mate, milorde — implorou o homem. — Eu não sabia.

Hades sempre achava intrigantes os instantes que precediam a morte. Em particular quando ele encontrava um mortal como aquele, que havia matado levianamente e ainda assim temia a própria morte.

Hades afundou mais as estacas e riu quando o homem tremeu.

— Não vou te matar — disse Hades, e o mortal o encarou. — Mas vou conversar com seu chefe.

— Meu chefe?

Hades quase bufou. Então, o mortal ia se fazer de desentendido.

— Sísifo de Éfira.

— E-ele não está aqui.

Mentira.

O conhecimento cobria sua língua feito cinzas e deixava seca sua garganta.

Hades levantou o homem pelo braço, com as estacas ainda enfiadas na pele, até que seus olhares estivessem nivelados. Foi desse ângulo que o deus reparou em uma tatuagem no pulso dele: um triângulo, que agora combinava com as lanças cravadas.

— Não preciso de sua ajuda para entrar naquele armazém — disse Hades. — O que eu preciso é que você sirva de exemplo.

— E-exemplo?

Hades preferia que suas ações falassem por ele: deu dois talhos profundos no rosto do mortal. Enquanto o sangue cobria a pele, o pescoço e as roupas do homem, o deus o arrastou até a entrada do armazém, abriu as portas com um chute e entrou devagar.

Aquilo que da costa parecia um prédio agora estava mais para um muro, porque, em vez de entrar em um espaço fechado, Hades se viu em um pátio aberto para o céu escuro. O chão era de terra batida, e havia grandes tanques com peixes. O ar cheirava a mar, peixe podre e sal. Hades detestou o fedor.

Trabalhadores vestidos com macacões pretos se viraram para assistir enquanto o deus empurrava o mortal que sangrava. O homem se debatia, mas se conteve antes de cair no chão. De frente para Hades, outro homem se aproximou, ladeado por dois grandes guarda-costas. Ele vestia um terno branco, e seus dedos eram gordos e sufocados por anéis de ouro. Seu cabelo era curto e preto, e sua barba, grisalha e bem cuidada.

— Sísifo, n-não foi minha culpa — disse o homem enquanto cambaleava para a frente. — Eu...

Sísifo sacou uma arma e atirou nele, que desabou com um baque alto. Hades olhou para o corpo imóvel e, depois, para Sísifo.

— Ele não estava errado — disse Hades.

— Eu não matei esse infeliz porque ele deixou você entrar em minha propriedade. Eu o matei porque ele desrespeitou um deus.

Uma demonstração como aquela geralmente vinha de um súdito leal. Desses, Hades tinha poucos, e sabia que Sísifo não era um deles.

— Isto é o que você chama de sacrifício?

— Depende — respondeu o homem, que estalou o pescoço e entregou sua arma ao guarda-costas à direita. — Você aceitaria?

266

— Não.

— Então, foram apenas negócios.

Sísifo endireitou as lapelas de seu paletó e ajustou as abotoaduras, e Hades notou que ele tinha no pulso a mesma tatuagem do funcionário.

— Vamos? — O mortal gesticulou para Hades seguir em direção a um escritório no lado oposto do pátio. — Divinos primeiro.

— Eu insisto, vá você na frente — Hades retrucou.

Apesar de seu poder, ele não gostava de ficar de costas para ninguém.

Os olhos de Sísifo se semicerraram. O mortal talvez interpretasse o gesto de Hades como desrespeito, principalmente porque indicava desconfiança, o que era irônico, considerando que Sísifo havia quebrado uma das regras de hospitalidade mais antigas — a lei de Xênia — ao matar um adversário depois de convidá-lo para o seu território.

Esta era justamente uma das transgressões de Sísifo que Hades estava ali para resolver.

— Muito bem, milorde — o mortal deu um sorriso frio antes de se dirigir para seu escritório, com os guarda-costas a reboque.

A presença deles era engraçada, como se dois mortais pudessem proteger Sísifo de Hades.

Hades se viu pensando em como iria matá-los. Tinha várias opções: poderia invocar as sombras para que consumissem os dois ou poderia ele mesmo resolver a situação. Supôs que a única dúvida real era se queria ou não sujar seu terno de sangue.

Os dois guarda-costas tomaram seus lugares, um de cada lado da porta, quando Sísifo entrou em seu escritório. Hades não olhou para eles quando passou.

O escritório de Sísifo era pequeno. Sua mesa era de madeira maciça, tingida de um tom escuro, e estava cheia de papéis empilhados. Havia um telefone antigo de um lado e, do outro, uma garrafa de cristal e dois copos. Atrás dele, uma série de janelas dava para o pátio, tapadas por persianas.

Sísifo escolheu ficar atrás da mesa; um movimento estratégico, imaginou Hades, colocando algo físico entre eles. Ali provavelmente também era onde ele guardava um estoque de armas. Não que armas fossem úteis contra Hades, mas ele existia havia séculos, e sabia que mortais desesperados tentariam qualquer coisa.

— Bourbon? — Sísifo perguntou enquanto abria a garrafa.

— Não.

O mortal olhou para Hades por um momento antes de se servir. Tomou um gole e perguntou:

— A que devo o prazer?

Hades olhou para a porta.

Dali podia ver os tanques e acenou para eles.

— Sei que está escondendo drogas em seus tanques. Também sei que usa esta empresa como uma fachada para traficar as drogas pela Nova Grécia e mata qualquer um que entre no caminho.

Sísifo olhou para Hades por um momento e tomou um gole lento de seu copo antes de perguntar:

— Você veio até aqui para me matar?

— Não.

Não era mentira. Hades não ceifava almas — Tânatos, sim, mas o Deus do Submundo podia ver que em breve chegaria a hora de Sísifo receber uma visita deste. A visão viera espontaneamente, como uma lembrança muito antiga: Sísifo, vestido com elegância, desmaiava ao sair de uma sala de jantar sofisticada.

Nunca recuperaria a consciência.

E antes que isso acontecesse, Hades teria equilíbrio.

— Então devo supor que você quer uma porcentagem?

Hades inclinou a cabeça para o lado.

— Pode-se dizer que sim.

Sísifo riu entre dentes.

— Quem diria... O Deus dos Mortos veio para barganhar.

Hades cerrou os dentes. Não gostou da insinuação nas palavras de Sísifo, como se o mortal pensasse que tinha vantagem sobre ele.

— Como penitência por seus crimes, você doará metade de seus lucros aos sem-teto. Afinal, você é responsável por arruinar a vida de muitos deles.

As drogas traficadas por Sísifo tinham destruído vidas. O vício devorava os mortais de dentro para fora e inflamava a violência nas comunidades; e, embora ele não fosse o único responsável, foram seus navios que as trouxeram para o continente, seus caminhões que as transportaram por toda a Nova Grécia.

— A penitência não é atribuída na vida após a morte? — perguntou Sísifo.

— Considere isso um favor. Estou permitindo que comece desde já a pagar pelos seus crimes.

Sísifo passou a língua por entre os dentes e depois riu baixinho com escárnio.

— Você sabe que nunca te descrevem como um deus justo.

— E não sou justo.

— Forçar bandidos como eu a doar para instituições de caridade é ser justo.

— Não, isso é manter um equilíbrio. Um preço a pagar pelo mal que você causou.

Hades não acreditava em erradicar o mal do mundo, pois não achava possível. O que era maldade para um era a luta pela liberdade para outro, e a Grande Guerra tinha sido um exemplo disso. Um lado lutava por seus deuses, sua religião, e o outro, pela liberdade de seu opressor. O melhor que ele podia fazer era oferecer um toque de redenção para que sua sentença no Submundo pudesse, no fim das contas, levar essas almas aos Campos de Asfódelos.

— Mas você não é o Deus do Equilíbrio. Você é o Deus dos Mortos.

Não adiantaria explicar o trabalho das Moiras, o equilíbrio que elas lutavam para criar no mundo, de modo que ele permaneceu em silêncio. Sísifo tirou um estojo de metal do bolso interno do paletó e pegou um cigarro.

— Vou dizer uma coisa. — Ele levou o cigarro aos lábios e o acendeu. O cheiro de nicotina encheu o pequeno escritório... um cheiro de cinzas e coisas velhas. — Vou doar um milhão e não vou mais violar a lei de Xênia.

Hades parou um momento e usou o silêncio para reprimir a onda de raiva que as palavras do mortal desencadearam, suas mãos se fechando em punhos. Não muito tempo atrás, teria deixado a fúria dominá-lo, e enviaria o mortal para o Tártaro sem pensar duas vezes. Em vez disso, deixou a escuridão fazer o trabalho por ele. Do lado de fora do escritório de Sísifo, Hades invocou as sombras, que deslizaram pelo exterior do prédio e escureceram as janelas à medida que avançavam.

Hades observou enquanto Sísifo se virava, com os olhos seguindo as sombras até elas se aproximarem dos dois guarda-costas parados da porta do escritório. No instante seguinte, elas entraram em todos os orifícios de seus corpos e os guardas caíram, mortos.

Sísifo voltou o olhar para o de Hades, e ele sorriu.

— Pensando bem, acordo fechado, Lorde Hades — disse Sísifo. — Duzentos e cinquenta milhões.

— Trezentos e cinquenta — replicou Hades.

Os olhos do mortal brilharam, desafiadores.

— Isso é mais da metade dos meus lucros.

— Punição por desperdiçar meu tempo — disse Hades. Ele começou a se virar para sair do escritório, mas parou e olhou por cima do ombro. — E eu não me preocuparia com a lei de Xênia, mortal. Você não tem muito tempo de sobra.

Sísifo ficou em silêncio após as palavras de Hades. Espirais de fumaça flutuaram entre seus dedos. Depois de um momento, ele apagou o cigarro em sua bebida.

— Me diz uma coisa. Por quê? Negociar e equilibrar? Você tem esperança na humanidade?

— Você não tem? — Hades retrucou.

— Eu vivo entre os mortais, milorde. Vai por mim, se tiverem a opção de inclinar a balança para um lado ou para o outro, escolherão as trevas. É o caminho mais curto com o benefício que chega mais rápido.

— E o caminho em que se tem mais a perder — disse Hades. — Não venha me ensinar sobre a natureza dos mortais, Sísifo. Venho julgando sua espécie há milênios.

Hades parou do lado de fora do escritório e ficou olhando para os dois homens que estavam a seus pés. Ele não se deleitava com a ideia de devolvê-los à vida para que causassem mais violência e morte, mas sabia que as Moiras exigiriam um sacrifício — uma alma por outra —, e era provável que escolhessem almas boas, puras e inocentes.

Equilíbrio, pensou Hades, e de repente odiou a palavra.

— Acordem — ordenou.

E, à medida que eles arquejavam, Hades desapareceu.

ESTA OBRA FOI COMPOSTA EM ADRIANE TEXT POR BR75 E IMPRESSA
EM OFSETE PELA GRÁFICA BARTIRA SOBRE PAPEL CHAMBRIL AVENA
PARA A EDITORA SCHWARCZ EM JANEIRO DE 2025

A marca FSC® é a garantia de que a madeira utilizada na fabricação do papel deste livro provém de florestas que foram gerenciadas de maneira ambientalmente correta, socialmente justa e economicamente viável, além de outras fontes de origem controlada.